Surgeon Elysee

외과의사 엘리제

외과의사 엘리제 2

유인 장편 소설

초판 1쇄 찍은 날 | 2016년 09월 27일
초판 7쇄 펴낸 날 | 2022년 09월 30일

지은이 | 유인
펴낸이 | 예경원

기획 | CL프로덕션
편집책임 | 박우진
편집 | 이즈플러스

펴낸곳 | 예원북스
등록번호 | 제396-2012-000132호
등록일자 | 2012. 7. 25
WFN | 제3-007호

주소 | 경기도 고양시 일산동구 호수로 646-24 위너스21Ⅱ빌딩 206A호 (우)10401
전화 | 031-819-9431 팩스 | 031-817-9432
E-mail | yewonbooks@naver.com

ISBN 979-11-5845-457-9 04810
979-11-5845-459-3 (set)

※ 이 도서의 국립중앙도서관 출판시도서목록(CIP)은 서지정보유통지원시스템 홈페이지(http://seoji.go.kr)와 국가자료공동목록시스템(http://www.nl.go.kr/kolisnet)에서 이용하실 수 있습니다.

Surgeon Elysee

외과의사 엘리제

유인 장편소설

2

Contents

11장
론도 대역병

“또 죽었군.”

테레사병원의 젊은 교수 그레이엄이 심각한 표정을 지었다.

“지금까지 몇 명째지?”

“총 4명이에요.”

간호사가 답했다.

“흠…….”

그레이엄은 고민이 되는지 책상을 두드렸다.

“고약한 일이군. 설사병으로 이틀 만에 4명이나 죽다니.”

“원래 쇠약한 노인들이어서 그런 것 아닐까요?”

“그럴 수도 있지.”

간호사의 의견에 그레이엄은 고개를 끄덕였다. 애초에 건강 상태가 좋지 않은 빈민들이었다. 심한 위장관염, 즉 설사병으로 사망하는 것은 드문 일이 아니었다. 다만 의사로서의 감이랄까? 느낌이 좋지 않았다.

그는 시체를 향해 시선을 돌렸다. 뻣뻣이 굳은 시체. 영혼이 떠난 그 주검은 수없이 많은 죽음을 경험한 의사가 보기에도 섬뜩한 면이 있었다.

그런데 그 시체 옆에 전혀 어울리지 않은 존재가 한 명 서 있었다. 백금발의 인형처럼 예쁘고 여린 소녀였는데, 시체는커녕 피 한 방울만 봐도 기절할 것처럼 생겼으면서 커다란 눈을 똑바로 뜨고 시체를 살피고 있었다.

소녀, 엘리제에게 그레이엄이 물었다.

"어떻습니까, 데임 클로랜스? 특별한 점이 있습니까?"

그는 이전과 다르게 깍듯한 경어를 사용했다.

"아, 선생님. 그냥 이전처럼 편하게 말씀해 주셔도 괜찮아요."

엘리제는 그 경어가 부담스러워 말했으나, 그는 고개를 저으며 선을 그었다.

"아닙니다. 오히려 데임께서 저에게 편하게 말씀해 주십시오."

"하지만……."

사실 그레이엄의 말이 맞았다. 엘리제는 작게는 황실에서 내린 기사 작위의 소유자이며, 크게는 대 클로랜스 가문의 직계, 동시에 황태자비로 내정된 이다. 신분으로만 따지면 일개 몰락 귀족 출신인 그레이엄보다 까마득히 높았다.

'그래도 예법을 떠나 너무 선을 그으시는걸.'

그녀는 알고 있었다. 그레이엄의 태도는 단순히 예를 차리는 것이 아니었다. 저건 선이고 벽이었다. 자신을 향한.

‘정체를 숨겨 배신감이 크신 걸까? 다 내 잘못이니 뭐라 할 말이 없구나.’

엘리제는 속으로 한숨을 삼켰다. 그가 선을 긋는 이유는 아마 그것 때문인 것 같았다. 정체를 숨겼던 것. 정상적인 도제 생활을 위해 정체를 숨기는 게 불가피했지만 자신의 잘못이 맞으니 뭐라고 할 말이 없었다.

‘언젠가 서운함을 풀어주실까?’

그런데 그녀가 모르는 것이 있었다. 그레이엄은 단순히 그런 이유로 선을 긋고 있는 것이 아니란 것을. 그가 때때로 사람들의 시선을 피해 그녀를 어떤 갈망이 담긴 눈으로 바라보고 있는지, 까마득히 모르고 있었다.

“혹시 이상한 점이라도 있습니까, 데임?”

“아…….”

엘리제는 자신의 의견을 말했다.

“탈수가 심해요.”

“그야 당연히.”

그레이엄은 의아한 표정을 지었다. 위장관 염(Acute gastroenteritis), 설사병으로 사망했으니 탈수가 동반되는 게 당연했다. 그런 뻔한 사실을 왜 언급하는 거지? 하지만 저 데임 클로랜스의 의견이다. 무언가 이유가 있을 거라 짐작한 그레이엄은 그녀의 다음 말을 기다렸다.

“임상 경과와 비교해 탈수가 너무 심해요. 패혈증이 거의 동반되지 않았는데도요. 그리고 이상한 점은…….”

엘리제는 주저하더니 말했다.

“최근 사망한 4명 모두가 그래요. 모두 질환의 양상에 비해 비정상적으로 탈수가 심해요. 마치 모두 어떤 특별한 질환을 똑같이 앓기라도 한 것처럼."

그레이엄의 얼굴이 굳어졌다.

"그 말의 뜻은 데임께서는 이들의 질환이 역병일 가능성이 있다고 보시는 것입니까?"

역병! 그 단어의 의미는 보통 무거운 것이 아니었다. 250만의 시민이 한곳에 밀집해 있는 론도에서 죽음에 이르는 전염병이 돌면 사망자가 일이백 정도로 끝나지 않을 테니까.

엘리제는 고개를 저었다.

"확실하지는 않아요. 하지만 확인해 봐야 할 것 같아요."

"어떻게 확인해 보면 좋겠습니까?"

"로즈데일병원과 황실십자병원, 그리고 요크병원, 크로이던병원 등 론도 시내에 어느 정도 시설을 갖춘 병원에 모두 연락을 해서 비슷한 증상의 사망자가 있는지 확인해 보면 될 것 같아요. 아, 그리고 이들 사망자 주위에도 비슷한 설사병을 앓고 있는 환자가 없는지도 확인하고요."

그레이엄은 감탄했다. 엘리제가 말한 것은 현대 지구에서 사용하는 역학조사 수단으로, 간단하지만 확실한 방법이었다.

"알겠습니다. 그렇게 하면 되겠군요. 지금 바로 확인해 보겠습니다. 각 병원에 인편으로 연락만 해보면 되니, 오래 걸리지 않을 것입니다."

그레이엄은 일을 처리하기 위해 사라졌다. 그리고 홀로 남은 엘리제의 얼굴이 어두워졌다.

'혹시…… 그 전염병이 유행하는 것은 아니겠지?'

마침 이 시기쯤 론도에 대규모의 전염병이 유행했었다. 무려 10만이 넘는 사망자가 나왔던 2차 론도 대역병 사건!

'아니야. 확실하지 않아. 그리고 이전 삶에서 유행했다고 이번에도 또 유행하란 법은 없잖아.'

사실 그녀는 당시 정확히 어떤 질환이 유행했는지는 모른다. 마침 론도에 없었고, 관심이 없었기 때문이다. 다만 사람들이 설사를 심하게 앓다 사망했다고만 들었다.

'설사병. 정말 당시의 그 전염병이 유행하는 거면 어떻게 하지?'

그녀의 표정이 심각해졌다. 진실로 그 전염병이 맞다면 지난 삶처럼 이번에도 수많은 희생자가 나올 것이다. 어떻게 하지?

하지만 곧 고개를 저었다.

"어떻게 하긴 뭘 어떻게 해."

그녀는 말했다.

"막아야지!"

당연한 결론.

당시 무슨 질환이 유행했는지는 정확히 모르지만, 그래도 막아야 한다. 지난 삶처럼 수많은 희생자가 생기는 것을 보고 있을 수만은 없었다.

'물론 쉽지는 않을 거야.'

그래도 해내야 한다. 무려 10만이 넘는 이의 생명이 걸린 일이니까. 다행히 자신에게는 여러 현대 의학 지식이 있다. 어떻게든 방법을 마련할 수 있을 것이다.

'그리고 이 전염병을 해결하면 폐하와의 내기도 이길 수 있을 거야.'

최소 수만 명이 넘는 사람의 생명을 구하는 일이다. 황제라도 그 생명의 가치를 부정하진 못하리라. 만약 전염병을 해결해 내기만 한다면 황제와의 내기는 필승이었다.

'물론 최선은 전염병이 애초에 유행하지 않게 하는 것이겠지만. 만약 이전처럼 전염병이 도는 거라면 반드시 해결하겠어.'

그래서 수만에 달하는 사람들이 목숨을 잃는 대재앙을 막고, 폐하와의 내기에서도 이겨 앞으로 황태자와 관계없는, 자신이 원하는 삶을 살리라. 그녀는 그렇게 결연히 다짐했다.

그날 밤, 엘리제는 퇴근하던 중 뜻밖의 손님과 마주하게 되었다.

"일은 다 끝났나? 오래 걸렸군."

서늘한 목소리와 금발의 푸른 눈, 그리고 가슴이 떨리도록 아름다운 얼굴. 론이었다! 그가 병원 입구에 몸을 기댄 채 그녀를 기다리고 있었다.

두근.

그의 얼굴을 보는 순간 엘리제의 가슴이 뛰었다.

"너와 같이 보고 싶다."

그때부터였다. 의사 자격시험을 치르고 피카딜리에서 단둘이 공연을 본 날. 그날부터 론을 만나면 알 수 없이 가슴이 뛰었다. 하지만 엘리제는 그 떨림을 애써 가라앉히며 물었다.

"로, 론 님? 혹시 저 기다리신 거예요?"

"그래."
"……어째서? 혹시 무슨 이유라도?"
"이유? 없다. 그냥, 그냥 보러 왔다."
"……!"
무뚝뚝한 말. 그는 늘 이런 식이었다. 지난 세 달간, 그는 종종 자신을 찾아왔다. 그렇다고 찾아와서 특별한 일을 하는 것도 아니었다. 그저 자신에게 맛있는 것을 사주고, 가끔 자신이 좋아하는 공연을 보고, 가끔 한적한 공원을 함께 걸었다.
"잠깐 시간 괜찮나?"
"아, 네. 그런데 무슨 일로?"
"너에게 할 말이 있다."
그 말을 들은 순간, 엘리제의 가슴이 다시 한 번 뛰었다. 할 말? 무슨?
'혹시?'
밑도 끝도 없이 망상이 들었다. 그녀는 고개를 저었다.
'쓸데없는 생각 하지 마, 엘리제. 론 님이 날 좋아할 리가 없잖아.'
그는 자신에게 호감을 직접적으로 드러낸 적은 없다. 그저 이유 없이 찾아와 같이 시간을 보냈을 뿐이다. 하지만 정말 그런가? 좋아하지 않는다면 왜 이렇게 자신을 찾아온단 말인가? 왜 맛있는 것을 사주고, 공연을 같이 보고, 함께 시간을 보내는 것으로 자신의 가슴을 떨리게 한단 말인가?
"잠깐 걷지."
그는 늘 그렇듯 그녀의 답을 듣지도 않고 등을 돌렸다. 엘리제는 말없이 그를 따라갔다. 혹시나 자신의 떨림이 그에게 들킬까 봐 걱정하며.

그들은 마차를 타고 자리를 옮겼다. 테레사병원 근처 피에르 지구는 빈민가라 조용히 이야기를 나눌 만한 장소는 아니었으니까. 그래서 그들이 향한 곳은 테즈강 인근의 공원이었다. 한창 공사 중인 거대한 시계탑 근처의 그 공원은 연인들이 많이 찾는 곳으로 유명했고, 그들도 지난 몇 달간 함께 산책한 적이 있었다.

"저…… 하실 말씀이란 게?"

강이 내려다보이는 벤츠에 앉은 엘리제가 물었다. 고요하게 흐르는 강물은 달빛을 받아 은은하게 빛나고 있었다.

"……."

하지만 론은 답하지 않고 가만히 그녀의 얼굴을 바라봤다. 아무런 말 없이 자신의 눈동자에 그녀를 새겨 넣기라도 할 듯 깊게. 그 깊은 눈빛에 왠지 부끄러워진 엘리제가 물었다.

"왜 그렇게 보세요?"

"그냥. 보고 싶어서."

"……!"

눈 하나 꿈쩍 않고 뱉은 그 말에 그녀의 얼굴이 살짝 달아올랐다. 놀리는 것인가 싶어 그를 봤지만 그의 눈동자는 진지했다. 그 진지한 눈빛에 얼굴이 더욱 붉어졌다. 시선을 어디다 두어야 할지 모르겠다.

'이 남자는 정말…….'

론은 가끔 이렇게 밑도 끝도 없이 낯 뜨거운 말을 던진다. 자신을 꿰려는 바람둥이의 수작인가 했지만 그건 아닌 것 같았다. 지난 몇 달간 만나 본 그는 그런 수작을 걸 수 있는 남자가 아니었다. 수작은 커녕 여자를 대하는 게 굉장히 미숙했다. 마치 연애라곤 한 번도 안 해본 것처럼.

“그리고.”

그 순간이었다.

“이제는 볼 수 없을 테니까.”

그 말을 듣자 엘리제의 심장의 떨림이 멈추었다.

“……네?”

엘리제는 멍하니 반문했다. 그게…… 갑자기 무슨?

“사실 오늘은 할 말이 있어서 왔다.”

론이 살짝 입꼬리를 올렸다. 그건 웃는 듯하면서도 어딘지 안타까운 표정이었다.

“……무엇인가요?”

“앞으로 너를 보러 오기 힘들 것 같다.”

생각지도 못 한 말에 엘리제의 손이 파르르 떨렸다.

“어, 어째서요?”

“2차 크림원정군에 원정군으로 참전할 예정이다.”

“……!”

엘리제는 손으로 입을 가렸다. 그렇다. 남자는 황실과 연관 있는 고위 귀족. 그러니 2차 원정군으로 참전하는 것이다. 전쟁이 일어날 때마다 고위 귀족들은 노블레스 오블리주를 다하기 위해 각 가문마다 최소 1명의 자제를 참전시키니까.

‘우리 클로랜스 가문도 큰오라버니가 참전하겠지.’

아직 작은오라버니, 크리스의 참전 소식을 못 들은 엘리제는 그렇게 생각했다.
"……그렇군요."
뭐라고 할 말이 없어 엘리제는 고개를 숙였다. 조심히 갔다 오라고, 건강하라고 덕담을 해줘야 할 텐데 이상하게 입이 떨어지지 않았다. 입을 열면 가슴이 울컥할 것 같았다.
"로제."
"……."
"로제."
그가 계속해서 불렀으나 그녀는 답하지 않았다. 아니, 못 했다. 알 수 없이 요동치는 감정을 다스리느라. 왜 이럴까? 자신과 그는 아무런 사이도 아닌데.
그때 그의 손가락이 그녀의 얼굴에 와 닿았다.
"……!"
서늘한 감촉. 그는 마치 깨지기 쉬운 보석이라도 만지는 것처럼 조심히 그녀의 얼굴을 자신 쪽으로 향하게 했다. 그러곤 말없이 그녀를 바라봤다. 그녀의 얼굴을 다시 한 번 눈에 새기려는 듯.
"론…… 님?"
두근.
엘리제는 그 깊은 눈동자에, 얼굴에서 느껴지는 그의 감촉에 가슴이 파르르 떨렸다.
"로제."
"……네."
"지난 몇 달간 너와 만나 즐거웠다. 그러니…… 꼭 몸조심하며 지내고 있도록."

낭만이라곤 하나 없는 멋대가리 없는 인사. 그런데 이상하게도 그의 목소리를 들으니 알 수 없이 가슴이 흔들려 그녀는 그의 손가락에서 벗어나 화급히 고개를 숙였다.

"네, 조심해서 다녀오세요."

"그래."

론은 자리에서 일어났다.

"잘 지내도록."

그 말을 남기고 그는 뚜벅뚜벅 걸어갔다. 점점 멀어지는 그의 등을 보며 엘리제는 멍하니 생각했다.

'전쟁이라니.'

사실 그와 자신은 아무런 관계도 아니다. 이렇게 감정이 흔들릴 이유가 없는데. 하지만 가슴이 아팠다. 왜인지는 모르겠다. 다만 이제는 만날 수 없을지도 모른다는 것이, 혹시나 그가 다칠지도 모른다는 것이 그녀를 안타깝게 했다. 지난 몇 달간, 그와 만나며 생각보다 많은 정이 들었나 보다. 그의 무뚝뚝한 얼굴이, 재미라곤 하나 없는 말투가, 연애 한 번 못 해본 듯한 딱딱한 태도가 싫지 않았나 보다.

'괜찮겠지, 그래도 고위 귀족이니까.'

그녀는 애써 그렇게 자위했다. 하지만 알고 있다. 전쟁의 총탄은 귀족과 평민을 가리지 않는다는 것을. 지난 삶, 작은오라버니 크리스도 고위 귀족이지만 전사했다. 심지어 2년 전 검은 대륙과의 전쟁 때는 1황자가 전사했다. 황족이자 초상 능력자였던 그가 말이다.

그도, 무뚝뚝하게 서 있는 모습이 시리도록 아름다운 저 남자도 전쟁에서는 어떻게 될지 몰랐다. 그런 생각이 든 순간 그녀는 입술을 깨물고, 그에게 달려갔다.

"론 님!"

그녀는 다급히 손을 목 뒤로 가져가 무언가를 풀었다. 그리고 그걸 그의 손에 넘겨주었다.

"이것을 가져가세요!"

"……뭐지?"

그것은 새하얀 진주로 장식된 십자가 목걸이였다. 화려하지는 않았지만 세월의 흔적이 묻어 있는 장신구였다.

"어머니의 유품이에요."

"……!"

"주는 것 아니고 맡기는 거니, 꼭 돌려주셔야 해요!"

남자의 눈이 커졌다. 그는 잠시 목걸이와 그녀를 번갈아 바라봤다.

"정말…… 나에게 주는 게 맞는 것인가?"

이건 '징표'였다. 연인이나 가족이 전쟁에 나가는 사랑하는 이의 무사 생환을 기원하며 맡기는.

"주는 것 아니에요. 맡기는 거예요. 그러니 반드시 돌려줘야 해요. 만약 돌려주지 않는다면…… 절대 용서하지 않을 거예요. 절대로."

그녀는 입술을 깨물며 강하게 말했다.

"그러니 절대 무리하지 말고, 앞장서지도 마요. 비겁해져도 돼요. 다치면…… 그래서 이 목걸이를 돌려주지 않으면, 절대, 절대로 용서하지 않을 테니 꼭 무사히 돌아와요."

그는 그 말에 미소를 지었다. 황태자인 자신에게 앞장서지 말고 비겁해져도 된다니. 그래도 그 말이 기분이 나쁘진 않았다.

"고맙다. 반드시 돌려주마."

엘리제를 클로랜스 저택 앞에 내려준 후, 론, 아니, 황태자는 마차에서 변검 능력을 풀었다.

"아슬아슬했군."

그는 변검의 매개체가 되는 아티팩트를 바라봤다. 작은 초상화가 새겨진 손가락만 한 아티팩트는 희미한 금이 나 있었다.

"앞으로 최소 반년, 아니, 1년은 사용하지 못하겠군."

너무 변검 능력을 자주 사용한 탓이었다. 원래는 두 달에 한 번 정도가 적절한데, 며칠에 한 번꼴로 써버렸으니.

'그래도 작별 인사는 할 수 있어서 다행이군.'

그는 엘리제를 떠올렸다. 매번 못마땅했지만 또 한편으론 보고 싶은 그녀. 방금 자신을 향해 눈물을 글썽일 때는 강하게 껴안아주고 싶은 것을 간신히 억눌렀다. 정말 간신히. 이제 그 얼굴을 볼 수 없다 생각하니 가슴이 찌르르 아팠다. 물론 볼 방법이 없는 것은 아니었다. 그냥 이 황태자, 린덴의 얼굴로 보러 가면 되니까. 하지만 그때마다 그녀가 했던 말이 떠올랐다.

"전하는 저를 싫어하시잖아요."

그는 고개를 흔들었다. 아니, 틀렸다. 싫어하는 것은 자신이 아니라 그녀였다. 이유는 알 수 없지만 그녀는 자신을 싫어했다. 결혼을 그토록 완강히 거부할 정도니 황태자의 신분으로 그녀를 찾을 수도 없었다. 물론 그녀가 결혼을 거부하는 것은 의사에 대한 열망 때문이라는 것을 이제는 안다.

하지만 론일 때의 자신과 황태자일 때의 자신을 바라보는 그녀의 시선은 너무나 달라, 그는 그녀가 자신을 싫어한다는 것을 모를 수가 없었다. 황태자인 자신을 바라보는 그녀의 시선에 담긴 감정은 단 하나, 강한 거부감이었다.

'빌어먹을.'

그 생각을 떠올릴 때마다 속이 뒤집어졌다. 가슴이 너무나 아팠다.

'마음에 안 들어, 정말로.'

왜 이 마음에 안 드는 소녀는 자신의 가슴에 이렇게나 깊숙이 들어온 걸까. 왜 이렇게 자신을 아프게 하고 이토록 안타깝게 하는 걸까.

'그날 이후 내가 이런 감정을 가지게 될 줄은 몰랐는데.'

무채색의 세상에 빛이 들어왔다. 유일한 빛이었다. 하지만 그 빛은 자신을 싫어했다. 그 사실이 그를 좌절하게 했다.

'이렇게 모습을 바꿔 찾아가는 것도 어떻게 보면 기만이지.'

그는 씁쓸히 생각했다. 알고 있다. 자신의 정체를 숨기고, 그녀를 찾아가는 것은 기만이라는 것을. 하지만 어쩔 수 없었다. 자꾸만 떠오르고, 보고 싶은 것을 어떻게 하겠는가. 이제 그만 가야지, 이런 속임은 멈추어야지, 몇 번이고 다짐해도 어느 순간 자신도 모르게 그녀를 찾아가곤 했다.

"오늘은 술이나 먹어야겠군."

술 상대는 렌 남작이 좋겠다. 렌은 술을 싫어하지만 상관없었다. 잔뜩 먹여 동생에게 당한 울분을 그 오빠에게라도 대신 풀어야겠다.

"하아."

그는 소녀가 자신에게 준 징표를 바라봤다. 진주로 꾸민 십자가 옆면에는 이런 문구가 적혀 있었다.

주여, 당신의 가호가 임하소서.

만들어진 지 너무 오래돼 장신구라기보단 골동품을 보는 느낌이었다. 하지만 그는 그 십자가를 세상에서 가장 귀중한 보물을 다루듯 조심히 품 안에 집어넣었다.

한편 저택에 돌아온 엘리제는 고개를 갸웃했다. 분위기가 이상했다. 그렇게까지 늦은 시간도 아니건만 이상하게 가라앉은 느낌. 정확히는 슬픔에 잠긴 분위기였다.

"어머니?"

그녀는 놀라 새어머니를 불렀다. 항상 밝던 새어머니가 눈물을 펑펑 흘리고 있었다.

"엘리제, 흐윽."

"어, 어머니? 도대체 무슨 일이에요?"

그녀는 상상도 못 했던 소식을 들었다.

"……뭐라고요?"

엘리제의 목소리가 파르르 떨렸다.

"큰오라버니와…… 작은오라버니가…… 전쟁에 나가게 되었다고요?"

와장창.

그녀의 세계가 산산이 부서져 나갔다.

얼마나 울었는지, 어떻게 시간이 지나갔는지 모르겠다. 엘리제는 자신의 방에서 멍하니 거울을 바라봤다. 푸른 눈이 빨갛게 변해 있었지만 눈물은 끊임없이 흘러나오고 있었다.

"안 돼. 어째서? 왜?"

뭐가 잘못된 걸까? 왜 작은오라버니가 전쟁에?

"귀족 가문당 2명씩 자발적 명예 참전이라고?"

말이 자발이지, 강제 징병이다. 이전 삶에선 이렇지 않았다. 일반적인 전쟁 때처럼 가문당 한 명씩만 참전하였다. 그럼에도 당시 작은오빠가 참전했던 것은 자신이 가문의 명예를 크게 실추시켰기 때문이다. 자신을 사랑했던 작은오빠는 그 실수를 노블레스 오블리주의 명예로 갚기 위해 전쟁에 자원했고, 영원히 돌아오지 못했다.

[전사자 : 크리스 드 클로랜스.]

저택에서 그 전보를 받았을 때의 기분을 아직도 잊지 못한다. 자신의 잘못으로 사랑하는 오빠를 죽음으로 밀어 넣다니. 몇 날 며칠을 울었는지 모른다. 그렇게 울어도 그 슬픔이 잊히지 않아 지구에서까지 그를 그리워했다.

"절대로, 이렇게 또 오라버니를 잃을 수는 없어!"

엘리제는 부르짖었다.

'하지만 어떻게?'

이건 자신의 잘못을 갚기 위해 나가는 자발적 참전이 아니었다. 프랑소엔 공화국에 맞서기 위한 국가의 부름이었다. 귀족 자제로서 피할 방법은 없었다.

'오라버니. 아아!'

그녀는 침대에 엎드려 하염없이 눈물을 흘렸다. 그 슬픔을 다시 겪어야 한다고? 작은오라버니를 이렇게 또 잃어야 한다고? 절대 그럴 수 없다. 가족을 잃는 그 고통을 다시 겪는다면 자신은 버틸 수 없을 것이다.

그때, 노크 소리와 함께 조심스러운 목소리가 들렸다.

"리제, 자니? 들어가도 되겠니?"

"……!"

작은오빠 크리스였다! 그가 문을 열고 들어와 부드럽게 말했다.

"많이 놀랐지, 우리 동생?"

그 말을 듣는 순간 그녀는 감정을 참을 수가 없었다. 둑이 터지듯 울음이 터져 나왔다.

"오, 오라버니! 오빠!"

크리스가 동생을 끌어안았다. 그의 가슴에 묻히는 순간, 엘리제는 펑펑, 말 그대로 펑펑 울었다.

"가지 마요. 응? 제발. 제발……."

안 되는 것을 알면서도 엘리제는 빌었다.

"우리 동생, 착하지? 울지 말고. 오빠 잘 다녀올게. 너무 걱정하지 마. 별일 없을 거야."

"안 돼, 제발……."

물론 이번 삶은 다르니까 지난번처럼 꼭 오라버니가 전사한다고 정해진 것은 아니었다. 하지만 엘리제는 느끼고 있었다. 다른 삶을 살고 있지만, 중요한 운명적 사건은 어김없이 일어난다는 것을. 그저 시기와 형태가 조금씩 다를 뿐이었다.

만약 전쟁에 나간다면 작은오라버니는 이번에도 전사할 것이다. 뚜렷한 근거가 있는 것은 아닌 확신이지만 너무나 불안하고 생각만으로도 괴로웠다.

"리제, 오빠가 하나 부탁이 있어."

끝없이 쏟아져 내리는 눈물을 닦아주며 작은오빠가 말했다.

"오빠에게 징표를 줄래? 네 징표를 받으면 무사히 다녀올 수 있을 것 같아. 반드시 돌아와 돌려줄 테니, 부탁해."

엘리제는 그 말에 다시 가슴이 울컥했다.

"싫어요."

"리제."

"절대 싫어! 징표 따위 절대로 주지 않을 거야!"

그녀는 마치 못된 어린 시절로 돌아간 것처럼 악을 쓰고는 벌떡 일어나 방을 뛰쳐나갔다.

"리제!"

작은오빠가 불렀으나 멈추지 않았다. 복도를, 현관을, 정원을 벗어나 저택을 뛰쳐나갔다. 그리고 아무도 없는 곳으로 가 통곡했다.

'아아!'

작은오라버니의 죽음을 다시 겪을 수는 없다. 막을 것이다. 무슨 수를 써서라도. 지난 삶에선 자신 때문에 죽었으니, 이번 삶에선 반드시 막아내고야 말겠다. 그렇게 그녀는 울며 다짐했다.

'하지만 어떻게?'

결연한 다짐과 별개로 그의 참전을 막을 방법이 없었다. 유일한 방법은 작은오빠가 징병을 회피해 도망하는 것. 하지만 작은오빠는 차라리 명예롭게 죽으면 죽었지, 절대 피하지 않을 것이다.

'제발!'

그녀는 간절히 기도했다. 하지만 아무리 기도해도 떠오르는 방법이 없었다. 그 잔혹한 운명의 수레바퀴에 그녀는 좌절했다.

그렇게 슬픈 밤이 지나갔다.

날이 밝았다. 늘 새벽같이 병원에 출근해 환자를 돌보던 그녀였지만 손가락 하나 꼼짝하고 싶지 않았다. 마음이 너무 괴로웠다. 하지만 그녀는 슬퍼할 여유가 없었다. 그레이엄이 이른 아침부터 저택에 찾아왔기 때문이다.

"데임…… 클로랜스?"

그는 퉁퉁 부은 엘리제의 눈을 보고 흠칫 놀랐다. 지금도 얼핏 눈물의 흔적이 남아 있었다.

엘리제는 다급히 눈가를 닦고 물었다.

"네, 선생님. 무슨 일이신가요?"

"……."

"괜찮아요. 신경 쓰지 않으셔도 돼요."

그레이엄은 그 모습에 답답한지 크게 한숨을 내쉬더니 입을 열었다.

"어제 데임께서 말씀하신 내용에 대한 조사 결과가 나왔습니다."

"아……."

하루밖에 안 되었는데, 벌써 다 취합을 한 듯했다. 그레이엄답게 빠른 일 처리였다. 그런데 왜 이렇게 이른 아침부터 저택에 직접 온 것일까?

"직접 오신 것 보니 뭔가 문제가 있나 보군요."

엘리제의 마음이 불안해졌다.

"……네."

그레이엄은 조사 내용을 보고했다. 그리고 그 내용은 청천벽력이었다.

"최근 설사병이 동반된 심한 탈수로 사망한 환자는 저희 병원에서 4명, 그리고…… 론도 전체로 보면 79명입니다."

"……!"

79명. 아무리 론도에 250만이란 시민이 모여 살고 있다고는 하지만 어마어마한 숫자였다. 엘리제는 입술을 깨물며 물었다.

"사망자 수가 가장 많았던 병원은 어디였나요?"

"대부분 저희와 비슷한 숫자였으나 크로이던 지구에 있는 크로이던병원에서 30명의 사망자가 나왔습니다."

"……!"

"그리고 더 나쁜 소식이 있습니다."

"뭐죠?"

"점점 환자의 발생 속도가 늘고 있다는 것입니다. 어제 저녁에 우리 병원에서만 새로운 환자가 7명이나 늘었습니다. 그리고 그중 3명의 상태가 불안정합니다."

"……!"

"확인을 해봐야겠지만 다른 병원의 상황도 비슷한 듯합니다. 특히 크로이던병원의 경우 수용 한계를 초과해, 우리 병원에 지원 요청이 들어왔습니다."

엘리제의 안색이 하얘졌다.

2차 론도 대역병 사건. 10만이 넘는 사망자를 냈던 그 끔찍한 사건이 재현되고 있는 것이 분명했다.

전염병 소식은 곧 론도 전체를 강타했다. 환자가 어마어마한 속도로 늘어난 것을 신문사들이 앞다투어 보도했기 때문이다.

[정체불명의 전염병 창궐!]

[3일 만에 사망자 100명에 육박! 이 시간에도 기하급수적으로 환자가 늘어!]

[20년 전, 15만 명의 사망자를 냈던 론도 대역병 사건과 환자들의 증상이 유사해!]

전운의 불안이 가시지 않았던 론도가 한순간에 패닉에 빠졌다.

"다 도망가야 하는 것 아니야?"

"20년 전 역병이랑 유사하다고? 그때도 엄청 죽었잖아. 안 돼! 난 아직 죽고 싶지 않아."

이 시대의 전염병은 그 무엇보다 무서운 재앙이었다. 불과 100년 전까지만 해도 한 번에 수천만 명의 생명을 앗아 간 흑사병이 주기적으로 창궐했고, 전염병이 한 번 돌 때마다 적게는 수만, 많게는 수십만의 사망자가 발생했다. 특히 이런 피해는 도시화로 인해 가속화되었다. 그런 측면에서 세계 최고의 인구 밀도를 자랑하는 브리티아 제국의 수도 론도는 전염병에 가장 취약한 지역이라 할 수 있었다.

사태의 심각성을 깨닫고 황실에서 곧바로 비상 대책 위원회를 소집했다. 황제와 황태자, 그리고 수많은 대신이 비상 회의에 참석했다.

"어떻게 하면 좋겠나? 갑자기 전염병이라니."

황제 민체스터가 어두운 얼굴로 물었다.

대신들이 이런저런 의견을 내놓았다.

"시민들을 대피시켜야 합니다."

"어떻게 대피시킨단 말입니까? 론도에 사는 시민의 숫자는 250만이 넘소. 발생한 지역을 폐쇄하는 것도 불가능합니다."

하지만 대신들 모두 우왕좌왕할 뿐 명확한 해답을 내놓지 못했다. 그런데 그때, 행정부 공중보건부 부장 갈릭이 자신만만한 얼굴로 자리에서 일어났다.

"공중보건부 부장 갈릭입니다. 발언하겠습니다."

그는 일반 시민 출신으로 행정부 부처의 부장까지 오른 입지전적인 인물이었다. 과거 아카데미에서 생물학을 전공한 그는 의사 시험에는 계속 낙방해 의사가 되진 못했지만 당시의 지식을 살려 관련 부서에서 두각을 보였다. 의사가 공중보건부의 수장이 아닌 것이 의외로 비칠 수도 있지만 사실 의사가 관련 부처의 수장인 경우는 전 세계적으로 거의 없다. 그건 현대 지구도 마찬가지다.

"이 전염병은 과거 20년 전, 론도 대역병 사건과 같은 질환으로 보입니다."

"허, 그런가. 큰일이군. 거의 15만에 가까운 사망자를 낸 전염병 아닌가."

사망자가 15만. 너무 어마어마해 오히려 현실감이 느껴지지 않은 숫자였다.

“걱정하지 마십시오, 폐하. 우리 공중보건부에선 당시 질환을 분석해 질병의 전파를 막을 방도를 마련해 놓은 상태입니다.”

“정말인가?”

갈릭이 강하게 고개를 끄덕였다.

“그렇사옵니다.”

“어서 그 방도를 말해보게.”

“20년 전의 전염병은 바로 독기에 의한 것이었습니다.”

“독기?”

“그렇사옵니다, 폐하. 독기(毒氣). 그건 바로 나쁜 공기를 뜻하는 것인데, 론도 시내의 인구 밀집 지역에서 발생한 쓰레기와 오물들로 인해 공기가 탁해지고, 악취가 발생하면서 이런 전염병이 창궐하는 것입니다. 따라서 악취를 제거하면 자연스레 전염병이 사그라질 것으로 보입니다.”

“그런가.”

자신만만한 말이었지만 민체스터의 표정은 쉽게 풀어지지 않았다.

‘독기라고? 정말로?’

20년 전, 대역병 때도 그는 황제였다. 15만에 달하는 시민들이 죽어가는 것을 눈으로 목격했다.

‘고작 악취를 없애는 조처로 그 끔찍했던 전염병을 없앨 수 있다고?’

의구심이 들었지만 그는 의학에 문외한이었다. 일단 전문가의 의견을 따를 수밖에. 그런데 그 자리에서 황제 말고도 똑같은 의문을 품은 자가 있었다.

“정말 그런 조처로 이 전염병을 막을 수 있는가?”

차가운 목소리. 황태자인 린덴 드 로마노프였다. 갈릭 부장이 고개를 숙였다.

"네, 전하. 악취로 인한 전염병이니 악취만 없애면 이 역병은 없어질 것입니다."

"악취로 그렇다고? 그런데 왜 설사 증상이 발생하는 것이지? 악취 때문에 발생하는 질환이면 설사가 아니라, 폐렴이 발생해야 하는 것 아닌가?"

"……!"

갈릭은 말문이 막혔다. 황태자가 이런 질문을 하는 이유는 단 하나. 얼마 전 론으로 엘리제와 나누었던 대화를 떠올렸던 것이다.

"이런 상한 음식을 먹으면 설사병에 걸려요."

"설사병이라고?"

"네, 입에 들어간 음식은 위장관으로 내려가거든요. 그래서 안 좋은 음식을 먹으면 장에 탈을 일으켜 설사를 발생시켜요."

"그래? 설사는 나쁜 공기로 생기는 것이 아니었는가?"

그 물음에 그녀는 재밌는 농담을 들었다는 듯 쿡쿡 웃었었다. 린덴은 그 웃음을 떠올리니, 갑자기 가슴 한편이 아려왔다. 얼마 전 봤었지만 또 보고 싶었다.

"아니에요. 공기를 마시면 폐로 가니 폐렴이 생기면 생겼지, 설사는 생기지 않아요. 물론 피를 타고 장까지 와 설사를 일으키는 경우도 있지만 드문 일이라서."

생각해 보면 당연한 발상이다. 공기는 폐로 가는데, 왜 설사병이 생기는가? 폐에서 대변을 만드는 것도 아닌데.

"그, 그게…… 이건 저 혼자만의 의견이 아니라 의학계에서 내린 결론입니다."

갈릭 부장은 제대로 설명하지 못하고 변명하듯 말했다. 사실 그가 말도 안 되는 공상을 말한 것은 아니었다.

독기설.

당시 론도 의학계가 20년 전 전염병에 대해 내놓은 결론이었으니까. 아예 근거 없는 결론은 아닌 게, 당시 사망자가 주로 악취가 많은 지역에 사는 주민이긴 했었다.

그때 황제가 말했다.

"일단 알겠네. 한시가 급한 상황이니 자네가 말한 조처를 우선적으로 시행하게. 그리고 혹 다른 원인은 없는지 의학연구원 쪽에도 자문하고."

"네, 폐하!"

"그리고 린덴."

그는 아들을 바라봤다.

"이 일은 네가 총괄하여 맡는 것이 좋겠구나. 수많은 희생자가 나올 가능성이 있으니 꼭 잘 부탁한다."

최소 수만, 어쩌면 수십만의 생명이 걸린 중요한 일이다 보니 이 나라를 책임질 황태자에게 직접 맡기는 것이다.

"네, 알겠습니다."

린덴은 고개를 숙였다. 그러면서 그는 생각했다.

'엘리제, 그녀는 이 문제를 어떻게 생각하고 있을까?'

몇 번이고 기적적인 천재성을 보여준 그녀다. 어쩌면 그녀는 정확한 답을 알고 있을지도 모른다.

비상소집 회의가 끝났다. 공중보건부의 부장 갈릭은 곧바로 자신이 이야기한 조처를 취했다. 주요 발생 지역의 악취를 최대한 없앤 것이다. 원래 까마득히 오래 걸릴 일이었지만 근위병의 대규모 지원을 받아 순식간에 처리했다.

하지만 호언장담과 다르게 전염병은 사그라지지 않았다. 다음 날, 사망자는 300명으로 늘어났다. 추가적인 환자도 기하급수적으로 늘어났다. 이대로라면 며칠 안에 사망자가 1,000명을 넘을 것이고, 20년 전의 그때처럼 수만 명 이상이 사망하는 것도 시간문제로 보였다.

"안 돼! 죽고 싶지 않아!"

"론도를 떠나야 해!"

론도 시민들에게 극도의 공포감이 휘몰아쳤다. 그런데 그렇게 론도가 공황에 빠져들 무렵 이 전염병의 정체를 정확히 진단해 낸 의사가 있었다.

테레사병원의 작은 소녀 의사, 엘리제 드 클로랜스였다.

늦은 밤.

"독기가 아니에요."

테레사병원에서 엘리제가 단정적으로 말했다.

"아니라고요?"

"네, 절대 공기 전파로 인한 전염병은 아니에요."

그레이엄은 의아한 표정을 지었다. 이 전염병은 20년 전, 론도 대역병과 동일한 것이었다. 그래서 의학계에선 이번 전염 사건의 명칭을 2차 론도 대역병으로 명명했다.

"데임, 20년 전의 전염병의 원인은 나쁜 공기 때문이었습니다. 알고 계시지 않습니까?"

"그때도 독기 때문이 아니었어요."

엘리제는 고개를 저었다.

"공기 때문에 생긴 질환이면 폐렴 같은 호흡기 증상이 나타나야 해요. 이렇게 위장관, 설사 증상이 아니라."

그래. 인플루엔자나 조류독감, 사스, 스페인 독감 같은 폐렴성 질환이면 나쁜 공기가 원인일 수도 있겠다. 하지만 설사병은 아니었다.

"이 병의 원인은 먹을 것, 정확히 말하면 오염된 물 때문이에요."

그러면서 그녀는 진단을 생각했다.

'이건 그 병이 분명해.'

처음에는 긴가민가했다. 한국을 포함한 웬만한 선진국에서는 자취를 찾기 어려운 질환이었기 때문이다. 그녀도 이 질환을 직접 본 적은 한 번도 없었다. 책에서만 봤을 뿐. 하지만 지구에서도 후진국에선 여전히 창궐하는 주요 전염병이었다.

'도시의 발전 수준을 봤을 때도 시기적으로 맞아.'

지구에서도 1800년대, 19세기에 수없이 많은 희생자를 만들었던 전염병. 한국의 과거, 조선에서도 최소 50만 명 이상을 사망시킨 질환. 그 무시무시한 전염병이 분명했다. 하지만 그 순간, 엘리제는 안도의 한숨을 내쉬었다.

'그래도 다행이구나.'

그녀는 생각했다.

'이 전염병이면 어떻게든 막을 수 있어. 물론 쉬운 일은 아니겠지만.'

내버려 두면 끝도 없이 희생자가 나오겠지만 발병의 원인, 진원지를 찾는다면 전염의 고리를 끊을 수 있다.

'다행이야.'

그런데 수만이 넘는 사람을 살릴 방도를 찾아낸 그녀의 얼굴은 씁쓸했다. 평소라면 활기에 반짝였을 텐데, 그녀는 슬픈 표정을 지었다.

'뭐가 좋겠어. 이걸 해결한다고 작은오라버니가 전장에 안 갈 수 있는 것도 아닌데.'

사람들을 구할 수 있는 것은 너무 다행이고 기뻤다. 하지만 웃음이 나오지 않았다. 그저 슬펐다.

'그래도 황태자 전하와의 약혼은 확실히 파할 수 있겠구나. 내기는 지킨다고 했으니.'

수만의 생명을 살리는 일이다. 그 누구라도, 설사 황제라도 그 가치를 인정하지 않을 수 없으리라.

"하아."

평소라면 무척 기뻤을 것이다. 사람들의 생명도 구할 수 있고, 황태자와의 약혼도 파할 수 있고, 그래서 앞으로 펼쳐질 비극도 피하고, 원하는 삶도 살 수 있을 것이다. 하지만 지금 드는 생각은 단 하나. 작은오라버니 크리스를 어떻게 하면 전화(戰火)에서 구해낼 수 있을까였다.

'방법이 없을까?'

그때였다! 그녀는 마치 벼락이라도 맞은 것처럼 몸을 굳혔다.

'있어! 한 가지 방법이! 노블레스 오블리주를 실천하면서도, 작은 오라버니가 참전하지 않을 방법이!'

그렇다! 그러고 보니 한 가지 방법이 있었다! 전염병을 해결한 후, '한 가지의 거래'를 황제에게 요구하면 된다. 오라버니의 군역을 면제해 달라는 거래는 아니었다. 그건 오라버니가 가문의 명예 때문에 거부할 테니까. 하지만 가문의 명예를 오히려 드높이면서도, 오라버니를 죽음의 위기에서 피하게 할 방법이 있었다.

'지금 요구하면 폐하께서 절대 들어주지 않을 거야. 하지만 이 전염병을 내가 해결해 낸다면? 그러면 싫어도 어쩔 수 없이 들어주실 거야. 그때 했던 내기도 있으니까.'

하지만 그 순간 엘리제의 얼굴이 딱딱하게 굳어졌다. 방금 떠올린 '그 방법'을 시행할 때 자신이 어떤 일을 겪어야 하는지 떠올랐던 것이다.

'하지만 그러면 내 가장 소중한 것을 포기해야 해.'

가슴이 차가워졌다. 간단하지만 어쩌면 그녀의 남은 인생을 포기해야 하는 방법이었다. 그녀는 새장 속의 새가 되리라. 영혼을 잃은.

'작은오라버니.'

엘리제는 그의 부드러운 얼굴과 따뜻한 목소리를, 자신을 향한 사랑을 떠올렸다. 그리고 이전 삶, 그의 죽음을 전해 들었을 때도 떠올렸다. 영혼을 잃은 새장 속의 새가 되고 싶지는 않다. 하지만 작은오라버니가 다시 죽으면 난 견딜 수 있을까? 엘리제는 괴로운 표정을 지었다.

그날, 엘리제는 밤늦게 저택으로 돌아왔다. 마차 안에서 그녀는 생각에 잠겨 있었다.

"무슨 고민을 하십니까?"

가문의 호위 기사인 벤톨 경이 물었다.

"한 사람을 생각했어요."

"누구 말입니까?"

"오와다 마사코(小和田 雅子)."

낯선 이름에 벤톨은 어리둥절한 표정을 지었다. 하지만 엘리제는 더 설명하지 않았다. 그저 지구에서 읽었던 기사가 잠시 떠올랐을 뿐, 그녀도 잘 아는 인물은 아니었다.

'역시 그 방법밖에 없겠지?'

정말…… 다른 방법은 없는 걸까? 오로지 이 방법인 걸까? 하지만 아무리 고민해도 다른 방법이 떠오르지 않았다. 그 사실이 가슴이 찢어질 듯 아팠다.

저택에 들어선 순간, 두 명의 인영이 그녀를 맞았다.

"엘리제! 왜 이렇게 늦었느냐?!"

"리제!"

아버지 엘 후작과 작은오빠 크리스였다.

"지금 론도에 전염병이 돌고 있는데! 이렇게 늦게 들어오고! 내일부터 병원은 출입 금지다, 엘리제!"

"그래, 리제. 내 생각에도 병원엔 가면 안 될 것 같아. 전염병이라도 옮으면 어떻게 하려고. 네가 환자를 생각하는 것은 알지만, 이번엔 절대 양보 못 해.”

자신을 걱정하며 노심초사하는 둘은 보니 엘리제는 갑자기 웃음이 나왔다. 나는 무엇을 고민하고 있는 걸까?

“아버지, 그리고 작은오라버니.”

“응?”

“사랑해요.”

뜻밖의 말에 아버지와 오빠는 눈을 동그랗게 떴다. 엘리제는 가만히 미소를 지었다. 그래, 새장에 갇힌 새는 영혼을 잃을 뿐 살아갈 수는 있다. 하지만 만약 내가 다시 이들을 잃는다면 살아갈 수 없을 것이다. 그만큼 가족을 사랑했다.

“아버지, 오라버니. 한 가지 부탁이 있어요. 꼭 들어주세요.”

“오냐, 말만 하렴. 무엇이든 내가 다 들어주마. 대신 병원에 나가는 것은 안 된다. 당분간 출입 금지야!”

“그래, 리제. 말해봐.”

그들은 얼른 고개를 끄덕였다. 최근의 그녀는 너무나 착하고 사랑스러워 무슨 무리한 부탁이라도 들어줄 수 있었다. 그런데 그녀의 부탁은 다소 의외의 것이었다.

“제가 앞으로 한 가지 잘못을 해도 용서해 주세요.”

그들은 의아한 표정을 지었다. 잘못이라니? 무슨?

“엘리제, 그게 갑자기 무슨 말이냐?”

착해진 딸이 이전처럼 못된 일을 저지르진 않겠지만 의아했다.

“더 묻지는 말아주세요. 그냥 한 번만 용서해 주세요. 만약 용서해 주시지 않는다 하셔도…… 어쩔 수 없어요. 저는 그냥 할 테니까요.”

"……!"

그녀는 크리스를 바라봤다.

"작은오라버니."

"으, 응?"

"고마웠어요."

"……리제?"

그리고 미안했어요. 지난 삶, 나 때문에 그렇게 되어서. 너무나.

고개를 갸웃하는 작은오라버니를 보며 그녀는 미소 지었다.

'그래, 이번엔 내 차례야.'

지난 삶, 작은오라버니는 자신 때문에 죽었다. 그러니 이번엔 자신이 희생할 차례다.

"아버지."

"……왜 그러느냐?"

엘 후작은 딸을 불안한 시선으로 바라봤다. 잔잔히 웃고 있지만 그의 사랑하는 딸은 어딘지 위태로워 보였다.

"내일 아침 일찍 황제 폐하를 뵈어야겠어요."

"……무슨 용무가 있길래? 폐하는 원한다고 알현할 수 있는 분이 아니다."

"알고 있어요. 하지만 시간을 다투는 일이에요. 아마 폐하께서도 기뻐하실 거예요."

"……?"

엘리제는 짧게 선언하듯 말했다.

"론도에 돌고 있는 전염병을 없애겠어요."

다음 날 이른 아침, 그녀는 정복을 입고 곱게 단장을 하였다. 평소 거의 치장을 하지 않는 것과는 전혀 다른 모습이었다.

“와아, 아가씨, 너무 예뻐요.”

어린 시종 마리가 감탄을 터뜨렸다. 엘리제는 살짝 미소를 지었다. 마리의 감탄처럼 오늘 그녀는 참으로 아름다웠다. 그런데 정복을 입은 탓일까? 일반적인 귀족 영애들의 화려한 아름다움과는 느낌이 전혀 달랐다. 절제되면서 차분한 아름다움. 검은 정복에서 감히 함부로 손댈 수 없는 기품이 흘러나왔다.

가문의 기사 벤톨 경이 그녀에게 말했다.

“준비됐습니다, 아가씨. 각하께서 기다리고 계십니다.”

“네, 고마워요.”

밖으로 나가던 중 그녀는 저택의 홀에서 잠시 멈추어 섰다. 그리고 벽에 걸려 있는 십자가를 향해 기도했다. 고개를 숙인 그녀의 목 아래로 백금발이 가지런히 떨어져 내렸다.

‘부디 저와 함께해 주소서.’

엘리제는 아버지 엘 후작과 함께 클로랜스 가문의 마차를 타고 황궁에 입궁했다.

“아침에 미리 연락을 드렸다. 폐하께서 기다리고 계실 거다.”

“네, 감사해요.”

“그런데 엘리제, 정말로 이 전염병을 없앨 수 있는 것이냐?”

이렇게 빠르게 황제를 독대할 수 있는 것은 그녀가 재상의 딸이면서 황제에게 총애받는 황태자비 후보여서이기도 했지만, 그녀가 전염병을 해결할 수 있다고 말했기 때문이다.

"네, 걱정하지 마세요."

엘리제는 고개를 끄덕였다. 흔들림 없는 대답. 하지만 엘 후작은 걱정이 들었다.

"네가 위험한 것은 아니겠지? 혹시라도 그렇다면 난 절대 네가 나서는 것을 찬성할 수 없다."

딸이 해결하지 못할까 걱정하는 것이 아니었다. 그의 걱정은 단 하나. 딸이 병원에서처럼 환자를 위해 몸을 아끼지 않고 나서다 몹쓸 전염병에 걸릴까 염려되었던 것이다. 만약 딸이 전염병에 걸릴 위험이 있다면 그는 절대 그녀가 나서는 것을 허락하지 않을 작정이었다.

"괜찮아요. 걱정하지 마세요. 이 전염병은 사람 간에 전파되는 것이 아니에요."

그녀는 그렇게 아버지를 안심시켰다. 그리고 어전에 도착한 엘리제는 잠시 후 황제와 독대할 수 있었다.

"엘리제 드 클로랜스가 제국의 태양을 뵙습니다."

"그래, 오랜만이구나. 잘 지냈느냐?"

황제가 반갑게 그녀를 맞았다. 최근의 악재들 때문인지, 민체스터는 얼굴이 좋지 않았다.

"그래, 데임 클로랜스. 이번 전염병에 대한 방책이 있다고?"

"그렇습니다, 폐하."

한 치의 주저도 없는 대답. 그 확신에 찬 목소리에 황제는 그녀가 진실로 해결책을 가지고 왔다는 것을 깨달았다.

'어떻게? 행정부의 공중보건부도, 의학연구원도 실마리를 못 잡는

중인데?'

다른 이가 저렇게 말했으면 믿지 않았을 것이다. 하지만 저 소녀는 다른 누구도 아닌 '엘리제'였다. 고작 몇 달 사이에 제국 의학계를 뒤흔들고 있는 희대의 천재. 근거 없이 저런 확언을 하는 것이 아닐 것이다.

"이 전염병은 독기에 의한 것이 아닙니다."

"그러면? 어떻게 그걸 아는가?"

"문헌에서 이 질환에 대해 공부한 적이 있습니다. 이 질환은 동방의 힌디, 그중에서도 뱅갈에서 유래한 전염병입니다."

"……!"

황제는 놀란 표정을 지었다. 힌디는 먼 동방에 자리한 청과 더불어 제국의 최대 교역국이었다.

"그 말이 정말인가, 데임 클로랜스?"

"네, 그렇습니다. 힌디에 장기간 거주한 윌리엄 경의 천축견문록을 자세히 살펴보면 지금의 전염병과 똑같은 증상의 역병이 여러 차례 발병되었다는 기록이 있습니다."

이건 엘리제가 따로 공부한 사실이었다. 지구에서도 동방에서 이 전염병이 유래했으니, 이곳도 비슷하지 않을까 싶어 확인했던 것이다.

"허허, 힌디라. 정말 대단하군. 그런 사실을 알아내다니."

황제는 크게 감탄할 수밖에 없었다. 제국의 그 어떤 의사도 짐작하지 못하던 병의 정체를 단번에 간파해 내다니. 아무리 엘리제가 의사가 되길 바라지 않는 황제이지만 그녀의 재능은 인정하지 않을 수 없었다.

"그럼 독기가 아니면 도대체 이 질환의 정체는 무엇인가?"

엘리제는 진단명을 말했다.

"콜레라(Cholera)입니다."

"……콜레라?"

낯선 이름의 병이었다.

"네, 폐하. 설사와 구토를 심하게 일으키는 역병으로, 동방의 영을 다녀온 로우랜드(Low-Land) 상인들의 기록을 보면 이 콜레라란 병이 자세히 적혀 있습니다."

"허허, 콜레라. 콜레라라……."

황제는 엘리제에게 물었다.

"그런데 질병이 무엇인지 알았다고 해서 전염을 모두 해결할 수 있는 것은 아니지 않은가? 해결책은 있는 건가?"

정확한 지적이었다. 정체를 안다고 해서 모든 전염을 막을 수 있는 것은 아니니까. 만약 그렇다면 현대 지구에서는 전염병이 모두 사라져야겠지만 실상은 감기의 유행도 예방하기 어렵다. 하지만 다행히도 이 콜레라의 경우는 차단이 가능했다. 방법만 알고 있다면.

"역학조사를 통해 가능합니다."

"역학조사?"

"네, 폐하."

역학조사(Epidemiologic survey). 전염병 차단의 기본이 되는 기술이다.

"만약 저에게 권한을 주신다면 3일 안에 문제를 해결하도록 하겠습니다."

"……!"

민체스터의 눈이 커졌다. 3일? 말도 안 되는 기간이었다. 20년 전, 1차 론도 대역병이 유행했던 기간이 수개월이었는데, 고작 3일이라니. 아무리 엘리제, 그녀라도 이 장담은 허풍처럼 들렸다.

"겨우 3일 안에 해결할 수 있다고?"

"어렵더라도 그 안에 해결해 내야 합니다."

엘리제는 그렇게 답했다. 그래, 무조건 3일 안에 해결해 내야 했다. 사실 그 시간도 길었다. 오만이 아니었다. 앞으로 하루하루가 더 지날 때마다 사망자가 기하급수적으로 늘어날 테니까. 3일이 지나면 사망자는 500명을 넘어, 1,000명에 육박할 것이다. 그러니 아무리 늦어도 3일 안에는 해결해야 했다.

"허허, 그래. 내 영애에게 권한을 위임해 주지."

그녀의 강한 눈빛을 본 황제가 고개를 끄덕였다. 사실 지금 상황에서 엘리제 말고는 다른 대안도 없었다. 모두 악취네, 나쁜 공기네 하며 우왕좌왕하고 있을 뿐이니까.

"그런데 폐하, 한 가지 드릴 말씀이 있습니다."

"무엇인가?"

엘리제는 굳은 얼굴로 자신의 진정한 용건을 이야기했다.

"제가 3일 안에 이 전염병을 해결해 낸다면 지난번 폐하가 말씀하신 조건을 충족한다고 봐도 되겠습니까?"

"……!"

황제의 얼굴이 딱딱하게 굳었다. 엘리제와 황제의 내기. 그것은 황태자비, 황후가 되는 것보다 의사로서 가치 있는 일을 해내면 약혼을 파해 주겠다는 것이었다.

"그건……."

황제는 바로 대답하지 못했다.

'만약 클로랜스 영애가 이 전염병을 해결해 낸다면…… 내기는 짐

의 패배구나.'

최소 수만 명, 어쩌면 수십만의 생명을 구하는 일이다. 정말 전염병을 해결할 수만 있다면 이 내기의 승리자는 엘리제였다.

'허허.'

그렇다고 막을 수도 없었다. 수많은 사람의 생명이 걸린 일. 오히려 그녀가 해결해 내길 간절히 기원해야 했다.

'과연 이 아이가 해결할 수 있을까.'

상식적으로 생각했을 땐 불가능한 일이었다. 민체스터는 엘리제의 눈을 바라봤다. 그녀의 눈동자는 흔들림 없는 확신에 차 있었다. 민체스터는 왠지 이 소녀라면 전염병을 해결할 수 있을 것 같다는 느낌이 들었다.

"허허. 그래, 만약 영애가 전염병을 막을 수만 있다면 내기는 당연히 영애의 승리지."

황제는 씁쓸히 웃었다.

"그런데 영애."

"네, 폐하."

"황태자비가 되는 것이, 아니, 린덴과의 결혼이 그렇게나 싫은 건가?"

엘리제는 대답하지 못했다.

"……죄송합니다."

그 답에 황제는 고개를 저었다.

"그토록 영애와 한 가족이 되기를 바랐지만 어쩔 수가 없군. 이 민체스터의 이름을 걸고 한 약속이니 지키겠네. 영애가 전염병만 해결한다면 황태자와의 약혼은 없는 것으로 처리하겠네. 이 민체스터의 이름을 걸고 집행할 것이니, 안심해도 좋아. 영애에게는 어떤 불이익도 가지 않을 것이야."

엘리제에겐 감격스러운 순간이었다. 황태자와의 파혼. 이 몸으로 돌아온 후, 가장 강렬히 염원하던 바를 이루는 순간이었으니까. 황제도 쓸쓸히 축하의 말을 건넸다.

"이번 일만 잘 해결하면 원하던 바를 이루겠군. 축하하네."

"……."

그런데 엘리제의 반응이 이상했다. 전혀 기뻐하지 않았다. 그리고 감사의 말도, 황송하다고 하지도 않았다. 그저 어딘지 슬픈 표정을 짓더니 낮게 가라앉은 목소리로 말했다.

"아닙니다. 전염병을 해결하더라도…… 예정대로 황태자 전하와 약혼하겠습니다. 그리고 황태자비가 되겠습니다."

그 말에 황제의 눈이 커졌다.

"그 말…… 정말인가?"

"네, 폐하."

그녀는 고개를 숙였다. 그리고 미소를 지었다. 약간은 아파 보이는 미소였다.

"대신, 폐하와의 내기에 이긴 보상으로 두 가지 조건과 한 가지 부탁을 들어주셨으면 합니다. 이것만 들어주신다면 황태자비가 되겠습니다."

황제의 얼굴이 굳었다. 심상치 않은 부탁일 것이라 예감한 탓이다.

"무엇인가?"

"첫 번째 조건은 정식 약혼식을 크림전쟁이 끝난 뒤로 미뤄 주십사 하는 것입니다."

그건 큰 문제 될 것이 없었다. 오히려 기특한 생각이었다. 역병과 확전된 전쟁으로 민심이 안 좋을 때 국가적 축제인 황태자의 약혼식을 거행하는 것은 보기 좋은 일이 아니었으니까.

"다음 조건은?"

"만약…… 황태자 전하가 저와의 결혼을 원하지 않는다면, 그러면 전하의 의견을 존중해 주셨으면 하는 것입니다."

엘리제는 이런 생각을 했었다. 자신도 그와 결혼해 불행했지만 그도 자신 때문에 불행했을 것이라고. 원하지 않은 이와 살아야 했으니까. 그러니 그에게도 기회를 주었으면 좋겠다. 만약 자신을 원하지 않는다면 사랑하는 다른 이와 함께할 기회를 황태자에게도 주는 것이 마땅하다고 생각했다.

"그건…… 역시 문제 될 것이 없겠군. 그러면 한 가지 부탁은 무엇인가?"

황제는 이 한 가지 부탁이 소녀가 진정 원하는 내용일 거라 짐작했다. 실제로 이 부탁이야말로 엘리제의 진정한 바람이었다. 그토록 갈망하던 황태자와의 파혼도, 의사로서의 삶도 사실상 포기하고 바라는 부탁이었으니까. 그건 가문의 명예를 실추시키지 않으며, 아니, 오히려 드높이며 작은오라버니를 죽음의 위기에서 구할 수 있는 유일한 방법이었다. 하지만 엘리제는 대답하는 대신 일단 이렇게 말했다.

"그건 이 전염병을 해결한 후 말씀드리겠습니다."

"흠?"

"죄송합니다. 어차피 며칠 걸리지 않을 테니, 잠시만 기다려 주십시오. 다만 한 가지 말씀드릴 수 있는 것은 황실에도, 이 제국에도 폐가 되는 부탁은 아니란 것입니다."

민체스터는 인상을 찌푸렸으나, 엘리제는 굳은 얼굴로 입을 열지 않았다.

"허허, 짐을 너무 궁금하게 하는군."

"송구스럽습니다."

"아니네. 어쩔 수 없지. 어차피 3일. 그 안에 전염병을 해결해 짐에게 뭘 원하는지 말해주게."

그런데 그때 엘리제가 말했다.

"폐하, 그 전에 한 가지만 먼저 청해도 되겠습니까?"

"뭔가?"

"제가 전염병을 해결한 후 한 가지를 부탁하면 그 부탁이 주님의 뜻에 어긋나지 않고, 제국의 뜻에 반하지 않는다면 들어주시겠다고 먼저 약속해 주실 수는 없겠습니까?"

생각지도 않은 청에 황제는 인상을 찌푸렸다.

"도대체 무슨 부탁이길래 그러는가?"

"무리한 부탁은 절대 아닙니다."

그렇다. 민체스터의 입장에선 무리한 부탁이 절대 아니다. 오히려…….

"폐하의 입장에선 굉장히 사소한 부탁입니다. 폐하께, 그리고 이 제국에 동전 1센트의 피해도 끼치지 않을 것입니다. 아니, 오히려 제 부탁을 들어주면 제국과 이 영광된 황실에 큰 이득이 될 것이라 확신합니다."

그녀는 거짓말을 하는 것이 아니었다. 실제로 자신의 부탁을 들어주면 모두에게 이득이 될 것이다. 클로랜스 가문의 명예에도, 크림에 원정 갈 제국군에도, 황실의 영광에도, 그리고 작은오라버니에게도.

"그러니 제발 부탁합니다. 나쁜 부탁이 절대 아니오니, 들어주시겠다고 먼저 약속해 주십시오. 만약 들어보고서, 폐하께 무리한 부탁이거나 제국의 뜻에 반한다고 판단되면 그때는 거절하셔도 좋습니다."

황제가 손해 볼 것은 없는 조건이었다. 미리 들어준다 약속을 해도 만약 무리하거나 나쁜 부탁이면 거절하면 되니까.

민체스터는 고개를 끄덕였다.

"좋다. 이 로마노프 황실의 이름을 걸고 약속하지. 하지만 영애가 이야기한 대로 제국의 뜻에 반하는 부탁일 경우엔 들어줄 수 없어."

"감사합니다!"

엘리제는 무릎을 꿇고 감사를 표했다.

"감사하기는. 만약 전염병을 해결해 낸다면 오히려 우리 황실과 브리티아 제국이 영애에게 큰 도움을 받는 것인데. 고개를 들게."

그렇게 말하며 황제는 눈살을 살짝 찌푸렸다.

'도대체 무슨 부탁이길래?'

들어준다 하긴 했지만 괜히 찝찝한 마음이 들었다. 유리한 줄 알고 계약서에 사인했는데, 알고 보니 사기당했을 때의 느낌이랄까? 엘리제가 전염병을 해결하고 황태자비로 들어오면 그토록 원하던 바가 이루어지는 것인데, 괜히 기분이 좋지 않았다.

"어쨌든 잠시 쉬고 황태자에게 가보게. 이번 전염병 관리는 황태자의 책임하에 이뤄지고 있으니까. 내가 영애에게 최대한 협조하라고 말해 놓지."

"감사합니다."

엘리제는 예를 표하고 물러났다. 그런 그녀의 뒷모습을 보며 황제는 고개를 갸웃했다. 도대체 무슨 부탁인 것이지?

'무리하거나 나쁜 부탁은 아니라고 했으니.'

하지만 이 순간, 황제는 꿈에도 상상하지 못했다. 엘리제가 내건 부탁이라는 것이 무엇인지. 제국과 황실, 그리고 모두에게 이득이 될 것이란 말이 무슨 뜻을 의미하는지.

엘리제는 장미정원에 앉아 황태자의 연락을 기다렸다. 붉은 장미를 바라보는 그녀의 눈이 우울하게 가라앉았다.

'그렇게 노력했는데, 결국 이렇게 원점으로 돌아왔구나.'

비극적인 삶을 겪은 그녀가 이번 삶에서 가장 크게 세운 목표는 황태자와의 결혼을 피하는 것이었다. 그와의 결혼이 모든 비극의 시작이었으니까. 그래서 필사적으로 노력했건만 결국 이렇게 이전 삶처럼 되어버렸다.

'아니, 그때보다 오히려 지금이 더 나빠. 그때는 의사란 소망이 없었으니까.'

그래, 그때보다 지금이 더 최악이었다. 자신은, 외과의사의 영혼을 가진 자신은 이제 의사의 길을 벗어나서는 살 수가 없었다. 그 생과 죽음이 교차하는 숨 막히는 긴장, 그리고 사람을 살리는 보람, 그것들을 떠나 어떻게 살 수 있단 말인가? 그건 화가에게서 붓을 뺏는 거고, 작곡가에서 음악을 뺏는 거고, 삶을 뺏는 것이다. 생각만 해도 숨이 막혔다. 아직 1년 정도 크림전쟁이 끝날 때까지는 유예 기간이 있었지만 전쟁이 끝난 후에는 의사가 아닌 황태자비로서 살아야 하리라.

"오와다 마사코."

그녀는 작게 중얼거렸다. 지구에서 오래전에 읽었던 기사가 떠올랐다.

오와다 마사코. 현 일본의 황태자비. 그리고 감옥에 갇힌 나비. 황금 새장에 갇힌 공주. 하버드 대학교 학부, 옥스퍼드 대학원을 졸업한 재원인 그녀는 일본 외무성의 가장 촉망받는 외교관으로서 빛나는 삶을 살아가고 있었다.

그런 그녀의 날개가 꺾인 것은 일본의 황태자인 친왕(親王)과 결혼한 이후부터였다. 누구보다 빛나던 그녀는 왕실에 갇힌 나비가 되었다. 그리고 빛을 잃고 날개가 꺾였다. 별것 아닌 이웃 나라 일본 왕실의 이야기. 그냥 오늘따라 그 이야기가 떠올랐다.

'이제 어쩔 수 없어.'

눈에서 한줄기 눈물이 흘러 화급히 닦았다.

'네가 선택한 일이잖아. 이걸로 작은오라버니는 죽음의 위기에서 벗어날 거야. 그러니 됐어.'

뭐가 그렇게 서러울까. 닦았으나 계속해서 눈물이 흘러내렸다.

'울지 마. 따지고 보면 다 네 업보잖아, 엘리제. 그렇게 못되게 굴었으니 이번에 갚는 것일 뿐이야.'

그녀는 눈물을 참으려 입술을 깨물었다.

'전하와의 결혼도…… 그래, 그렇게 나쁘지 않을 거야. 난 이전 삶의 엘리제가 아니니까. 내가 못되게 굴지 않으면 그때의 비극도 일어나지 않을 테니. 비록 사랑받지는 못 하겠지만 나도 그를 사랑하지 않으면 돼. 그러면 되는 거야.

지난 삶. 보답받지 못한 사랑 때문에 그녀는 삐뚤어져 갔다. 원래도 못된 성격을 가지고 있었지만 만약 사랑받았다면 그렇게 극단적으로 변하지 않았을지도 모른다. 그녀는 애써 그렇게 자위했다.

'이번 삶에는 그와 결혼해도 아프지 않을 거야. 그렇게 바라보기만 하다 말라비틀어지지는 않을 거야.'

이번엔 그를 사랑하지 않겠다. 혼자만 바라보던 사랑은 너무 아팠으니까.

'그러니 됐어. 그렇게만 하면 돼. 모두 잘됐어. 잘했어, 엘리제.'

그렇게 생각하는 그 순간이었다. 간신히 멈췄던 눈물이 다시 흘렀다.

"흑, 흐윽."

봇물이 터진 듯 서럽게 눈물이 흘러내렸다. 울지 않으려 입술을 질끈 깨물었다. 하지만 그녀는 도저히 눈물을 멈출 수 없어 무릎에 얼굴을 파묻고 엉엉 울었다.

'론 님.'

갑자기 그가 떠올랐다. 이제 볼 수 없는 그가 너무너무 보고 싶었다. 차가운 얼굴이, 무뚝뚝한 말투가, 재미없는 농담이, 여자에 서툴러 투박하지만 자신을 생각하던 그 태도가 보고 싶었다. 그를 만나 하소연하며 울음을 터뜨리고 싶었다.

'아아, 제발…….'

그런데 하늘이 그녀의 소원을 들어준 걸까? 이 자리에서 도저히 들릴 수 없는 목소리가 들렸다.

"엘…… 리제?"

서늘한 음성. 엘리제의 몸이 뻣뻣이 굳었다. 생각지도 못 한, 그러나 이 순간 너무나 듣고 싶었던 목소리였다.

'어째서 그가 여기에?'

아니, 있을 수도 있었다. 그도 황실과 연관이 있는 인물이었으니까. 그녀는 급히 눈물을 닦았다. 그리고 고개를 돌리며 그의 이름을 불렀다.

"론…… 님?"

하지만 목소리의 주인을 확인한 순간, 그녀의 얼굴이 굳어졌다. 그가 아니었다. 흑발에 금안, 차가운 인상에 조각 같은 외모. 론과 비슷한 느낌이었지만 전혀 다른 사람, 황태자 린덴 드 로마노프였다!

"엘리제 드 클로랜스가 황태자 전하를 뵙습니다."

엘리제는 급히 고개를 숙여 예를 표했다.

'내가 착각했구나.'

서러운 마음 때문이었을까? 어지간히 론이 보고 싶었나 보다. 이런 착각을 하다니.

"……."

그런데 황태자의 반응이 이상했다. 엘리제가 예를 올렸음에도 답도 없이 뚫어져라 그녀를 노려보고만 있었던 것이다. 마치 화라도 난 것처럼.

"전…… 하?"

"무슨 일이 있었지?"

"네?"

"무슨 일이 있었길래 그렇게 울고 있느냐는 말이다!"

엘리제는 당황해 눈물을 닦았다.

"아, 아무 일도 아닙니다. 신경 쓰지 마시옵소서."

"아무 일도 아니야? 그런데 천하의 그대가 그렇게 울어?"

"저, 정말 아무 일도 아닙니다."

아마 황태자는 자신과 황제 사이에 있었던 일을 아직 듣지 못한 것 같다. 그런데 왜 이렇게 화를 내시는 거지? 어쨌든 그녀는 황태자가 더 뭐라고 하기 전 허겁지겁 몸을 가다듬었다. 손수건으로 눈물을 닦고, 흐트러진 옷차림도 정리했다. 그리고 최대한 차분한 목소리로 말했다. 눈이 퉁퉁 부었을 것 같지만 그건 어쩔 수가 없었다.

"개인적인 일 때문에 그랬습니다. 국가적 재난을 논하기에 앞서 부끄러운 모습을 보여드려 정말 죄송합니다."

"……."

흐트러진 모습을 추스른 그녀를 보며 황태자는 인상을 찌푸렸다. 그리고 굉장히 마음에 안 든다는 표정으로 한참이나 그녀를 노려보았다.

"따라와라. 부황께 이야기 들었다. 전염병에 관해 이야기하지."

황태자는 그녀의 답을 듣지도 않고 등을 돌려 휘적휘적 걸어가 버렸다. 보폭을 따라가기 어려운 빠른 걸음.

그런데 그 배려 없는 모습이 누군가를 떠오르게 했다. 무뚝뚝한 또 다른 남자, 론이었다. 그도 항상 이렇게 그녀를 뒤에 두고 휘적휘적 앞으로 걸어갔었다. 그때는 참 여자를 대할 줄 모른다고 속으로 쿡쿡 웃었는데, 앞으로 못 본다 생각하니 그리웠다.

'언젠가는 다시 볼 수 있겠죠? 꼭 조심하세요.'

그녀는 하늘을 올려다보며 어딘가에 있을 그를 향해 기도했다.

황태자가 그녀를 데려간 곳은 황궁에서 공무를 보는 리엔 궁이었다.

"태자 전하를 뵙습니다!"

의학연구원의 교수, 황실십자병원의 명의(名醫), 공중보건부의 관료 등 전염병과 관련된 전문가가 모여 있었다.

린덴은 고개를 끄덕여 건성으로 예를 받았다. 엘리제가 우는 모습을 봐서일까? 기분이 최악이었다.

"전하…… 근데 저 소녀는?"

공중보건부의 부장 갈릭을 비롯한 여러 사람이 의아한 표정을 지었다. 국가적 재난 사태에 대응하는 이 비상대책본부에 웬 소녀란 말인가. 그런데 그녀를 알아본 이가 있었다.

"오, 데임 클로랜스! 어서 오시오!"

황궁 어의인 밴 자작이었다. 그는 희대의 천재로 이름난 엘리제를 반겼다.

"오랜만에 뵙겠습니다, 자작님."

"허허, 영애도 이 대책본부에 합류한 거요? 영애라면 분명 큰 도움이 될 터! 반갑소."

그들의 대화에 사람들은 놀란 표정을 지었다. 모두 의학계에 발을 걸친 자들. 데임 클로랜스의 소문을 여러 번 들은 적이 있었던 것이다.

'저 소녀가 데임 클로랜스라고? 정말? 피 한 방울만 봐도 떨 만큼 곱고 여리게 생겼는데?'

'생각보다 더 어리잖아?'

그들은 불신에 찬 표정으로 엘리제를 살폈다. 희대의 천재라고 들었는데, 전혀 그렇게 보이지 않았다. 왠지 소문이 과장된 것 같았다.

"전하, 그런데 데임 클로랜스는 어째서 이곳에 온 것입니까?"

공중보건부의 갈릭이 물었다. 황태자가 책임자로 있지만, 실무적으로 대책본부를 운영하고 있는 것은 그였다. 평민이지만 암암리에

귀족파의 후원을 받고 있던 갈릭은 어린 소녀가, 특히 황제파 클로랜스 가문의 딸이 이곳에 온 게 마음에 들지 않았다. 그런데 황태자는 말도 안 되는 명령을 툭 던졌다.

"지금 이 순간부터 데임 클로랜스가 전염병을 해결할 것이다. 그러니 공중보건부의 역량을 총동원해 그녀를 지원하도록."

"네?"

"자세한 설명은 그녀에게 직접 들어라."

"……?!"

장내가 경악에 빠졌다. 이게 도대체 무슨 소리란 말인가? 저 소녀가 전염병을 해결할 거라고? 모두 자신이 잘못 들은 건가 의심했지만 잘못 들은 게 아니었다.

"전하, 그게…… 무슨 말씀이십니까?"

"말한 그대로다."

황태자는 회의실 가장 상석에 앉아 그들을 바라봤다. 할 말 다했으니 이제는 너희가 알아서 하라는 태도였다. 결국 그들은 어려운 황태자 대신 만만한 엘리제를 바라봤다.

"데임 클로랜스, 이게 무슨 말입니까? 데임께서 전염병을 해결하신다고요?"

갈릭의 질문에는 황당함이 담겨 있었다. 엘리제는 그들의 마음을 이해했다. 갑자기 어린 소녀가 나타나 이 끔찍한 전염병을 해결한다는데, 어찌 황당하지 않겠는가? 하지만 그녀는 겸손을 떨지 않았다. 겸손을 떨며 느긋하게 있을 때가 아니었으니까. 지금 이 순간에도 희생자는 늘고 있다. 최대한 빨리 일을 진행해야 했다.

"네, 제게 이 전염병을 해결할 방도가 있습니다."

"……!"

갈릭은 불신이 가득한 눈을 하고서 물었다.

"어떻게 말입니까? 이 전염병은 독기로 퍼지는 것입니다. 그것을 완전히 제거하지 않는 한 전염병은 차단할 수 없습니다."

그래서 그들은 지금도 나쁜 공기와 악취를 제거하는 데 열중이었다. 엘리제는 고개를 저었다. 완전히 잘못된 접근법이었다.

"이 전염병은 공기로 인한 것이 아닙니다. 공기로 인한 전염병이라면 설사가 아닌 폐렴이 왔을 것입니다. 이 전염병은 먹을 것, 그중 물로 인한 것입니다."

"그 말 증명할 수 있소?"

그녀는 황제에게 했던 것처럼 병의 유례에 대해 설명했다. 동방 힌디에서 기원한 콜레라. 그 설명을 들은 몇몇 사람이 놀란 표정을 지었다.

"허…… 그러고 보니 들어본 적이 있는 것 같소. 로우랜드 상인들이 쓴 서적에 청과 영에서 비슷한 질환이 있었다고."

"그러게 말이오. 힌디의 뱅갈이라."

밴을 비롯한 황실십자병원의 명의들이었다. 원체 의학에 조예가 깊은 이들이다 보니, 머나먼 동방의 이야기를 얼핏 들었던 적이 있는 것이다. 하지만 대부분은 그녀의 말을 받아들이지 않았다. 아니, 정확히는 이해하지 못했다.

"난 데임께서 무슨 말을 하는지 모르겠구려. 근거 없는 이야기 같은데……."

그들의 반응에 그녀는 낙담하지 않았다. 애초에 그녀도 그들이 설명 한 번에 받아들일 것이라곤 생각하지 않았다. 이런 유의 문제는 압도적인 학술적 권위로 누르거나, 직접 눈으로 확인시켜 주지 않는 한 납득하기 어려웠으니까. 그러면 방법은 간단했다. 직접 눈으로 보여주면 된다. 자신의 말이 옳다는 것을.

"그러면 제 말을 증명해 보일게요."

"어떻게 말이오?"

"저에게 론도 시내가 자세히 표시된 대축척 지도와 50명의 인원만 지원해 주세요. 그러면 이틀 뒤부터 전염병이 없어지는 것을 보여드리겠습니다."

"……!"

갈릭을 비롯한 공중보건부의 관료들은 그녀가 진심인가 바라봤다.

"영애, 악취를 제거하기 위해 손 하나가 아쉬운 때요. 그런 근거 없는……."

그때, 차가운 음성이 끼어들었다.

"잔말 말고 지원해."

황태자 린덴 드 로마노프였다.

"하, 하지만 전하……?"

"명령이다. 그리고!"

그가 인상을 찌푸리며 말했다.

"공중보건부, 너희가 지금까지 한 게 뭐가 있지? 악취? 황실 근위대를 모조리 동원해 지금 론도의 공기는 매우 쾌적해졌다. 하지만 전염병은 여전해. 너희의 말대로라면 지금쯤 조금이라도 전염병이 꺾여야 하는 것 아닌가?"

"……죄, 죄송합니다."

할 말이 없게 하는 뼈아픈 지적이었다.

"지금도 빠르게 환자가 늘어가고 있다! 탁상공론을 하고 있을 때가 아니라, 가능성이 있다면 뭐라도 해야 할 때다. 그러니 쓸데없는 이야기 그만하고, 빨리 움직여!"

"네, 전하!"

관료들이 혼비백산해 고개를 숙이는 모습에 엘리제는 황태자를 의외의 시선으로 바라봤다.

'날 도와주었어?'

물론 황제의 언질을 들은 탓이겠지만 지난 삶 땐 이런 적이 없었다.

"감사합니다, 전하."

"됐다. 그런 말은 전염병을 해결하고 나서 하도록."

"네, 알겠습니다."

그녀는 관료들에게 부탁했다.

"지금 바로 지도를 가져와 주세요."

"지도를 말입니까?"

"네, 론도 시내가 자세히 묘사된, 가장 큰 축척으로 된 지도를요. 그리고 도와주시는 분들의 역할이 중요합니다. 잘 들어주세요."

"말씀하십시오."

"어려운 것은 아니에요."

그녀는 말했다.

"각 병원에 나가, 이 전염병을 앓는 환자들의 거주지를 확인해 주세요. 그리고 론도 시내를 나타낸 지도에 그들의 거주지를 정확히 표시해 주세요."

그녀가 시키는 것은 바로 역학조사. 현대의 지구에서도 전염병 차단의 첫 단계로 사용하는 방법이었다.

환자들의 거주지를 파악하는 것, 그것은 간단한 내용이었지만 조사하는 데 의외로 꽤 시간이 걸렸다. 론도의 모든 병원을 조사해야 하는 일이고, 현대 지구처럼 통신이 되는 시대도 아니었기 때문이다. 일일이 직접 찾아가 확인해야 했다. 그래도 공중보건부의 전폭적 지원 덕에 반나절 안에는 모든 작업을 끝낼 수 있었다.

현재까지 파악한 총 환자의 수는 1,237명. 그중 사망자는 345명이었다.

"모두 조사했습니다, 데임."

"고마워요."

엘리제는 환자들의 거주지를 론도 지도에 일일이 표시했다. 한 명도 빠뜨리지 않고 모두. 환자는 갈색, 사망자는 적색으로 구분했다.

'뭐 하는 거지? 저게 무슨 의미가 있지?'

사람들은 의구심이 가득한 눈으로 엘리제를 바라보았다.

그녀의 작업이 막바지에 이른 순간, 색깔로 구분돼 표시된 지도에서 하나의 규칙성이 나타나기 시작했다.

'이건?'

모르는 사람이 봐도 확연한 규칙성이 드러났다. 그건 브로드가(街), 크로이던 지구, 크롬웰 지구에 대부분의 환자가 밀집해 있었던 것이다! 몇 명의 관료가 흥분해 외쳤다.

"이 세 개의 지구를 폐쇄해야 합니다! 이 3지구 사람들의 출입을 막으면 전염병의 전파를 막을 수 있을 것입니다!"

당시 전염병을 대하던 흔한 방책이었다. 흑사병이나 천연두의 경우, 영지 전체를 폐쇄하고 불태우기도 했으니까. 하지만 엘리제는 고개를 저었다. 병이 발생한 지역을 폐쇄하는 것은 인구 밀도가 낮던 봉건 시대에나 가능한 방법이지, 론도 같은 대도시에서는 불가능하다. 그리고 설사 가능하다 하더라도 효과를 기대하기는 어려웠다.

"의미가 없어요."

"네?"

"환자는 이 세 개의 지구에서만 발생한 것이 아니에요. 지도를 봐요."

과연 그녀의 말처럼 드문드문 다른 지구에도 환자가 퍼져 있었다. 이래서는 폐쇄의 의미가 없다.

'하지만 확실히 이 세 곳에 문제가 있긴 있어. 전염병의 원인도 이 곳에 있을 거야. 뭘까?'

"갈릭 부장님."

"네, 데임."

갈릭은 불만스러운 얼굴로 답했다. 이런 재난 사태에 어린 소녀의 지시나 들어야 한다니!

'저런 소녀가 알아봐야 뭘 얼마나 안다고.'

물론 소녀가 의학계를 뒤흔드는 천재란 것은 들었다. 하지만 영 기분이 나빴다.

"다른 지구에 발생한 환자들이 최근 이 세 곳, 브로드가, 크로이던, 크롬웰 지구에 방문했는지 지금 바로 확인해 주세요."

"……알겠습니다."

그건 금방 확인되었다. 모두 이 세 곳을 방문한 적이 있었다.

'역시 이 세 곳에 원인이 있어. 이 안에 답이 있을 거야.'

그녀는 확신하고 지도를 바라봤다.

'이 세 지구의 공통된 요소를 찾아야 해.'

그리고 그 안에서도 환자의 분포 차이가 생기는 요인을 파악해야 했다. 그녀는 자리에서 일어났다.

'책상에서 하는 조사는 이걸로 끝. 이제는 내가 직접 발로 뛸 차례야. 눈으로 보고 원인을 찾아내야 해.'

황태자가 그녀에게 물었다.

"어딜 가려는 거지?"

"브로드가로 가려고요."

"거긴 왜?"

황태자의 눈썹이 찌푸려졌다. 왠지 못마땅해하는 모습에 엘리제는 고개를 갸웃했다.

"원인을 조사하기 위해 직접 가서 살피려 합니다."

그런데 황태자의 반응이 의외였다.

"안 돼. 허락하지 않겠다."

"네?"

엘리제는 눈을 동그랗게 떴다. 그녀는 영문을 몰라 황태자를 물끄러미 바라보았다.

"꼭 직접 가야 하는 것인가? 다른 사람 보내. 그대가 가는 것은 허락하지 않겠다."

그녀는 당황하며 말했다. 왜 저러시는 거지?

"보고로 알 수 있는 것에는 한계가 있습니다. 따라서 전염병의 원인을 파악하는 데 있어 현장 조사는 다른 무엇보다 중요합니다. 혹시 제가 그곳에 가면 안 되는 이유라도……?"

"……."

린덴은 입을 다물었다. 이유? 없다. 아니, 정말 중요한 이유가 있긴 하다.

'브로드가는 환자가 가장 많이 발생한 곳이잖아, 젠장.'

가서 옮기라도 하면 어떻게 하려고? 이 전염병의 사망률은 현재 30%, 아니, 점점 사망자의 비중이 늘어 50%에 육박하고 있다.

'이 여자는 왜 자기 몸은 안 챙기는 거야? 몸도 약하면서!'

정말 마음에 안 들었다. 환자가 우글거려 폐쇄까지 고려하는 브로드가에 갔다가 병이라도 걸리면? 그래서 혹시 잘못되기라도 하면? 린덴은 그것을 떠올리는 것만으로도 가슴이 덜컥 내려앉았다. 세상이 무너지는 느낌이었다. 물론 엘리제는 이 전염병이 사람 간에 옮는 것은 아니라고 말했지만 정확한 것은 모르는 것 아닌가? 절대 그녀가 위험지역에 가게 하고 싶지 않았다.

"전하, 혹시 제가 제대로 원인을 파악하지 못할까 염려되어 그러는 것입니까?"

그건 아니다. 그녀보다 잘할 수 있는 사람은 이 론도에 없겠지. 그건 확실하다. 하지만 그래도 안 된다.

엘리제는 곤란한 얼굴로 부탁했다.

"전하, 어떤 이유로 그러시는지 모르겠습니다. 혹 제가 모르는 사이 전하의 마음에 불편을 끼친 게 있다면 사죄드립니다. 다만…… 폐하께 저는 이 전염병을 해결하라는 명을 받았습니다. 그 지엄한 명을 따르기 위해선 현장 조사가 불가피합니다. 보고만으로는 원인을 파악할 수가 없으니까요. 제발 통촉해 주시옵소서."

구구절절 옳은 말이었다. 황태자도 그녀의 말이 옳다는 것을 안다.

하지만 그녀가 그런 위험에 노출되는 것이 싫었다.

'하아, 정말 마음에 안 들어.'

결국, 황태자는 백기를 들었다. 지금 이 순간에도 환자는 늘어가고 있는데, 개인적 이유로 계속 고집을 부릴 순 없었다. 그는 허락하는 대신 전제를 달았다.

"좋다. 하지만 조건이 있다."

"어떤 것입니까?"

"위험지역의 현장 조사는 나도 같이 가겠다."

"……!"

엘리제는 놀란 표정을 지었다. 황태자는 입술을 비틀었다. 자신이 같이 간다고 전염병을 막을 수는 없겠지만 그래도 그녀가 혹시 위험에 노출되지는 않는지, 두 눈으로 지켜봐야겠다고 생각했다.

1854년, 지구의 런던에는 존 스노 박사란 인물이 살고 있었다. 그는 당시 런던 소호 거리에 유행하던 전염병을 지도와 데이터 조사를 통해 차단했다. 세계 최초의 역학조사였고, 그의 방법은 현대까지 내려와 널리 사용되고 있다. 엘리제가 지금 사용하는 역학조사도 그의 방법을 따라 하고 있는 거였다.

'마침 당시 소호 거리에 돌던 전염병도 콜레라였지. 그때도 일주일 만에 1,000명의 사망자가 나왔었어.'

그녀는 현대 역학의 아버지라 불리는 존 스노 박사를 떠올렸다. 그보단 자신이 훨씬 유리했다. 그는 콜레라란 질환에 대해 모르고 있었지만 자신은 콜레라의 증상, 원인균은 물론이고 전파 방식까지 모조리 알고 있었으니까.

'콜레라는 음식물, 정확히는 물에 의해 전파돼.'

이렇게 광범위한 지역에서 빠른 시간에 사람들을 전염시킬 수 있는 전파 방법은 단 두 가지다.

하나는 사람 간의 공기를 통한 전파. 인플루엔자 등이 그렇다. 공기를 움켜쥘 수 없듯, 한 번 돌기 시작하면 막을 방법이 없었다. 지구에선 20세기 초, 인플루엔자의 유형인 스페인 독감이 5,000만이 넘는 인구를 몰살시키는 일도 있었다. 그 정도로 전파력이 끔찍했다.

다른 하나는 물에 의한 전파다.

'음식물은 어차피 먹는 사람이 제한되어 있으니 전파가 심하지 않아. 하지만 물은 달라. 같은 공급원에서 공급되는 물을 먹으면 모조리 감염되니까.'

그러니 어떤 상수원이 콜레라균에 오염되었는지 찾아내야 했다.

'그게 만만치 않아서 문제지만.'

론도는 같은 구역이라도 위치, 용도에 따라 수도 공급 회사가 다르다. 상수원도 제각각이다.

'여러 개의 상수원이 오염되지는 않았을 거야. 이 3개의 지역에 공통으로 물을 공급하는 수도 공급 회사와 상수원을 찾아야 해.'

그건 어렵지 않았다. 동행한 황태자가 지시하니, 한 시간도 안 되어 행정부에서 명단을 추려왔다. 세 개의 지역에 물을 공급하는 수도 공급 회사는 총 3개였다. 테즈사, 벨벳사, 피요르 수도 회사. 이 중 벨벳사와 피요르 수도 회사는 론도 전역에 물을 공급하고 있었다. 다만 지역적 특성상 이들 세 지역에만 상수원이 달랐다.

'이 세 회사 중 하나일 거야. 정확히 알아내야 해.'

모든 상수원을 폐쇄할 수는 없다. 물 없이 사람이 살 수는 없으니 다른 방법을 찾아야 했다. 그리고 정확한 원인을 찾아야 했다.

'각 수도 회사가 구역 내에서 정확히 어떤 지역에 물을 공급하는 거지?'

그것은 각 수도 회사에 요청해 알아냈다. 확실히 황태자가 옆에 있으니, 일 처리 속도가 전광석화다. 만약 그녀 혼자 했으면 훨씬 오래 걸렸을 것이다.

"도움에 감사드립니다, 전하."

"됐다. 제국과 시민을 위하는 일이다. 너는 빨리 전염병이나 해결하도록."

다음 대의 명군이 될 자다운 답변이었다. 그 지원에 힘입어 엘리제는 하나하나 단서를 찾아나갔다. 마치 탐정처럼. 그리고 곧 하나의 회사가 대상에서 제외되었다.

'벨벳사는 아니야. 역학 지도와 맞지가 않아.'

그녀는 환자가 발병한 지도와 수도 공급 상황을 비교했다. 벨벳사는 아니었다.

'그러면 테즈사? 아니면 피요르 수도 회사?'

두 회사는 모두 역학 지도와 일치하는 곳에 물을 공급하고 있었다. 다만 용도가 달랐다. 테즈사는 거리의 공용 식수를, 피요르 수도 회사는 건물들에 수돗물을 공급하고 있었다.

'환자들에게 물어봐도 대부분 두 회사의 물을 모두 먹었다고 하니.'

난감했다. 최악에는 두 회사의 물을 전부 폐쇄해야 할지도 몰랐다. 그런데 그 순간이었다. 한 가지 깨달음이 번개처럼 찾아왔다!

"전하, 여쭐 게 있습니다."

"뭐지?"

"현재 론도의 오수가 최종적으로 흘러가는 곳이 어디입니까?"

린덴은 답했다.

"테즈강 하류다."

"……!"

그녀는 다급히 말했다.

"전하, 지금 바로 테즈강 하류에 가 봐야겠습니다."

그녀는 눈으로 직접 확인하기 위해 곧바로 테즈강 하류로 향했다. 잠시 후 도착한 테즈강 하류에서 그녀는 충격적인 광경을 목격하고 깜짝 놀라고 말았다.

"……!"

엄청난 악취와 오수에 더럽혀진 강물을 본 순간, 그녀는 확신했다. 원인을 찾았다. 바로 이 테즈강 하류에서 물을 끌어 올려 브로드가, 크로이던 지구, 크롬웰 지구 거리에 공용 식수를 공급하던 테즈사였다. 이곳이 콜레라균의 서식지였던 것이다.

엘리제의 의견대로 곧바로 테즈사에서 공급하던 거리의 공용 식수가 차단됐다.

파앙!

요원들이 식수 파이프의 밸브를 떼어 갔다. 테즈사에서 강력히 항의했고, 공중보건부의 관료들도 반대했지만 황태자의 말 한마디에 조용해졌다.

"이 결정에 대한 결과는 내가 책임진다."

엘리제는 놀라 황태자를 바라봤다. 그는 무뚝뚝하게 말할 뿐이었다.

"난 이 전염병 사태의 총책임자다. 그러니 설사 네 판단이 잘못되었더라도 책임은 내 몫이다. 그러니 걱정하지 마라."

그 말에 그녀는 순간 알 수 없는 마음이 들었다.

"감사합니다."

하지만 그는 대답하지 않고 그녀에게서 등을 돌렸다. 그런 그에게 그녀가 말했다.

"전하, 걱정하지 마십시오. 전하께서 곤란하실 일은 없을 것입니다."

"걱정 따위 안 한다."

그리고 그는 말했다. 지나가는 듯한 목소리로.

"널 믿으니까."

그래, 마음에 안 드는 그녀지만 그는 그녀를 믿고 있었다.

한편 그녀는 자신이 잘못 들었나 싶어 화들짝 놀라 그를 바라봤다. 그러나 그는 그녀를 돌아보지 않고 발걸음을 옮겨 한참 멀어지는 중이었다.

'날…… 믿는다고?'

이전 삶, 그의 짝으로 10년 가까이 살았지만 한 번도 듣지 못한 말이었다.

엘리제의 조처대로 테즈사의 식수를 차단한 다음 날, 처음으로 전염병 환자가 줄어들었다.

공용 식수를 차단한 다음 날, 발병 환자가 최초로 100명 미만으로 줄었다. 매일 수백 명씩 기하급수적으로 늘던 추세가 확연히 꺾인 것이다.

'어떻게 이럴 수가? 정말 데임 클로랜스의 주장이 맞았단 말인가?'

황실 비상대책본부의 위원들, 즉 공중보건부의 관료, 의학연구원의 교수, 황실십자병원의 명의들은 경악에 빠졌다. 그들은 모두 엘리제의 주장을 믿지 않고 있었다. 아니, 믿기는커녕 비웃고 있었다. 천재라더니, 말도 안 되는 주장을 하고 있다고. 그나마 황실십자병원의 의사들이 그녀의 말을 귀 기울여 듣긴 했지만 완전히 믿고 있는 것은 아니었다. 특히 공중보건부의 관료들은 황제와 황태자의 명령이 아니었으면 절대 그녀를 도와주지 않았을 것이다. 하지만 결과는 그들이 예상한 것과 정반대였다. 그녀의 주장이 옳았던 것이다!

'말도 안 돼.'

그들의 불신과는 별개로 하루가 더 지나자 발병 환자가 30명 미만으로 줄었다. 전염병의 전파가 완전히 꺾인 게 분명했다.

'다행이야, 정말로.'

엘리제는 안도의 한숨을 내쉬었다. 아직 환자가 드문드문 발생하고 있긴 하지만, 그건 이전에 콜레라균에 감염된 사람이 잠복기가 지나며 발병한 탓이었다.

'콜레라의 잠복기는 주로 1~2일. 길어야 5일이니, 이제 곧 완전히 환자가 끊길 거야.'

그녀의 예상은 정확했다. 3일이 지나는 순간, 환자가 거짓말처럼 뚝 끊긴 것이다. 몇 명 정도는 생겼지만 거의 무시해도 될 수준이었다. 기적과도 같은 일이었고, 죽음의 재앙 앞에 벌벌 떨던 론도의 시민들은 기쁨의 환호성을 질렀다.

"이제 끝난 거야? 벌써?"

"살 수 있는 거야?"

이 시대 전염병의 공포는 상상을 초월했다. 수만에서 수십만이 짚단처럼 무더기로 죽어 나갔으니까. 가족이 죽고, 일가친척이 몰살하는 경우는 흔한 일이었다.

이번에도 당연히 그런 재앙이 일어날 거라 두려워하고 있었는데, 이렇게 빨리 끝나다니? 500명이 넘는 희생자가 나오긴 했지만 20년 전 15만에 비하면 정말 적은 숫자였다. 론도의 시민들은 기적이 일어났다고 기뻐했다.

하지만 이건 우연한 기적이 아니었다. 한 명의 소녀, 그녀가 만들어낸 의학의 결과물이었다. 시민들도 곧 자신들에게 주어진 삶의 축복이 우연한 것이 아님을 알게 되었다. 사정을 알아낸 신문사들이 앞다투어 보도했기 때문이다.

[죽음의 전염병을 정복한 데임 클로랜스! 250만 론도 시민들의 목숨을 구해!]

[데임 클로랜스! 완고한 관료들의 반대에도 불구하고, 의학적 판단으로 '콜레라 맵'을 이용, 전염병의 원인을 차단! 론도를 죽음에서 구해내!]

믿을 수 없는 이야기였다. 원래 이 전염병의 원인은 나쁜 공기 즉, 독기로 알려져 있었다. 그런데 의학적 역학 관계를 기반으로 진정한 원인을 밝혀내 전파를 차단하다니!

"황태자비가 되실 데임 클로랜스께서 우리를 구해 주셨구만."

"그러게. 마음만 착하신 게 아니라 정말 대단해."

론도의 시민들은 그녀에게 열광했다. 원래부터 시민들의 사랑을 받던 엘리제지만, 이번은 그 열광의 정도가 달랐다. 폭풍과도 같았다.

"데임 클로랜스 만세!"

"황태자비 만세! 만만세!"

사람들은 모이기만 하면 엘리제의 이름을 칭송했다.

"이거 데임 클로랜스가 아닌, 성(St.) 엘리제라고 불러야 하는 것 아닌가요?"

"그러게 말이네."

성(St. 聖). 세인트(Saint). 사람들을 위해 어마어마한 업적을 남긴 사람에게 주어지는 영광된 존칭이다. 과한 게 아니냐 할 수 있겠지만 놀라운 의학적 판단으로 수십만 시민의 목숨을 구했으니 그 존칭에 부족할 것이 없었다. 그리고 또 한 명 주목받는 인물이 있었다. 바로 황태자인 린덴 드 로마노프였다.

"이번에 황태자 전하께서 전적으로 데임 클로랜스를 신뢰하고 지원해 주셨다며?"

"그래, 신문에서 그러더군. 그리고 전염병이 한창 위험할 때 데임 클로랜스와 함께 전염 지구를 같이 살폈다던데?"

"천생연분이군그래. 빨리 데임 클로랜스께서 황태자비가 되시면 좋을 텐데!"

"예끼, 이 사람아! 데임 클로랜스는 아직 성인식도 치르지 않지 않았나?"

"몇 달 뒤면 성인인데 그게 무슨 상관인가? 바로 약혼하고 결혼까지 하면 되지!"

원래 황태자는 3황자에 비해 대중적 인기가 떨어졌다. 통치력과 제왕으로서의 능력은 뛰어났지만 유쾌한 3황자에 비해 친근하지가 않았기 때문이다. 하지만 이번 일로 인해, 그리고 엘리제와 결혼이 예정된 사이란 사실 하나만으로 인기가 급격히 올라갔다. 모두 엘리제 덕분이었다.

"데임 클로랜스, 그리고 황태자 전하의 결혼을 위하여!"

이렇게 건배를 하는 시민들도 있을 정도였다.

그때, 화제의 주인공 엘리제는 테레사병원에 있었다. 추가적인 전염은 끝났지만 환자가 없는 것은 아니기 때문이다. 사람들이 기뻐하는 그 순간에도 사경을 헤매는 콜레라 환자가 많았다.

'적절히 치료하면 치사율을 급격히 낮출 수 있어.'

현대 지구에서 콜레라의 치사율은 1% 내외였다. 반면 론도에서 콜레라의 치사율은 약 40~50%에 육박하고 있다. 적절한 치료를 못 하고 있기 때문이다.

'지구만큼 치사율을 낮출 수는 없겠지만.'

그래도 원인을 알면 이런 끔찍한 치사율은 낮출 수 있다.

'폐하께 드릴 부탁은 먼저 이 환자들을 치료하고 나서 말하자.'

그렇게 다짐한 엘리제는 일단 환자들의 회복에 열중했다. 그런 그녀의 모습에 시민들은 다시 한 번 감탄했다.

"역시 데임 클로랜스. 조금도 쉬지 않으시고."

"그러게 말이야. 듣자 하니 몸도 약하다고 하던데."

"저러다 황태자비도 병에 걸리는 것 아니야? 그러면 안 되는데."

몇몇 사람은 벌써 그녀를 황태자비로 호칭하고 있었다. 그만큼 그녀가 빨리 자신들의 퍼스트레이디가 되길 바라는 것이다.

한편 엘리제는 환자들 사이에서 고군분투하며 다른 의사들에게 치료의 핵심을 알려주었다. 혼자 모든 환자를 치료할 수는 없으니까. 동료 의사들이 있는데 그럴 필요도 없고.

"콜레라 환자가 사망하는 이유는 탈수와 전해질 불균형 때문이에요. 설사와 구토가 일반 위장관 병에 비해 너무 심하기 때문이죠. 그러니 최대한의 수액 공급과 전해질을 공급하는 데 주력해야 해요."

그렇다. 콜레라가 무서운 이유는 설사와 구토가 너무 심해 탈수 때문에 전해질 균형이 완전히 깨지기 때문이다. 이것만 교정해 주어도 상당수의 사망자를 막을 수 있다.

"알겠습니다!"

테레사병원의 의사들은 지난 몇 달간 엘리제의 어마어마한 능력을 봐왔다. 따라서 아무런 의심 없이 그녀의 지침을 따랐고 그 결과 사망률이 급격히 감소했다. 그녀는 다른 병원에도 치료 원칙을 알려주었고, 곧 론도 전체에서 콜레라로 인한 사망자가 급감했다. 그렇게 엘리제는 20년 전, 론도를 죽음으로 몰아넣었던 대역병을 정복했다.

현대 역학의 창시자. 그리고 콜레라의 정복자.

이번 일로 인해 그녀는 두 가지 별명을 얻게 된다. 후대에 무수히 많은 별명으로 불리게 될 그녀에게 붙은 첫 번째 별명이었다.

며칠 지나지 않아 콜레라가 완전히 정리된 후 그녀는 황궁에 입궁했다. 지난번 이야기했던, 황제에게 미뤄두었던 부탁을 고하기 위해서이다.

"허허! 클로랜스 영애, 어서 오게. 마침 영애에게 무슨 상을 주어야 할지 태자와 상의하고 있었다. 이 제국을 위해 정말 큰일을 해주었어!"

민체스터 황제는 환한 얼굴로 그녀를 맞았다.

"황송합니다. 모두 폐하의 은총 덕입니다."

"짐의 은총은 무슨, 모두 영애 덕이지. 진짜로 3일 만에 대역병을 해결하다니. 정말 대단해. 대단해."

황제는 연신 그녀를 칭찬했다. 그럴 만했다. 20년 전, 15만이 죽는 참상을 직접 목격한 황제다. 그런 대재앙을 이렇게 해결하다니. 고작 대단하다는 단어로는 이 업적을 표현할 수 없었다. 기적! 이건 바로 기적이었다.

"도대체 어떤 상을 줘야 이 공을 갚을 수 있을지 모를 지경이야. 그렇지 않나, 태자?"

"그렇습니다."

옆에 동석한 황태자 린덴 드 로마노프가 고개를 끄덕였다.

"역…… 학조사라 했던가? 콜레라 맵? 어쨌든 금번에 영애가 사용한 방법은 공중보건부와 의학연구원에 잘 전수해 주게. 늘 영애의 도움만 받고 있을 수는 없으니."

당시 론도를 비롯한 서대륙의 대도시는 이와 비슷한 전염병을 반복적으로 앓고 있었다. 인프라가 갖춰지지 않은 채 인구가 과도하게 밀집한 탓이었다. 그래서 엘리제는 한 가지를 건의했다.

"폐하, 앞으로 전염병을 예방하기 위한 방책이 하나 있습니다."

"무엇인가? 좋은 생각이 있는가?"

황제는 반색하며 물었다. 이제 그는 엘리제의 이야기라면 뭐든지 일단 믿고 보게 되었다.

"콜레라란 전염병은 물이 오염되어 생기는 것입니다. 이번에 병이 생긴 것도 도시의 오수 처리 시스템이 제대로 작동하지 않아서였습니다."

"계속 말해보게."

"그러니 이번 기회에 비용이 들더라도 도시의 하수도를 정비해야 한다고 생각합니다. 하수도를 제대로 정비해 물의 오염을 막는다면 콜레라를 영원히 퇴치할 수 있을 것입니다. 다른 전염병의 발병도 예방할 수 있고요."

황제는 그녀의 말이 옳다 생각했다. 공화국의 수도인 '빛의 도시 파리스'와 더불어 세계 최고의 도시인 론도는 이전부터 오수 처리에 골머리를 앓고 있었다. 이번 기회에 정비하는 것이 좋을 것 같았다.

"그 말에 따르겠네. 시일이 걸릴 대공사지만 늦지 않게 시작해야겠어."

"이왕 정비할 것, 규모를 크게 하는 것이 좋겠습니다."

"그게 무슨 말인가?"

"론도는 세계의 수도로서 나날이 인구가 늘어가고 있습니다. 만약 현재 인구인 250만 명을 기준으로 정비하면 머지않은 미래에 다시 한 번 대공사를 시행해야 할까 걱정됩니다."

"그러면 어느 정도의 인구에 맞추어야겠는가?"

엘리제는 고민 후 답했다.

"최소 500만 이상을 기준으로 잡아야 한다 생각합니다."

"……!"

황제와 황태자는 모두 놀란 표정을 지었다.

"500만? 진심으로 하는 이야기인가, 영애?"

500만. 어마어마한 숫자다. 4억의 인구를 가진 동방의 청이면 모를까, 아직 서대륙 어느 열강도 그런 인구의 도시를 가진 나라가 없다.

"네, 그렇습니다. 제국의 발전 속도를 생각하면 그 정도도 부족하다 생각합니다."

제국이 어디까지 번영할지는 모르겠다. 달은 차면 기우는 법이니, 영원히 세계 최강의 위치를 차지하지는 못 하겠지. 그래도 지구의 경우를 비교해 보면 론도의 인구는 앞으로 최소 500만은 돌파할 것이다. 그것도 그렇게 머지않은 미래에. 그러니 공사는 기술력이 되는 한 크게 하는 것이 좋았다.

"허허, 이거 영애의 배포가 생각보다 훨씬 크군. 500만이라. 그래, 제국의 퍼스트레이디가 될 사람이니 그 정도 배포는 가지고 있는 게 좋겠지. 그건 그렇고, 이젠 짐이 들어야 할 차례군."

황제는 넌지시 이전에 나누었던 대화를 언급했다. 엘리제는 자세를 고쳐 앉았다. 본론을 이야기할 때라 생각한 것이다. 그녀가 오늘 온 이유는 하수도 정비를 건의하기 위해서가 아니었으니까.

"그래, 이제 한번 말해보게. 무엇이든 들어주겠네."

황제가 웃으며 말했다.

"폐하, 말씀드리옵기 전에 여쭐 게 있습니다."

"무엇인가?"

"지난번 했던 약속은 아직 유효한 것입니까?"

지난번 약속. 어떤 부탁을 하더라도 제국의 뜻에 어긋나지 않는 한 들어달라는 것이있다. 황제는 고개를 끄덕였다.

"당연하지. 이 로마노프 황실의 이름을 걸었네. 주님과 제국의 뜻에 어긋나지 않는 한, 무조건 들어주겠네."

"감사합니다."

민체스터는 인상을 찌푸렸다.

"그런데 도대체 무슨 부탁이길래 그러는가? 괜히 불안하군. 빨리 말해보게."

엘리제는 살짝 미소를 지었다. 이 부탁을 한 후에 후폭풍이 걱정된다. 하지만 이 방법 외엔 다른 방법이 없다. 가문의 명예를 높이면서도, 작은오라버니가 죽음의 위기에서 벗어날 방법은.

"큰 부탁은 아닙니다."

"그러니까 빨리 말해보래도."

그녀는 말했다.

"저 엘리제가 가문의 차남 크리스 대신 클로랜스 가문을 대표하여 이번 2차 크림원정군으로 참전할 수 있도록 해주십시오."

"……뭐?"

장내가 싸늘하게 얼어붙었다. 도저히 들을 수 없는 말을 들은 듯 황제의 얼굴이 딱딱하게 굳었다. 옆에서 이야기를 듣던 황태자의 얼굴도 마찬가지로 딱딱하게 굳었다.

"지금…… 뭐라고?"

엘리제가 무릎을 꿇고 고개를 숙였다. 그리고 다시 한 번 말했다.

"클로랜스의 딸이 가문의 명예를 높이기 위해, 그리고 로마노프 황실에 충성을 바치기 위해 요청합니다. 제가 명예로운 군역의 의무를 다할 수 있도록 종군 의사로서 크림원정에 참전하는 것을 허락해 주십시오."

이것이 그녀가 찾은 답이었다. 크리스 대신 자신이 종군 의사로서 참전하는 것. 이러면 가문이 노블레스 오블리주의 명예를 저버리지 않으면서도, 작은오라버니를 죽음의 위기에서 구해낼 수 있다.

그러고 어떻게 이야기가 진행됐는지 모르겠다.

엘리제는 떨리는 걸음으로 어전을 나왔다. 전신이 사시나무처럼 떨렸다. 황궁 입구에서 기다리고 있는 가문의 마차를 향해 걸어가다, 전신에 힘이 풀려 궁의 복도에 주저앉아 버렸다.

'저질렀어.'

방금 황제는 난생처음으로 자신에게 화를 냈다. 그냥 목소리만 높인 것이 아니었다. 고성을 지르며 불같이 분노했다. 이전 삶, 어떤 잘못을 저질러도 웃으며 넘어가 주던 그가 말이다. 그만큼 자신의 부탁이 노여웠으리라.

'죄송합니다, 폐하.'

그의 마음은 이해했다. 딸같이 아끼는 아이가 전쟁터에 간다니. 만약 자신이 이런 부탁을 할 줄 알았으면 그는 절대 미리 들어주겠단 약속을 하지 않았을 것이다.

'이걸로 됐어.'

모두가 분노할 것이다. 아버지와 특히 작은오라버니는 상상도 못 할 정도로 화내겠지. 어쩌면 자신을 가문에서 쫓아낼지도 모르겠다. 하지만 이게 나았다. 설사 가문에서 쫓겨나더라도, 아니, 자신이 전장에서 총알을 맞는 일이 생기더라도 작은오라버니의 죽음을 다시 한 번 전해 듣는 것보단 이게 훨씬 나았다.

'그래, 잘한 거야. 잘했어, 엘리제.'

그런데 그때였다.

“이게 뭐 하는 짓이지, 데임 클로랜스?”

서늘한, 그러면서도 깊은 분노가 담긴 목소리가 그녀를 찔렀다. 놀라 고개를 돌리니 황태자인 린덴 드 로마노프가 그녀를 바라보고 있었다. 눈에 타오르는 분노를 담고서.

‘뭐지?’

엘리제는 그 눈빛에 놀랐다. 이제까지 그가 저렇게 분노하는 것은 처음 봤다.

“지금 뭐 하는 짓이냐고 물었다!”

황태자는 평소 그답지 않게 언성까지 높이고 있었다. 엘리제는 허겁지겁 자리에서 일어났다. 다리가 아직 떨렸지만 애써 참고 고개를 숙였다.

“무슨 말씀을 하시는지 모르겠습니다, 전하.”

“하! 모르겠다고?! 엘리제!”

엘리제는 화들짝 놀랐다. 그가 거칠게 그녀의 손목을 잡아챈 것이다!

“저, 전하?”

그녀는 당황해 그를 불렀다. 그냥 잡은 게 아니었다. 분노한 탓인지 강한 악력이 느껴지며 그녀의 손목이 하얘졌다.

“전쟁에 참전하겠다고?! 그대가?! 하! 지금 그걸 말이라고! 장난하나?!”

그는 그녀를 노려봤다. 엘리제는 당황하면서도 지금 상황이 이해가 되지 않았다. 도대체 왜 이러는 거지?

“가문의 명예와 황실을 위해서입니다.”

"뭐?"

가문의 명예와 황실을 위해. 그건 그녀가 표면적으로 내세운 이유였다. 작은오라버니를 살리기 위해 대신 참전한다 할 수는 없으니까.

"제 입으로 이런 말하기는 그렇지만, 저는 비교적 뛰어난 의사입니다. 제가 의사로 참전하면 수많은 제국 군인의 생명을 구할 수 있습니다. 전쟁에 특별한 장기가 없는 크리스 오라버니가 참전하는 것보다 제국과 황실에 도움이 될 게 분명하며, 가문의 명예도 더욱 높일 수 있습니다. 그러니 의술로서 영광스러운 노블레스 오블리주를 실천하려는 것입니다."

그녀의 말은 옳았다. 크리스 오라버니가 참전하는 것보단, 자신이 전장에서 훨씬 가치 있는 일을 할 수 있었고, 그건 곧 가문의 명예로 이어질 것이다. 더구나 황태자비로 내정된 자신 아닌가? 자신이 참전하면 선전 효과도 있었다. 고귀한 신분의 황태자비가 위험을 무릅쓰고 참전한다면 시민들은 더더욱 황실에 충성하며 싸울 것이다. 그야말로 완벽한 명분이었다.

'아니야. 다 거짓말이야.'

엘리제는 속으로 씁쓸히 생각했다. 그래, 다 거짓말이다. 사실 그녀는 가문의 명예 따위엔 별 관심이 없었다. 전장에 나가고 싶지도 않았다. 아무리 타인을 살리는 일에 보람을 느낀다지만 그녀도 두려움을 느끼는 사람이었다. 전장이 무섭지 않을 리가 없었다. 하지만 작은오라버니를 위해 어쩔 수가 없었다.

한편, 황태자는 그녀의 조리 있는 설명에 더욱 분노하고 있었다.

'이 여자는 정말로……!'

도대체 왜 맨날 이따위란 말인가?! 자신을 얼마나 더 가슴 아프게 하려고! 지금도 이렇게 보고만 있어도 조마조마하다. 혹시라도 저 작은 몸으로 무리하다가 아플까, 나쁜 병이라도 옮는 것이 아닐까, 하루에 몇 번이나 걱정하는지 모른다.

그런데 전쟁에 참전한다고? 그녀가 전장에 나가면 그는 걱정에 가슴이 터져 버릴 것이다. 혹시라도 다치기라도 하면? 상상하고 싶지도 않았다. 자신은 미쳐 버릴 것이다.

"안 돼."

"네?"

"2차 원정군의 총사인 내가 허락하지 않겠다! 네가 전쟁은 무슨! 전쟁터가 여자들의 놀이터인 줄 아나!"

그는 이번 2차 원정군의 총사령관이었다. 황태자이기도 했고 2년 전, 앙젤리 전쟁에서 탁월한 지휘 능력을 인정받았기 때문이다. 그러니 그녀의 참전을 거부할 권한이 있었다. 물론 합당한 이유가 있다면 말이다.

'안 돼. 나는 무조건 참전해야 해.'

엘리제는 표정을 굳혔다. 그녀는 일단 힘을 줘 그에게 잡힌 손을 뺐다. 손이 빨갛게 변해 아팠지만 참고 딱딱한 어투로 말했다.

"전하, 제 참전은 폐하께서 허락하신 일입니다. 아무리 총사로 예정된 전하라도 합당한 이유가 없다면 거절할 수 없습니다."

황태자는 입을 다물었다. 합당한 이유? 없다. 그저 죽는 것보다 싫을 뿐이다. 그녀가 전쟁에 나가는 게.

"저는 지금 상황이 이해가 되지 않습니다. 의술적인 면으로 볼 때나, 황태자비라는 선전 효과로 볼 때나 제가 참전하는 것이 제국군에 유익하지 않습니까?"

"그딴 것 필요 없어."

"네?"

"고작 그딴 것 필요 없다고!"

그대가 위험할 수도 있는데, 그딴 게 중요하겠는가? 황태자는 턱밑까지 차오른 그 말을 삼켰다. 하지만 엘리제는 한숨을 내쉬었다. 도대체 안 그러던 분이 왜 이러는지 모르겠다. 이전 삶에선 항상 이성적이고 냉철하기만 했었는데.

"솔직히 말씀드리겠습니다. 후에 약혼이 예정되어 있긴 하나, 아직 전하와 저는 아무 사이도 아니지 않습니까? 그런데 이러시는 이유를 모르겠습니다."

그 말을 들은 황태자의 표정이 딱딱하게 굳었다. 마치 상처라도 입은 것처럼. 실제로 그녀의 말은 그의 가슴을 난도질했다.

'전하와 저는 아무 사이도 아니지 않습니까?' 그 말이 그의 마음을 산산이 찢어놓았다.

"그래, 그대와 난 아무런 사이도 아니지."

황태자의 입에서 비틀린 신음이 흘러나왔다. 흥분해서 잊고 있었다. 그녀가 자신을 싫어한다는 것을. 그녀가 전쟁에 나간다는 사실에 너무나 걱정되고, 속이 상해 가슴이 터질 것 같아 잊고 있었다.

"미안하군, 언성을 높여서. 제국의 황태자로서 클로랜스 가문의 딸인 자네가 상할까 염려되어서 그랬던 것이니 잊어주길 바란다."

"……아닙니다, 전하."

"그러면 이만."

그렇게 인사한 후 황태자는 등을 돌려 사라졌다.

"……."

엘리제는 입술을 깨물었다. 왜일까? 저렇게 멀어지는 그의 뒷모습을 보니 그녀도 이상하게 마음이 좋지 않았다.

자신의 방에 돌아가 책상에 앉은 황태자는 손바닥으로 얼굴을 감쌌다.

"전하와 저는 아무 사이도 아니지 않습니까?"

그래, 그녀의 말이 옳았다. 시간이 지나 약혼식을 올리면 모를까? 부황이 억지로 맺은 인연일 뿐, 그녀와 자신은 아직 아무런 관계도 아니었다.

"빌어먹을."

그런데 그 말이 너무나 가슴 아팠다. 차라리 칼로 가슴을 도려내는 것이 덜 아플 만큼 너무나 아팠다. 도대체 얼마나 더 이렇게 아파야 하는 걸까?

"아무런 사이도 아니라고? 젠장."

그녀가 자신을 이렇게나 싫어하니, 물러나야 하는 걸까? 더는 상처받지 않기 위해? 하지만 입술 사이로 비틀린 말이 흘러나왔다.

"웃기지 마. 내가? 이 린덴 드 로마노프가? 절대 물러나지 않아. 그날 이후 유일하게 바라는 것이 생겼는데."

모르는 사람들은 말한다. 황태자는 모든 것을 타고났다고. 하지만 그건 그가 얼마나 피나는 노력을 해왔는지 모르고 하는 소리다. 그가 가진 것 중, 그 어느 것 하나 거저 얻은 것이 없었다.

15년 전의 '그날'의 그 비극으로 어린 소년이었던 그는 모든 것을 잃었다. 싸늘한 주검 앞에서 부르짖으며 외쳤다. 절대 잊지 않겠다고. 반드시 황제가 되어 이 비극을 일으킨 자들을 단죄하겠다고. 오로지 그 하나의 염원을 가지고 피나는 노력을 하였다.

그날 이후 그는 변했다. 그저 어미, 누이와 놀기 좋아하던 순진한 소년은 검을 들었고, 책을 펼쳤다. 제왕학을 익혔고, 경제, 경영, 정치, 문화 등 모든 것을 익히고 또 익혔다. 오로지 제왕의 자리에 오르기 위한 노력이었다. 아니, 그건 노력이라 부를 영역이 아니었다. 집념이고 독기였다. 그 집념과 독기 덕에 그는 모든 이의 인정을 받을 수 있었고, 황태자가 될 수 있었다. 그런 독기를 가진 자신이다. 포기하지 않는다. 절대로.

'엘리제.'

그의 눈이 차갑게 빛났다. 그녀 때문에 앞으로 얼마나 더 아파야 할지 모르겠다.

'아무리 아파도 놓지 않겠다.'

'그날' 이후 유일하게 생긴 바람이다. 그녀가 자신을 밀어낸다 해도, 그래서 자신의 가슴이 너덜너덜해진다 해도 상관없었다. 무슨 일이 있어도 그녀를, 그녀의 마음을 가지질 것이다.

'그러니 제발 다치지 마라, 엘리제. 제발.'

12장
가족

론도의 대귀족들이 모여 사는 화이트 거리. 그곳에 위치한 클로랜스 가문의 저택이 발칵 뒤집어졌다. 엘리제의 참전 소식을 들은 것이다. 심약한 새어머니는 그 소식을 듣자마자 충격으로 기절해 버렸다.

"엘리제! 너!"

엘 후작이 몸을 부들부들 떨었다. 어찌나 화가 났는지, 이가 딱딱 부닥쳤다.

"네 오라비를 대신해 참전한다고? 절대! 절대 안 된다!"

"죄송해요, 아버지."

엘리제는 고개를 숙였다. 뭐라 할 말이 없었다.

"너……!"

작은오라버니도 불같이 화를 냈다. 이전과 이번 삶을 통틀어 그가 이렇게 화내는 것은 처음이었다. 아니, 그녀에게 화를 내는 것 자체가 처음이었다.

“전장에서 죽어가는 환자를 치료하고 싶어요. 그래서 폐하께 참전을 요청했어요. 죄송해요.”

그녀는 그렇게 거짓말했다. 작은오라버니를 죽음의 위기에서 벗어나게 하기 위해서라고는 할 수 없었으니까. 엘리제의 지금까지 행적을 봤을 때, 일견 그럴싸해 보이는 거짓말이긴 하다. 물론 엘 후작은 전혀 받아들이지 않았지만. 그 거짓말은 오히려 그의 분노를 더욱 불태웠다.

“절대 안 돼! 전염병도 모자라, 이제는 전장의 환자를 치료한다고?!”

엘 후작은 주먹을 움켜쥐었다. 전염병을 치료한다고 나섰을 때도 걱정에 가슴이 터지는 줄 알았다. 다행히 별일 없이 끝났지만 며칠을 뜬눈으로 밤을 새웠는지 모른다. 그런데 전염병도 모자라, 이번엔 전쟁이라고?

“내 너를 처음부터 병원에 보내지 말아야 했다! 전쟁은 무슨? 이제부터 넌 병원에도 출입 금지다!”

“……죄송해요.”

엘리제는 고개를 숙인 채 죄송하단 말만 반복했다. 가족의 마음을 이해하기에 입이 백 개라도 할 말이 없었다. 하지만 고집을 굽히진 않았다. 결국, 그런 그녀를 보며 엘 후작은 폭발했다.

“아비 말을 이렇게나 안 듣다니! 우리가 걱정하는 것은 생각도 않는 거냐?! 이제부턴 넌 내 딸도 아니다! 꼴도 보기 싫으니까 이 저택에서 나가라!”

“……!”

“생각을 바꾸기 전에는 돌아올 생각도 하지 마!”

엘리제의 눈빛이 흔들렸다. 그녀에게 불같이 화내는 아버지의 눈은 빨갛게 물들어 있었다. 금방이라도 눈물을 흘릴 것처럼. 그만큼 자신을 사랑하고 걱정하는 것이다. 그건 작은오라버니도 마찬가지였다. 크리스 역시 걱정으로 눈동자가 요동치고 있었다.

'아버지…… 작은오라버니 사랑해요.'

그런 그들을 보며 엘리제도 눈이 시큰거렸다. 저들을 너무도 사랑한다. 그래서 더더욱 자신이 가야 했다. 가족의 죽음을 다시는 경험하고 싶지 않았으니까. 절대로. 다치더라도, 혹시나 잘못되더라도 그건 자신이어야 했다.

"아버지, 작은오라버니."

엘리제는 무릎을 꿇었다. 그리고 죄를 빌 듯 깊게 바닥에 머리를 숙였다.

"정말 죄송해요. 그리고……."

사랑해요. 그 말은 삼켰다. 전쟁에서 무사히 돌아와, 이 말을 다시 저들에게 할 수 있으면 좋겠다.

그렇게 엘리제는 한밤중에 집에서 쫓겨났다. 가주인 엘 후작은 완강히 선언했다.

"참전을 취소하지 않는 한, 절대 집에 들이지 않겠다!"

한마디로 참전을 취소하란 이야기였다. 물론 엘리제는 그럴 수 없었다.

"어디로 가지?"

대귀족의 저택들이 모여 있는 화이트가 한복판에서 엘리제는 멍하니 중얼거렸다. 테레사병원을 떠올렸으나, 거기는 이제 갈 수 없을 것이다. 엘 후작이 그녀에게 말했기 때문이다.

'병원에서도 해고다! 의사는 무슨! 앞으로 병원 근처에 올 생각도 하지 마!'

졸지에 그녀는 실업자가 되었다.

"하아."

엘리제는 갑자기 머리가 어지러워 집 근처 벤치에 주저앉았다. 그렇지 않아도 최근 콜레라와 싸우느라 몸을 혹사했다. 그런데 오늘 황제와의 면담, 황태자와의 다툼, 그리고 가족과도 원치 않은 갈등을 만들고 말았다. 육체적으로나 정신적으로나 피로가 너무 심했다.

"머리 아파. 춥네……."

엘리제는 중얼거렸다. 벌써 가을이 깊어 날씨가 쌀쌀했다. 찬바람을 맞으니 머리가 아팠다. 이마가 뜨뜻한 것이 조금 열이 있는 것 같기도 했다.

'또 감기가 오나…… 졸려…….'

그렇게 엘리제는 멍하니 있었다. 피곤하고, 아프고, 졸렸다.

'따뜻한 침대에 눕고 싶은데…… 따뜻한 차와 함께…….'

그때였다.

뚝. 뚝-

어두운 밤하늘에서 비가 내렸다.

"아, 비가……."

두둑. 드득-

한 방울씩 내리던 게 곧 줄기를 이루고, 장대처럼 쏟아졌다. 엘리제는 피할 생각도 못 하고 순식간에 홀딱 젖었다.

"……."

갑자기 한 방울의 눈물이 흘렀다. 왠지 자신의 처지가 기구하게 느껴졌다.

'전쟁에 나가는 것은 괜찮아. 내 지난 삶의 죄를 갚는다 생각하면 되니까. 하지만 그냥.'

그냥 다 궁상맞고 기구하다 느껴졌다. 이렇게 쫓겨난 것도, 갈 곳 없이 비를 맞는 것도, 전쟁에 나가는 것도, 황태자와 다시 결혼해야 하는 것도 모두 그녀를 슬프게 했다.

그렇게 그녀는 말없이 비를 맞았다. 비가 오면 딱 하나 좋은 게 있다면 눈물을 숨길 필요가 없다는 것이다. 온몸이 홀딱 젖고, 찬 기운에 하얀 입김이 나오며 몸이 살짝 떨렸지만 멍하니 있었다.

그런데 그 순간, 생각지도 못 했던 목소리가 그녀를 불렀다.

"맙소사! 데임 클로랜스? 맞죠?"

고음의 음성에 놀라 고개를 돌리니, 생각지도 못 한 인물이 그녀를 바라보고 있었다.

"여기서 도대체 뭐 하고 있으세요?"

모델같이 큰 키와 당당함이 엿보이는 아름다운 얼굴. 그녀는 귀족파의 수장인 차일드 가문의 공녀, 유리엔 드 차일드였다. 유리엔 옆에는 한 젊은 남성이 우산을 들고 그녀를 에스코트하고 있었다. 형제인지, 친척인지 유리엔과 똑 닮았는데, 왠지 인상이 오만하고 독선적으로 보였다.

"맙소사, 비가 이렇게 오는데. 얼굴 하얗게 질린 것 봐. 빨리 저택으로 돌아가지 않고 뭐 하세요?"

유리엔은 엘리제의 몰골을 보고 놀라 말했다. 하지만 엘리제는 고개를 저었다.

"못 들어가요."

"네?"

"……쫓겨났어요."

유리엔은 어벙한 표정을 지었다. 뭐? 쫓겨나?

엘리제는 풀죽은 얼굴로 말했다.

"제가 크게 잘못한 게 있어서, 그래서 쫓겨났어요."

유리엔은 그녀가 농담을 하나 살펴봤다. 하지만 저렇게 덜덜 떨며 비를 맞고 있는 걸 보니 거짓말은 아닌 것 같았다. 론도를 구한, 의술의 성녀로까지 불리는 그녀가 자신에게 그런 시답잖은 농담을 할 것 같지도 않았다. '데임 클로랜스, 기적 같은 의술로 론도를 구한 성녀' 요즘 시민들은 엘리제를 그렇게 평가하고 있지 않던가.

유리엔은 새삼스런 눈으로 그녀를 바라봤다. 채 반년도 안 된 시간 동안 엘리제는 전혀 다른 사람으로 변해 있었다. 못된 공녀에서 만인의 사랑과 존경을 받는 이로. 지금 저 소녀는 론도의 어떤 귀족도 따라가지 못할 정도로 명성이 높았다. 하지만 지금 유리엔의 눈에 비친 엘리제의 모습은 비에 젖은 애처로운 소녀로 보일 뿐이었다.

'그냥 작아 보이는걸.'

하얗게 질려 덜덜 떨고 있는 모습이 동정심을 자극했다. 적대 가문의 딸이자 자신이 사랑하는 황태자와 결혼할 예정인 소녀에게 이런 감정을 가지는 게 웃기긴 하지만, 그래도 지금 소녀는 비에 젖은 강아지 같았다.

"어디 갈 곳 없어요? 이러고 밤새 비 맞고 있을 수는 없잖아요?"

"갈 곳……."

엘리제는 고민했으나 딱히 떠오르지가 않았다. 황궁? 황제 폐하도 만만치 않게 화난 상태라 황궁을 찾는 것도 무리였다. 그 순간 유일하게 한 사람의 얼굴이 떠올랐다.

'론 님…….'

론, 그라면 자신을 받아줄지도 모른다. 하지만 그녀는 그가 어디 사는지, 그의 정확한 성도 모른다. 신분을 밝히는 걸 꺼리는 듯해 자세히 묻지 못했던 탓이다.

'보고 싶다.'

문득 그런 생각이 들었다. 보고 싶었다.

'전쟁에 나가면 만날 수 있을까?'

그럴지도. 하지만 엘리제는 속으로 고개를 저었다. 전쟁에서는 안 만나는 게 좋을 듯했다. 의사인 자신을 만난다는 건 그가 다쳤다는 뜻일 테니까.

유리엔은 말없이 엘리제를 바라보다 한숨을 내쉬었다.

"좋아요."

"……?"

"갈 곳 없으면 우리 집이라도 올래요?"

"……예?"

엘리제는 눈을 크게 떴다. 유리엔, 그녀의 집은 귀족파의 수장인 차일드 가문의 저택을 뜻한다. 옆에 말없이 있던 남자가 곤란한 표정을 지었다.

"유리엔, 저 소녀는 클로랜스 가문의 딸이야."

차일드 가문과 클로랜스 가문은 사이가 안 좋다 못해 원수와도 같았다. 서로 암살자를 안 보내는 게 신기할 정도였다. 하지만 유리엔은 대수롭지 않다는 듯 말했다.

"알아요. 그게 뭐 어때서요?"

"……."

"지난번 탄신연회 때, 같이 차나 한잔하기로 했었죠, 데임 클로랜스?"

엘리제는 고개를 끄덕였다. 그러고 보니 그런 이야기를 한 적이 있었다.

"제가 차나 한잔 대접할게요. 초대를 받아주시겠어요?"

그렇게 엘리제와 유리엔, 그녀들의 인연이 시작되었다.

엘리제는 차일드 가문의 저택에 들어왔다. 우습게도 그녀가 앉아 있던 벤치 뒤에 있는 게 차일드 가문의 저택이었다. 그녀는 차일드 가문 앞에 앉아 있었던 것이다. 유리엔은 집에 들어가다 그녀를 본 거고.

'그러고 보니 우리 집이랑 코앞이네. 이 정도면 이웃사촌 아닌가?'

엘리제는 실없는 생각을 했다. 나름 이웃사촌이 맞긴 했다. 브리티아 제국의 패권을 다투는 이웃사촌.

돈놀이꾼이라 조롱받기도 하는 차일드 가문의 정체는 국제 은행 재벌 집단의 수장이었다. 브리티아 제국 은행, 파리스 투자 은행, 차일드 은행, 프러시엔 중앙은행, 시티 앤 모던스 은행, YP 은행, BSTC 은행. 모두 차일드 가문과 서대륙에 퍼져 있는 그 밑의 계열 가문들이 소유한 은행의 명단이었다. 어마어마한 명단이 아닐 수 없었다. 즉, 그들이야말로 세계 최고의 부자로 그들이 유통시키는 금화의 양은 웬만한 열강들의 재정을 훌쩍 능가했다.

'사실상 서대륙의 경제를 움켜쥐고 있는 가문.'

나라를 움직이는 데에는 돈이 든다. 전쟁이든, 건설이든, 투자든, 뭐든 다 돈, 돈, 돈이다. 그런데 그 돈을 모두 세금으로만 충당할 수는 없다. 국가도 어쩔 수 없이 은행에 돈을 빌려야 할 때가 많은데, 그 돈을 빌려주는 곳이 바로 차일드 가문의 은행들이었다.

'어차피 나라가 망하지 않는 한, 돈은 돌려받을 수 있으니까. 만약 못 갚으면 국가 소유의 재산을 헐값에 받아넘기고.'

그렇게 그들은 막대한 금력을 이용해 돈을 빌려주고, 고리의 이자를 받으며 앉아서 헤엄치는 식으로 재산을 불려 왔다. 그래서 생긴 조롱 섞인 별명이 돈놀이꾼이다. 돈놀이꾼 차일드 가문. 하지만 실상은 모든 나라가 눈치를 보는 어마어마한 금권(金權)의 소유자였다. 민체스터 황제도 눈엣가시처럼 여기면서도 감히 차일드 가문을 손대지 못하고 있었다.

"차일드 가문답지 않게 집 안은 의외로 검소하네. 온통 황금으로 덮여 있을 줄 알았는데.'

겉으로 드러난 외관은 클로랜스 가문의 저택과 비슷했다.

그때, 방문이 열리며 실내복으로 갈아입은 유리엔이 들어왔다. 하늘하늘한 옷감 사이로 육감적인 몸매가 드러났다.

"씻으셨나요, 데임?"

"아, 네. 배려 감사합니다."

유리엔은 저택에 들어오자마자 하녀에게 목욕물을 준비시켜 그녀가 씻을 수 있도록 했었다.

"비에 젖었으니 잘 씻어야죠. 안 그러면 감기 걸린다고요. 그렇지 않아도 맨날 감기에 걸리신다면서요."

"아, 네. 그런데 제가 자주 감기에 걸리는 건 어떻게?"

유리엔은 코웃음을 쳤다.

"요즘 데임이 수도에서 얼마나 인기인 줄 아세요? 피카딜리의 최고 인기 배우보다 더하다고요. 데임의 일거수일투족을 취재해 특집으로 올리는 잡지가 있을 정도니까요. 어쨌든 그런 것들 보다 보니 자연히 알게 되었네요."

엘리제는 어색한 표정을 지었다. 그런가? 정작 당사자인 그녀는 전혀 모르고 있었다.

"옷은 맞으세요?"

엘리제는 홀딱 젖은 옷을 벗고, 유리엔의 옷을 입고 있었다.

"좀…… 크네요."

모델 같은 유리엔의 옷이다 보니, 여자치고도 작은 체구의 엘리제에겐 엄청 컸다. 소매도, 가슴 폭도, 힙도 헐렁헐렁한 모습에 유리엔은 왠지 승자의 미소를 지었다. 아직 애기네, 하는 듯한 표정이었다. 반면 엘리제는 계속 멍한 표정이다.

"데임?"

"아, 네?"

"어디 몸이 안 좋으세요?"

유리엔은 그녀의 얼굴을 살폈다. 따뜻한 차를 마셨는데도 계속 안색이 하얗다.

"그냥…… 조금 감기 기운이 있는 것 같아요."

엘리제는 답했다. 열이 올라오는 것이 또 감기에 걸린 것 같았다.

"또요?"

"네."

“정말 자주 걸리시네요. 혹시 면역 기능에 문제가 있는 것 아니에요? 면역이 떨어지면 감기에 자주 걸린다는데.”

엘리제는 웃으며 고개를 저었다.

“그런 것 아니에요. 그냥 어릴 때부터 몸이 약했어요.”

문득 엘리제는 의아한 마음이 들었다. 유리엔이 면역이란 개념을 어떻게 알고 있는 거지? 지구에서라면 몰라도, 이 시대에 흔하게 알려진 개념이 아닌데? 그녀의 의문을 알아차렸는지, 유리엔이 답했다.

“한번 공부해 봤어요.”

“공부요? 의학을요?”

“네.”

엘리제는 놀란 표정을 지었다. 차일드 가문의 공녀가 의학을 왜?

“부러워서요.”

“누가요?”

그 순간, 유리엔은 그녀를 바라봤다.

“누구긴요, 데임이죠.”

“……저를요?”

“네.”

“……왜요?”

유리엔은 씁쓸히 웃더니 말했다.

“데임은 제가 세상에서 가장 가지고 싶어 하는 것을 가진 분이거든요. 그래서 한번 따라해 봤어요. 저도 영애처럼 의학을 공부하면 같은 행운이 올까 하는 어린애 같은 마음으로.”

“…….”

엘리제는 입을 다물었다. 유리엔이 세상에서 가장 원하는 것이 무엇인지 눈치챈 탓이다.

'그건…… 아마 황태자의 비.'

그래, 그녀는 황태자를 사랑했다. 그것도 가슴 깊이. 이전 삶의 자신에 비해 못하지 않을 정도로.

"뭐, 어쩔 수 없죠. 우리 가문은……. 언감생심 감히 바라지 않아요."

아무렇지 않은 듯 말했지만 그녀의 눈은 갈망으로 젖어 있었다. 지금 이 순간에도 그를 향한 마음에 가슴이 아프리라. 엘리제는 안타까운 마음이 들었다.

'유리엔 공녀라면 아주 좋은 황태자비, 황후가 될 수 있을 텐데.'

하지만 기적이 몇 번이고 일어나지 않는 한, 그녀와 황태자는 맺어질 수 없었다. 가문의 멍에 때문에 오히려 황실과 더 악화될 우려까지 있었다.

'앞으로…….'

엘리제는 미래에 일어날 일을 떠올리고 얼굴이 어두워졌다. 아직 일어나지 않은 일이지만 이전 삶과 크게 변하지 않을 것이다.

'방법이 없겠지.'

이것만큼은 엘리제도 방법이 없었다. 이미 그들 차일드 가문은 3황자, 미하일과 한배를 탔다. 그리고 무엇보다 황태자 린넨이 가지고 있는 강렬한 염원은…….

'하아.'

그녀는 속으로 한숨을 내쉬었다. 미래를 알고 있기에 더 안타까웠다. 자신과 다르게 당당하고 멋지고 아름다운 저 여인이 그런 최후를 맞이해야 한다는 것이 가슴 쓰리게 했다.

"제가 데임께 괜한 이야기를 했네요. 신경 쓰지 마세요."

유리엔은 한숨을 내쉬고 자리에서 일어났다.

"몸이 안 좋은 것 같은데 푹 쉬세요. 잠자리를 준비해 놓으라 할게요."

"아, 잠자리까지는 괜찮은데……."

엘리제는 손을 저었다. 자신이 적대 가문인 차일드의 저택에서 묵다니, 상상도 못 할 일이다. 하지만 유리엔은 핀잔을 주었다.

"괜찮긴 뭐가 괜찮아요? 보아하니, 이 밤에 갈 곳도 없는 것 같은데. 비바람에 또 나가서 덜덜 떨게요? 그냥 주무시고 가세요."

"……감사합니다."

거절할 처지가 못 되는지라 엘리제는 감사를 표했다.

"하늘을 보니 비가 계속 올 것 같은데, 만약 갈 곳 없으면 며칠 더 있다가 가도 돼요. 저택에 방은 많으니까요."

하지만 엘리제는 고개를 저었다. 그렇게까지 차일드 가문에 신세를 질 순 없다. 내일 날이 밝으면 어떻게든 지낼 곳을 알아봐야겠다고 엘리제는 생각했다.

'작은 병원에라도 가서 일하며 당분간 숙식을 해결해야지.'

하지만 엘리제는 다음 날도 차일드 가문을 떠나지 못했다. 비를 맞으며 감기에 된통 걸렸는지, 고열을 심하게 앓았던 탓이다. 39도를 넘나드는 고열이라서 침대에서 꼼짝도 못 했다.

"나, 나가야 하는데…… 폐를 끼쳐 죄송합니다."

침대에 파묻혀 빨개진 얼굴로 말하는 엘리제를 보며 유리엔은 피식 웃었다. 아픈 사람한테 할 생각은 아니지만 유리엔은 엘리제가 동생같이 귀엽단 생각을 했다. 저렇게 작고 여리면서 그런 엄청난 일들을 해왔다고? 전쟁에도 참전할 예정이고? 참 대단하고 대담한 소녀란 생각이 들었다.

"됐어요. 빨리 낫기나 하세요."

유리엔은 의사까지 불러주었다. 그것도 테레사병원, 황실십자병원과 더불어 론도 3대 병원이라는 로즈데일병원의 수석 교수를.

"약을 지었으니 빠뜨리지 말고 복용하십시오. 2~3일 정도 지나면 좋아질 것입니다, 데임."

로즈데일의 수석 교수 카일 준남작은 엘리제를 새삼스러운 눈으로 바라봤다. 제국 의학계의 신성(新星)이자 황태자비가 될 그녀가 감기로 자신의 진료를 받는 게 신기했던 것이다. 그것도 차일드 가문의 저택에서!

"가, 감사합니다."

"별말씀을. 쾌차하십시오."

몸이 낫기 전, 3일 동안 엘리제는 어쩔 수 없이 차일드 가문에 머물렀다. 마음이 무척 불편했지만 좋은 점이 없는 것은 아니었다. 유리엔, 그녀와 조금은 가까워진 것이다. 무슨 생각이 들었는지 유리엔은 감기를 앓는 엘리제를 세심하게 보살펴주었다. 마치 친동생을 살피듯. 엘리제는 진심으로 감사해했고, 유리엔은 피식 웃으며 괜찮으니 나중에 식사나 한번 사라고 했다.

'이렇게 계속 친하게 지냈으면.'

엘리제는 그렇게 생각했다. 물론 서로의 입장상 편하게 지낼 수야 없겠지만 엘리제는 유리엔이 좋았다.

몸이 거의 나아갈 무렵 예상치 못 한 일도 있었다. 저택의 주인인 차일드 후작이 그녀를 식사에 초대한 것이다.

'암셀 드 차일드 후작.'

만찬 테이블에서 그를 마주한 엘리제는 침을 꿀꺽 삼켰다. 서대륙의 경제를 한 손에 쥔 자! 그리고 아버지와 황태자의 정적(政敵)이자 귀족파의 수장. 마지막으로 현 황실의 공식적 안주인인 1황비의 친오라버니. 그런 대단한 인물이 그녀 앞에서 야채수프를 먹고 있었다. 간이 안 맞는지 싱겁다고 중얼거리며.

"아버지는 건강하신가?"

"아, 네."

"감기는 괜찮고? 카일 교수가 감기가 심하다던데. 쿨럭."

"덕분에 많이 좋아졌습니다. 신경 써주셔서 감사합니다, 각하."

"조심해야지. 의사인 영애가 더 잘 알겠지만 몸 관리를 잘 안 하면 늙어 고생한다네, 나처럼. 쿨럭. 요즘 기침이 계속 나와 불편해 죽겠어."

엘리제는 어색하게 웃으며 답했다. 천하의 차일드 후작과 이런 일상적 대화라니! 죽을 만큼 불편했다.

'그나저나.'

엘리제는 샐러드를 깨작거리는 차일드 후작을 조심히 살폈다.

'생각보다 평범하구나.'

날카로운 눈매는 독사(毒蛇)란 별명 그대로지만 가족과 식사하는 모습은 생각보다 평범했다. 병으로 죽은 장자를 대신해 후계자로 맞은 수양아들 알버트와 딸인 유리엔에게 간간이 일상적인 이야기를 할 뿐, 제국의 패권을 다투는 야심가다운 모습은 보이지 않았다. 심지어 유리엔에겐 잔소리를 늘어놓기까지 했다. 옷차림이 정숙하지 못하다느니, 매번 너무 늦게 들어온다느니, 파티장에서 술은 적당히 마시라느니.

"알았으니 잔소리 좀 그만하세요, 아버지. 데임께서 보고 계시잖아요."

평소에도 잔소리가 많은지 유리엔이 붉어진 얼굴로 말했다. 일반 가정집에서의 아버지와 딸의 투닥거림과 별반 다름없는 그 모습에서 엘리제는 의외란 생각을 했다.

'집에선 가정적인 성격인 건가?'

엘리제의 눈에 그는 그냥 완고한 인상의 왜소한 중년 남자로만 보였다. 평소의 악명을 생각하면 놀라운 일이 아닐 수 없었다.

'잔소리 많은 가정적인 독사 차일드 후작이라니. 어떻게 생각해도 이상하잖아.'

그런데 한참 식사 중, 누군가 그에게 다가와 그에게 귓속말을 했다.

"쿨럭, 갑자기 일이 생겨 먼저 일어나 봐야겠군. 초대하고서 먼저 일어나서 미안하네."

"아닙니다, 각하."

원래부터 건강이 안 좋은지, 차일드 후작은 말을 할 때마다 연신 기침을 했다. 그런데 식당을 나서기 전, 그가 엘리제를 돌아봤다.

"참, 영애. 한 가지 부탁이 있는데, 들어줄 수 있겠나?"

"부탁…… 말입니까?"

엘리제는 의아한 표정을 지었다.

'천하의 차일드 후작이 나한테 부탁이라니?'

"저, 아이."

후작은 손가락으로 유리엔과 닮은 오만한 인상의 남자를 가리켰다. 그는 차일드 후작의 수양아들로, 엘리제가 비를 맞고 있을 때 유리엔과 같이 있던 남자였다.

"이번에 영애와 같이 2차 원정군으로 크림에 나간다네. 그럴 일이 있으면 안 되겠지만 혹시라도 몸이 상하거든 영애가 잘 돌봐줄 수 있겠나?"

"……!"

혹시라도 아들이 부상을 당하면 잘 치료해 달라는 부탁이었다. 남자가 얼굴이 살짝 붉어져 말했다.

"괜찮습니다, 아버지. 제 실력을 아시지 않습니까? 그리고 클로랜스 가문의 영애의 도움을 받을 바엔."

"알버트."

차일드 후작이 가만히 말을 끊었다.

"그런 이야기는 함부로 하는 게 아니야. 지펠, 그 아이도 전장에서 목숨을 잃었거늘."

"……!"

지펠. 2년 전 전사한 1황자를 말한다. 1황자는 1황비 태생으로, 1황비의 오라비인 차일드 후작에게는 조카가 된다. 참고로 3황자인 검제 미하일도 1황비 태생으로, 차일드 후작의 조카였다.

"전장에선 무슨 일이 일어날지 모르는 법. 그리고 뛰어난 실력의 의사는 네 생명을 한 번 더 연장해 줄 수가 있어."

"……네."

알버트는 뭔가 불만이 있는 듯했지만 고개를 끄덕였다.

"하여튼 영애, 만약 그런 일이 생기면 잘 돌봐줄 수 있겠나?"

그 순간, 엘리제의 머리에 한 가지 생각이 떠올랐다.

'그러고 보니 이전 삶에서 내가 알버트 경을 만난 적이 있었나?'

그런 기억은 없었다. 크림전쟁 이후, 차일드가의 차기 당주는 공녀인 유리엔이었다. 그것이 뜻하는 바는 단 하나였다. 현 후계자인 수양아들 알버트가 후계자 자리에서 물러났다는 것. 그리고 건강한 그가 물러날 이유는 하나밖에 없다.

'크림전쟁 때 전사했거나, 아니면 심각한 부상을 입었거나.'

엘리제의 표정이 어두워졌다. 하지만 그 사실을 내색하진 않았다. 대신 이렇게 답했다.

"걱정하지 마십시오. 전 의사입니다. 그런 부탁하지 않으셔도 최선을 다할 것입니다."

"그렇게 말해주니 고맙군. 만약 저 아이를 도와준다면 나, 암셀과 차일드 가문은 그 은혜를 잊지 않을 거야."

차일드 후작은 기침을 하며 식당에서 나갔고, 그날의 만찬은 그걸로 끝이 났다.

차일드 가문에 온 지 4일째 되는 날, 엘리제는 완전히 몸이 나았다.

'정말 나가야겠구나.'

너무 오래 있었다. 이제는 더 신세 질 수 없었다.

'집에 갈 순 없겠지?'

그녀는 한숨을 내쉬었다. 이렇게 쫓겨나 있으니 아버지, 오라버니, 새어머니가 보고 싶었다. 하지만 아직은 무리였다. 벌써 화가 풀리셨을 리가 없다. 그녀가 그런 생각에 잠겨 있을 때 저택의 하녀가 다가와 말했다.

"저, 데임. 찾아오신 분이 계세요."

"네, 저를요?"

엘리제는 놀란 얼굴을 했다. 차일드 가문에 머물고 있는 나를 찾아왔다고?

'혹시?'

그녀의 가슴이 뛰었다. 지금 이 순간, 그녀를 찾아올 만한 곳은 하나뿐이었다.

"클로랜스 가문에서 오셨어요."

역시! 그녀의 가슴이 두근두근 요동쳤다.

'누가 오셨지? 작은오라버니? 혹시 아버지? 용서해 준다는 뜻일까? 아니면 더 화를 내시려고?'

손님은 차일드 가문이 불편한지 안으로 들어오지 않고, 저택의 입구에 있다고 했다. 엘리제는 조마조마한 마음으로 저택 밖으로 나왔다. 그리고 거기에는 그녀가 생각지도 못 한 사람이 기다리고 있었다.

"엘리제."

"큰…… 오라버니?"

마치 보도(寶刀)를 벼린 듯한 아름다운 남자.

렌 드 클로랜스 남작이었다!

'왜 큰오라버니가?'

엘리제는 혼란스러운 마음으로 생각했다. 큰오라버니 렌은 동생의 쫓겨남 같은 사소한(?) 일에 나서는 사람이 아니었다. 평소 그의 성격이라면 그랬다. 그런데 왜?

렌은 아무 말도 하지 않고 그녀를 한참이나 바라봤다. 늘 그렇듯 못마땅한 시선으로.

"……왜 그렇게 보세요?"

"마음에 안 들어서. 이제 사고 안 치나 했더니, 역시나 어쩔 수 없는 사고뭉치구나."

뭔가 발끈하게 만드는 말투였으나, 뭐라 대답할 말은 없었다. 대박 사고를 치긴 했으니까. 렌은 한숨을 내쉬더니 툭 말했다.

"따라와라."

"네?"

"언제까지 여기 있을 거냐? 따라와, 가르칠 게 있으니."

"가르쳐요? 뭘요?"

렌은 동생의 눈을 바라봤다.

"죽이는 법."

"……네?"

"정확히는 자신을 지키는 법이다. 따라와라."

타앙!

귀가 찢어지는 듯할 굉음이 사방에 울렸다.

"……!"

엘리제는 난생처음 듣는 그 소음에 잔뜩 몸을 움츠렸다. 렌이 혀를 찼다.

"뭘 이런 소리 가지고 놀라는 거냐? 전장에 나가면 매일 듣게 될 텐데."

그가 엘리제를 데려온 곳은 다름 아닌 총기사단의 사격장이었다.

"저…… 오라버니. 여기는 왜?"

"왜? 2차 원정군으로 간다며. 총 쏘는 법 배워야지."

"하지만 전 의사로 참전할 예정인데……."

그녀는 일반 보병이 아닌 의사로 참전할 예정이니, 직접 전투에 참가할 일은 없다. 그러니 사격을 배울 필요가 없다고 생각했다. 하지만 렌은 한심하다는 표정을 지었다.

"그래서? 아무런 방어 수단도 없이 전장에 가겠다고?"

"……!"

"물론 의사인 네가 전투에 휘말릴 일은, 후방 병원까지 전선이 무너지지 않는 한 없겠지. 그래도 전장에선 무슨 일이 일어날지 몰라. 그러니 잔말 말고 받아라."

그러고 렌은 천에 둘러싸인 물건을 내밀었다.

"이건?"

물건을 건네받고 그 묵직한 무게에 엘리제는 화들짝 놀랐다. 하마터면 놓칠 뻔했다. 천을 풀어보니 차가운 회색의 금속이 나타났다. 권총, 최신식 7연발 리볼버였다.

"……."

처음 만지는 총의 감촉에 엘리제는 침을 꿀꺽 삼켰다.

"시간이 많이 없으니 바로 시작하자. 총 장전하는 법, 쏘는 법 다 모르지?"

그런 걸 알 리가 없다.

"이게 약실이고, 탄알이 들어가는 부위다. 최신식이어서 옆으로 뺄 수 있게 되어 있고. 발사 방법은 간단하다. 공이를 뒤로 당겨 장전 후."

그러면서 큰오라버니가 시범을 보여주었다.

"이 방아쇠를 당기면 발사다."

타앙!

굉음에 엘리제는 다시 한 번 움찔 놀랐다. 총의 소음은 상상하던 것보다 훨씬 컸다.

"봐라."

오라버니의 말에 시선을 돌리니 50m 밖 과녁의 한가운데가 정확히 관통되어 있었다. 사거리가 짧은 리볼버 권총으로 50m의 표적을 정확히 뚫다니, 총기사단의 부단장다운 대단한 사격 솜씨였다.

"너한테 이 정도의 실력을 바라진 않는다. 의사인 너한테 필요도 없고. 20미터, 아니, 15미터 앞의 과녁만 맞혀라. 그러면 합격점을 주지."

"15미터요?"

엘리제는 의아한 목소리로 물었다. 15미터면 바로 코앞이다. 그 거리만 맞추면 된다고? 한 번도 총을 쏴본 적은 없지만 그 정도는 쉽게 할 수 있을 것 같았다. 하지만 렌은 엘리제의 머릿속을 들여다보기라도 한 듯 비웃음을 지었다.

"쉬워 보이지? 한번 해봐라. 참고로 합격점을 받을 때까지는 여기서 못 나간다. 밥도 안 먹일 거야."

완전 강압적인 큰오라버니였다. 어쩔 수 없이 엘리제는 총을 들었다.

'15미터, 그 정도는.'

고난이도 수술도 척척 하던 자신이다. 고작 그 정도 거리 사격을 못 할까 보냐? 그런 생각으로 총을 쐈으나, 결과는 놀라웠다. 7발 중 한 발도 못 맞혔다. 아니, 그 정도가 아니라 과녁 근처에 떨어진 것도 없었다.

"뭐 하는 거냐?! 집중해서 제대로 쏴! 가늠자를 정확히 봐야지!"

렌 남작은 마치 견습 기사단원을 가르치듯 거칠게 그녀를 몰아붙였다. 엘리제는 입술을 깨물고 다시 총을 들었다.

타앙! 타앙!

하지만 이번에도 한 발도 못 맞혔다.

"방아쇠를 당길 때 손끝이 움직이잖아! 그러면 당연히 안 맞지! 정신 똑바로 차리고 집중해! 눈과 어깨와 총의 가늠자가 일직선이 되게! 그렇지 않으면 절대 안 맞으니!"

렌은 엘리제가 잘못할 때마다 호되게 혼냈다. 그러나 아무리 쏴도 맞지 않았다.

"지금 뭐 하는 거야! 한 발도 안 맞잖아. 똑바로 해!"

결국, 엘리제는 총을 내려놓았다.

"못하겠어요."

"뭐?"

"못하겠다고요! 아무리 해도 안 맞아요. 손도, 어깨도, 허리도 너무 아프고요!"

엘리제는 강하게 항의했다. 사격을 시작한 지 벌써 2시간째다. 무거운 금속 권총을 들고 뻣뻣하게 손을 뻗어 사격하니, 너무 힘들었다. 평소에 관심도 없다가 강압적인 태도를 보이는 큰오라버니도 서운했다.

"애초에 의사로 참전하는 제가 사격을 잘할 필요가 없잖아요!"

하지만 렌은 눈 하나 꿈쩍하지 않았다. 오히려 차가운 목소리로 말했다.

"경고하는데 총 다시 들어."

"……!"

"넌 겨우 이 정도의 각오도 없이 전쟁에 나간다고 한 거냐?"

그가 말을 이었다.

"사격술. 그래, 의사인 네가 총을 쏠 일은 거의 없겠지. 나도 네가 총을 쏠 일이 전쟁 내내 한 번도 없었으면 좋겠다. 후방 병원에서 일할 네가 총을 쏘게 된다는 것은, 우리 군이 패전하고 있다는 뜻일 테니까. 하지만!"

큰오라버니는 그녀를 똑바로 직시하며 말했다.

"그 만약의 경우! 네가 위험할 때 이 한 발이 너의 목숨을 구할 수도 있어! 그걸 왜 몰라! 그러니 너를 걱정하고 있는 아버지와 크리스, 어머니에게 미안한 마음이 조금이라도 있다면 총 들어!"

그 순간, 엘리제는 깨달았다. 큰오라버니가 왜 자신을 이렇게 몰아붙이는지. 그건 걱정이었고, 사랑이었다. 전쟁에 나가는 동생을 향한. 만약 최악의 상황이 닥치면 조금이라도 동생의 생존율을 높이고자 하는 바람이리라. 그 생각이 들자, 그녀는 갑자기 울컥한 마음이 들었다.

"……죄송해요."

"됐고, 총이나 들어. 내가 참전 준비로 시간이 많이 없어, 너를 오래 봐줄 수가 없다. 그러니 집중해."

"네."

엘리제는 입술을 깨물며 총을 들었다. 아까와는 다른 각오로.

'그래, 무슨 일이 생겨도 반드시 살아 돌아오겠어.'

그래서 아버지와 오라버니, 어머니를 다시 만날 거다. 걱정시켜서 죄송했다고, 사랑한다는 말을 전해 줄 것이다.

타앙! 타앙!

그녀는 마치 처음 수술을 배울 때처럼 집중해 렌의 말을 따랐다.

탕!

마침내 과녁의 한가운데가 뚫렸다.

타앙! 타앙!

다시 연이어 명중!

'됐어!'

엘리제는 오라버니를 돌아보았다.

"저 잘했죠, 오라버니?"

하지만 렌은 무뚝뚝하게 말했다.

"잘하긴? 양심이 있어봐라. 수백 발을 쏴서 겨우 3발 맞췄는데."

역시 렌다운 답변에 엘리제는 입술을 삐죽거렸다. 칭찬 좀 해주면 덧나나? 그런데 그때, 렌이 지나가듯 이렇게 말했다.

"그래도 이제 조금, 아주 조금 낫긴 하군. 아직 한참 멀었지만."

엘리제가 물었다.

"오라버니, 그거 나름 칭찬하신 거죠?"

"칭찬은 무슨. 아직 멀었으니 더 열심히 하기나 해."

그녀는 배시시 웃었다. 큰오라버니와 이런 이야기를 나누는 게 왠지 모르게 즐거웠다.

"네, 더 열심히 할게요."

"그래, 이제 난 기사단에 들어가 봐야 하니, 혼자 더 연습하고."

그리고 렌이 말했다.

"참, 엘리제."

"네?"

"집에는 언제 들어올 거냐?"

엘리제의 눈이 흔들렸다.

"들어가고 싶지만…… 아버지랑 오라버니 화가 안 풀리셔서."

"쓸데없는 이야기 말고 지금 당장 돌아가."

렌이 고개를 절레절레 저었다.

"아버지도, 어머니도, 크리스 그 못난 놈도 다 네 걱정만 하고 있다. 밖에서 뭐 하고 있는지, 괜찮은 건지. 미운 네가 뭐가 그렇게 예쁘다고 다들 그러는 건지, 원."

"……."

"어차피 아무리 가족이 말려도 전쟁에 참전할 거잖아?"

"……네."

"그러면 돌아가서 싹싹 빌고 잘해. 출전하기 전에라도 효도하고 가."

엘리제는 고개를 끄덕였다.

"네, 알겠어요."

그렇게 그녀는 쫓겨난 지 4일 만에 집으로 돌아왔다.

"……."

엘 후작과 작은오라버니는 말없이 그녀를 바라봤다.

다들 며칠 만에 얼굴이 굉장히 상해 있었다. 걱정이 심했던 것 같다. 엘리제는 뭐라 할 말이 없이 고개를 숙였다.

"엘리제."

"네, 아버지."

"이리로 오거라."

그녀는 머뭇거리며 아버지에게 다가왔다. 그러자 생각지도 못 했던 일이 벌어졌다. 아버지가 그녀를 끌어안은 것이다.

"아, 아버지?"

"엘리제."

엘 후작이 조용히 말했다.

"사랑한다, 내 딸."

"……!"

"그러니…… 꼭 조심해야 한다. 털끝 하나라도 다치면 절대 용서하지 않겠다."

그 짧은 말에, 그 안에 담긴 사랑과 걱정에 엘리제는 마음이 울컥했다.

"네…… 아버지."

엘리제는 그렇게 답했다. 뭐라 하고 싶은 말이 더 맴돌았지만 가슴이 울렁거려 더 이야기하지 못했다. 그저 오랜만에 느껴지는 아버지의 품에 더 안겨 있었다.

그런 우여곡절 끝에 엘리제 드 클로랜스의 2차 크림원정군 참전이 결정되었다. 하지만 엘리제는 아직 모르고 있었다. 이 전쟁에서 어떤 일들을 겪을지. 그래서 종군 의사로 참전한 자신이 어떤 일들을 해낼지, 어떤 이름을 얻게 될지 전혀 짐작도 못 하고 있었다.

시간이 물처럼 흘렀다.

워낙 대규모의 군이 출정하는 것이라 곧바로 떠날 수가 없었다. 군인도 모집하고, 장비도 점검하고, 보급 체계도 세워야 했다. 그래도 브리티아 제국은 세계 최강국답게 2차 원정군 출정 준비를 착착 진행시켰다.

"리제, 꼭꼭 조심해야 해. 가서 무서우면 곧바로 돌아오고."

크리스가 몇 번이나 당부하며 걱정을 했다.

"네, 너무 걱정하지 마세요."

"나도 같이 출정해야 하는데."

크리스는 자신도 같이 출정하겠다고 주장해 모두를 곤란하게 했다. 엘리제는 물론, 아버지와 어머니도 그의 출정을 원하지 않았다. 이미 큰아들, 딸까지 전쟁에 나가는 판에 작은아들까지 전쟁에 나가는 걸 누가 원하겠는가? 한참을 싸운 끝에 그의 출정을 간신히 말릴 수 있었다.

"그래, 이제 정말 곧 출정이구나. 내일이 출정식이라고?"

"네."

"성인식을 전장에서 치르게 생겼네."

크리스는 몹시 속상한 듯 말했다.

"성인식은 뭐, 괜찮아요."

첫 번째 삶, 두 번째 삶을 포함해 성인이 되는 것만 3번째다. 그러니 성인식이야 아무래도 상관없었다.

"내일 출정식 잘 마치고. 연설 준비는 잘했지?"

"네, 여러 번 연습했어요."

엘리제는 출정식 때 연설을 맡았다. 굉장히 중요하고 영광된 역할이었다. 이는 그녀가 황태자비로 내정되어 있고, 현재 론도에서 가장 존경받는 인사 중 하나였기 때문이다. 그렇지 않아도 그녀의 출정 소식은 론도, 아니, 제국 전체를 뒤흔들었다.

[황태자비로 예정된 데임 클로랜스! 크림원정군으로 참전 결정해! 노블레스 오블리주의 표본이라 할 수 있어.]

[론도를 구한 의술의 성녀, 성(St.) 엘리제! 병사들의 생명을 구하기 위해 원정군으로 참전!]

솔직히 민체스터 황제는 그녀의 참전 소식을 선전으로 이용하고 싶지 않았지만 이런 큰 사건(?)을 언론에서 놓칠 리가 없었다. 군부에서도 병사 모집과 사기 진작을 위해 적극적으로 소문을 퍼뜨렸고 효과는 예상대로 최고였다.

"데임 클로랜스를 위하여!"

"황태자비를 위하여!"

제국의 퍼스트레이디가 될 지고한 여인. 그것도 론도를 죽음에서 구해낸 데임 클로랜스가 병사들의 생명을 구하기 위해 총탄이 빗발치는 전쟁에 참전한다니! 시민들은 크게 감동했다.

"우리도 가자!"

"황태자비를 지키자!"

"공화국 놈들을 무찌르자!"

모두 사기충천하여 외쳤고, 젊은이들의 입대 문의가 빗발쳤다. 덕분에 병사 모집은 조기 마감. 너무 많은 사람이 몰려 지원자들을 대거 탈락시키는 믿지 못할 해프닝이 벌어져, 시민들의 엘리제를 향한 지지와 인기를 알 수 있었다.

이윽고 출정식 날이 밝았다.

브리티아 섬에서 출전할 15만의 병력이 론도 인근의 항구, 바킹항에 집결했다. 특유의 붉은 제복을 입은 제국군이 오열을 맞춰 정렬해 있는 모습은 엄정하기 그지없었다. 세계 최강의 군대란 말에 한 치의 부족함도 없는 모습이었다.

군악대의 음악과 함께 3명의 인물이 단상에 올라왔다. 황제인 민체스터, 그리고 원정군의 총사령관인 황태자 린덴 드 로마노프, 마지막으로 연약한 여인의 몸, 그것도 황태자비가 될 지고한 신분으로 참전을 결정한 엘리제 드 클로랜스였다.

"로마노프 만세!"

"브리티아 제국의 승리를 위하여!"

그들을 보고 병사들이 큰 환호성을 질렀다.

"전체 차렷!"

부총사령관으로 임명된 백전노장의 맥가일 원수가 부대를 지휘해 황제에게 예를 올렸다.

"전 부대! 위대한 황제 폐하께 받들어 충!"

15만의 부대가 일사불란하게 움직였다.

"충!"

빈틈없는 제식(制式). 한 치의 오차도 없이 총검이 하늘을 찌르는 모습은 그야말로 장관이었다. 급하게 모집했지만 이들은 경험이 없는 병사들이 아니었다. 브리티아 제국의 남자들은 누구나 일정 기간, 최고 수준의 군사훈련을 받아야 하기 때문이다.

"그래."

황제가 고개를 끄덕이자, 맥가일 원수가 명했다.

"부대! 세워 총! 쉬어!"

다시 총검이 절도 있게 움직였고, 15만의 병사가 부동자세로 황제를 바라봤다.

"자랑스러운 제국의 병사 여러분."

민체스터가 입을 열어 연설을 시작하였다. 제국군의 승전과 무사 귀환을 기원하는 연설. 그 기나긴 연설 끝에 민체스터가 축복을 했다.

"……마지막으로 주님의 가호가 여러분께 임하길 기원합니다."

이어 총사령관인 린덴의 차례였다. 그의 연설은 성격답게 짧았다.

"길게 이야기하지 않겠다. 우리는 승리한다. 프랑소엔 놈들에게 이 위대한 제국을 도발한 것이 어떤 의미인지 보여주도록 하자. 제군들과 함께라면, 이 브리티아 제국의 자랑스러운 군사인 제군들이라면 연약한 프랑소엔 놈들 따위 몇이 달려들어도 상관없다. 한걸음에 짓밟을 것이다. 그리고 조국으로 돌아와 개선식을 올리자. 온 제국 시민이 제군들의 이름을 높이고 기억할 것이다!"

"와아아!"

"브리티아 제국 만세!"

사기를 진작하는 그 연설에 우레와 같은 함성이 쏟아졌다. 마지막은 드디어 엘리제의 차례였다. 장교복을 입고 있는 그녀는 숨을 크게 들이켰다.

'긴장하지 말자, 엘리제. 잘할 수 있어.'

단상 앞으로 나아갔다. 그리고 그녀가 앞으로 나오는 순간.

"와아아아아!"

어마어마한 함성이 울려 퍼졌다. 장내가 떠나갈 것 같았다.

"데임 클로랜스! 마이 레이디!"

"황태자비 만세!"

"퍼스트레이디! 마이 레이디!"

모두가 그녀에게 열광했다. 황태자비가 될 지고한 신분임에도, 자신들을 위해 전장에 나서는 여린 소녀. 모두의 마음속에 그녀는 단순한 황태자비를 넘어 누구보다 존귀하고, 지켜야 하며, 자신들과 함께하는 마이 레이디였다.

"친애하는 병사 여러분."

이윽고 엘리제가 입을 열었다. 그러자 병사들이 거짓말처럼 입을 다물었다. 그녀의 말을 빠짐없이 듣기 위해서다. 엘리제는 떨리는 가슴을 부여잡았다.

'내가 이들에게 이런 이야기를 할 자격이 있을까?'

이런 생각이 순간 스쳐 지나갔다. 그녀는 저들의 오해처럼 숭고한 뜻을 위해 전장에 나가는 것이 아니었다. 그녀의 참전 이유는 지극히 개인적이었다. 하지만 그녀에게는 생명을 걸고 싸울 저들을 위해 해야만 하는 일이 있었다. 왜냐면 그녀가 의사이기 때문에.

"다른 말씀은 드리지 않겠습니다."

그녀는 그렇게 말을 시작했다.

"여러분 중 누군가는 다칠 것입니다. 죽는 사람도 나올 것입니다."

그 말에 병사들이 숙연해졌다. 그래, 자신들 중 누군가는 다치고 죽을 것이다. 그건 부정할 수 없는 사실이었다.

"의사로서 여러분과 함께 가지만 모두를 살릴 것이라 약속할 수는 없습니다. 그러나 이것만은 여러분과 주님께 약속하겠습니다."

엘리제는 잠시 숨을 멈추었다.

"여러분이 다쳤을 때, 상처로 고통받을 때 제가 옆에 있겠습니다. 한 명이라도 더 많은 분이 가족의 품으로 돌아갈 수 있도록 제가 최선을 다하겠습니다. 아무도."

그래, 모두를 살릴 수는 없다. 아무리 자신이라도 그럴 능력은 없다. 하지만 대의명분보다는 작은오라버니 때문에 나가는 전쟁이지만 그녀는 의사로서 최선을 다하리라 다짐했다.

"아무도, 그 누구도 홀로 덧없이 스러지는 분이 없도록 제가 함께하겠습니다. 이것이 저의 약속입니다. 우리를 구원하신 주님의 축복이 함께하길."

"와아아!"

짧지만 진심이 담긴 연설에 제국의 병사들은 다시 한 번 환호했다.

"데임 클로랜스!"

"성(St.) 엘리제!"

"황태자비 만세! 마이 레이디!"

15만의 병사가 한마음으로 그녀를 불렀다. 그리고 그 순간 옆에 서 있던 황태자가 그녀의 손을 잡았다.

"……!"

엘리제는 놀라 그를 돌아보았다. 왜 손을? 그러나 곧 병사들에게 보여주기 위한 선전이라고 생각했다. 역시나 병사들은 둘이 다정히 손을 잡은 것을 보고 더욱 열렬히 환호했다.

"황태자 전하 만세! 황태자비 만세! 로마노프 만세!"

"제국의 승리를 위하여!"

엘리제는 붙잡힌 손이 신경 쓰였지만 병사들을 위해 웃어 보였다.

잡힌 손이 왠지 모르게 뜨거웠다.

한편 황태자는 그녀의 손을 잡고 격정에 휩싸여 있었다.

'엘리제.'

사실 그는 제국군의 사기를 위해 그녀의 손을 잡은 것이 아니었다.

'왜 이렇게 나를 미치게 한단 말인가.'

그저 그녀를 향한 그 갈망을 참을 수 없어 잡았을 뿐이다.

'결국, 참전을 막지 못했지.'

그간 그토록 노력했지만 황제가 황실의 이름을 걸고 한 약속 때문에 그녀의 참전을 막을 수 없었다. 참고로 민체스터 황제는 그날 이후 자신의 경솔했던 약속을 얼마나 후회했는지 모른다.

'그러니 이제 어쩔 수 없어.'

린덴의 눈이 깊게 가라앉았다.

'내가 지킬 수밖에.'

그는 엘리제를 바라봤다. 걱정만으로도 이렇게 괴로운데 그녀가 다치기라도 한다면 자신은 견디지 못할 것이다. 가슴이 멎어버릴지도 모른다.

'중간에 본국으로 쫓아내려 해도, 이 고집불통인 여자가 말을 들을리 없으니.'

그러니 방법은 단 하나다.

'이제 내가 지킬 수밖에.'

그렇게 출정식이 막을 내렸다. 그리고 마지막 순간.

찰칵!

커다란 렌즈가 요란한 소리와 함께 그들의 모습을 담았다. 최근 개발돼 서대륙 신문사들에 처음 도입되기 시작한 사진기란 발명품이었다. 신문사들은 출정식에서 황태자와 예비 황태자비의 다정한 모습을 흑백 사진으로 보도했다.

한편, 출정식이 한창인 그때. 론도 황궁의 깊은 곳에 자리한 비처, 엉겅퀴가 우거진 유리궁에 한 손님이 찾아왔다.

"무슨 일이십니까?"

"무슨 일이긴, 전쟁에 나가기 전에 어머니를 뵈러 왔지."

금발, 금안. 꽃처럼 화사한 얼굴의 남자. 론도 최고의 바람둥이이자 서대륙 최강의 오러 나이츠. 동시에 황태자의 정적인 3황자 검제 미하일이었다! 그는 검은 신사복에 코트를 입고 있었는데, 허리춤에 은색 검이 이질적으로 매달려 있었다.

"오늘은 출정식 아니십니까?"

"어차피 부황의 잔소리나 들을 텐데 거기 가서 뭐 해. 대신 부단장 보냈어."

3황자가 단장으로 있는 검기사단의 부단장을 뜻한다. 전원 오러 나이츠로 이뤄진 검기사단은 서대륙 최강의 돌격 기병대였다.

유리궁의 시종장은 한숨을 내쉬었다.

"오늘은 그냥 가시는 게 좋겠습니다."

"왜?"

"……아시지 않으십니까."

항상 밝은 3황자의 얼굴이 순간적으로 어두워졌다. 그러나 그것도 잠시, 그는 웃으며 말했다.

"모자 사이인데 뭐 어때? 오늘 못 보면 전쟁이 끝날 때까지 못 본다고. 얼굴만 보고 가지, 뭐."

“……알겠습니다. 황비 마마께서 상태가 불안정하니, 오래 있지는 마십시오.”

시종장은 어쩔 수 없이 건물 안으로 그를 안내했다. 3황자의 어머니이자 현 황실의 안주인인 1황비가 머물고 있는 유리궁은 작은 저택만 했다. 궁 내부는 관리가 잘되어 있었지만 어딘지 모르게 황량한 느낌이 들었다.

‘나 말고는 아무도 찾아오는 사람이 없으니.’

3황자는 씁쓸히 생각했다. 그런데 그 순간이었다.

“꺄아악!”

요란한 소리와 함께 무언가 와장창 깨지는 소리가 들렸다. 모르는 사람이 들었다면 깜짝 놀랄 소리였지만 3황자와 시종장 모두 눈 하나 꿈쩍하지 않았다. 익숙했던 것이다. 그저 미하일의 표정만 조금 더 어두워졌다.

“꺄아악! 아악! 안 돼!”

방 앞에 선 시종장이 조심히 문을 열었다. 미하일이 억지로 미소를 지으며 말했다.

“어머니, 아들 왔어요.”

그 순간!

퍼억! 파창!

무언가 날아와 그의 이마를 때리고 산산이 깨져 나갔다. 유리잔이었다.

“어머니.”

미하일은 이마와 어깨에 묻은 유리들을 털어내며 그녀를 불렀다. 서대륙 최강검답게 자동적으로 오러가 발동해 다치진 않았다.

"어머니, 저 왔어요. 미하일…… 아니, 밀이에요."

그는 방 안에서 부들부들 떨며 눈물을 흘리고 있는 중년의 여인을 바라봤다. 마리엔 드 차일드, 아니, 이제는 마리엔 드 로마노프가 된, 황후가 없는 현 황실의 안주인. 하지만 그녀는 아들이 왔다는 사실을 깨닫지도 못 하고 있었다.

그녀를 본 미하일의 눈이 꿈틀했다. 자해라도 했는지 손등 여기저기에 상처가 가득했다.

"약 가져와."

"네, 전하."

시종장이 약을 가져왔고, 미하일은 그녀에게 다가갔다.

"어머니, 저 이제 크림반도로 떠나요. 반도의 사람들이 우리 제국민을 학살해 전쟁이 일어났거든요."

과연 알아들을까? 그렇지는 않은 것 같았다. 마리엔 황비의 눈은 여전히 초점 없이 흐릿했다. 그래도 미하일은 계속 말했다.

"조심해서 다녀올게요. 어머니 기쁘게 공도 많이 세우고요. 그래서 황제가 되어 황태후로 호강시켜 드릴게요. 그러니."

그는 어머니를 조심히 껴안았다.

"잘 지내고 계세요, 사랑하는 나의 레이디."

그렇게 짧은 만남을 뒤로하고 미하일은 유리궁을 나왔다.

"조심히 갔다 오십시오. 강건하시길."

시종장이 전장에 나가는 그에게 말했다.

"그래, 나 없는 동안 잘 부탁하고. 상처는 잘 살펴줘."

"네, 전하."

시종장이 들어가자, 미하일은 하늘을 올려다보았다. 겨울로 접어든 하늘은 맑고 청명했다. 답답한 자신의 마음과 다르게.

'도대체 누구의 잘못으로 이렇게 된 것일까?'

어머니? 아니면 부황 민체스터? 차일드 가문? 그것도 아니면 황후? 글쎄, 모르겠다. 미하일은 답답하기만 했다.

'황위고 뭐고, 여행이나 가고 싶군.'

그는 허리춤에 매달린 은색 검을 바라봤다. 동방 청에서 친우였던 협객, 검룡 운학이 가문의 보물이라며 선물로 주었던 비천검이었다.

'그때는 참 재미있었는데. 고민할 것도 없고. 술도 실컷 마시고.'

그의 입꼬리가 살짝 올라갔다. 돌이켜보면 참 행복했던 시절이었다. 지금이라도 비단길을 타고 달려가고 싶을 만큼.

'그녀와 같이 가면 재미있을 것 같은데.'

미하일은 문득 한 사람을 떠올렸다. 자신을 보고 눈물을 글썽이며, 밀이라 부르던 소녀. 황태자비로 내정된 주제에 의사가 되겠다는 황당한 주장을 했던, 그 황당함만큼 숱한 업적을 남기고 있는 소녀 엘리제 드 클로랜스. 그녀가 문득 떠올랐다.

'황제고 뭐고 다 때려치우고 같이 여행이나 가자고 해볼까? 그녀는 의술 여행하고, 나는 호위 무사 하고.'

미하일은 쿡쿡 웃었다. 생각만 해도 재미있을 것 같았다. 이런 정권 다툼보다는 한 천 배쯤 재미있을 것이다. 하지만 그럴 수 없다는 걸 안다.

'있을 수 없는 일이지.'

그의 표정이 굳어졌다. 자신은 황제가 되어야 하니까.

"다녀올게요. 잘 지내고 계세요."

그는 뒤를 돌아 유리궁에 마지막으로 인사했다. 그렇게 3황자 검제 미하일 드 로마노프는 자신만의 출정식을 마쳤다.

브리티아 섬 건너, 서대륙 본토 동쪽에 위치한 크림반도였다.

콰앙! 콰앙!

크림반도의 수도, 심페폴 인근 평야에서 대규모 화력전이 벌어지고 있었다. 대포가 수없이 불을 뿜었고, 파란 복식의 공화국군이 제국군을 향해 총검을 들고 돌진했다.

"끄아악!"

"자유와 평등을 위하여!"

자유와 평등이라는 공화국의 기치를 외치며 달려드는 공화국군에게 제국군은 속절없이 밀렸다. 평원은 순식간에 피로 물들었고, 그 피는 대부분 브리티아 제국군의 것이었다.

그런데 그 지옥도가 한눈에 내려다보이는 낮은 산 중턱에서 쉽게 이해할 수 없는 기이한 광경이 펼쳐지고 있었다.

"흐음, 역시 신문은 브리티아 제국 것이 재미있다니까. 아버지가 언론을 너무 죽여 놔서 공화국 언론사들은 영……. 그런데 제국은 이렇게 언론을 풀어놔도 괜찮나?"

마치 그림처럼 잘생긴, 부드러운 인상의 젊은 남자가 여유롭게 신문을 읽고 있었던 것이다! 수없이 많은 사람이 죽어가고 있는 지옥도 옆에서 신문이라니? 하지만 남자의 정체를 알면 이 기행을 납득할 수 있었다.

사막의 전갈. 남자는 다름 아닌, 검은 대륙의 서북부를 평정한 프랑소엔 공화국 최고의 명장 루이 니콜라스였던 것이다! 이 피로 얼룩진 지옥도를 연출한 것도 바로 그였다. 심페폴을 수비하고 있던 제국군을 교란 작전으로 흔든 뒤, 혼란을 틈타 총공격을 했다. 그 결과가 지금 눈앞에 펼쳐진 지옥도였다. 남자는 다 이긴 전투에 흥미를 잃고, 브리티아 제국의 신문을 읽는 데 열중했다.

"흠?"

그런데 신문의 토픽란에 그의 흥미를 강하게 끄는 기사가 있었다.

"황태자비가 될 여인이 이 전쟁에 참전했다고?"

토픽란에는 흑백사진으로 출정식에서 연설하는 예비 황태자비의 모습이 실려 있었다. 제복을 입은 탓일까? 기품이 느껴지는 아름다움에 루이는 입꼬리를 올렸다.

"엘리제 드 클로랜스. 참으로 아름다운 소녀였지."

그는 이 소녀를 만난 적이 있었다. 바로 제국의 탄신연회 때 사절로 갔다가 춤을 신청했고, 보기 좋게 거절당했다. 아니, 그것이 아니어도 그는 이 소녀를 이전부터 알고 있었다. 몽셀 왕국을 이용해 제국군의 뒤를 치려던 내 계획을 간파한 게 바로 이 소녀였으니까.

그의 미소가 짙어졌다. 현명하고 지극히 아름다운 소녀.

"좋군. 아주 좋아."

그때였다. 공화국 장교가 그에게 다가와 전투 경과를 보고했다.

"각하, 대승입니다. 제국군 추정 사망자 7,000명으로 적군은 북쪽으로 후퇴 중입니다. 이로써 반도 이남은 우리 공화국의 세력권으로 넘어왔습니다."

"추적해."

"네?"

"추적해서 최대한 많이 죽이라고."

"네, 알겠습니다! 충성!"

간단히 명령한 루이는 다시 엘리제의 사진으로 시선을 돌렸다.

"참으로 아름답단 말이야."

그는 홀린 듯 말했다.

"가지고 싶을 만큼."

그는 북쪽으로 시선을 돌렸다. 이제 곧 제국의 황태자, 공제가 이끄는 제국의 2차 원정군이 도착하리라. 이 소녀가 포함된.

"잘됐군."

그는 다시 미소를 지었다. 제국군을 격파하다 보면 이 소녀를 잡을 수 있을 것이다. 그는 확신에 찬 목소리로 말했다.

"그때 가지면 되겠지. 승전의 전리품으로 말이야."

이 아름다운 소녀를 전리품으로 갖는다. 인형처럼 예쁘고 기품 있는 소녀가 눈물지으면 얼마나 고혹적일까. 생각만 해도 즐거웠다.

"공제와의 싸움도 그렇고, 참 재밌는 전쟁이 되겠군."

그렇게 엘리제, 린덴, 미하일, 루이. 그 밖의 수많은 사람이 각자의 생각과 이유를 가지고 크림반도에 모여들었다.

2차 크림전쟁의 시작이었다.

13장
등불을 든 여인

15만 장병을 태운 브리티아 제국의 함대가 북해를 지나 발토해를 가르고 있었다. 병사를 가득 실은 수많은 증기선이 바다를 항해하는 모습은 그야말로 장관이었다. 이런 규모의 함대는 제국이니까 가능한 것이다. 로열 네이비(Royal Navy)라 불리는 제국의 함대는 세계 최강의 해군 전력이었으니까. 공화국도 해군력만큼은 제국에 한참 못 미쳤다. 서대륙 나머지 열강들이 모두 모여야 비슷한 수준. 그만큼 제국의 해군력은 압도적이었다.

"이런 배 타본 적 있어, 리제? 대단하지?"

3황자 미하일이 친근하게 엘리제에게 말을 걸었다.

처음 백원의 궁, 혈납에서 만난 이후 마하일은 종종 그녀를 찾곤 했다. 그 때문에 둘은 이제 많이 친해진 상태였다.

"없어요. 확실히 크네요."

황태자를 비롯해 그녀와 3황자는 기함인 퀸 엘리자베스호에 탑승해 있었다. 제국 해양 기술력의 결정체인 엘리자베스호는 무척 거대하고 위엄이 넘쳤다.

“리제는 론도를 벗어난 적이 거의 없지? 이제 멀미는 괜찮아?”

“바람이 잠잠해 지금은 나아졌어요.”

엘리제는 창백한 안색으로 말했다. 배를 처음 타는지라 멀미로 엄청 고생했다.

“이제 곧 로마노프령의 상트부르항에 도착할 거야. 상트부르가 어디인지는 알지?”

“네, 당연히 알죠.”

로마노프령은 로마노프 황가의 개인 영지다. 제국의 땅이면 그냥 제국이지, 왜 이런 명칭이 붙었느냐고? 로마노프 황가가 원래는 이곳 서대륙 북단의 상트부르 지역을 지배하는 대공가(大公家)였기 때문이다. 왕족의 방계 혈족이었을 뿐 사실 브리티아 섬과는 상관이 없던 가문이었다.

그런데 그 로마노프 가문이 브리티아 섬의 왕가가 된 것은 다소 황당한 이유 때문이었다.

‘내전으로 왕위 계승자가 모조리 죽어버린 탓이었지.’

약 350년 전, 당시는 왕국이었던 브리티아에 큰 내전이 일어났다. 왕위를 놓고 왕실과 귀족이 일으킨 그 싸움은 무려 30년이나 걸렸고, 왕가의 피가 섞인 사람의 씨를 말려 버렸다. 당시 힘없는 왕족들은 죽지 않기 위해 신분을 숨기고 살았을 정도였다.

그렇게 광란의 내전이 끝난 후 정신을 차린 귀족들이 새로운 왕을 모시려고 봤더니 섬 안에는 남아 있는 왕족이 없었다.

'그래서 무려 왕위 계승 서열 58위였던 로마노프 대공이 왕으로 취임했고.'

반대도 많았지만 딱히 마땅한 사람이 없어 로마노프 대공은 얼떨결에 대공 겸 브리티아 왕으로 취임했다. 그것이 로마노프 왕조의 시작이었다.

'여기서 반전은 로마노프 가문의 통치력이었지.'

섬기기 위해 지배한다.

지배자의 권위는 신민들을 위하는 마음으로부터.

이런 파격적인 기치를 가지고 있는 로마노프 가문은 대(代)를 거듭해 선정을 베풀었다. 그런 통치 철학이 있었기에 100년도 안 돼 브리티아 섬을 통일해 왕국은 제국이 되었고, 번영을 거듭하더니 작금에 이르러서는 세계를 아우르는 최강의 나라가 되었다.

"로마노프령에 도착해서는 육로로 이동할 것이니 각오해야 해. 말은 탈 줄 알지?"

"네."

엘리제는 고개를 끄덕였다. 출발 전 렌 오라버니에게 혼나며 배웠기에 이제 어지간하게 탈 줄 안다. 그런데 미하일이 짓궂게 말했다.

"만약 말 타는 게 힘들면 내 말에 태워줄게. 이래 봬도 서대륙 최강의 기사라고. 승마감은 걱정하지 마. 내 허리만 잘 잡고 있어."

"뭐에요? 사양할게요."

엘리제는 고개를 저었다.

"진짠데? 진심이야."

"됐어요. 전하의 허리를 잡고 말을 탔다가 론도에서 전하를 기다리는 영애들의 원망을 어떻게 감당하라고요?"

그 말에 미하일은 억울하단 표정을 지었고, 엘리제는 쿡쿡 웃었다. 친구로 지냈던 지난 삶의 기억 때문일까? 이번 삶에선 많이 만나지 않았는데도 이상하게 편한 느낌이 들었다.

한편, 그런 그들을 못마땅하게 바라보고 있는 사람이 있었다. 원정군의 총사령관인 황태자 린덴이었다.

'둘이 언제 저렇게 친해진 거지?'

그는 속으로 중얼거렸다.

'무슨 이야기를 저렇게 하고 있는 거야?'

황태자는 2층 함장실에서 갑판에 나와 있는 엘리제와 미하일을 내려다보며 인상을 찌푸렸다.

'뭐가 좋다고 저렇게 웃는 거지, 저 소녀는?'

미하일과 이야기할 때마다 뭐가 좋은지 연신 미소를 짓는 엘리제를 보니 화가 치밀어 올랐다. 자신에게는 미소는커녕 그렇게 싫은 티나 내면서!

'옷은 또 왜 저렇게 입은 거야? 젠장.'

엘리제가 입고 있는 옷은 제국군의 제복이었다. 군복이다 보니 그녀의 백금발과 인형 같은 하얀 얼굴에 어우러져 고결한 기품이 흘렀다.

그런데 붉은 제복이 몸에 딱 달라붙어서인지 이상하게도 묘하게 고혹적인 느낌이 함께 들었다. 린덴은 다른 놈들이 그녀를 쳐다볼 때마다 열불이 솟구쳐 참을 수가 없었다.

'육지에 도착하면 바로 전서구를 보내 여성용 제복을 새로 디자인하라고 해야겠어. 최대한 펑퍼짐하고 못나게. 색깔은 화려한 적색이 아닌, 누리끼리한 황토색 정도가 적당하겠군.'

그렇게 세계 최초의 여군 전용 제복이 결정되었다.

'하여튼 마음에 안 들어, 정말로.'

하루에도 몇 번을 하는지 모를 생각을 하며 린덴은 눈을 감았다.

'그런데 앞으로 어떻게 하지?'

그가 고민하고 있는 것은 엘리제를 대하는 것이었다. 린덴은 출정 전 결심한 것이 있었다.

첫 번째는 그녀를 지키는 것. 자신은 이 전쟁에서 그녀를 지킬 것이다. 무슨 일이 일어나도. 그리고 두 번째는 그녀의 마음을 가지는 것. 아무리 아프고 상처 입어도 그는 그녀의 마음을 가지리라 결심했다.

'하지만…….'

문제는 그가 여자에 대해 전혀 모른다는 점이었다. 연애는커녕 여자를 불필요한 장식쯤으로 여겼던 그가 여자의 마음에 대해 어떻게 알겠는가?

'도대체 어떻게 해야 하는 거지?'

고민해 봤으나 떠오르는 방법이 없었다. 조언이라도 구해 볼까 고개를 돌렸으나 옆에 서 있는 것은 자신을 능가하는 벽창호인 렌 남작.

"무슨 일이십니까, 전하?"

"……아니다."

도움이 안 됐다. 린덴은 한숨을 내쉬었다. 그렇게 평화로운(?) 항해 끝에 함대는 로마노프령에 도착했다. 그리고 곧바로 크림반도로 진격해 전선에 도착했다.

그런데 전선에 도착한 린덴의 얼굴이 굳었다.

전선의 상황이 좋지 않았다. 아니, 좋지 않은 정도가 아니라 최악이었다. 1차 원정대였던 2군단은 반쯤 궤멸해 있었고, 로마노프령에서 미리 출발한 본토 소속 15만의 지원군은 크림반도 북단까지 몰려 힘겨운 싸움을 하고 있었다. 모두 사막의 전갈, 루이 니콜라스 때문이었다.

총사령관인 린덴은 먼저 병력을 정비했다. 제국의 병력은 브리티아에서 지원 온 15만과 로마노프령에서 지원 온 15만. 그리고 궤멸된 2군단의 패잔병을 합쳐 대략 32만이었다.

"수적으로 열세군."

"네, 적들은 약 40만이 넘으니까요."

백전노장 맥가일 원수가 답했다. 귀족도 아닌 평민 출신으로 군부의 원수까지 오른 그는 제국군의 전설과도 같은 인물이었다.

"몽셀군 2만, 크림군 1만에 무어군 7만, 스위센 용병 3만, 그리고 공화국군 30만이 맞나?"

"네."

10만이 넘는 병력 차이. 하지만 린덴은 이렇게 말했다.

"해볼 만하겠군."

맥가일 원수도 고개를 끄덕였다.

"네, 우리는 대(大)브리티아 제국군이니까요."

그들의 말은 허언이 아니었다. 브리티아 제국군은 세계 최강의 군대. 크림군, 무어군, 스위센 용병 따위의 적수가 아니었다. 문제는 공화국군과 기만술의 달인 사막의 전갈 루이 니콜라스였다.

"사막의 전갈이 거슬리는군요. 어떻게 계책이 들어올지 모르니."

맥가일은 하얀 눈썹을 찌푸렸다. 황태자 린덴은 짧게 답했다.

"교활한 계책을 상대하는 법은 간단하다. 정공법으로 간다."

"정공법이요?"

그는 고개를 끄덕였다. 2년 전 그는 검은 대륙에서 앙젤리의 패권을 두고 사막의 전갈과 전쟁한 적이 있었다. 결과는 자신의 미세한 판정승. 공화국과 제국은 화평 조약을 맺고, 앙젤리를 중립국으로 두기로 결정했다.

'하지만 진정한 승리라 볼 수는 없지.'

당시 제국의 피해는 막심했다. 1황자인 지펠이 사망했고, 수많은 병사가 죽었다. 모두 루이 니콜라스의 계책에 휘말린 탓이었다. 그때 깨달은 것이 있었다.

"계책을 따라가려다 기만술에 휘둘릴 필요는 없다. 그저 정공법으로 나간다. 우리는 대제국군. 그것만으로도 충분하다."

사(邪)에는 정(正)으로. 그게 그가 사막의 전갈에게 내놓은 답이었다. 그렇게 린덴은 전선을 정비했다. 여러 요충지를 기반으로 서와 동으로 부대를 나누었고, 맥가일 원수와 또 다른 장군, 라이트 후작에게 각 부대를 맡겼다. 그리고 자신은 중앙의 사령부에서 중앙군을 이끌며 양 부대를 지휘 및 지원하였다.

황태자가 전면에 등장하자 일방적으로 기울던 제국군과 공화국군의 전투는 새로운 국면을 맞았다. 그리고 그때 엘리제는 종군 의사로서 야전 후방 병원에 배치되었다. 야전 후방 병원은 황태자가 자리한 사령부 지척에 위치해 있었다.

"이쪽입니다, 데임. 길이 거치니 발밑을 조심하십시오."

"네, 감사해요. 얼마나 남았죠?"

"거의 다 왔습니다."

명을 받은 병사가 그녀를 안내해 주었다. 병사는 황태자비가 될 지고한 여인이자 론도를 구한 의술의 성녀 엘리제를 선망의 눈으로 바라봤다. 마음만 고운 게 아니라 얼굴도 너무나 아름다웠다.

'이분이 우리 제국의 황태자비.'

병사의 마음에 사기가 올라갔다. 저런 퍼스트레이디를 위해서라면!

잠시 후 병사가 말했다.

"다 왔습니다."

그 말에 엘리제는 눈을 깜빡였다.

"……다 왔다고요?"

"네, 데임. 이곳입니다."

엘리제는 병사가 가리키는 곳을 바라봤다. 분명 건물이 있긴 했다. 그런데 야전병원은 그녀가 생각했던 것과는 너무도 달랐다.

"저곳이…… 병원이라고요?"

"네, 저곳이 사령부 휘하 후방 야전병원입니다."

다 쓰러져 가는 회색의 건물. 사람이 머물 것이라곤 상상도 못 할 정도로 더러운 저 건물이 야전병원이라고?

'말도 안 돼.'

엘리제는 자신이 잘못 본 것이길 바라며 다시 한 번 바라봤다. 하지만 잘못 본 게 아니었다. 폐가보다도 못한, 다 쓰러져 가는 저 건물이 대제국군의 생명을 책임지는 야전병원이었다.

“으아아!”

“죽고 싶지 않아!”

“아아……!”

내키지 않았지만 마음을 다잡고 건물에 들어가 보니 곳곳에서 끔찍한 비명이 들려왔다.

‘맙소사.’

엘리제는 비명을 삼켰다. 부상병들의 상처가 끔찍해서가 아니었다. 총탄과 화약에 짓이겨진 상처는 차마 눈으로 보기 힘들 정도긴 했지만 그녀는 지구에서 외과의사를 하면서 웬만큼 끔찍한 상처에는 면역되어 있었다.

그녀가 놀란 이유는 다른 데 있었다. 그들이 누워 있는 환경 때문이었다.

‘어떻게 이렇게?’

마치 더러운 공중화장실을 연상시키는 비위생적인 방에 수십 명의 부상자가 한데 뭉쳐 있었다. 자신의 공간을 가지고 누워 있는 것이 아닌, 물건을 쑤셔 넣듯 ‘말 그대로’ 뭉쳐 있는 것이다. 그리고 상처에 대충 붕대 정도만 감은 채 방치되어 있었다.

‘이럴 수가.’

한 번도 이런 광경을 본 적이 없다. 테레사병원의 빈민 병실도, 아니, 론도의 슬럼가도 이렇진 않다. 지상의 지옥이 있다면 바로 이곳이란 생각이 들 정도였다.

‘이런 상황이면 오히려 병이 생길 거야. 살 사람도 모조리 전염병

에 걸려 죽겠어.'

엘리제는 치를 떨었다. 사실 그녀가 전쟁에 참전한 이유는 뭇 사람들의 오해와 다르게 큰 뜻을 가져서가 아니었다. 그저 작은오라버니를 죽음의 위기에서 구하기 위해서라는, 지극히 개인적인 이유 때문이었다. 하지만 눈앞에 펼쳐진 광경은 그녀의 마음을 차갑게 식게 하였다. 히포크라테스 선서를 한 한 명의 의사로서 이들을 이대로 놔둘 수는 없었다.

'이건 그냥 부상병들을 방치해 둔 거나 마찬가지야. 죽든지, 알아서 살아나든지. 아니, 방치보다 더 나빠. 밖에 버려두면 전염병은 안 옮겠지만 이건 부상병들끼리 서로 병이 옮아 다 죽을 상황이잖아!'

사실 당시 군대 야전병원의 이런 참상은 브리티아 제국뿐 아니라, 서대륙 어느 국가나 마찬가지였다. 군대가 병사들 개개인의 부상을 회복시키는 데 큰 관심이 없었기 때문이다. 심지어 지구에서도 군 병원이 실제로 의료 시설다워진 것은 근현대에 가까워서였다. 그전에는 이곳과 별반 다를 것이 없었다.

'한두 명을 치료한다고 해결될 일이 아니야. 기본적인 시스템을 개선해야 해.'

엘리제는 그렇게 생각했다. 차분히 누군가를 치료할 환경도 아니고, 이런 환경에선 그녀가 한 명을 살릴 때 100명이 죽어나갈 것이다.

'책임자를 만나자.'

야전병원의 책임자는 엘리제가 아니었다. 그녀는 방금 이곳에 도착했을 뿐이니까. 사실 지금 군에서 그녀의 위치는 조금 모호했다. 원정군으로 참전했으니 민간인은 아닌데 군인으로서 정확한 계급과 위치가 없었다. 그저 뛰어난 의사이자 황태자비로 내정된 여인으로 대우받을 뿐. 뭔가를 요구할 제대로 된 권한과 직위가 없는 것이다. 그래도 그 황태자비 후보란 지위 덕에 곧바로 책임자를 만날 수 있었다.

"존귀한 데임 클로랜스를 뵙습니다. 야전병원의 책임자인 헤인츠 대위라고 합니다."

약간은 과장된 인사. 헤인츠 대위는 배 나온 30대 후반의 남자였는데, 살집에 묻힌 눈이 게으른 인상을 주었다. 한편 그와 인사를 나눈 엘리제는 얼굴을 살짝 찌푸렸다. 그에게서 이상한 냄새를 맡았던 것이다.

'이건 알코올 냄새인데? 설마?'

하지만 그녀는 고개를 저었다. 제국군 대위가 전장에서, 그것도 대낮에 술을 마실 리가 없지 않은가.

"병사들을 위해 참전하셨다고 들었습니다. 이곳이 야전병원이니 환자들을 돌보시면 됩니다. 많은 병사를 살려주시기를 부탁합니다."

헤인츠는 말했다. 예의 바르긴 하지만 관심 있는 목소리는 아니었다. 저랑 상관없이 당신이 알아서 치료하면 됩니다란 느낌이었다. 실제로 그는 그녀가 부상병들을 돌보는 것에 큰 관심이 없었다.

'어떻게 되든 나랑 무슨 상관이라고.'

그는 배배 꼬인 마음으로 생각했다. 헤인츠 대위는 원래 병원의 책임자가 아니었다. 원래 직위는 포병대의 중대장. 하지만 몇 번이나 거듭된 실책으로 좌천을 거듭해 한직 중의 한직인 이곳까지 쫓겨온 것이다. 곧 강제 전역당할 것이 분명한 상태로, 그는 자신의 유배지인 이곳 병원이 어떻게 돌아가든 큰 관심이 없었다.

"헤인츠 대위님."

"네, 데임."

"이곳 환자들을 위해 드릴 말씀이 있어요."

"무엇입니까?"

엘리제는 귀찮아하는 그의 안색을 보고, 이야기가 잘 안 풀릴 것 같다는 느낌이 들었으나 일단 말했다.

"병사들의 치료를 위해 환경 개선이 시급합니다."

그러면서 엘리제는 자신이 느낀 점과 의사로서 시급히 개선해야 할 점들을 설명했다. 하지만 반응은 예상대로였다.

"그건 어쩔 수 없는 것 아닙니까? 환경이 그런걸요."

"……."

"론도에서만 자란 고귀한 데임께서는 잘 모르시겠지만 원래 전쟁이란 것이 다 그렇습니다. 어쩔 수 없는 것이지요."

그 관심 없는 반응에 엘리제는 입술을 깨물었다. 밑에서 환자들은 죽어가고 있는데, 책임자는 관심도 없다니.

"전장의 환경이 열악한 것은 저도 압니다. 그래도…… 그런 상황 속에서라도 부상병들이 가능한 최선의 치료를 받을 수 있도록 노력해야 하지 않을까요?"

그래도 엘리제는 최대한 부드럽게 말했다.

"그거야 그렇지요. 하지만 그건 제 권한 밖의 일입니다. 저는 그냥 이 병원을 관리하라는 명만 받았거든요. 데임께서 정 환경을 개선하고 싶으시면 다른 계통에 건의하셔야 할 것 같습니다."

게으른 공무원과 군인의 특기인 책임 돌리기였다. 결국, 엘리제는 한숨을 내쉬었다.

"알겠습니다. 그러면 이 부분을 상의하려면 어느 쪽으로 찾아가야 할까요?"

"글쎄요. 저도 잘 모르겠군요. 병원에 물품을 보급하는 사령부 보급처에 한번 문의해 보십시오."

그 말을 듣고 엘리제는 등을 돌렸다. 저치와 더 이야기해 봤자 얻을 게 없을 것 같다.

"조심히 가십시오."

엘리제는 곧바로 병원을 빠져나와 사령부로 향했다. 그런 그녀를 보며 헤인츠 대위는 비웃음을 지었다.

'어차피 사령부도 이곳 야전병원 따위 크게 신경 쓰지 않는다고.'

자신같이 끝난 군인을 처박아둔 것만 봐도 알 수 있다. 야전병원은, 정확히 말하면 군 의료는 사령부의 주 관심사가 아니었다. 그것 말고도 신경 써야 할 것이 많았기 때문이다.

'어차피 끝난 군 생활. 이 할 일 없는 곳에서 적당히 있다가 적당히 전역하면 되지.'

헤인츠 대위는 그렇게 생각했다.

엘리제는 사령부로 향했다. 다행히 야전병원과 린덴이 있는 사령부는 지척이어서 오래 걸리지 않았다.

"무슨 일이십니까, 데임 클로랜스?"

엘리제를 알아본 한 장교가 말했다. 그녀는 사정을 설명하고 병원의 보급 계통 책임자와 면담을 요청했다.

"그렇군요. 알겠습니다. 잠시만 기다려 주십시오."

그녀의 신분 때문일까, 금방 담당자와 면담할 수 있었다.

"충성! 황태자비를 뵙습니다!"

경례하는 존 소령은 야전병원을 비롯한 중앙군에 보급을 담당하는 영관급 장교였다. 보급 업무의 핵심을 맡고 있어서인지, 좌천을 거듭한 낙오자 헤인츠 대위와는 예의와 기강이 비교도 되지 않았다.

"아직 황태자비가 아니니, 그렇게 예를 차리지 않으셔도 됩니다. 그냥 편하게 대해 주세요."

"알겠습니다. 일단 앉으십시오. 커피 드시겠습니까?"

"네."

존 소령은 그녀에게 차를 대접했다.

"전장이라 질 나쁜 커피밖에 없군요. 죄송합니다."

"아닙니다. 감사합니다."

"그런데 야전병원 문제로 오셨다고 하셨습니까?"

헤인츠보다 훨씬 호의적인 태도에 엘리제는 희망을 품고 고개를 끄덕였다.

"네."

"말씀해 주십시오."

"부상병들을 치료하기 위해 환경 개선이 필요합니다. 의약품의 보급도 원활하지 않고요."

엘리제는 헤인츠에게 했던 이야기를 반복했다.

"음……."

존 소령은 턱을 쓰다듬었다. 뭔가 곤란한 표정이었다.

"그런가요?"

그러며 조심히 입을 여는데, 목소리는 예를 지켰지만 그 말의 골자는 헤인츠 대위와 크게 다르지 않았다.

"데임."

"네?"

"정말 죄송하지만…… 뭔가 오해가 있는 것 같습니다."

"……네?"

"이곳은 군대입니다. 병사들이 열악한 치료를 받는 것은 안타깝지만 그건 전장이니 당연한 것입니다."

존 소령은 고개를 저었다.

"데임께서 론도에서 수많은 사람의 생명을 구한 명의인 것은 알고 있습니다. 그러니 병사들이 죽어가는 것을 안타까워하는 것 이해합니다. 병사들을 책임지는 지휘관으로서 그런 마음에 감사하고요."

"……."

"하지만 이곳은 전장입니다. 부상을 당하고, 총탄에 죽는 것이 당연한 곳이지요. 전장이라서 부족한 치료는 병사들 개개인이 정신력으로 극복해야 한다 생각합니다."

엘리제는 답답한 마음이 들었다. 하지만 존 소령의 말은 이 시대 군 지휘부의 일반적인 생각이었다. 병사들이 열악한 치료를 받는 것은 안타까운 일이지만 그저 어쩔 수 없는 일이라고만 여겼다. 이 최악의 환경을 조금만 개선해도 사망자가 획기적으로 줄 수 있다는 발상은 하지도 못 했다.

"론도에서처럼 최고의 치료를 하겠다는 것은 아니에요."

엘리제는 입을 열었다.

"어느 정도의 환경만 개선하면 돼요. 큰 지원이나 자금이 필요한 것도 아니고요. 조금의 도움만 있으면 지금처럼 최악의 사망률을 훨씬 떨어뜨릴 수 있어요."

하지만 존 소령은 귀 기울여 듣지 않았다.

"알겠습니다. 데임의 말씀이시니 고려해 보겠습니다."

"고려해 보시겠다는 말은?"

"기회를 봐서 윗선과 상의해 보겠습니다."

"……."

엘리제는 입술을 깨물었다. 존 소령은 웃으며 말했다.

"이야기가 끝났으면 이만 돌아가 주실 수 있으시겠습니까? 중앙군에 탄약과 포탄 보급 문제를 해결해야 해서요."

엘리제는 허탈한 얼굴을 하고 밖으로 나왔다. 사령부까지 왔지만 별 소득이 없었다.

'윗선과 상의한다고? 도대체 언제?'

자신이 한 부탁이니 언젠가 상의를 하긴 할 것이다. 하지만 지금 태도를 볼 때 적극적으로 건의할 것 같긴 않다. 만약 이야기가 잘 풀린다 해도 지원이 올 때까지는 또 얼마나 오래 걸릴까? 지금 이 순간도 부상병들은 끔찍한 환경 속에서 부상이 악화돼 죽어가고 있지 않은가.

'너무 만만히 생각했어. 단순히 뛰어난 의술을 가지고 있다고 해결될 문제가 아니야.'

엘리제는 속으로 생각했다. 너무 자만했다. 현대 지구의 의술을 가지고 있기 때문에 전장의 환자들을 숱하게 살려낼 수 있을 거라고 생각했다. 마치 론도에서 해냈던 것처럼. 하지만 어림도 없는 생각이었다. 지금 이 전장에서 필요한 것은 기적적인 의술이 아니었다.

'정치력. 힘이 필요해.'

이 끔찍한 병원 환경을 개선하고 미개한 군 의료를 개선할 정치력. 그것이 필요했다.

'하지만 어떻게?'

그녀는 고민했다. 자신은 뛰어난 의사이긴 했지만 제대로 된 직위도 없었다. 따라서 그저 이렇게 메아리 없는 건의밖에 할 수 있는 게 없었다. 물론 황태자비, 퍼스트레이디가 될 여인이기도 했다. 하지만 그건 존경의 사유이지, 권한을 가진 직위가 아니었다. 명예로운 클로랜스 가문의 딸이란 것도 마찬가지다.

'제국군은 수백 년의 역사를 가진 전통의 집단이야. 아무리 황태자비라 해도 근거 없이 마음대로 권한을 사용할 수는 없어.'

황태자비가 아니라 황후나 황자가 오더라도 적합한 절차와 근거에 따른 명이 아니면 저들은 꿈쩍도 안 할 것이다.

'어떻게 하지?'

순간 무력한 마음이 들었으나, 엘리제는 고개를 저었다.

'생각하자. 해내야 해, 엘리제. 그래야 부상병들을 한 명이라도 더 살릴 수 있어.'

그런데 그때였다. 생각지도 못 한 목소리가 그녀를 불렀다.

"엘리제? 사령부엔 무슨 일이지?"

"……!"

깜짝 놀라 돌아보니 차가운 조각 같은 얼굴이 자신을 바라보고 있었다. 황태자 린덴 드 로마노프였다.

"전하를 뵙습니다."

"예는 됐다. 무슨 일로 사령부에 왔지? 야전병원으로 배치된 것 아니었나? 용무가 있나?"

엘리제는 잠시 입을 다물었다.

'그러고 보니…… 전하께 말씀드리면?'

황태자는 원정군의 총사령관이다. 다른 사람을 통할 것 없이 황태자만 설득하면 만사형통이었다. 그녀는 고민했다. 물론 개인적으로 부탁하는 것이 꺼려지긴 했다. 개인적인 부탁을 할 만큼 가까운 사이가 아니었으니까. 민체스터 황제에 의해 강제로 결혼이 예정되어 있긴 하지만 그뿐이다. 약혼식을 올린 것도 아니고, 엄밀히 말하면 황태자와 그녀는 아직 아무런 사이도 아니었다.

'그래도…….'

수많은 사람의 생명이 걸린 일이다. 밑져야 본전인데, 이야기해 볼 수 있지 않을까. 그런 생각으로 그녀가 주저할 때였다.

황태자가 먼저 그녀에게 물었다.

"무슨 용무로 온 거지? 혹시 용무가 있으면 나한테 이야기해도 된다."

"그게……."

그녀가 주저하자 황태자는 눈썹을 찌푸렸다.

"무슨 일인지는 모르지만 괜찮으니 이야기해라. 빨리."

결국, 그녀는 이야기를 꺼냈다.

"사실은 야전병원에서……."

병원의 환경이 열악해 개선이 필요할 것 같다. 그 때문에 지원 요청을 하러 왔다고 말했다.

"그래서? 지원은 받기로 했나?"

"아니요. 존 소령께서 윗선과 상의를 해본다고는 하셨는데, 확답은 안 주셨습니다."

엘리제는 씁쓸히 고개를 저었다. 그런데 황태자는 의외의 말을 하였다.

"잘됐군."

"네?"

"그 윗선의 꼭대기가 바로 나야. 그러니 나한테 이야기해라."

"……!"

"따라와. 좀 더 자세한 이야기를 들어보지."

황태자의 방은 사령부 건물 꼭대기에 위치해 있었다. 전장임에도 그의 방은 평소 성격처럼 깔끔하기 그지없었다.

'이런 면은 이전 삶과 똑같으시네.'

반면 엘리제는 방을 깨끗이 정리하는 성격이 아니었다. 지구에서도 그녀의 기숙사 방은 이리저리 어지럽혀 있는 경우가 많았다.

'글씨도 이전 삶처럼 똑바르시고.'

자신이 워낙 악필인지라 똑똑히 기억하고 있었다. 그가 쓴 글씨는 액자로 보관해 후세에 물려줘도 좋을 만큼 명필이었다.

"앉지."

하지만 이전 삶과 똑같은 건 그뿐이었다. 최근 그는 그녀가 깜짝 놀랄 정도로 기이한 모습을 계속 보여주고 있었으니까.

"자, 한잔 들어."

심지어 지금 그는 그녀에게 차까지 직접 끓여 주고 있었다.

"괘, 괜찮습니다. 어찌 제가……."

엘리제는 화들짝 놀라 사양했다.

"왜? 싫은가?"

"그, 그건 아닙니다. 다만 황송하여."

"싫지 않으면 마셔."

엘리제는 어색한 마음으로 차를 마셨다. 그가 직접 끓여 준 차를 마시다니, 엄청 불편했다. 그리고 불편한 것뿐만 아니라 맛도 없었다.

그런 그녀의 모습을 보며 린덴은 눈썹을 찌푸렸다.

'뭐야, 맥가일 원수! 이야기가 다르잖아!'

평민에서 군부의 원수까지 오른 입지전적인 위인, 맥가일. 총사령관인 린덴과 부총사령관인 맥가일은 자연히 많은 대화를 나누었고, 린덴은 우연히 맥가일에게 자신의 고민을 털어놓았다.

"껄껄! 전하! 저만 믿으십시오! 제가 이래 봬도 왕년에 론도에서 알아주는 쾌남이었습니다!"

황태자의 생각지도 못 한 고민에 맥가일이 호언장담했다.

연애 분야에선 자신이 박사라고! 자신만 믿으라고! 왠지 별로 믿음이 안 갔지만 그래도 린덴은 그의 이야기를 들어봤다.

"여자는 부드러움에 약합니다. 전하께서 데임께 부드러운 모습을 보인다면 데임의 마음은 사르르 녹아내릴 것입니다."

그 말에 황태자는 인상을 찌푸렸다. 부드러움. 그가 제일 자신 없는 거였다. 그런 걸 어떻게 한단 말인가?

"말로 하시기 어려우시면 행동으로 보여주십시오."

"어떻게?"

"단둘이 있을 때 차를 끓여 주신다거나 하는 겁니다. 분명 감동할 것입니다!"

그러며 맥가일은 호탕하게 웃었다. 이러다 두 분 사이가 너무 좋아져서 크림에서 공주님이라도 태어나는 것 아니냐고.

'좋기는 개뿔.'

차를 마신 엘리제는 전혀 감동한 표정이 아니었다. 그냥 불편해 보였다. 그가 끓인 차가 너무 맛없어서였지만 그는 몰랐다. 황태자는 입맛을 쓰게 다시고 본론을 꺼냈다.

"그래, 자세히 이야기해 보지. 야전병원의 환경을 개선해야겠다고?"

"네, 현재 상태에선 부상병들의 치료가 제대로 이뤄질 수가 없습니다. 치료는커녕 환경이 너무 안 좋아 없던 병도 생길 지경입니다."

"환경을 개선하면? 개선하면 우리 제국군에 어떤 이득이 있지?"

황태자는 일부러 냉정하게 말했다.

"그 이득을 위해 제국군이 투자해야 하는 자원은? 만약 비율이 맞지 않는다면 지원해 줄 수 없어."

사실 그는 엘리제가 요청하는 것은 무엇이든 들어주고 싶었다. 설사 다이아몬드 광산을 통째로 달라는 것일지라도. 그냥 이유 없이 다 들어주고 싶었다. 그만큼 그녀에게 빠져 있으니까. 여자 때문에 나라를 망친 얼간이 폭군들의 심정이 이해가 될 정도였다. 하지만 그는 이 제국군의 통수권자다. 아무리 엘리제의 부탁이라도 정확한 기준으로 판단을 내려야 했다.

한편 엘리제는 그가 핵심을 찌르는 질문을 했음을 깨달았다. 이 질문에 대한 답에 따라 지원이 결정되리라. 짧은 시간, 그녀의 머릿속에서 현대 의학 지식에서 산출된 결론이 도출되었다.

"기대할 수 있는 이득은 다음과 같습니다. 부상자의 사망률을 지금보다."

그녀는 잠시 목소리를 가다듬었다.

"10배는 낮출 수 있습니다."

"……!"

어지간한 린덴도 그 말에는 놀라지 않을 수 없었다.

"10배? 확실한가?"

"네."

그녀의 말은 허언이 아니었다. 아니, 오히려 축소한 것이었다.

'19세기 중반, 유럽에서 군 병원의 환경을 개혁한 후 부상병 사망률이 42%에서 2%로 20배나 떨어졌으니까.'

부상병 사망률 42%는 현재 크림반도의 야전병원 사망률과 정확히 일치했다.

'정말이군.'

린덴은 확신에 찬 대답을 듣고 그녀가 거짓을 말하는 것이 아니란 것을 깨달았다. 하긴 저 소녀는 엘리제다. 론도를 죽음에서 구해낸. 거짓말 따위를 할 리가 없다. 진실일 것이다.

"제국군이 투자해야 하는 자원은 다음과 같습니다. 오수 처리를 비롯한 쾌적한 환경, 그리고 본국으로부터 원활한 의약품의 보급, 필요한 인력의 지원입니다."

엘리제가 요청한 지원은 그리 큰 규모가 아니다. 게다가 현재 상황에서 어렵지 않게 지원이 가능한 수준이다. 아니, 다른 걸 떠나 사망률을 2배도 아니고 10배나 낮출 수 있다지 않은가? 아무리 큰 비용이 들어도 할 만한 투자였다.

'당장 시행해야겠군.'

그런데 그 순간, 한 가지 생각이 떠올랐다.

'지금 바로 승낙하는 것보단 그게 낫겠군.'

떠오른 생각에 그는 속으로 미소를 지었다. 묘책. 그야말로 묘책이다. 그녀의 부탁을 들어주며, 어쩌면 한 가지를 더 이룰 수 있는.

"좋다. 네 이야기는 잘 들었다. 개인적으로 네 이야기에 흥미가 가서 지원을 해주고 싶어."

"감사합니다, 전하!"

황태자는 고개를 저었다.

"하지만 이런 사안은 나 혼자 듣고 독단으로 결정할 수가 없다. 위급하거나 중대한 사안이면 총사인 내가 결정하겠으나, 그런 것은 아니니. 무슨 말인지 이해하나?"

엘리제는 이해했다. 군부에서 이야기가 나올 수 있다는 말이리라. 확실히 그러면 그에게도, 자신에게도 좋지 않았다. 그는 부하들의 신뢰를 잃을 수도 있고, 자신도 일의 진행이 원활하지 않을 것이다.

하지만 그건 엘리제의 오해였다. 2년 전, 앙젤리 전쟁에서 탁월한 공을 세운 린덴의 군 장악력은 고작 이런 걸로 흔들릴 만큼 허약하지 않았다. 엘리제에게 그냥 거짓말한 것이다.

"그러니 이렇게 하지."

"……?"

"이틀 뒤, 사령부 주관 전체 회의가 있다. 그 자리에 참석해서 네 주장을 설득해 보아라."

"……!"

"다른 사람 앞에서, 내가 듣기에 네 주장이 설득력이 있으면 요청을 들어주겠다."

"알겠습니다. 깊은 배려에 진심으로 감사드립니다, 전하."

엘리제는 고개를 숙이며 예를 표했다. 말뿐이 아니라 진심으로 그에게 고마웠다.

'그가 날 배려했기 때문에 가능한 최고의 기회야.'

만약 그가 아니었다면 절대 이런 기회를 잡을 수 없었으리라. 아마 그녀 홀로 힘겨운 투쟁을 해야 했을 것이다. 기약도 없이. 그런데 그때 그가 의외의 말을 하였다.

"말로만?"

"네?"

"말로만 고맙다고 하는 것이냐?"

엘리제는 당황해 물었다.

"그, 그러면? 혹시 바라는 것이라도 있으신가요?"

"내가 너를 도와주었으니, 너도 내 부탁을 하나 들어주어야지. 그렇지 않으냐?"

'그, 그런가?'

엘리제는 고개를 끄덕였다.

"그러면 어떤 부탁을……."

이윽고 황태자가 한 말은 그녀로선 정말로 생각지도 못 한 것이었다.

"한번 웃어 봐라."

"네?"

"맨날 찡그리고 있지 않으냐. 한번 웃어 보라고."

그러며 황태자는 속으로 중얼거렸다. 다른 사람 앞에선 잘도 웃으면서 내 앞에선 절대 웃지 않지.

"네, 네……."

엘리제는 어색하게 입꼬리를 들어 올렸다.

"조금 더 잘 웃어 봐라."

"네……."

엘리제는 마치 지구에서 카메라 앞에 섰던 때처럼 미소를 지었다. 그녀는 나름 잘 지어졌다 생각하며 물었다.

"이 정도면……?"

그런데 그 순간이었다! 엘리제는 눈을 동그랗게 떴다. 생각지도 못한 광경을 봤던 것이다. 그가, 저 얼음처럼 차갑기만 하던 린덴 드 로마노프의 얼굴이 자신의 미소를 보고 잠시 부드러워진 것이다.

'뭐, 뭐지? 내가 지금 제대로 보고 있는 것인가?'

이전 삶, 9년을 부부로 지냈지만 한 번도 보지 못했던 표정이었다.

"엘리제."

"네, 네, 전하?"

"그렇게 웃으니 예쁘지 않으냐. 가끔 내 앞에서도 그렇게 웃도록 하여라."

그 말을 듣는 순간, 엘리제의 얼굴이 화악 달아올랐다. 그녀는 너무도 당황해 말까지 더듬었다.

"그, 그만 나가 보겠습니다. 오, 오늘 감사했습니다."

엘리제는 허겁지겁 그의 방을 나갔다.

탁!

그의 방문을 닫고, 몸에 힘이 빠져 그녀는 벽에 몸을 기대었다.

두근.

가슴이 뛰었다.

'미치겠군.'

엘리제가 방에서 나가자 린덴은 한숨을 내쉬었다.

'이렇게 좋다니.'

그도 안다. 방금 미소는 그저 억지로 지은 것이란 것을. 그래도 좋았다. 저 얼굴이 미소를 그리는 게. 저 미소를 매일 볼 수 있다면 얼마나 좋을까.

'맥가일 원수에게 다른 방법을 알려 달라고 해야겠군. 별로 믿음은 안 가지만.'

야전병원으로 돌아온 그녀는 이틀간 자료를 정리했다. 환자들의 상태, 부상 원인, 사망 원인 등을 체계적으로 기록했다. 다행히 크림 전쟁 발발 후 병원에 들렀던 병사들에 대해 간단한 의무기록이 있었기에 자료는 풍부했다.

'그런데 전하가 마지막에 했던 말은 무슨 뜻이었을까?'

엘리제는 떨리는 가슴을 애써 부여잡았다.

'정신 차려, 엘리제. 이상한 생각 하지 마.'

별 의미 없었을 것이다. 그게 분명했다. 아니, 그래야 했다. 그렇게 그녀는 생각했다. 어수선한 생각을 털어내고 엘리제는 최대한 집중해 곧 있을 회의를 준비했다.

이틀 뒤, 사령부 주관 회의가 열렸다. 그녀는 두툼한 자료를 들고 회의에 참석했다.

"그래서 서부 전선에서 공화국군의 진군이 주춤합니다."

"동부의 포트랭 요새가 공격받았으나, 검제 전하의 검기사단의 측면 기병 돌격으로 기습 후, 격퇴하였습니다."

총사인 황태자에게 각 방면의 참모가 보고하였다. 전열을 완전히 정비한 덕일까? 전황은 전체적으로 나쁘지 않은 듯했다.

"전하, 그런데 데임 클로랜스께서는 사령부 회의에 어쩐 일로?"

"아아."

린덴은 고개를 끄덕였다.

"회의 중 그녀가 말할 안건이 있다. 기다리도록."

"네."

엘리제는 얌전히 앉아 자신의 차례가 오길 기다렸다. 전황, 부대 배치, 보급, 정보 등 중요한 안건이 끝나고 한참을 기다린 후에야 그녀의 차례가 왔다.

"종군 의사로 참전한 엘리제 드 클로랜스입니다. 부상병의 생존율 증가를 위해 건의가 있어서 회의에 참석하게 되었습니다."

회의에 참석한 군부의 요인들은 심드렁한 얼굴로 그녀의 말을 들었다. 물론 의료는 꼭 필요한 것이지만 그들의 관심사는 아니었다. 군부의 핵심인 그들의 관심사는 오로지 적의 격파와 승리뿐! 따라서 승리를 위한 행위 외에는 큰 관심이 없었다.

'역시 별 관심이 없어.'

엘리제는 그 반응을 예상했다. 그래서 가장 핵심적인 내용을 먼저 꺼냈다. 질질 끌면 반응만 안 좋아질 테니.

"현 야전병원 부상병들의 사망률은 40% 이상입니다. 부상을 당하면 반 가까이가 사망하는 것이지요. 이는 군 전력에 큰 손실이며, 승리에도 큰 장애가 됩니다. 만약 이 사망률을 낮출 수 있다면 전쟁에 승리하는 데 많은 도움이 될 것입니다.”

엘리제는 장내를 둘러보았다.

“이 사망률 42%를 10배 이상 낮출 방법이 있습니다.”

“……!”

그 말에 군부의 모두가 경악에 빠졌다.

“무슨 말도 안 되는?”

“데임이 론도를 구한 영웅인 것은 아오. 하지만 10배라니, 너무 허언이 심하지 않소?”

엘리제는 고개를 젓고는 강한 어조로 말했다.

“그 근거를 보여 드리겠습니다.”

“……!”

“펼쳐 주세요.”

같이 온 2명의 병사에게 그녀는 부탁했다. 병사들은 커다란 두루마리 종이를 가지고 있었는데, 그걸 모두가 볼 수 있도록 단상 앞에 펼쳤다. 종이에는 정체불명의 막대기와 원이 그려져 있었다.

“이게 뭐요, 데임?”

“다이어그램입니다.”

다이어그램은 통계를 기호, 선, 점 등을 사용해 이해시키는 설명적 그림으로, 직관적이기 때문에 설득 및 프레젠테이션에 매우 효과적인 방식이나, 이 시대에 익숙한 방법은 아니었다.

“이 원의 날개들은 시기별 사망자의 원인을 나타낸 것입니다. 안의 빨간 부분이 부상으로 인한 사망이고, 바깥의 파란 부분이 다른 원인으로 인한 사망입니다.”

이곳에 모인 이들은 군부의 핵심. 즉, 제국의 엘리트들이다. 그녀의 말을 듣고 단번에 다이어그램을 이해했다. 그리고 원에 담긴 통계적 의미에 모두 놀란 표정을 지었다.

"허허, 이럴 수가?"

"이게 제대로 된 정보요, 데임?"

엘리제는 고개를 끄덕였다.

"최근 4개월 사망자의 사망 기록을 토대로 만든 자료입니다. 정확합니다."

"하지만……."

그들이 불신하는 이유는 다음과 같았다.

사망의 원인 중 부상은 단 2%도 되지 않았다. 모두 설사나 폐렴 등 다른 감염성 질환이 합병되어 사망한 것이었다.

'나도 이 사실을 의대에서 처음 배울 때 놀랐지.'

실제 전쟁에서 병사들이 사망하는 원인은 거의 부상 때문이 아니었다. 그것보다는 질병이 합병해 사망하는 경우가 대부분이었다.

'최첨단 군 의료 시스템을 가진 현대의 미군도 80% 이상이 질병에 의한 사망이니까.'

그녀는 설명을 이어갔다.

"이 그래프는 사망에 이르게 한 질병을 도식화한 것입니다. 대부분 비위생적인 환경에서 전염되는 질환들입니다."

장내가 조용해졌다. 모두 그녀가 하는 말의 요지를 깨달은 것이다.

"따라서 야전병원의 환경만 개선한다면 전염성 질환들의 발생을 크게 낮출 수 있을 것이고, 부상병들의 사망률을 급격히 낮출 수 있을 것입니다."

“허허, 그래도 10배라…….”

사람들은 믿지 못하겠다는 듯 중얼거렸다.

그때, 총사령관인 황태자가 말했다.

“해보지.”

“전하?”

모두 린덴을 바라봤다.

“들었지 않나? 무려 사망률을 10배나 낮출 수 있다고. 이건 할까 말까 고민할 게 아니라 반드시 해야 하는 중요한 일이다.”

“그건 그렇습니다.”

무려 10배다. 10배, 아니, 최소 3배만 사망률이 낮아져도 군 전력 향상에 큰 도움이 될 것이다.

“혹 반대하는 사람 있나?”

“없습니다.”

린덴은 고개를 끄덕였다.

“그러면 이렇게 하지.”

그리고 그때, 엘리제는 속으로 안도의 한숨을 내쉬고 있었다. 우여곡절 끝에 간신히 지원을 얻어낸 것이다.

‘정말 다행이야.’

이제 제대로 된 진료를 할 수 있게 되었다. 많은 생명을 구할 수 있으리라. 그런데 그 순간, 황태자의 입에서 나온 결정은 상상을 초월한 것이었다. 단순히 지원만 해주는 것이 아니었다.

“엘리제 드 클로랜스를 제국군 삼군(三軍) 사령부 소속, 임시 의무사령관으로 임명하고 이 일을 진행하도록 하지.”

“……네?”

엘리제는 자신도 모르게 반문했다.

삼군 사령부 소속 의무사령관? 이게 무슨 말인가? 이해하지 못한 건 군부의 요인들도 마찬가지였다.

"전하? 그게 무슨 말이십니까?"

"듣지 않았나. 데임 클로랜스를 병사들의 회복을 책임지는 의무사령관으로 임명한다고."

"하, 하지만 제국군 편제에 그런 보직은 없습니다!"

"없으면 만들면 되지, 뭐가 문제인가?"

린덴은 부총사령관인 맥가일 원수를 바라봤다.

"원수, 총사인 내가 사령부 소속의 의무사령부를 만드는 데 군법상 문제가 있는가?"

"없습니다, 전하."

사실 린덴은 이미 맥가일과 이야기가 끝난 상태였다. 그래도 사람들은 말을 더듬거렸다.

"하, 하지만 그래도…… 전례가……."

"그만."

황태자가 차갑게 말을 끊었다.

"지금껏 의무사령부라는 편제가 없었던 게 이상한 것 아닌가? 전쟁을 할 때마다 최소 수만 명씩 죽고 다쳐 나가는데 말이야."

"……!"

"그리고 사망률을 10배 이상이나 낮추는 거대 프로젝트야. 이 프로젝트를 어느 부서에서 감당할 건가? 보급? 작전? 정보? 말해보지."

언급된 부서의 장들은 황태자의 눈을 피했다. 자신들은 그런 프로젝트를 진행할 능력이 없었다.

"그러면 모두 동의한 것으로 알지. 데임 클로랜스, 직위는 음, 대령 정도가 적당하겠군."

"……!"

이번에도 사람들은 경악했다. 대령이라니! 장군(Star) 바로 밑의 최고위 지휘관이었다. 편제마다 다르지만 보통 1,500명 정도를 지휘하는 연대장이 대령이었다.

"그, 그건 너무 과합니다, 전하."

"뭐가 과해? 사령부 정보 참모장 계급이 뭐지?"

"……준장입니다."

준장. 원 스타의 장군을 뜻한다.

"사령부 작전 참모장은?"

"준장입니다.

"사령부 군수지원부 사령관은?"

"……소장(Two star)입니다."

"그런데 뭐가 문제지? 원래 사령부 소속 특수 병과의 장은 준장이 아니었나? 그대들은 데임 클로랜스가 대령이 아니라 준장 직위가 맞다고 하는 것인가?"

사람들은 하얗게 질려 고개를 저었다. 장성인 준장이라니! 말도 안 된다.

"아니면 그대들 중 이 직위에 더 어울리는 사람이 있나? 나는 론도를 3일 만에 구한 저 소녀보다 더 잘할 수 있는 인물은 없을 것으로 생각하는데. 내가 잘못 생각하는 건가?"

모두가 꿀 먹은 벙어리가 되었다. 그들, 아니, 제국군 전체를 통틀어도 저 소녀보다 잘할 수 있는 사람은 없을 것이다. 제국군 외부의 민간 인사를 살펴도 없을 가능성이 높았다. 역사상 대역병을 3일 만에 해결한 의사는 아무도 없으니까.

"물론 아무 조건 없이 이런 중책을 맡기는 것은 아니야. 내가 말하지 않았나? '임시'라고."

"그 말씀은?"

황태자는 엘리제를 바라봤다.

"데임 클로랜스, 너에게 임시로 의무사령관 직위를 맡기는 대신 조건이 있다."

"하명하시옵소서."

솔직히 엘리제는 지금 정신이 없었다. 그저 지원만 받으려 한 건데, 의무사령관이라니? 자신보고 군 의료의 수장이 되라는 것 아닌가?

'잠깐. 그러고 보니 내가 생각하는 일을 하려면 이게 가장 낫긴 하잖아?'

군대에서 일을 진행하려면 군 조직의 특성상 그에 걸맞은 계급과 권한이 없으면 굉장히 힘들다. 고작 며칠 만에 느낄 수 있는 사실이었다.

'설마 그걸 알고 힘을 실어주시려고?'

그래도 이건 너무 파격적인 것 아닌가? 엘리제는 한숨을 내쉬었다. 엘리제로선 도무지 알 수 없는 일이었다.

그때, 황태자가 조건을 말했다.

"3개월이다. 3개월 안에 네가 말한 성과를 이루어내라. 만약 이루어낸다면 그때는 그 공과 능력을 인정해 임시가 아닌, 정식 의무사령관으로 임명하겠다. 단!"

조건은 이제부터가 진짜였다.

"만약 3개월이 지났는데도 네가 말한 성과, 사망률이 10배 이상 떨어지지 않는다면! 그때는 너에게 책임을 묻겠다!"

사람들이 황태자에게 물었다.

"전하, 책임이라면?"

"이 전쟁에 참여할 자격이 없다고 여겨 강제로 전역시킬 것이다."

"……!"

그렇다. 이게 바로 린덴이 생각해 낸 묘책이었다. 강제 전역. 그가 간절히 원하는 것이었다. 그녀를 못 보게 되는 것은 싫지만 그녀가 전장에 머물다 혹시라도 모를 위험에 노출되는 것은 더 싫으니까. 지금도 이렇게 불안한데 그녀가 털끝 하나라도 다친다면 자신은 견딜 수 없을 것이다.

'정말로 사망률이 10배 이상 떨어지면 좋고, 만약 그렇지 않으면 더 좋고.'

이왕 지원하기로 결정한 것, 확실히 해준다. 자원뿐 아니라 파격 인사를 통해 직위와 권한까지 주어서. 사망률을 10배나 떨어뜨리는 일이니까. 또 그녀가 의무사령관으로 있으며 군 의료 시스템을 개선하면 앞으로도 제국군에 큰 도움이 될 것이 분명하다. 그리고 그런 일들을 하려면 높은 계급과 직위는 필수였다.

'이득 보면 이득 봤지 손해 볼 것은 없는 파격 인사지.'

만약 그녀가 생각만큼 못한다면 그때는 파격 인사의 대가로 전역시키면 된다. 자신에게는 오히려 그게 좋았다. 전쟁터 옆에 놓고 불안에 떨지 않아도 되니까.

'어찌 돼도 좋아. 이왕이면 그녀가 전역하면 더 좋을 텐데.'

린덴은 그렇게 생각했다.

'사망률은…… 한 9배 정도 떨어졌으면 좋겠군.'

그러면 사망률 감소도 이루고, 그녀도 전역시킬 수 있을 텐데. 그렇게 세계 최초의 의무사령부(Medical Command)가 쾌도난마로 뚝딱 만들어졌다. 머지않은 미래에 모든 나라가 따라 할 편제였다.

물론 그 파격적 인사에 잡음이 없었던 것은 아니었다.

"이게 말이 됩니까? 아무리 황태자비가 될 분이라지만 대령이라니."

"그러게 말입니다. 더구나 의무사령부라니요. 내 평생 그런 부서는 들어본 적이 없소이다."

"그리고 예비 황태자비께서 말한 대로 해도 사망률이 10배나 감소할 리 없지 않습니까? 이번만큼은 태자 전하께서 잘못 판단하신 것 같습니다."

군부의 몇몇 인사가 이런 불만을 표했다. 하지만 크게 드러내진 못했다. 총사령관인 린덴이 평소에 워낙 뛰어난 모습을 보였기 때문이다. 군부의 인물들은 황태자이자 총사령관인 그를 지휘관으로서 존경하고 있었다. 단 한 번의 실수로 존경하는 윗사람을 깎아내릴 수는 없는 노릇이다.

그들은 이렇게 말했다.

"태자 전하께서도 사람이시니 한 번쯤은 잘못 판단하실 수 있겠죠."

"그러게 말이오. 총사령관께서도 인간다운 면모가 있긴 하시구려.

앙젤리 전쟁 때도 곁에서 모셨는데, 전혀 빈틈이 없으셔서 혀를 내둘렀었는데. 당시 사막의 전갈 때문에 다 패한 전쟁을 총사령관이 뒤집으셨었죠."

"어쨌든 이번 일은 지켜봅시다. 어차피 사망률이 10배 이상 떨어지지 않으면 책임을 묻다셨으니."

"허허, 10배라. 데임께서는 무슨 생각으로 그런 수치를 발표하셨는지 모르겠구려. 그런 사망률의 감소가 가능할 리 없지 않겠습니까?

모두 엘리제가 허황된 주장을 하였다 생각했다. 정말로 사망률이 10배나 떨어질 거로 생각하는 사람은 아무도 없었다.

한편, 엘리제는 곧바로 일에 착수했다. 군대에서 직위와 계급, 권한이 주어지니 할 수 있는 일은 상상 이상으로 많았다.

'이래서 한국에서는 별(장군)이 되면 산을 옮길 수 있다고 하는구나.'

그녀는 지구에서 들은 말을 떠올렸다. 장군은 아니지만 대령은 하늘 아래 지상에서 가장 높다는 계급이다. 원래대로라면 온갖 보고에, 결제에, 회의를 통해 한참을 끌었을 일들이 착착 해결되었다.

'먼저 환경 개선부터. 이게 가장 시급해.'

자신에게 배속된 병사들을 통해 병원 환경을 개선했다. 일단 건물을 청소하고 피와 배설물이 묻은 침대 등을 빨고 통풍구를 만들었다. 혼자서는 엄두도 안 나는 일이었으나 병사들이 달려드니 순식간이었다. 곧 야전병원은 못 알아볼 정도로 깔끔하게 변모했다. 물론 그녀는 그것으로 만족하지 않았다.

'환자 수는 턱없이 많은데 건물이 너무 작아. 공간이 부족해 환자끼리 너무 다닥다닥 붙어 있어. 이러면 전염병이 잘 퍼지는데.'

그래서 아예 임시 건물을 더 지었다. 마치 하늘에서 떨어진 듯 건물이 쑥쑥 세워졌다. 이것 역시 그녀가 직위가 없었으면 상상도 못했을 일. 하지만 지금은 아무런 문제 없이 시원하게 진행되었다. 모두 황태자가 내려준 직위 덕분이었다.

'의약품 보급도 너무 부족해.'

그건 어떻게 된 일인지 진상을 살폈다. 혹시나 보급에 문제가 있지는 않은지.

'뭔가 이상해. 의약품 지원 예산이 이렇게 적게 배정되지는 않았을 텐데.'

분명 일정 규모의 예산이 의약품 보급을 위해 배정되어 있다. 하지만 실제로 들어오는 의약품은 예산보다 훨씬 적었다. 그것이 수상해 조사해 보고는 원인을 알아낼 수 있었다. 책임자인 헤인츠 대위가 일 처리를 제대로 하지 않았던 것이다.

엘리제는 그 사실을 확인한 후 곧바로 그를 해임했다. 이전부터 술을 마시다 눈에 띄는 등 선처의 여지가 없었다. 더구나 예산을 중간에 빼돌린 증거도 확인돼 그는 단순한 해임이 아니라, 헌병대에 넘겨져 큰 벌을 받게 되었다. 그렇게 엘리제는 임시 의무사령관 및 야전병원의 원장이 되었고, 이후부터는 의약품의 보급이 조금씩 원활해지기 시작했다.

'하지만 아직도 많이 부족해. 어떻게 하지?'

엘리제는 고민했다. 이건 보급처와 협상해서 해결할 일은 아니었다. 배정된 예산이 한정되어 있기 때문이다. 총탄, 포탄, 의복, 식량 등 어찌 보면 전쟁에 더 중요한 물품에도 돈을 써야 하는데, 무작정 예산을 늘려 달라 할 수도 없었다.

부족한 예산 때문에 고민하던 그녀는 결국 가문에 편지를 썼다.

'우리 가문이 차일드가만큼 돈이 많은 것은 아니지만.'

그래도 클로랜스가는 제국에서 손에 꼽는 부자였다. 이 정도는 감내할 수 있었다.

'그리고 따지고 보면 우리 가문의 부는 모두 제국에게서 얻은 것이니까.

"지난 300년간 제국의 신하로서 받은 부이니, 제국의 신민들에게 돌려주는 것이 맞다."

그게 평소 빈민을 구제하며 아버지가 하던 말씀이었다. 노블레스 오블리주의 표상이라 존경받는 거창다운 발언. 그러니 이번 그녀의 부탁도 들어주실 것이다. 이러한 그녀의 노력 덕에 의료 여건이 급속도로 개선되었다. 환경이 깨끗해진 덕분에 새로운 감염병의 발병이 확연히 줄어들었고, 만성적인 의료 보급품 문제도 다소 해결되었다. 또 엘리제는 행정적인 일뿐 아니라 두 팔을 걷고 뛰어다니며 환자를 치료하였다. 아무리 해도 해도 전투는 끝이 없었으며 그녀가 살릴 환자도 끝이 없었다.

"등불을 든 천사(The Lady with the Lamp)……."

누군가 그녀를 보며 이렇게 말했다. 달마저 자취를 감춘 밤마다 그녀가 등불을 들고 나타나 환자를 살폈기 때문이다. 삶의 희망을 잃고 꺼져 가던 부상병들에게 등불과 함께 나타난 그녀는 천사나 다름없었다.

"힘내세요. 좋아질 수 있어요."

"가, 감사합니다. 정말 좋아질 수 있을까요?"

"네, 좋아져서 가족에게 돌아갈 수 있을 거예요. 제가 그렇게 해드릴게요. 그러니 힘내세요."

자신의 반만 한 작은 소녀의 따뜻한 말에 병사는 눈물을 흘렸다.

"정말 감사합니다. 정말로……."

물론 그녀가 모든 환자를 살린 것은 아니다. 아무리 그녀라도 그건 불가능하다. 실제로 그녀가 할 수 있는 것은 전장의 여건상 간단한 처치들밖에 없으니까. 하지만 그녀는 그들과 함께했다. 상처를 치료했고, 손을 잡아주었고, 같이 아파해 주었고, 누군가 죽으면 같이 슬퍼해 주었다. 그렇게 처음 출정 때 했던 약속처럼 그들이 홀로 스러지지 않도록 함께했다.

누군가 다친 자신과 함께한다는 것, 그건 머나먼 이국에서 홀로 죽어가던 이들에게 크나큰 위로였다.

"등불을 든 여인……."

누군가 처음 한 그 말은 곧 제국군 진영 전체에 퍼져 나갔다. 회복된 병사들은 병영으로 복귀해 그녀에 관해 이야기했고, 모든 병사는 자신들을 위해 헌신하는 그녀에게 감동했다. 그리고 그녀에게 감동한 것은 전장의 병사들뿐만이 아니었다. 곧 브리티아 섬으로도 그녀의 이야기가 전해 들어갔다. 죽음을 앞둔 병사들이 가족들에게 편지를 쓴 것이다.

어머니, 건강하신가요? 이곳은 많이 추운데 브리티아 섬은 어떤지 모르겠네요. 이렇게 편지를 한 것은 작별 인사를 하기 위해서예요. 저는 아마 곧 주님의 곁으로 돌아갈 것 같아요.

보고 싶어요. 이렇게 될 줄 알았으면 마지막에 어머니 얼굴을 보고 올 걸 그랬어요. 어머니가 끓여준 수프가 먹고 싶네요. 사랑해요. 그래도 마지막이지만 많이 쓸쓸하진 않아요. 저희와 함께하시는 분이 있거든요. 참 착한 분이세요. 그분 덕분에 쓸쓸하게 가진 않을 것 같아요. 아, 눈이 흐려져 더 편지를 쓰진 못할 것 같아요. 꼭 건강하세요. 주님의 가호가 함께하기를 천국에서 기원할게요.

이러한 편지가 고국의 가족들에게 도착했다. 편지를 읽은 가족들은 눈물을 흘렸다. 그런 가족들이 한둘이 아니었다.

그리고 얼마 뒤, 종군기자가 보낸 기사가 한 장의 흑백사진과 함께 신문에 실렸다. 전쟁의 참상을 알린 기사였는데, 동봉된 사진은 다름 아닌, 죽어가는 병사의 손을 잡고 있는 한 소녀의 모습이었다.

그 한 장의 사진은 브리티아 섬을 울렸다. 소중한 이를 전장에 보낸 사람들에게 사진 속 죽어가는 병사는 남이 아닌 바로 자신의 아들이고, 동생이었으며, 연인이었다. 그 소중한 이의 가슴 아픈 모습에, 그리고 그 옆을 지키는 소녀의 모습에 사람들은 눈시울을 붉혔다. 그 소녀는 다름 아닌 엘리제였다. 그뿐 아니라 소녀가 가문의 사비를 들여 부족한 의약품을 사들였단 이야기도 퍼졌다. 종군기자가 기사를 낸 것이다.

"우리도 동참하자."

"그래, 가족을 위한 일이야."

이제 갓 서대륙에 도입된 흑백사진 기사는 전쟁의 참상을 고국에서도 잘 알 수 있게 하였다. 사람들은 전장에 나간 가족을 위해 성금을 모았고, 부족한 의약품 구입에 사용하도록 부탁했다. 그 덕분에 부대의 만성적인 의약품 부족은 완전히 해결되었다. 그리고 그 기사 덕분에 엘리제에게 더욱 크나큰 도움을 주는 일이 일어났다.

"저희 왔습니다, 데임."

"선생님!"

엘리제는 깜짝 놀라 반색했다. 그레이엄 남작이었다! 그뿐만 아니라 그를 비롯한 여러 의료인이 그녀를 도와주기 위해 크림반도로 온 것이다.

"늦어서 죄송합니다. 금방 오려 했는데, 여러 일이 발목을 잡아서."

"아니에요. 와줘서 정말 감사해요!"

그녀는 진심으로 감사했다. 그렇지 않아도 홀로 모든 일을 처리하는 것에 큰 한계를 느끼고 있던 차였다.

'정말 다행이야. 숨통이 트이겠어.'

무려 의사가 20명, 도제(견습 의사)가 15명이었다. 간호사도 50명이나 되었다. 모두 엘리제의 기사에 감동하여 전장에 자원한 것이다.

"정말 감사해요. 정말로."

소녀는 웃으며 감사를 표했다.

그렇게 하루 이틀이 지나고, 두 달의 시간이 흘러갔다. 전선은 황태자 린덴의 지휘 아래, 루이 니콜라스의 공화국군과 치열한 교전을 벌이며 일진일퇴를 반복했다. 다만 황태자의 탁월한 지휘 덕분일까, 여러 전선에서 제국군에 유리한 정황이 나타나기 시작했다. 특히 동부 방면의 아군이 적의 주요 요새를 함락해 남쪽으로 전진했다. 교착 상태에 빠지려던 전선 상황에서 큰 의미를 가지는 선전이었다.

엘리제는 여러 지원에 힘입어 의료 환경을 완전히 개선했다. 이제

시궁창 같은 환경 속에 부상병이 방치되는 일은 일어나지 않았다. 병사들은 이전에 비하면 천국 같은 환경에서 각자 부상 정도에 맞춰 적합한 치료를 받았다. 물론 그렇다고 모든 부상병을 살릴 수는 없었지만 엘리제는 피부로 느낄 수 있었다. 시간이 지남에 따라 사망률이 감소하는 것을.

이윽고 세 달 뒤, 사령부와 약속한 날이 되었다. 임시 의무사령관 엘리제는 사망률 통계에 대한 보고서를 작성하기 시작했다.

사망률 2%! 믿을 수 없는 통계 결과였다. 린덴은 엘리제가 낸 보고서를 보고 놀람을 금치 못했다.

'정말로 해냈군.'

그냥 해낸 정도가 아니었다. 42%에서 2%. 사망률이 무려 20배가 넘게 감소한 것이다. 이건 그녀를 믿었던 린덴도 예상치 못한 수치였다.

'엘리제, 정말로 너는…….'

린덴은 고개를 저었다. 그녀는 항상 저 하늘 위에 있는 것 같았다. 아무리 감탄해도 끝이 나지 않았다. 항상 새로운 기적으로 자신을 놀라게 했다.

한편 그 결과에 제국군 사령부는 난리가 났다.

"허허, 정말로? 그게 진실이오? 2%? 20%가 아니고?"

"나도 믿지 못해서 확인해 봤는데 정말이라고 합디다. 그리고 실제로 부상병들의 병영 복귀율이 크게 늘었어요."

3개월 만에 사망률 20배 감소! 두 귀로 듣고도 도저히 믿을 수 없는 일이었다.

"이건 군 전력 향상에도 큰 도움이 될 것 같구려."

"2% 사망률이면 웬만한 부상이면 다 산다는 이야기 아니오?"

2%, 20배. 그건 단순히 산술적 수치가 아니었다. 부상을 당해 병원에 온 이들 중 98%가 살아서 돌아간단 뜻이었다.

"허어, 도대체 어떻게 이런 일이 가능한지 모르겠구려."

"정말 소문대로 데임 클로랜스의 의술은 하늘의 경지에 올라 있는 것 같소."

그들은 엘리제의 의술이 뛰어나 이런 기적이 일어났다고 생각했다. 하지만 그건 사실이 아니었다. 아무리 그녀라도 전장에서는 의술을 펼치는 데 한계가 있었기 때문이다. 이런 결과가 나온 것은 부상의 합병증 및 전염병을 철저히 막았기 때문이다.

엘리제는 속으로 생각했다.

'애초에 죽음에 이를 정도의 부상을 당해 병원에 오는 경우는 많지 않아.'

그 이유는 간단했다. 죽음에 이를 정도의 부상을 당하면 병원에 오기도 전에 죽는다. 따라서 병원에는 치료할 만한 중상이나 경상 환자가 많았는데, 이런 부상은 합병증과 감염만 막으면 살릴 수 있다.

'이 말은 과거에는 살릴 수 있는 간단한 환자도 합병증과 감염병으로 다 죽었다는 뜻.'

엘리제는 씁쓸히 중얼거렸다. 어쨌든 그녀의 군 의료 개혁 덕에 많은 것이 달라졌다. 일단 가시적으로도 군 전력이 향상됐다. 사망률이 급격히 감소했기 때문이다. 사기적인 측면에서도 이로웠다. 부상을 당해도 살아날 가능성이 높아졌기 때문이다.

"데임 클로랜스 만세!"

"황태자비 만세!"

이런 소리가 여기저기서 들렸다.

"역시 황태자 전하시군. 데임께서 이런 일을 해내실 줄 알고 파격 인사를 하셨던 거야."

당시 모두의 반대를 무릅쓰고 파격 인사를 감행했던 린덴에게도 찬사가 쏟아졌다. 엘리제의 위상도 달라졌다. 황태자 덕분에 낙하산으로 높은 직위에 올랐다고 고깝게 보는 시선이 쏙 들어갔다. 모두 그녀가 만들어낸 기적을 인정하는 것이다. 그렇게 2차 크림원정의 초반은 제국군에게 나쁘지 않은 분위기로 흘러갔다.

하지만 그때 프랑소엔 공화국군은 제국군의 허를 찌르는 작전을 준비하고 있었다.

"적들의 방어가 만만치 않습니다."

"아무리 두드려도 꿈쩍도 하지 않으니."

크림반도의 수도, 심페폴에 자리한 공화국의 사령부.

파란 제복을 입은 수뇌들이 심각한 얼굴로 전황을 상의하고 있었다.

"역시 공제. 철벽과도 같습니다. 도저히 뚫을 수가 없어요."

"더 골치 아픈 것은 검제이지요. 교전하고 있으면 아무도 모르는 사이 검기사단을 이끌고 벼락같이 돌진해 전열을 무너뜨리니."

공화국의 수뇌들은 질린 표정을 지었다. 서대륙 최강의 오러 나이츠 검제! 그리고 300명 전원이 오러 나이츠로 이루어진 대륙 최고의 돌격 기병대 검기사단! 공화국에는 공포의 대상이었다.

"정말 이런 총과 대포의 시대에 검이나 사용하는 그런 구시대적인 전력을 못 당해 내다니."

누군가의 푸념에 한 장군이 고개를 저었다.

"오러 나이츠는 구시대적이라고 할 병력이 아니지 않소. 그들의 오러는 총알을 막아내니."

기사가 철저히 몰락한 시대이다. 하지만 오러를 사용하는 오러 나이츠는 달랐다. 오러를 전신에 두르면 잠시나마 총알을 막을 수 있기 때문이다.

"전장식 강선 총은 아무리 빨리 쏴봤자 1분에 3발이 고작이니."

당시 총의 사정거리는 길어야 200m 정도이다. 그런데 분당 발사 속도가 빨라야 3발이니, 재장전하는 데 무려 20초가 걸리는 것이다. 여기서 오러 나이츠의 무서움이 발동한다. 최초의 총알을 오러를 통해 막아내고 벼락같이 돌진하는 것이다. 20초면 돌격 시간으로 차고도 넘쳤다.

"일단 돌격을 허용하면 일반 보병으로선 막을 방법이 없지요. 딱 붙어 있는데 총을 쏠 수도 없으니."

그때 누군가 말했다.

"사실 오러 나이츠도 오러 나이츠지만 로마노프 황가의 초상 능력도 무섭긴 마찬가지죠."

그 말에 다들 고개를 끄덕였다.

"2년 전, 앙젤리에서 1황자 염왕(炎王) 지펠을 잡을 때 기억이 나는구려. 참 끔찍했는데."

"아직 공제가 전장에 안 나서고 있지만 나설 때를 대비해 대책을 세워야 할 것입니다."

"뭐, 설마 나서겠소? 그래도 총사령관인데. 앙젤리에서도 직접 나선 적은 드물지 않소? 특별한 일이 없는 한 뒤에서 지휘만 하겠지요."

"하지만 앙젤리에서도 나설 때마다 악몽을 만들었죠. 대비는 해야 합니다."

그렇게 그들은 여러 이야기를 하며, 앞으로 전쟁에 대한 대책을 논의했다. 그런데 한참을 토의한 뒤였다. 한 젊은 장군이 분개한 듯 탁자를 치며 말했다.

탁!

"이렇게 이야기해 봤자 뭐 하겠습니까? 이런 산발적인 공방은 적의 의도에 휘말리는 것입니다!"

"그러면 어떻게 하는 게 좋겠소?"

"총공격을 해야 합니다!"

"……!"

"우린 적에 비해 병력의 수에서 우위에 있습니다. 한 번에 군을 휘몰아치면 아무리 제국군이라도 버티지 못할 것입니다."

아예 틀린 말은 아니었다. 지금 그들은 상대편의 페이스에 말려들고 있으니까. 공화국의 수뇌들은 가장 상석에 앉은 이를 바라보았다. 부드러운 느낌의 그림처럼 잘생긴 젊은 남자. 사막의 전갈, 루이 니콜라스는 말없이 그들의 논의를 듣고 있었다.

"어떻게 생각하십니까, 각하?"

"흐음, 장군."

"네, 각하?"

그런데 그의 입에서 나온 말은 엉뚱한 것이었다.

"혹시 등불을 든 여인이란 말을 들은 적 있나?"

"네?"

갑작스러운 질문에 장군은 당황한 표정을 했다.

"듣긴 들었습니다만, 제국의 예비 황태자비를 뜻하는 말 아닙니까?"

엘리제의 이름은 공화국군 사이에도 퍼져 있었다. 짧은 시간, 워낙 인상적인 인도주의적 활약을 했기 때문이다. 그리고 그녀는 제국에 생포된 공화국 포로를 치료해 주기도 했다.

"지금 어디에 있지?"

"제국 사령부 인근의 야전병원으로 알고 있습니다."

"그러면 코프스크에 있는 거군."

"네."

루이 니콜라스는 미소를 지었다.

"지금 적의 3군이 어디에 있나?"

"서쪽 방면 군이 비트란에, 사령부의 중앙군이 코프스크에 있습니다."

이어 장군은 분한 듯 말했다.

"동쪽 방면 군은 보크네 요새까지 내려왔고요."

보크네 요새. 얼마 전까지만 해도 공화국의 세력권이었다가 제국군에게 탈환당했다. 그런데 루이 니콜라스의 반응이 이상했다.

"좋군. 이상적이야."

"네?"

그 말에 수뇌들은 이해할 수 없다는 표정을 지었다. 요새를 뺏겼는데 좋다니?

하지만 니콜라스는 대답하지 않았다. 대신 짧게 명했다.

"전군을 북진시킨다."

"……!"

회의장에 긴장감이 감돌았다.

"각하, 그 말은?"

"적의 3군을 한 번에 친다. 특히 적의 동서 양면 군을 향해 전력을 집중시키도록."

총공격 명령이다! 모두가 침을 꿀꺽 삼켰다.

"작전명은 '모루 작전'이다."

"알겠습니다. 명에 따르겠습니다!"

수뇌들은 자리에서 일어나 분주히 작전을 준비했다. 이 전투가 이번 전쟁의 분수령이 되리라.

한편 루이 니콜라스는 느긋이 지도를 바라봤다. 그의 눈이 얼마 전 뺏긴 보크네 요새를 향했다.

'세 달이나 기다렸지. 일부러 요새의 방어를 약화시켜 적이 뺏어주기만을 바라며. 드디어 때가 왔군.'

그는 차가운 미소를 지었다.

'적의 3군을 향한 총공격, 그런 게 통할 리가 없지. 상대가 누구인데.'

그런 무식한 총공격이 통할 상대였으면 2년 전에 자신에게 목숨을 잃었을 것이다. 하지만 그의 진정한 작전은 그게 아니었다.

'이건 어떨까, 공제?'

루이는 자신에게 패배를 안겨줬던 적의 위대한 존칭을 떠올렸다. 그의 시선이 지도 북쪽 중앙을 향했다. 그곳에는 적의 사령부가 위치해 있었다. 코프스크. 이곳에 그 아름답고 고결한 소녀가 있다.

'이번 작전이 끝나면 볼 수 있겠군.'

루이 니콜라스는 빙긋 웃었다.

'등불을 든 여인이라. 기대되는군.'

그렇게 공화국의 '모루 작전(Anvil tactics)'이 시작되었다. 엘리제의 지난 삶에서 제국군에게 악몽 같은 피해를 준, 작은오라버니 크리스를 전사시킨 바로 그 작전이었다.

한편 공화국군의 북진 소식이 아직 전해지지 않아 제국군의 분위기가 다소 평화로울 때, 엘리제는 환자 진료에 열심이었다. 이제 의료 시스템적인 면은 많이 개선됐지만 일은 끊이지 않았다. 환자가 끝이 없었기 때문이다.

"거기 지혈 좀 해주세요! 소독도 해주시고요!"

"네, 데임!"

그래도 추가로 지원 온 그레이엄과 여러 의사의 도움이 컸다. 그들과 함께 엘리제는 수많은 병사를 살릴 수 있었다.

"하아."

잠시 틈이 나 엘리제는 한숨을 내쉬었다.

'보람은 있지만 일이 힘들구나.'

안 힘들 수가 없었다. 제대로 잠도 자지 못하고 환자들을 돌보고 있으니.

'아버시, 어머니, 크리스 오라버니. 다들 잘 지내고 계시겠지?'

엘리제는 서쪽, 저 멀리 있을 브리티아 섬을 향해 고개를 돌렸다. 그리웠다. 보고 싶었다.

'빨리 전쟁이 끝나 돌아갈 수 있었으면.'

하지만 엘리제는 아직 전쟁이 끝날 시기가 아님을 알고 있었다.

'지난 삶과 비슷하게 돌아갈지는 모르지만 몇 번 더 큰 전투가 있어야 해. 최소 3번. 3번의 큰 사건이 일어나야 하니.'

그녀는 전황을 뒤흔들었던 3개의 사건을 떠올렸다. 사실 이전 삶에서는 전쟁에 참여하지 않아 정확한 내용은 모른다. 그저 크리스 오라버니 때문에 전후에 기록을 찾아본 정도다.

'그나저나 론 님은 무사히 잘 계실까?'

그녀는 론을 생각했다. 전장에 와서 혹시나 우연이라도 만날 수 있을까 기대했으나 한 번도 마주친 적이 없다. 아마 사령부에 있는 중앙군이 아닌 동군이나 서군 쪽으로 배치된 것 같았다.

'혹시 무슨 문제가 생긴 것은 아니겠지?'

그런 생각을 하니 가슴이 찌릿했다. 그녀는 강하게 고개를 저었다.

'이 병원에 오지 않았잖아. 만약 다쳤으면 이곳에 왔을 거야. 그러니 괜찮을 거야.'

하지만 그녀도 알고 있었다. 만약 죽거나, 심하게 다치면 이곳에 올 수도 없다는 것을.

'아니야. 괜찮을 거야. 반드시 다시 만나 어머니의 유품을 돌려주실 거야.'

애써 괜찮다고 생각했지만 불안한 마음은 가시지 않았다. 결국, 그녀는 한숨을 내쉬었다.

'참 이상하지. 론 님과 나는 아무런 사이도 아닌데 왜 이렇게 걱정되는 걸까?'

정말 이상한 일이었다. 만난 기간도 짧다. 고작 몇 개월? 만나면서 특별히 한 것도 없다. 그저 같이 밥을 먹고, 그녀가 좋아하는 디저트를 먹었고, 가끔 그녀가 좋아하는 길을 산책했다. 그것뿐이다. 심지어 그는 무뚝뚝하고 재미도 없었고 여자를 대하는 것도 서툴렀다.

'그런데, 그것뿐인데 왜?'

이렇게 자꾸 생각나는 걸까.

'모르겠다.'

그녀는 다시 한숨을 내쉬었다. 그런데 그때였다. 생각지도 못 한 음성이 그녀에게 들렸다.

"왜 한숨을 쉬는 거지?"

"……!"

론 님? 그를 떠올리게 하는 서늘한 음성에 순간 그녀의 가슴이 뛰었으나 곧 가라앉았다.

'그가 아니야.'

고개를 돌리니 역시 그가 아닌, 황태자 린덴이 서 있었다.

"충성. 전하를 뵙습니다."

엘리제는 군 예법으로 경례했다. 그러며 그녀는 생각했다.

'왜 이렇게 자꾸 헷갈리는 걸까?'

이번이 처음이 아니었다. 부상병들을 돌보기 위해서인지 그는 가끔, 아니, 자주 야전병원에 시찰을 왔는데 이렇게 뒤에서 부를 때마다 매번 론 님과 헷갈렸다.

'목소리도, 얼굴도 완전히 다른데. 분위기가 비슷해서일까?'

그러고 보니 론과 황태자는 느낌이 정말 흡사했다. 가면을 쓰면 구별이 안 될 것 같았다.

"부상자들을 살피러 오셨습니까?"

"……그래."

"많은 배려에 감사합니다."

그녀는 진심을 담아 말했다. 이전 삶, 자신과의 관계는 별개로 그는 정말 훌륭한 지휘관이고 지도자였다.

'이렇게 군 의료를 개선할 수 있었던 것도 다 전하 덕분이지.'

그가 자신을 밀어주지 않았다면 자신은 아직도 홀로 지리한 싸움을 하고 있었을 것이다.

'이렇게 자주 병사들도 살피러 오시고.'

너무 자주 오는 것 같긴 하지만, 어쨌든 덕분에 병사들은 크게 감동했다. 일개 병사들의 부상을 살피러 황태자이자 총사령관인 그가 행차한 거니까.

'2년 전 전쟁 때도 이러셨나? 그러셨겠지?'

그녀는 그렇게 짐작했다.

"……엘리제."

"네, 전하?"

"할 말이 있다."

"무엇입니까?"

그런데 그는 바로 입을 열지 않았다. 뭔가 심각한 고민이라도 있는 표정이었다. 엘리제의 얼굴도 굳어졌다. 도대체 무슨 심각한 일이기에 전하께서 저런 표정이지?

이윽고 그가 말했다.

"생일 축하한다."

"네?"

"생일 축하한다고."

그녀의 눈이 동그랗게 커졌다. 린덴이 천에 쌓여 있던 물건을 내밀었다. 그 천을 벗기니 화사한 붉은 장미가 모습을 드러냈다.

"……!"

그는 시선을 돌려 다른 곳을 바라보며 말했다.

"이전 성인식 날도 못 챙기고. 오늘은 성인이 된 이후 처음 맞이하는 생일인데, 제대로 기념해 주지 못하는 것 같아 미안하다. 전장의 사정이 여의치가 않아. 만약 전장의 사정이 좋아진다면 이전의 못 챙겼던 성인식까지 같이 챙겨주마."

"아, 아닙니다. 괘, 괜찮습니다."

그녀는 화급히 고개를 저었다. 이게 도대체 어떻게 된 일이지? 어떻게 그가 자신도 까먹고 있던 생일을 알고?

"혹시 장미가 싫은가?"

"아, 아닙니다! 좋아해요. 가, 감사합니다."

아마도 우연이겠지만 그녀가 가장 좋아하는 꽃이었다. 그리고 그에게서 꽃을 받아 든 순간이었다.

두근.

지난번 그의 집무실에서 느껴졌던 알 수 없는 떨림이 다시 왔다. 하지만 그녀는 이 뜻밖의 일에 혼이 나가 그 떨림을 눈치채지 못했다. 그저 놀라고, 당황스럽고, 혼란스러웠다.

"그래, 그만 가보마."

"아……! 네, 네!"

그는 등을 돌렸다. 그는 자리를 뜨기 전 이렇게 말했다.

"아, 엘리제."

"네?"

“……사령부에도 자주 오도록 해라. 그래도 사령부 소속 의무사령관 아닌가? 그리고 오면 올 때마다 꼭 내 집무실로 찾아와 보고하고.”

보고? 무슨 보고? 하여튼 엘리제는 정신없이 고개를 끄덕였다.

“아, 아! 네.”

“그래. 그렇지 않아도 내일 적의 진군에 대한 참모 전체 회의가 있으니 그것부터 참석하면 되겠군.”

그러고는 그는 사라졌다. 홀로 남은 엘리제는 멍하니 장미를 바라봤다. 이게 도대체 무슨 일이지?

‘그가 나한테 장미라니?’

지난 삶, 9년이나 부부로 지냈으면서도 그에게서 꽃을 받은 적은 단 한 번도 없다. 아니, 생일이라고 그가 뭘 챙긴 적이 없었다. 물론 선물을 받긴 했었다. 여러 휘황찬란한 보석으로. 하지만 그건 궁내부에서 예산을 사용해 알아서 챙긴 거였지, 그가 개인적으로 신경 쓴 것은 아니었다.

그때, 진료복을 입은 한 소녀가 엘리제에게 다가왔다.

“어머, 전하께서 주신 거예요, 데임?!”

“아, 레이디 제이.”

레이디 제이. 그녀는 로즈데일병원의 도제였었는데, 신문에서 엘리제의 기사를 보고 이곳으로 자원해 와 그녀를 도와주고 있었다. 아직 어린 나이인 제이는 장미꽃을 보며 황홀한 표정을 지었다.

“와, 예뻐요. 이런 겨울에 장미라니. 전하께서 데임을 생각하시는 게 역시 보통이 아니시군요. 저는 언제쯤 저를 그렇게 생각해 주는 남자를 만날 수 있을까요?”

"그, 그런 것 아니에요. 그렇지 않아요."

엘리제는 강하게 고개를 저었다. 전하가 나를 생각한다고? 그럴 리가 없다. 하지만 제이가 말했다.

"바쁘신데도 매번 꼬박꼬박 데임을 보러 오시잖아요."

"네?"

"며칠에 한 번씩 꼭 야전병원에 오는 게 데임을 보러 오는 거 아니에요?"

"아, 아니에요. 부상자를 생각해서 그러는 거죠. 저 때문에 오시는 것은 절대 아니에요."

하지만 제이는 고개를 갸웃했다.

"그래요? 이상하다, 올 때마다 데임을 힐끗힐끗 보시던데. 내가 잘못 본 건가?"

"……잘못 본 것 아닐까요?"

"그런가요. 전 데임 때문에 황태자 전하가 야전병원에 오시는 거라 짐작했는데."

아직 어린 제이는 알 수 없다는 표정을 지었다. 엘리제는 어색하게 웃었다. 설마 그가 그럴 리가 없지 않은가? 그 차가운 전하가.

'이 생일 선물은 큰오라버니가 신경 써준 거겠지? 그래도 동생이 성인이 되는 17번째 생일을 전장에서 보내는 게 불쌍해서? 그래서 본인이 직접 못 오니 전하께 부탁한 거겠지?'

그래, 최전선에 나간 큰오라버니가 자신이 직접 못 오니, 친우인 전하께 부탁한 것일 거다. 엘리제는 그렇게 생각했다.

'하지만…….'

그녀도 알고 있었다. 큰오라버니가 절대 그럴 위인이 아니란 것을.

큰오라버니는 자신의 생일이 며칠인지는커녕 몇 월인지도, 어쩌면 겨울인지도 모르고 있을 것이다.

'도대체 어떻게 된 일이지?'

그녀는 혼란에 빠져 한참을 우두커니 서 있었다.

날이 밝았다. 오늘은 작전 회의가 있다고 했다.

'회의에 참가하라고? 도착하면 매번 자신의 집무실로 와서 보고하라고?'

엘리제는 황태자의 명을 떠올렸다.

'왜? 설마 전하가 나를?'

순간 그런 생각이 떠올랐으나 고개를 저었다.

'무슨 생각하는 거야, 엘리제. 전하가 그럴 리가 없잖아.'

그녀는 그렇게 결론 내렸다. 하지만 그 결론 뒤에 따라오는 의문이 있었다.

'그런데 왜 이런 선물을 주신 걸까?'

물론 예비 약혼녀에게 생일 선물을 줄 수도 있다. 아니, 안 주는 것이 오히려 이상하다. 큰 선물도 아니고 고작 꽃이고. 하지만 문제는 그 상대가 린덴 드 로마노프란 것이다.

이전 삶, 그는 생일 따윈 절대 챙기지 않았다. 그녀의 생일뿐 아니라, 자신의 생일도 안 챙겼다. 그에게 생일이란 번거로운 행사일 뿐, 축하할 만한 기념일이 아니었다. 누구의 생일이든 늘 최소한의 형식적인 행사만 마치고 집무실에 틀어박혔다.

그녀는 한숨을 내쉬었다. 아무리 생각해도 답이 나오지 않았다.

'모르겠다. 사령부에나 가자.'

빨리 회의에 참석한 후 돌아와 환자나 봐야겠다. 그렇게 엘리제는 사령부로 향했다. 그녀를 알아본 병사들이 경례했다.

"충성!"

"안녕하십니까!"

일반 병사들뿐 아니라 콧대 높은 장교들도 그녀에게 깍듯했다. 처음 전장에 왔을 때와는 사뭇 다른 모습이었다. 당시에도 그녀를 예비 황태자비로서 존중하긴 했으나 뭔가 형식적인 면이 있었다면, 지금은 마음을 다해 그녀에게 예를 다하고 있었다. 세 달간 모두에게 완전히 인정받은 덕분이다.

"무슨 일로 오셨습니까, 데임?"

"회의에 참석하러 왔어요. 그 전에 전하를 뵈려고 하는데요."

"총사령관님 말씀이십니까? 방금 전선에서 급한 보고가 들어와서 당장은 뵙기 어려울 것 같습니다."

'급한 보고? 무슨 일이지?'

어쨌든 그녀는 다행이란 생각이 들었다. 그를 피할 이유는 없지만 지금은 그냥 껄끄러운 마음이 들었다.

'아직 회의 때까지 시간이 많이 남았는데, 뭐 하고 있지?'

시계를 보니 2시간 넘게 남았다. 일찍 온 탓도 있지만 황태자에게 온 급한 보고 때문인지 회의 시간이 살짝 늦춰진 것이다.

'보급처에 가서 의약품 수급에 대해 상의나 해야겠구나.'

그녀는 늘 들르는 보급처에 들어갔다.

"충성! 데임을 뵙습니다!"

존 소령이 벌떡 일어나 경례했다. 그 역시 지난번보다 훨씬 깍듯해졌다. 엘리제는 군인들의 칼로 자른 듯한 경례가 익숙해지지 않아 어색한 미소를 지었다.

"지난번 말씀드린 소독약 보급 문제를 여쭤보러 왔어요."

"아, 그건 프러시엔 공국을 통해 보급하기로 결정되었습니다. 그렇지 않아도 일부 물품이 온 것 같은데 제가 지금 가서 확인해 보겠습니다. 조금 시간이 걸릴 테니 앉아서 기다려 주십시오."

존 소령은 바로 그녀의 용건을 해결해 주기 위해 사라졌다. 덩그러니 남은 엘리제는 보급처를 둘러보았다.

'다들 바쁘네.'

당연한 이야기지만 보급처는 존 소령 혼자서 일하는 곳이 아니었다. 수많은 장교가 서류를 붙잡고 원활한 보급을 위해 씨름하고 있었다.

'저건 식량 보급 서류, 저건 탄약…….'

그들이 하는 업무를 보던 엘리제의 눈이 살짝 커졌다. 시선을 끄는 서류철을 발견한 것이다.

〈장교 사망자 명단.〉

"……!"

엘리제는 침을 꿀꺽 삼켰다. 한 명 꼭 확인해 보고 싶은 사람이 떠올랐다. 그러나 곧 고개를 저었다.

'아니야. 그럴 리가 없어. 론 님이 전사했을 리가 없잖아.'

하지만 동시에 드는 생각.

‘사망하지 않았다는 것을 확인하면 안심할 수 있지 않을까? 계속 걱정되니까.’

확인해 보고 싶은 마음과 반대의 마음이 충돌했다. 그런데 그때 한 젊은 장교가 그녀의 마음을 눈치채고 물었다.

“데임? 혹시 확인하고 싶은 이가 있습니까? 금방 확인해 드리겠습니다.”

결국 엘리제는 답했다.

“혹시…… 이름만 아는데, 가능할까요?”

“성은 모르십니까? 그래도 가능합니다.”

“론, 론이에요.”

“네, 지금 바로 확인해 보겠습니다.”

젊은 장교는 서류철을 들고 휘리릭 넘기며 확인했다.

‘제발…….’

기다리는 엘리제의 가슴이 찌르르 떨렸다. 만약 그가 전사했으면 어떻게 하지? 그를 다시는 못 본다면?

‘아니야. 절대 그럴 리 없어. 무사할 거야. 제발, 주님.’

그녀는 기장에 달린 십자가를 만지작거렸다. 그렇게 얼마나 지났을까. 몇 분 되지도 않았는데, 까마득히 걸린 듯했다.

장교가 웃으며 말했다.

“없습니다.”

“네?”

“사망자 명단에 없습니다. 무사한 모양입니다.”

하아!

엘리제는 깊은 안도의 한숨을 내쉬었다.

'다행이다. 정말 다행이야.'

어찌나 긴장했는지 손바닥이 땀에 젖어 있었다. 장교가 물었다.

"그런데 데임께서 아시는 분입니까? 어느 부대에 소속되어 있습니까?"

"아…… 그건 저도 잘 모르겠어요. 참전한다고만 들어서."

"그러면 찾아드릴까요?"

"……!"

엘리제는 놀라 그를 바라봤다.

"장교 인명첩은 제가 관리하는 업무라서 찾아드릴 수 있습니다."

"오래 걸리지 않나요?"

장교는 웃으며 말했다.

"그렇게까지 오래 걸리진 않을 것입니다. 뭐, 오래 걸려도 찾아드려야죠. 다른 분도 아닌, 등불을 든 천사의 일인걸요."

등불을 든 천사. 그 말에 엘리제의 얼굴이 붉어졌다. 민망했다.

"그, 그러면 혹시 부탁해도 될까요?"

"얼마든지요. 잠시만 기다려 주십시오."

장교는 기분 좋게 대답한 후 커다란 인명첩을 꺼냈다. 그러며 '론, 론, 론' 이렇게 중얼거리며 인명첩을 눈으로 훑어 내리기 시작했다.

'이렇게 찾아도 되는 걸까?'

엘리제는 그런 고민이 들었다.

'그냥 어느 부대에 소속됐는지 찾아보기만 하는 것이니까. 찾아갈 것도 아니고.'

그래, 이 정도는 괜찮을 것 같다. 친구. 그와 자신을 친구라 표현할 수 있을지 모르겠지만 어쨌든 아는 사람의 행방을 찾는 것이니까.

약간의 시간이 지난 후, 장교가 그녀에게 말했다.

"저…… 데임?"

"네, 찾으셨나요?"

"그게……."

장교는 고개를 갸웃하며 답하지 않았다. 그 모습에 그녀는 의아한 마음이 들었다.

"무슨 일인가요?"

"론이란 분이 참전하신 것 맞습니까?"

"네?"

"없습니다, 아무리 찾아도."

엘리제의 눈이 흔들렸다.

"없다고요?"

"네, 3번이나 뒤졌는데, 아무리 찾아도 론이란 이름은 없습니다."

"……!"

엘리제는 눈을 깜빡거렸다. 이게 도대체 어떻게 된 일이지? 론 님이 없다고?

엘리제는 혼란스러운 마음으로 사령부의 복도를 걸었다.

'그분이 거짓말을 했을 리는 없는데.'

그건 확실했다. 그가 전쟁에 참전한다고 자신을 속이진 않았을 것이다. 하지만 왜? 어째서 명단에 없는 거지?

'모르겠구나.'

그녀는 한숨을 내쉬었다. 어제 황태자의 생일 선물부터 해서 머릿속이 뒤죽박죽되었다. 뭐가 뭔지 하나도 알 수가 없었다.

그 순간이었다!

탁!

“앗!”

어깨에 강한 충격이 와 그녀는 비명을 지르며 옆으로 넘어졌다. 멍하니 걷다가 앞에서 오는 누군가와 부닥친 것이다.

‘아, 아파.’

탄탄히 단련한 군인의 몸이라 그런지 돌에 부닥친 듯 어깨가 아팠다. 바닥에 쓸린 다리도 아렸다.

“죄, 죄송합니다. 제가 잘못 봐서.”

그래도 그녀는 자신이 잘못한 것 같아 사과하며 고개를 들었다. 그런데 고개를 든 그녀의 얼굴이 굳어졌다. 익숙한 얼굴이 인상을 찌푸리고 있었던 것이다.

“조심하십시오. 정신을 어디다 두고 다니는 것입니까?”

유리엔 공녀와 똑 닮은 외모. 그러면서도 오만한 느낌. 차일드가의 차기 당주인 알버트였다! 그는 장갑을 낀 손을 그녀에게 내밀었다.

“그렇게 멍하니 앉아 있지 말고 일어나십시오.”

“아…… 네.”

부축을 해주긴 했으나 친절한 태도는 아니었다. 그녀가 자리에서 일어나자 그는 먼지를 털듯 자신의 어깨를 털었다. 그녀와 부닥쳤던 부위이다.

“앞으론 꼭 조심하십시오.”

“……네, 죄송합니다.”

그러고 알버트는 회의장에 먼저 들어갔다. 엘리제는 한숨을 내쉬었다. 군의 모두가 그녀에게 호의적이었지만 몇몇 적개심을 가지고 있는 이들이 있었다. 대부분 귀족파 출신의 귀족들이었고 알버트는 그중 하나였다. 이해는 했다. 자신은 차일드 가문의 적인 클로랜스의 딸이었으니까. 특히 저 알버트는 방계에서 입양된 이라 열등감 비슷한 것이 있었고, 그 열등감을 황제파에 대한 적개심으로 해소하고 있었다.

'모르겠다. 그렇지 않아도 머리가 복잡한데. 빨리 회의가 끝나고 야전병원으로 돌아갔으면.'

엘리제도 회의장에 들어갔다. 이미 대부분의 사람이 자리에 착석해 총사령관을 기다리고 있었다. 그런데 사람들을 본 엘리제는 고개를 갸웃했다. 뭔가 분위기가 이상했던 것이다.

'뭐지?'

모두의 얼굴이 굳어 있었다. 마치 큰일이라도 난 것처럼. 회의장 전체에 무거운 공기가 가득했다. 그녀가 의아함을 품을 때, 회의장 상석 근처의 문이 벌컥 열리며 황태자가 들어왔다. 그리고 그가 들어오자마자 한 이야기는 엘리제가 여태껏 해온 혼란스러운 고민을 한 번에 날려 버렸다. 그런 한가로운 고민을 할 때가 아니었다.

"적이 총공격을 준비하고 있다."

"……!"

"첩보원이 전한 적의 작전명은 모루 작전. 이에 대한 긴급회의를 시작한다."

엘리제의 얼굴이 하얘졌다.

이전 삶, 작은오라버니의 목숨을 앗아갔던 적의 계략이었다. 그때 목숨을 잃은 것은 크리스뿐이 아니었다. 당시 제국군은 끔찍한 피해를 입었었다.

14장

대회전

"공화국군이 반도의 수도 심페폴에서 모두 북진하였습니다. 그 수는 방어를 위한 필수적인 병력을 제외한 40만입니다."

정보장교는 커다란 지도를 가리키며 브리핑했다.

"군을 총 세 개로 나뉘어 진격 중인데, 아마 우리 중앙군과 서군, 동군을 한 번에 총공격하려는 의중으로 파악됩니다."

그 말에 회의장이 술렁였다.

"특히 서군, 동군 쪽을 향한 병력이 큽니다. 아마 중앙군에 비해 병력이 적은 서군, 동군에 타격을 주려는 목적으로 보입니다."

현재 제국군은 중앙에 15만, 서군에 7만, 동군에 10만으로 나뉘어 있었다. 이 3군이 긴밀한 연계를 펼치며, 한쪽이 불리해지면 중앙군에서 지원군을 보내 균형을 유지하는 전략을 펼치고 있었던 것이다.

"그러면 동서 양쪽으로 향하는 적의 규모는 얼마나 됩니까?"

"각각 15만 명으로 파악됩니다. 중앙 쪽으로는 10만이 오고 있습니다."

"……!"

모두의 얼굴이 하얗게 질렸다.

"그나마 다행인 점은 중앙으로 오는 10만의 병력은 주로 무어군, 크림군 등 혼성군이란 점입니다."

그 말에 사람들은 공화국의 의중을 파악했다.

"중앙엔 잡병인 혼성군을 보내고, 동서 양면에는 정예 15만 명씩이라. 이건 중앙군의 발을 묶은 뒤 우리 동서 양면 군을 각각 격파하겠다는 뜻이군요."

"그러게 말입니다. 동서 양면 군이 수적으로 너무 열세입니다. 빨리 지원군을 보내야겠습니다."

"얼마나 보내는 게 좋겠습니까?"

"말이 혼성군이지, 무어군은 무시해도 좋을 잡병. 이곳 사령부에는 5만의 병력만 남겨도 충분하지 않겠습니까?"

사람들은 그 말이 옳다고 여겼다. 제국군은 세계 최고의 강병. 아무리 10만이라도 저런 잡병들을 상대하기 위해 같은 수가 있을 필요는 없다. 사실 5만도 많았다.

"빨리 지원군을 보내야 할 것 같습니다. 특히 동군은 보크네 요새까지 전진해 있어, 거리가 멉니다."

"그러게 말입니다. 그래도 빨리 이 사실을 눈치채 다행입니다. 지원군만 보낸다면 큰 문제없이 막겠지요."

동서 각각에 5만의 병력을 지원하면 공화국군과 병력 차이는 크게 준다. 비슷한 병력과 상황이면 제국군이 공화국군에 밀릴 이유가 없다. 모두 다소 느긋한 마음으로 그렇게 결론 내렸다.

"사막의 전갈도 다급한가 봅니다. 이렇게 급한 공격을 다 하다니. 하하."

"그러게 말이오. 이거 생각보다 빨리 승전할지 모르겠소."

하지만 그때, 엘리제는 속으로 비명을 지르고 있었다.

'아니야, 그게! 그렇게 양군으로 지원군을 보내면 끝이야!'

그녀는 파랗게 질려 생각했다.

'그게 바로 사막의 전갈이 원하는 바야!'

지난 삶과 똑같았다. 그때도 이렇게 대응 작전을 펼쳤다가 사막의 전갈의 작전에 휘말려 궤멸적인 피해를 입었다.

'어떻게 하지?'

그 순간이었다. 차가운 목소리가 회의장을 갈랐다.

"그게 다인가? 다른 생각을 가지고 있는 이는 없는가?"

총사령관의 물음에 모두 고개를 저었다.

"동서 양쪽으로 지원군을 보내면 될 것으로 보입니다, 전하. 그러면 이 총공격을 수월히 방어할 수 있을 것입니다."

한 장군이 사람들을 대표해 말했다. 하지만 황태자는 인상을 찌푸렸다.

'뭔가 이상해. 이런 눈에 뻔히 보이는 작전을 펼친다고? 그 루이 니콜라스가?'

뚜렷한 근거는 없었다. 하지만 '감'이 이상했다. 2년 전 전쟁 때도 부수히 많은 위기를 감지하게 해준 느낌이 이번에도 경고를 울렸다.

'뭐지? 뭘 놓치고 있는 거지?'

그는 뚫어져라 전략 지도를 살펴보았다. 그리고 어느 순간, 그의 눈이 커졌다.

'설마……?'

그때였다. 누군가 회의실 자리에서 일어났다.

"죄송하지만 발언해도 되겠습니까?"

그 뜻밖의 인물에 모두가 놀란 표정을 지었다.

"……데임 클로랜스?"

다름 아닌 엘리제였다!

"데임께서 왜?"

그들은 의아한 표정을 지었다. 그녀가 회의에 참석하는 것은 이상할 것이 없다. 그녀는 사령부 소속 의무병과의 장이었으니까. 하지만 지금 이 안건은 전투 작전이었다. 의무병과의 장인 그녀가 발언할 게 없는 주제인 것이다.

"여러 장군님 앞에 주제넘게 나서는 점을 먼저 사과드립니다. 하지만 꼭 말씀드릴 것이 있어서 이렇게 나섰습니다."

"말해보십시오."

엘리제는 숨을 골랐다. 자신의 발언을 뭐라고 생각할지 모르겠다. 전쟁과 작전에 대해 아무것도 모르는 여자가 건방지게 나선다고 생각할 가능성이 높겠지. 하지만 이렇게 넘어갈 수는 없었다. 제국군 수만 명의 목숨이 걸린 일이다.

"적군의 의도에 대해, 사막의 전갈의 진짜 목적에 대해 다시 한 번 의심해 봐야 한다고 생각합니다."

모두가 놀라 웅성거리며 그녀를 바라봤다.

"그게 무슨 말이오, 데임? 이 작전의 진짜 목적이라니."

엘리제는 말했다.

"저는 이 작전이 '모루 작전'이 아니라, '정과 망치 작전(Chisel and Hammer Tactics)'일 가능성이 높다고 생각됩니다."

정과 망치!

사령부의 장군들은 고개를 갸웃했다.

"정과 망치라니?"

"그게 무슨 말입니까?"

단 한 명, 그 자리에서 단 한 명만이 그녀의 말을 알아들었다. 황태자 린덴 드 로마노프였다.

'내가 생각한 걸 그녀도 떠올린 건가?'

하지만 그는 고개를 저었다. 아무리 그녀가 지금껏 믿을 수 없는 능력을 보여주었다 해도 이건 군사 작전이었다. 그녀의 전문 분야와 전혀 연관이 없는.

'설마, 아니겠지.'

엘리제는 굳은 목소리로 설명했다.

"전체적인 공격을 의미하는 '모루'와 다르게 '정과 망치'는 집중을 의미합니다. 한 점에 모인 힘, 즉 정을 망치로 때려 단번에 굳건한 바위를 격파하는 것이지요."

"그래서? 그건 우리도 알고 있소. 하고 싶은 이야기가 무엇이오?"

한 노장이 언짢은 기색으로 물었다. 그는 중앙군의 군단장으로 아무것도 모르는 소녀가 이런 작전 회의에서 발언하는 게 마음에 안 드는 눈치였다. 그런 시선은 그 노장뿐이 아니었다. 그 자리에 있는 대부분이 그녀를 못마땅하게 바라봤다. 그럴 만했다. 아무리 엘리제가 이들에게 인정을 받았다 해도 그건 의료에 국한된 거였으니까. 더구나 전투와 싸움은 남자들의 신성한 전유물이었다. 이제 갓 성인이 된 어린 소녀의 참견을 기꺼워할 장군은 아무도 없었다.
'역시.'
그들의 날카로운 시선에 엘리제는 몸이 따가웠다. 하지만 그래도 꿋꿋이 말했다. 자신이 이대로 물러나면 제국군에 얼마나 많은 희생자가 발생할지 모른다.
"저는 사막의 전갈의 진정한 목적은 모루 작전을 통한 동서 양군의 각개격파가 아니라, 중앙에서 양쪽으로 지원군을 보내게 하는 것, 그 자체에 있다고 생각합니다."
"……?"
"정확히 말하면 지원군을 보내도록 해 중앙군을 약화시키는 게 목적이지요."
"그 말은?"
"네, 제 추측이긴 하지만 동서 양군을 공격하려는 것은 속임수입니다. 저들은 동서 양쪽으로 향하던 방향을 북쪽으로 틀어 약해진 중앙군을 한꺼번에 공격할 것입니다. 압도적인 병력으로요."
동서로 향하던 병력의 방향을 틀어 약해진 중앙군을 공격한다! 그게 바로 지난 삶에 이루어졌던 모루 작전, 아니, 정확히는 정과 망치 작전이었다. 사막의 전갈의 속임수에 넘어갔던 제국군은 동서 양쪽으로 지원군을 보내 중앙군을 약화시켰다. 그 때문에 중앙군은 5배가 넘는 공화국군과 싸워야 했고, 결과는 당연히 대패였다. 작은오라버니는 그 참담한 전투 때 전사했다.
'물론 시기와 병력의 규모는 이전 삶과 차이가 있지만 그 작전이 분명해.'
엘리제는 그렇게 생각했다. 그때 한 장군이 이해할 수 없다는 듯

물었다.

"무서운 이야기구려. 데임의 말대로라면 우리의 대패요. 하지만 도대체 무슨 근거로 그렇게 생각하는 것이오?"

소녀의 추측은 분명 무시무시한 이야기다. 만약 동서 양쪽으로 향하던 공화국군이 북쪽으로 방향을 틀어 중앙군을 공격하면 그건 대재앙일 테니까. 하지만 믿을 만한 근거가 없었다.

"제가 이런 추측을 한 이유는."

엘리제는 입을 열었다.

"바로 지리적 요인과 저희 군의 병력 분포 때문입니다."

"……?"

"실례지만 잠시 나가 설명하겠습니다."

그녀는 단상으로 나가 지도를 가리켰다.

"이곳 코프스크는 중앙군이 위치한 곳입니다. 서남쪽의 비트란은 서군이 위치해 있고, 동남쪽의 보크네 요새는 동군이 위치해 있습니다. 이상 중앙군을 꼭지로 하는 삼각형 모양으로 군이 위치해 있습니다. 그리고 라이트 각하의 활약으로 동남쪽의 점, 동군이 보크네 요새까지 내려가 있지요."

그건 제국군 장군들도 다 아는 사실이었다.

"그래서?"

"다음은 공화국군의 진군 방향입니다. 서군으로 향하는 1군이 펨페스, 동군으로 향하는 2군이 코릴을 향하고 있습니다."

그러며 엘리제는 부연 설명을 하였다.

"펨페스, 코릴. 두 곳 모두 이곳 중앙군이 위치한 코프스크로 향하는 갈림길이 있는 곳입니다. 방향만 틀면 가도를 타고 곧바로 이곳 중앙군으로 돌진할 수 있습니다."

"……!"

"그리고 그 속도는 우리 서군과 동군이 중앙군을 뒤늦게 지원 오는 것보다 빠를 것입니다. 서군 쪽에는 우크라산맥이 있고, 동군은 보크네 요새까지 진격한 상태로 중앙군에서 거리가 너무 멀리 떨어져 있으니까요."

엘리제의 설명이 끝난 후 회의실이 쥐 죽은 듯 조용해졌다. 숨이 막힐 듯한 침묵이었다. 그녀의 말이 그만큼 충격적이었던 것이다.

"허어……. 정과 망치라…… 중앙군……."

"하지만……."

소녀의 말을 믿고 싶지 않은 눈치였지만, 그들 모두 전장에서 뼈가 굵은 베테랑들. 그 심각성은 충분히 알아차렸다.

한편 총사령관 린덴은,

'정말 대단하군. 정확해.'

그녀에게 경탄하고 있었다. 자신이 떠올렸던 추측과 일치했다. 아니, 어렴풋이 짐작만 하던 자신보다 더 구체적이고 정확했다. 자신은 그저 사막의 전갈의 진짜 목적이 중앙군이 아닐까 정도만 떠올렸으니까.

'어떻게 이럴 수가 있는 거지?'

그래, 의학적인 면은 이해한다. 의술에 관한 한 그녀는 불가해한 천재였으니까. 하지만 이건 의술과는 전혀 상관없는 군략(軍略)이 아닌가?

'도대체 너는?'

린덴은 속으로 고개를 저었다. 엘리제. 알면 알수록 도저히 모르겠다. 그리고 그 사실이 그의 마음을 더욱 안달 나게 하였다.

'엘리제…….'

하지만 그가 감탄했다고 해서 장군들이 모두 설복한 것은 아니었다. 그들은 그 주장의 허점을 짚었다.

"분명 무서운 지적이오. 하지만 그저 추측에 불과한 것 아니오? 적이 그렇게 움직이리란 보장이 있소?"

"맞습니다. 적들이 중앙군을 향해 가도를 타고 오지 않으면 어떻게 할 것입니까? 동서 양군은 큰 곤란에 빠질 것입니다."

엘리제는 입술을 깨물었다. 그렇긴 하다. 적들이 중앙군을 칠 것이란 명확한 근거는 없다. 그녀는 그저 지난 삶을 통해 알고 있을 뿐이다. 다만 정황적 근거는 한 가지 있다.

'이걸 이야기해도 될까?'

엘리제는 잠시 고민했지만 어차피 선택의 여지가 없었다.

'받아들일지 안 받아들일지 모르겠지만, 그래도 말해보자.'

"이건 제 추측이지만…… 동군이 보크네 요새까지 진격한 것이 어쩌면 사막의 전갈의 작전일지도 모릅니다."

"그게 무슨 말이오?"

"동군이 보크네 요새까지 한참 남쪽으로 내려감에 따라 중앙군과 거리가 멀어져, 유사시 급하게 지원을 할 수가 없게 되었기 때문입니다."

그녀의 말은 진실이었다. 하지만 장군들은 거세게 반발했다.

"아니, 데임. 듣자 듣자 하니 너무한 것 아니오? 그러면 우리 동군이, 라이트 각하께서 보크네 요새를 탈환한 게 적들이 함정으로 거저 내주었기 때문이란 말이오?"

"허허, 아무리 전쟁에 무지해도 그렇지 이건 너무 심하구려. 보크네 요새는 크림반도 동부의 핵심적인 요충지요. 아무리 작전이라지만 그런 요충지를 적에게 내주는 바보는 없소이다!"

역시나 예상한 대로의 반발이었다. 엘리제는 눈을 감았다.

'어떻게 하지?'

이제 할 말은 다했다. 남은 것은 군부에서 그녀의 의견을 받아들이느냐, 안 받아들이느냐였다. 하지만 지금 분위기를 봤을 때 도저히 받아들일 것 같지가 않다.

'안 돼! 큰 희생자가 나올 거야.'

그녀는 주먹을 움켜쥐었다.

'어떻게 해야 하지? 무슨 방법이 있지?'

그러나 딱히 떠오르는 방법이 없어 속으로 발을 동동 굴릴 때, 한 명의 목소리가 회의에 끼어들었다.

"실례합니다. 제가 한 말씀 올려도 되겠습니까?"

약간은 삐딱한 젊은 목소리. 사람들은 시선을 돌렸다.

"차일드 공자?"

자신감 있지만 오만한 인상의 젊은 남자. 알버트 드 차일드 공자였다!

"네, 정보부의 참모 차일드 중령입니다. 장군님들 앞에서 한 말씀만 올리겠습니다."

그러면서 그는 엘리제를 힐끗 바라봤다. 뭔가 마음에 안 든다는 시선. 그 눈빛에 엘리제는 가슴이 철렁 내려앉았다.

'안 돼! 여기서 차일드 공자마저 반대하면!'

군에서 그는 일개 참모에 불과할지라도, 실제 신분은 제국을 주름

잡는 귀족파의 수장 차일드 가문의 후계자였다. 당장 이곳 군부의 수뇌 중에서도 차일드 가문의 뒤를 따르는 귀족파의 인물이 적지 않은 터. 만약 알버트가 반대하면 그들도 같이 반대할 것은 명약관화한 일이었다.

이윽고 그가 입을 열었다.

"저는 데임 클로랜스의 의견에 일부분 동의합니다."

"……네?"

엘리제는 자신도 모르게 반문했다. 지금 뭐라고? 알버트는 그녀를 향해 입술을 살짝 비틀더니 말을 이었다.

"그렇지 않아도 정보부에서 보크네 요새 탈환전을 벌였을 당시 석연치 않은 상황을 여럿 발견하였습니다."

"……!"

"여러 정보가 있었지만 결론만 말하면 분명 중요한 요충지인데도 공화국에서 이상하게 신경을 덜 쓰는 느낌이었습니다."

"그 말은 무엇입니까? 공화국이 보크네 요새를 일부러 내주었다는 뜻입니까, 공자? 동군을 남쪽으로 전진시켜 중앙군과 떨어뜨리기 위해?"

"글쎄요. 이 정보들만 가지고 그렇게 단정 지을 수는 없겠죠. 그냥 참고하시라고 말씀드리는 것입니다."

그러며 그는 어깨를 으쓱했다.

"한 가지 확실한 것은 보크네 요새까지 진격함으로써 동군과 중앙군의 거리가 너무 멀리 벌어지긴 했다는 겁니다. 데임의 말처럼 급한 상황이 발생했을 때 발 빠르게 지원하기 어려울 정도로요."

엘리제는 알버트를 끔뻑끔뻑 바라보았다.

'나를 도와주고 있어? 귀족파인 그가?'

그때, 총사령관 린덴이 말했다.

"이제 그만. 모두의 의견 다 잘 들었다."

"……."

"결론을 내겠다. 맥가일 원수, 잘 듣도록."

"네, 전하."

옆에 앉아 있던 부총사령관 맥가일이 고개를 숙였다.

"중앙군에서 10만을 차출해 각 5만씩 동서 양면으로 보낸다."

엘리제가 놀라 그를 바라봤다.

'안 돼!'

그렇게 하면 중앙군은 궤멸이다! 지난 삶의 악몽이 반복되는 것이다. 하지만 그는 총사령관. 전장에서 그의 결정은 법이나 다름없었다. 엘리제는 절망에 눈이 컴컴해지는 것 같았다.

'어떻게 하지?'

그런데 그 순간이었다. 그가 똑바로 엘리제를 바라보았다. 그리고 입꼬리를 들어 올렸다.

"그러는 척만 한다."

"……?!"

"사막의 전갈만 기만술을 쓰라는 법 있나? 우리도 전갈을 낚아보지."

장군들이 놀라 그를 바라봤다.

"전하, 그 말씀은?"

"동서 양면으로 빠져나간 각각의 5만 군들은 이곳 중앙군 근처에서 몰래 대기한다. 그래서 우리 중앙군이 약해진 줄 알고 전갈이 달려들면 좌우에서 협공한다."

모두의 눈이 커졌다. 그러면 삼면 협공이었다! 아무리 공화국군이 수적으로 우세해도 큰 혼란에 빠지리라! 하지만 린덴은 그걸로 끝낼 생각이 없었다.

"맥가일 원수, 서군에 연락을 넣도록."

"어떤 연락을?"

"전장을 우회해 공화국군의 뒤를 따르도록."

"……!"

"공화국군이 우리 중앙군의 삼면 공격에 혼란에 빠지면 서군은 그대로 뒤를 친다."

모두 그 계책을 듣고 경악했다. 만약 그렇게만 된다면 궤멸적 피해를 보는 것은 공화국이 되리라.

"하, 하지만 전하…… 만약 적이 중앙군을 공격하지 않으면 어떻게 합니까?"

한 인물이 물었다. 린덴은 간단하게 대답했다.

"그래서 만약 패전한다면 그 책임은 내가 진다."

"……!"

"물론 도박을 하는 게 아니다. 이번 적의 총공격은 원래부터 수상했어. 난 클로랜스 대령의 말이 맞는다고 믿는다."

믿는다. 그 말이 엘리제의 가슴에 와서 박혔다. 지난번 론도 콜레라 사건 때 이후로 두 번째 듣는 말이었다.

"엘리제."

"네, 네, 전하?"

"고맙다. 네 의견이 결정에 많은 도움을 주었다."

"……!"

"만약 이 전투에서 승리한다면 가장 큰 수훈자는 바로 너다."

그 말은 거짓이 아니었다. 그녀의 조언 덕분에 추측이 확신으로 변했으니까. 린덴은 군부의 사람들에게 말했다.

"장군들."

"네, 전하."

린덴은 차가운 웃음을 지으며 명령을 내렸다.

"이번엔 우리가 사막의 전갈을 사냥할 것이다. 모두 단단히 각오하고 준비하도록."

그렇게 회의가 끝났다.

엘리제는 긴장이 풀려 다리가 떨렸다. 하지만 애써 내색하지 않으며 회의장을 나섰다.

"잘 준비해야겠구려."

"그러게 말이오. 비밀을 잘 유지해야 할 듯하오."

회의 때는 설왕설래했지만 더 이상 잡음은 없었다. 총사령관이 결정한 사항이기 때문이다. 결정한 이상 따른다. 그게 군인이었다. 그렇다고 억지로 따르는 것은 아니었다. 장군들의 얼굴이 살짝 상기되었다.

"사막의 전갈을 사냥한다라, 생각만 해도 가슴이 떨리는구려."

"그러게 말입니다. 이번에야말로 제국군의 무서움을 보여줄 때입니다."

한편, 엘리제는 야전병원으로 돌아가려고 발걸음을 옮겼다.

'빨리 돌아가자.'

그런데 그때였다. 그녀는 한 인물을 발견하고 서둘러 뒤를 따라 갔다.

"알버트 공자님!"

젊은 남자, 알버트가 그녀를 보고 인상을 찌푸렸다.

"무슨 일입니까?"

그가 귀찮은 내색을 보였지만 엘리제는 고개를 숙였다.

"감사합니다."

"네?"

"회의 때 저를 도와주신 것 감사합니다."

알버트는 이마에 주름을 만들었다.

"됐습니다. 뭘 그런 걸 가지고. 그리고 분명히 말하지만 도와준 것 절대 아닙니다. 그저 제 생각도 마찬가지이기에 발언한 것일 뿐. 그러니 절대로 오해하지 마십시오."

'절대'가 두 번이나 들어간 강한 부정. 그런데 너무 강한 부정이다 보니 오히려 반대의 느낌이 들어 그녀는 자신도 모르게 쿡 웃었다. 왜 그런 말도 있지 않은가? 강한 부정은 강한 긍정이라고.

'원래 말투가 이런가?'

한편 알버트는 웃는 엘리제를 뚱한 얼굴로 바라봤다.

"뭘 그렇게 웃습니까?"

"그냥요."

알버트는 짧게 한숨을 내쉬었다.

"그럼 저는 이만 가보겠습니다."

"네, 조심히 가세요."

"조심히 안 가도 됩니다. 바로 앞이 제 방이니."

뭐가 그렇게 마음에 안 드는지, 알버트는 말꼬투리를 잡았다. 그리고 정말 코앞에 있는 집무실로 들어가기 전, 그가 고개를 돌려 그녀를 바라봤다.

"왜 그러세요?"

그는 한참을 머뭇거리더니 말했다.

"안부 전해 달라더군요."

"네?"

"유리엔 그 아이가 말입니다. 데임께 꼭 안부 전해 달라고."

그러며 그는 투덜거렸다.

"편지로 몇 번이나 부탁하던지. 그렇게 안부를 전하고 싶으면 직접 데임께 편지하면 될 것을."

엘리제는 그 말에 미소를 지었다.

"알버트 공자님, 안부 전해 줘서 고마워요."

"됐습니다. 빨리 들어가기나 하십시오."

그러며 그는 방으로 들어갔다. 그런데 문틈 사이로 그가 사라지기 직전, 엘리제는 갑작스러운 마음이 들어 이렇게 외쳤다.

"알버트 공자님! 전투 때 꼭 몸조심하세요!"

닫히려던 문이 순간 멈칫했다. 그리고 이런 소리가 새어 나오며 다시 닫혔다.

"당신도 조심하십시오."

며칠 뒤, 제국군과 공화국군이 충돌하였다. 코프스크 대회전. 지금껏 유례가 없던 크림반도의 운명을 건 대전(大戰)이었다.

"전령의 보고입니다! 적들이 우리 중앙군이 위치한 코프스크 인근까지 접근하였다고 합니다."

"병력의 수는?"

"30만입니다."

너무나 어마어마해 오히려 현실감이 느껴지지 않는 숫자였다. 사령부 지휘관들의 얼굴에 긴장감이 서렸다. 하지만 긴장일 뿐 두려움은 아니었다. 예상하고 있던 일이었기 때문이다.

"정말로 데임의 말대로 되었구려."

"그러게 말입니다."

"허어, 도대체 어떻게 이런 예측을?"

지휘관들은 얼마 전 있었던 작전 회의를 떠올리며 고개를 저었다. 당시 그녀의 발언을 기꺼워했던 이는 아무도 없었다. 아무것도 모르는 소녀가 주제넘게 나선다고 불쾌감만 드러냈었다. 하지만 이후 전황은 소녀의 예측에 정확히 맞아떨어져 갔다.

'만약 예비 황태자비의 말에 따르지 않았더라면.'

모두의 가슴에 서늘한 한기가 내려앉았다. 동서 양쪽으로 지원군을 보낸 중앙군은 단 5만의 병력으로 30만을 맞아야 했을 것이다.

5만 대 30만. 결과야 보지 않아도 뻔했다. 전멸에 가까운 피해를 입었을 것이다. 그리고 그렇게 중앙군이 무너지면 동서에 고립된 동군, 서군의 운명도 풍전등화였을 터.

'데임께서 이 제국군을 구하였구나.'

어린 소녀가 한 일은 단순히 적의 움직임을 예측한 것이 아니었다. 이 제국군을 궤멸의 위기에서 구원해 낸 것이다. 그리고 그녀의 예측 덕에 반격의 단초를 마련할 수 있었다.

한편, 개전이 코앞에 다가온 그 순간 린덴은 눈을 감고 있었다. 이제 곧 크림반도의 운명을 가를지도 모를 대전이 시작된다. 제국군을 이끄는 통수권자로서 부담감이 없다면 거짓말일 터.

'준비는 완벽하지만.'

그는 자신이 마련한 여러 계획을 떠올렸다. 그래, 완벽했다. 변수가 없는 한 공화국군은 올가미에 걸려들 것이다.

'하지만 결과는 모른다.'

동방에 진인사대천명(盡人事-待天命)이란 말이 있다. 최선을 다하되 결과는 하늘에 달려 있다는 뜻이다. 진인사는 했다. 할 수 있는 최선을 다했으니까. 하지만 전쟁의 승패는 하늘에 달려 있다.

'제발.'

그는 엘리제가 '론'인 자신에게 준 징표를 어루만졌다. 진주로 장식된 낡은 십자가가 손끝에 느껴졌다.

'엘리제, 너도 반드시 무사해야 한다.'

이번 코프스크 회전은 그녀가 있는 야전병원도 사정권에 든다. 혹시나 몰라 야전병원 쪽으로 두터운 방비를 해두었지만 걱정이 들었다.

'엘리제, 네가 손끝 하나라도 다친다면 나는 미쳐 버릴 거다.'

걱정하는 것만으로도 이렇게 아픈데 그녀가 다치기라도 한다면 자신은 견디지 못할 것이다. 절대로.

그때, 한 참모가 그에게 말했다.

"전하, 모두 명을 기다리고 있습니다."

"그래."

린덴은 고개를 끄덕였다. 긴장과 불안은 마음속에 묻으며 그는 철혈의 지휘관의 가면을 썼다.

"오늘을 위해 모두 수고 많았다."

총사령관 린덴이 장내에 모여 있는 지휘부에게 입을 열었다.

"다들 들었겠지만 적이 이곳을 향해 진군하고 있다. 적의 수는 무려 30만. 우리 중앙군에 비해 2배나 많다."

하지만 황태자는 강한 목소리로 물었다.

"두렵나?"

"아닙니다!"

"그래, 개미 떼 따위 아무리 수가 많아도 무서워할 이유가 없다. 우리가 누군가?"

"대제국군입니다!"

"그렇다, 우리는 세계를 호령하는 대제국군이다."

제국군. 그것은 적에게는 공포를, 아군에게는 무한한 자부심을 주는 단어였다.

"우리 제국군이 무서워할 적은 없다. 하물며 함정에 들어오고 있는 개미 떼 따위야."

린덴은 비릿한 미소를 지었다.

"제장들."

그는 차갑게 선언했다.

"이제 우리는 사냥을 시작할 것이다. 모두 풍성한 결과를 가져오도록. 오늘 저녁은 사막의 전갈의 목을 보며 축배를 들자. 알겠나?"

지휘관들이 우렁차게 외쳤다.

"네, 전하!"

그렇게 코프스크 회전의 막이 올랐다.

콰앙! 콰앙!

대포 소리와 수류탄 소리가 하늘을 울렸다. 전투 지점과 거리가 제법 있는 야전병원이었지만 옆에서 터지듯 굉음이 들렸다.

"데, 데임! 전하께서 승리하시겠죠?"

어린 도제, 제이가 벌벌 떨며 엘리제에게 물었다. 나이만 따지면 어리긴 엘리제도 마찬가지였지만 그녀는 제이에게 불안해하지 마라는 듯 차분히 미소를 지었다.

"네, 걱정하지 마세요, 제이."

사실 엘리제도 걱정되긴 마찬가지였다.

'대비했지만 결과는 어떻게 될지 아무도 몰라.'

완벽한 준비를 했어도 의외의 결과가 나온 전쟁이 인류사에 얼마나 많았는가? 모든 일이 그렇겠지만 전쟁은, 그리고 이런 큰 대전의 결과는 하늘에 달려 있었다. 더구나 상대는 루이 니콜라스가 아닌가? 절대 안심할 수 없었다.

'만약 우리 군이 패전하면 곧바로 이곳까지 적들이 밀려들 거야.'

병원의 다른 이들은 괜찮다. 모두 정식 군인도 아니고, 인도주의적 치료를 위해 자원 온 이들이었으니까. 공화국군도 저들을 험하게 대하진 않을 것이다. 하지만 그녀는 달랐다. 포로로 잡혀 적에게 끌려갈 것이 분명했다. 그녀는 로마노프 황실의 예비 황태자비였으니까.

'잡혀가면 차라리 다행일지도.'

어쩌면 그냥 눈 먼 총알이나 대포의 파편에 목숨을 잃을 수도 있다. 그녀를 못 알아본 병사들에게 궂은일을 당할지도 모른다. 어떻게 되든 모두 최악이었다.

'불안해하고 있어 봤자 바뀌는 것은 없어. 최선을 다했으니 믿자. 그리고 난 내 할 일을 하자.'

그녀는 잠시 기원하듯 하늘을 향해 고개를 들었다. 그리고 곧 고개를 돌려 자신을 보고 있는 야전병원의 의사들과 간호사들에게 말했다.

"여러 선생님들, 지금까지 너무 감사했습니다. 선생님들 덕분에 많은 환자를 살릴 수 있었어요."

"……."

"전투가 시작됐으니, 곧 환자가 몰려들 것입니다."

소녀는 말했다. 담담하지만 강하게. 저 여리고 작은 몸에서 나왔다고는 생각 못 할 정도의 의지가 담긴 음성이었다.

"큰 전투가 벌어지고 있지만 우리가 할 일은 이전과 같습니다. 환자를 살립니다. 그것 외에는 아무것도 생각할 필요가 없습니다. 한 명이라도 많은 환자를 살리는 것, 그게 우리에게 주어진 사명이니까요."

그녀의 말에 불안에 잠겨 있던 의료진들의 눈에 각오가 깃들었다. 작고 여린 소녀는 그들에게 선언했다.

"전투의 승패와 상관없이 우린 우리의 일을 합니다."

그렇게 그들은, 그리고 엘리제는 자신들의 전쟁을 시작했다.

"자유와 평등을 위하여!"

"제국군을 무찔러라!"

"크악!"

회전은 처음엔 공화국군의 의도대로 흘러갔다. 5만의 병력밖에 없는 제국군의 본진은 공화국군의 총공격에 속절없이 밀렸다. 그런데 그렇게 수없이 많은 피가 평원을 적실 때, 이변이 일어났다. 동서로 떠난 줄 알았던 지원군들이 공화국군 양 허리에 나타나 강력한 공격을 펼친 것이다. 양옆에서 그들을 에워싼 제국군은 각각 5만 명으로, 무려 10만의 대군이었다.

"크악!"

"으악!"

정면에는 제국군의 본진, 그리고 양옆에는 10만의 대군. 그 삼면에서 벌어지는 합공에 공화국군은 대혼란에 빠졌다.

"몰아붙여라!"

"폐하를 위하여!"

그제야 사막의 전갈, 루이 니콜라스는 자신이 함정에 빠진 것을 깨달았다.

'이게 어떻게 된 거지? 말도 안 돼!'

여자처럼 고운 그의 손이 부들부들 떨렸다. 자신의 계책이 완전히 간파당하다니?! 이건 간파당한 수준이 아니었다. 마치 자신의 마음을 손바닥 보듯 완벽하게 파악당한 것이다.

"모두 전열을 정비해라! 흔들리지 마라!"

급하게 명했으나 공화국군의 전열은 걷잡을 수 없이 무너지고 있었다. 병력의 수는 공화국군이 훨씬 많았으나, 허를 찔린 대가는 컸다. 삼면에서 이루어지는 합공에 전열을 유지할 수가 없었다. 그리고 3황자, 검제 미하일이 이끄는 검기사단도 이들의 붕괴를 가속시켰다. 혼란에 빠진 적 진영을 마치 사자가 토끼 떼 사이에 뛰어든 것처럼 휘저었던 것이다. 그 강맹한 모습은 제국군에게 저들이 아군이어서 다행이라는 생각을 하게 할 정도였다. 그렇게 공화국군의 전열은 완전히 흐트러졌고, 전장식 소총 간의 전투, 라인 배틀(Line battle)에서 전열이 무너지면 그대로 끝이었다.

공화국군은 마치 모래성이 무너지듯 붕괴하였다.

"이, 이럴 수가……!"

루이 니콜라스는 고성을 질렀다. 항상 부드럽게 단장된 그의 머릿결은 흙먼지에 헝클어진 지 오래였다.

'도대체 누가? 어떤 책략가가 이 계책을 알아챈 것이지?'

공제? 의심은 했을 수 있다. 하지만 신중한 그의 성격상 이렇게 전격적으로 동서군을 버리는 위험을 감수하고 포위 작전을 감행하기 어려웠다. 분명 그의 작전을 간파한 책략가가 따로 있을 것이다.

'누구인지는 몰라도 이 수모는 절대 잊지 않으마! 누구인지 반드시 확인해 혹독히 갚아주겠다.'

그는 손을 부르르 떨며 다짐했다.

"일단 후퇴한다! 후퇴해 전열을 정비하라!"

그리고 그 순간.

피슝!

파공음과 함께 그의 그림 같은 이마 옆으로 피가 튀어 올랐다.

"크아악!"

루이 니콜라스는 손으로 이마 옆을 움켜쥐었다. 손바닥이 순식간에 피로 물들었다. 총알이 스치고 지나간 것이다.

"각하!"

놀란 병사들이 그에게 다가왔다. 한 치만 깊었어도 목숨을 잃었을지 모를 상처였다.

'빌어먹을! 기다려라. 이 치욕은 반드시 갚아주마!'

루이 니콜라스는 정체 모를 책략가에게 이를 갈았다. 하지만 그것이 끝이 아니었다. 비트란에 머물러 있던 7만의 서군이 린덴의 밀명을 받고 공화국군의 뒤를 친 것이다. 정면, 양옆, 그리고 후방까지. 그 삼엄한 포위 공격에 공화국군은 완전히 무너졌다. 그리고 아침에 시작해, 밤이 되고, 다음 날 해가 뜰 때까지 이어졌던 전투가 막을 내렸다.

"황제 폐하 만세!"

"황태자 전하 만세!"

"황태자비 만세!"

제국군은 총검을 하늘로 찌르며 기쁨의 환호성을 질렀다. 완벽한 대승이었다. 공화국군은 기존 전선에서 한참이나 뒤로 물러나서야 전열을 정비할 수 있었다. 그리고 반도 북부에 머물러있던 제국군은 기세를 몰아 중부 지역까지 세력권을 확장하였다. 반도의 수도인 심페폴을 다시 가시권에 두게 된 것이다. 그렇게 전장의 흐름이 다시 제국군을 향해 넘어왔다.

회전은 끝났지만 엘리제의 진정한 싸움은 지금부터 시작이었다. 환자들이 홍수처럼 밀려들었기 때문이다.

"여기 진통제 주세요! 이쪽으로 와서 거즈로 지혈 좀 해주세요!"

부상병이 너무 많아 의료진만으로는 손이 모자랐다. 몸이 성한 병사들도 합류해 부상병 처치에 손을 보탰다.

'다행이야. 그래도 피해가 크지 않아.'

생각보다 병력의 피해가 적었다. 수십만의 병력이 충돌한 회전인 것을 감안하면 거의 피해가 없는 것이나 마찬가지였다. 워낙 압도적인 전투를 벌였기 때문이다. 덕분에 군 수뇌부에서는 그녀에 대한 찬사가 자자했다. 예비 황태자비가 사막의 전갈의 계략을 정확히 파악해 대승을 거둘 수 있었다고, 이번 대승에 대한 1등 훈장은 예비 황태자비가 받아야 한다는 등 난리도 아니었다.

'상이라니.'

엘리제는 환자를 치료하며 쓴웃음을 지었다.

'이렇게 많은 사람이 상하게 되었는데.'

그녀는 괴로운 눈으로 피투성이의 병사들을 바라봤다. 제국군이 압승한 탓에 공화국군은 대패하게 되었다. 병력 손실도 컸다. 어떻게 생각하면 그녀의 조언 때문에 많은 인명이 상하게 된 것이다. 비록 적군이라 할지라도.

'아니야. 그건 지나친 생각이야.'

전쟁인 이상 어쩔 수 없는 일이었다. 만약 그녀가 공화국의 군인들이 다치는 것이 꺼려져 입을 다물었으면 그때는 그녀의 소중한 사람들이 수없이 죽었을 것이다. 결국 나쁜 건 전쟁이었다.

'아무도 다치지 않으면 좋을 텐데. 아군이든 적군이든.'

그녀는 씁쓸히 생각했다. 물론 말도 안 되는 생각이라는 것을 그녀도 안다. 전쟁이 끝나지 않는 한 그건 불가능했다.

'이 자리에서 내가 할 수 있는 최선을 다하자. 그 방법밖에 없어.'

죽어가는 모든 환자를 살릴 수는 없다. 그건 불가능하다. 하지만 최선을 다하겠다. 그래서 조금이라도 더 많은 환자가 가족의 품으로 돌아갈 수 있게 하겠다. 그렇게 엘리제는 입술을 깨물고 환자들을 돌봤다.

코프스크 대전이 끝난 지 5일이 지났다. 회전에 이어진 추격전과 새롭게 형성된 전선에서의 전투. 극심한 혼란이 지나고 전장이 안정을 찾아갔다.

야전병원도 어느 정도 안정을 되찾았다. 전투가 잦아들며 부상자의 발생 수가 줄어든 것이다. 물론 평온해진 것은 아니다. 여전히 부상병은 발생했고, 엘리제를 비롯한 의사들은 잠을 못 이루며 환자를 치료했다.

"데임 클로랜스, 이 복합 상처 감염을 살펴주세요."

"네, 그레이엄 선생님. 아, 아까 말씀하신 저기 탈구 환자는 치료가 끝나서 부대 복귀하면 될 것 같아요."

그렇게 정신없이 환자를 보던 중이었다. 엘리제는 의외의 초대를 받았다.

"승전 연회라고요?"

"네, 데임."

전령으로 온 초급 장교가 상기된 얼굴로 그녀에게 답했다.

"오늘 밤, 지난 회전의 대승을 기념하여 연회가 열릴 예정입니다. 병사들에게도 고기와 약간의 술을 내려 승전을 기념할 거고요."

전장에서 술과 고기라. 얼핏 이해가 안 갔지만 사기 진작을 위한 일인 것 같았다.

"그렇군요."

"네, 데임. 그러면 저녁에 뵙겠습니다."

초급 장교는 당연히 그녀가 참석할 거로 생각하며 말했다. 하지만 엘리제는 고개를 저었다.

"죄송하지만 저는 못 갈 것 같아요."

"……네?"

"환자가 너무 많아서요. 초대 감사하다고 전해 주세요."

"하, 하지만……."

초급 장교는 당황했다. 이 승전의 가장 큰 공로자는 다름 아닌 엘리제였다. 즉, 그녀는 주인공이나 마찬가지인 것이다. 그런데 그 주인공이 연회에 빠진다니? 말도 안 되는 일이다. 하지만 이런 면에서 엘리제는 완고했다.

"제가 승전 연회에 가면 이곳에 있는 환자들은 어떻게 하나요?"

"하지만 딱 하루에 불과한데…… 황태자 전하께서 꼭 오시라고 당부하셨습니나."

"지금도 일손이 모자란 상황이에요. 살 수 있는 환자가 제대로 치료받지 못해 죽어가고 있어요. 그런 상황에서 의사인 제가 빠지면 그만큼 죽는 사람이 늘 수밖에 없어요."

물론 그녀도 승전 연회에 가기 싫은 것은 아니다. 아니, 가고 싶었다. 가서 맛있는 것도 먹고 조금은 쉬고 싶은 마음이 굴뚝같다. 하지만 그러면 이곳에서 죽어가고 있는 환자들은 어떻게 한단 말인가?

"전하께는 죄송하다고 전해 주세요."

그렇게 그녀는 단호히 연회 참석을 거절했고, 초급 장교는 힘없이 사령부로 돌아갔다. 옆에서 듣던 제이가 조심스럽게 말했다.

"그래도 연회에는 참석하는 것이 좋지 않을까요, 데임? 전하께서 직접 부르셨다고 하는데."

"괜찮아요."

엘리제는 고개를 저었다. 환자를 위한 일이다. 사적으로는 늘 차갑고 딱딱한 전하지만 이런 공적인 면에서는 관대한 분이니 이해해 줄 것이다.

"데임! 여기 수류탄 손상 환자 왔어요! 빨리 와주세요!"

또다시 밀어닥친 환자에게 엘리제는 달려갔다.

그렇게 정신없는 하루가 지나고, 승전 연회의 밤이 밝았다. 군 진영 전체가 모닥불로 밝게 타올랐고, 병사들도 모처럼 밝은 웃음을 지었다. 여러모로 많은 사람에게 깊은 의미를 남긴 밤이 시작되었다.

"God save the King!"

군영 여기저기서 노랫소리가 흘러나왔다. 전투와 추위에 지친 병사들이 모닥불에 둘러앉아 간만에 고기와 술을 마시며 흥겨운 시간을 보냈다.

“황제 폐하 만세! 브리티아 제국 만세!”

어느 정도 술이 들어가자 병사들은 어깨동무를 하며 함성을 질렀다. 그리고 거기에 꼭 빠지지 않는 이름이 있었다.

“황태자비 만세! 데임 클로랜스 만세!”

그녀가 전장에 도착한 뒤, 이제 4개월 남짓 되었다. 짧다면 짧은 시간 동안 그녀는 모든 병사의 마음속에 깊이 자리하게 되었다. 자신들과 함께하는 등불을 든 여인으로, 모두의 레이디로. 심지어 술에 취해 이렇게 말하는 병사도 있었다. 그녀에게 치료받았던 젊은 병사였다.

“나, 오늘은 꼭 데임께 고백할 거야!”

“이 미친놈아, 황태자비가 될 분한테 무슨 고백이야?!”

“몰라! 나 데임한테 반했단 말이야! 말리지 마!”

“야, 저놈 잡아! 저러다 사형당해!”

그렇게 전장에 흥겨운 밤이 깊어갔다.

한편, 사령부 승전 연회장에서 황태자는 인상을 찌푸렸다.

“엘리제가 안 온다고?”

초급 장교는 쩔쩔매며 말했다.

“네, 환자를 돌봐야 해서 갈 수 없다고, 전하께 죄송하다고 전해 달라 하셨습니다.”

“…….”

린덴은 인상을 찌푸렸다. 옆에 있던 장군들이 아쉬운 표정을 지었다.

"아쉽군요. 이번 승전의 1등 공신이 참석하지 않다니."

"그러게 말입니다. 데임이 아니었으면 이런 승리도 없었을 터인데."

모두 당시 작전 회의를 떠올렸다. 만약 그녀가 아니었다면 어떻게 되었겠는가? 중앙군은 궤멸당하고 동서 양군도 전장에 고립되어 큰 피해를 입었을 것이다.

'우린 그것도 모르고 어리석은 의견이라 면박을 주었었지.'

모두 민망한 마음이 들었다. 물론 말은 안 하고 있었지만 황태자도 어느 정도 사막의 전갈의 계책을 눈치챘기 때문에 그런 궤멸적인 피해를 입진 않았을 수도 있다. 하지만 그녀의 조언이 결정에 큰 도움이 된 것은 확실했다. 왜냐하면 린덴의 경우 짐작만 할 뿐 확신이 없었기 때문이다.

"전하, 예비 황태자비께서 너무 무리하시는 것 아닙니까? 제가 병사들에게 전해 듣기로는 잠도 거의 주무시지 않는다고 하던데. 물론 환자를 생각하는 마음이야 아름다우시지만 몸이 상할까 걱정됩니다."

"그러게 말입니다. 이런 날도 쉬지를 않으시니."

린덴은 입을 다물었다. 그건 그가 늘 하는 걱정이었다.

'마음에 안 들어.'

그는 엘리제를 떠올렸다. 다른 사람의 건강을 치료하면서 도대체 왜 자신의 몸은 챙기지 않는 건가?

'조금 쉬게 하려고 일부러 불렀건만.'

그도 안다. 그녀가 전장에 온 후, 단 한 번도 제대로 쉰 적 없이 자신의 몸을 혹사하고 있다는 것을. 그래서 일부러 전령을 보내 불렀다. 오늘 하루라도 편히 쉬라고.

'하지만 이런 날까지 환자를 봐야겠다니!'

물론 전장의 상황이 급하고, 환자들이 위중한 것은 안다. 그래도 일단 자신의 몸을 먼저 챙겨야 할 것 아닌가!

'정말 마음에 안 들어, 정말로!'

그는 주먹을 움켜쥐었다. 승전을 축하하며 사령부에서 이런저런 이벤트를 준비했고, 사람들은 흥겹게 박수치며 즐거운 시간을 보냈으나, 린덴은 하나도 눈에 들어오지 않았다. 오로지 그의 머릿속은 단 하나의 생각뿐이었다.

'엘리제.'

그녀가 없는 연회 따위 그에겐 아무런 의미도 없었다. 그는 시선을 돌려 엘리제가 있는 병원 쪽을 바라봤다. 갑자기 그녀가 보고 싶었다. 미치도록.

15장

위험한 수술

"조금만 더 힘내세요. 금방 좋아질 거예요."

"감사합니다, 데임. 이런 날 쉬지도 못 하시고. 저희를 위해."

병사가 감동한 눈으로 자신의 상처를 소독하는 엘리제를 바라봤다. 엘리제는 웃으며 말했다.

"정말 고마우면 해줘야 할 일이 있어요."

"무엇입니까? 말씀만 하십시오! 목숨이라도 바치겠습니다!"

젊은 병사는 화약을 들고 불더미에라도 뛰어들 기세로 말했다. 저 소녀의 부탁이라면 죽음도 무릅쓸 수 있었다.

"빨리 나으세요."

"네?"

"정말 고마우면 빨리 나으세요. 더 다치지 말고, 그래서 전쟁이 끝나면 가족들에게 무사히 돌아가세요. 그게 제 부탁이에요."

그 따뜻한 말에 병사는 일순 말문이 막혔다. 가슴이 울컥하며 눈에 물기가 차올라 그는 급히 손등으로 눈가를 비볐다.

"가, 감사합니다. 정말로……."

그렇게 엘리제는 야전병원 전체를 돌아다니며 환자를 살폈다. 등불을 든 채 어두운 병실을 누비는 그녀의 모습은 말 그대로, '등불을 든 여인'이었고, 부상당해 누워 있는 병사들에겐 따뜻한 빛이었다.

'그래도 새로 부상병들이 안 와서 다행이구나.'

전쟁은 전선이 반도의 수도 심페폴 주위로 교착되면서 잠시 소강상태였다. 그런데 그렇게 병실을 도는데, 누군가 그녀를 불렀다.

"데임, 데임."

어린 도제, 제이였다.

"네?"

"잠깐만 이쪽으로 와보세요."

"무슨 일이에요?"

"빨리, 빨리요."

"……?"

엘리제가 의아한 표정을 지었으나, 제이는 설명해 주지 않고 그녀의 손을 잡아끌었다.

"제, 제이?"

"빨리요. 늦었어요."

혹시 안 좋은 환자라도 왔나? 엘리제의 표정이 굳어졌다. 이 야전병원에서 가장 뛰어난 수술 실력을 가진 의사는 당연히 엘리제였다. 그래서 상처가 심각한 환자가 오면 이렇게 급하게 그녀를 찾았다.

'바로 수술 준비를 해야겠구나.'

그래도 여유가 있어 수술을 할 수 있는 상황이어서 다행이었다. 환자가 한꺼번에 몰려들 때는 수술 자체를 못 할 때도 많으니까. 그런데 제이가 그녀를 이끌고 가는 곳이 이상했다. 부상자가 모이는 야전병원 구호소를 지나쳤던 것이다.

"제이? 환자는 구호소에 있는 것 아닌가요?"

"환자요? 아니에요."

도대체 뭐지? 제이가 그녀를 끌고 간 곳은 다름 아닌 야전병원의 회의실이었다.

'갑자기 여기는 왜?'

얼떨떨해하는 그녀를 제이가 뒤에서 밀었다.

"빨리 들어가요. 다들 기다리고 있다고요."

"……네?"

그리고 방에 들어간 엘리제는 왜 제이가 그렇게 자신을 끌고 왔는지 깨달았다.

"와아! 병원장님이시다!"

"빨리 오세요, 데임. 기다리고 있었어요."

같이 일하는 동료들이 박수를 치며 그녀를 환영했다. 그런 그들 앞에 어디서 구한 건지 케이크며 디저트, 음료수 등이 수북이 쌓여 있었다.

"이건…… 어디서?"

"전하께서 보내주셨어요."

엘리제의 눈이 커졌다.

"전하…… 요?"

"네, 황태자 전하께서 고생이 많다고, 노고를 위로하며 보내주셨어요."

한 간호사가 감명받은 얼굴로 말했다.

"오늘은 기쁜 날이니, 정말 급한 환자가 아니면 이 음식들 먹으면서 쉬라고 친히 명령까지 내리시고요."

그 간호사는 두 손을 맞잡으며 몽롱한 표정을 했다.

"저희가 너무 무리하는 것 같아 걱정돼 그렇게 명령하셨겠죠? 딱딱하신 줄만 알았는데, 의외로 다정하신 것 같아요."

그 말에 나이 든 간호사가 피식 웃었다.

"이게 어디 우리를 걱정하셔서 그런 것이겠니? 다 데임을 걱정해서 그렇게 명령하신 거겠지. 그렇죠?"

그 말에 다들 고개를 끄덕였다.

"그럼. 태자 전하께서 데임을 생각하시는 마음이 깊으시니까."

엘리제가 당황해 손을 저었다.

"아, 아니에요. 다들 그게 무슨 말씀이세요. 우리 모두를 걱정하시는 마음에 그러셨겠죠."

"에이, 전령이 보낸 명령에 친히 언급돼 있던걸요? '명령이니 야전병원장 클로랜스 대령도 필히 휴식을 취할 것'이라고."

"……."

도대체 그런 명령은 왜 내리셨단 말인가? 엘리제는 다시 혼란스러운 마음이 들려 해 급히 화제를 돌렸다.

"이렇게 된 거 우리 건배나 해요. 다들 수고가 많은데."

"네, 좋아요. 데임."

모두 사령부에서 보내 준 음료를 각자 잔에 담았다. 그리고 카라멜빛 진저에일을 하늘로 들어 건배하였다. 한 남자 의사가 아쉬운 듯 말했다.

“아, 술이었으면 더 좋을 텐데.”

“가져올까요? 진영에 조금 있던데.”

“됐어. 언제 환자가 올지 모르는데, 술은 무슨.”

제이가 간만에 맛보는 진저에일을 홀짝이며 행복한 표정을 짓더니 엘리제에게 물었다.

“데임은 술 마실 줄 아세요?”

“네, 좋아해요.”

“네? 좋아한다고요?”

모두 놀라 엘리제를 바라봤다. 생긴 것만 보면 작고 여린 인형처럼 생겨 이슬만 먹을 것 같은 그녀다. 물론 생김새와 실제 내면이 굉장한 괴리가 있는 그녀지만, 그래도 술을 좋아한다고? 모두가 의아스런 눈으로 쳐다보자 엘리제는 태연히 고개를 끄덕였다.

“네, 좋아해요. 저 외과의사잖아요.”

첫 번째 삶을 살 때는 술을 좋아하지 않았다. 보석을 더 좋아했지. 하지만 두 번째 삶을 살 때, 밤늦게 수술이 끝난 후 동료들과 한 잔, 두 잔 하다 보니 그 맛을 알게 되었다.

‘해장국집에서 많이 마셨는데.’

잠시 이전 삶이 떠올라 슬쩍 미소를 지었다. 첫 번째 삶의 기억을 가지고 ‘엘리제’로 살고 있지만 그녀의 정체성에 지대한 역할을 한 것은 두 번째 삶, 외과의사 송지현의 것이었다.

“헤에, 그러네요. 로즈네일병원에서도 수술하시는 교수님들은 모두 술을 좋아하시던데.”

제이가 웃으며 그녀에게 물었다.

"데임은 어떻게 의사가 되기로 결심하신 거예요?"

그 물음에 사람들이 엘리제를 바라봤다. 모두 궁금해하는 내용이었다. 저 엘리제 드 클로랜스, 희대의 천재, 론도를 구한 영웅, 등불을 든 여인은 어떻게 의사가 되기로 결심했을까?

"그건……."

엘리제는 진저에일이 든 잔을 만지작거리며 고민했다. 뭐라고 이야기하지? 사실 그렇게 거창한 이유는 아니다. 두 번째 삶에서 의사를 선택한 것은 첫 번째 삶을 속죄하기 위함이었다. 하지만 이렇게 엘리제로 돌아오고 나서도 의사의 길을 선택한 이유는 자신이 그것을 너무도 간절히 원했기 때문이다.

"좋아서요."

"네?"

"좋아서요. 다른 이유는 없어요."

뭔가 숭고한 이유를 기대했던 이들은 그 간단한 답에 맥 빠진 표정을 지었다.

"에이, 데임. 거짓말하지 마세요. 사람의 생명을 구하고 싶어서 그런 것 아니에요? 기도하다가 갑자기 무슨 소명을 느꼈다거나."

하지만 엘리제는 고개를 저었다.

"아니에요. 그냥 좋아서예요. 너무 좋아서, 그래서 선택했어요."

그래, 다른 이들의 오해와 다르게 숭고한 이유는 없었다. 그녀가 다시 의사의 길을 선택한 것은 단지 이 일이 좋아서였다.

'만약 내가 다른 일에 빠졌다면 그 길을 택했겠지.'

그림에 빠졌다면 화가의 길을 택했을 것이고, 음악에 빠졌다면 음악가가 되었을 것이다. 그녀는 그저 환자를 치료하는 일에 빠졌을 뿐이다. 수술할 때의 차가운 메스의 느낌에, 생사의 기로에선 긴장감에, 사람이 살아나는 보람에 그저 푹 빠졌을 뿐이다. 그러니 숭고하다느니, 성인(聖人)이라느니 하는 말은 자신에게 어울리지 않는다.

'난 그렇게 대단한 사람이 아니야. 그저 이 일을 좋아할 뿐이니까.'

아무리 해도 질리지 않는 행복, 그건 중독이었다. 도저히 이 길을 떠나선 살 수 없을 만큼 절박하고도 치명적인 중독.

'하지만 의사의 삶을 사는 것도 오래 남지 않았지.'

엘리제의 표정이 우울해졌다. 그녀는 작은오라버니를 위해 이 전쟁에 참전하였고 황태자와의 결혼을 약속했다. 전쟁이 끝나고 황태자비가 되면 새장에 갇히리라. 생각만 해도 가슴이 턱 막혀 숨을 쉴 수가 없지만 어쩔 수가 없었다. 자신이 선택한 일이었다.

그때, 그런 엘리제를 고뇌 가득한 눈으로 보고 있는 이가 있었다. 그레이엄 남작이었다. 그는 구석에 기대 아무 말 없이 그녀를 바라보고 있었다. 그 무거운 눈동자에 소용돌이치는 것은 짙은 갈망이었으나, 아무도 그 감정을 눈치채지 못했다.

"선생님?"

엘리제는 그의 시선에 고개를 갸웃했다.

'왜 저렇게 쳐다보시지?'

"혹시 무슨 하실 말씀이라도……?"

"데임."

그레이엄이 천천히 입을 열었다. 그런데 그의 입에서 나온 음성이 하나의 의미를 이루려는 순간이었다. 서늘한 목소리가 장내에 내려앉았다.

"잘 쉬고 있는가?"

"……!"

그 익숙한 목소리에 엘리제는 깜짝 놀랐다. 놀란 것은 그녀만이 아니었다. 모두가 화들짝 놀라 자리에서 일어나 예를 표했다.

"전하를 뵙습니다!"

갑작스레 나타난 이는 다름 아닌 총사령관 황태자 린덴 드 로마노프였다!

"그래, 모두 앉지."

생각지도 못 한 그의 출현에 모두 엉거주춤했다. 황태자 전하가 이곳에 왜? 엘리제가 그들의 마음을 대표해 조심히 물었다.

"저…… 전하, 야전병원엔 어인 일이십니까?"

황태자는 말했다.

"그대들이 잘 쉬고 있는지 살피러 왔다."

"가, 감사합니다."

사람들은 모두 당황한 기색이었다. 잘 쉬고 있는지 보러 왔다고? 고작 자신들을 저 지고한 황태자께서 친히? 그들의 의문 섞인 시선을 피해 황태자가 눈을 돌리며 말했다. 뭔가 궁색한 목소리였다.

"뭐…… 그대들이 늘 고생이 많으니까 말이야."

여전히 이해 불가능한 설명이었다. 물론 그들이 고생하는 것이야 사실이지만 전쟁에서 고생하는 것은 그들만이 아니었다. 목숨을 걸고 싸우는 전투 부대원들도 그들 이상으로 고생하기는 마찬가지였다.

'도대체 왜 오신 거지?'

엘리제는 당황해 그를 바라봤다. 심지어 그는 금방 돌아갈 생각이 없는지, 그녀 바로 옆에 턱 하니 앉았다. 그리고 탁자 위에 차려진 음식을 보며 물었다.

"음식들은 입에 맞는가?"

질문을 받은 남자 의사가 화들짝 놀라 고개를 숙였다.

"네, 네! 전하. 신경 써주셔서 감사합니다."

"그래, 다행이군. 나는 신경 쓰지 말고 그대들끼리 편히 먹고 마시고 즐기게."

린덴의 친절한 말에 그들은 모두 입을 다물었다. 어떻게 그러겠는가?! 총사령관이자 황태자인 그가 떡하니 옆에 앉아 있는데!

"엘리제."

"네, 네?"

엘리제는 놀라 답했다.

"너도 편히 쉬어라. 늘 고생이 많은데."

"아, 아닙니다."

그녀는 자신의 바로 옆에 앉아 있는 그를 보자 최근에 있었던 일들이 떠올랐다.

"그렇게 웃으니 예쁘지 않으냐. 가끔 내 앞에서도 그렇게 웃도록 하여라."

황태자의 말이 생각나자 그녀의 얼굴이 자신도 모르게 화악 붉어졌다. 그뿐 아니라 생일을 맞아 장미꽃을 받았던 것도 떠올랐다. 그 일들을 떠올리니 마음이 어마어마하게 불편해졌다. 도대체 그의 의중을 모르겠다.

'오늘은 어떤 이유로 오신 거지? 정말로 우리의 노고를 위로하기 위해?'

다른 이유가 있을 턱은 없지만 그래도 이상했다. 노고를 위로할 것이면 의무대보다는 목숨을 걸고 싸운 전투 부대에 가는 것이 맞는 것 아닌가? 더구나 오늘은 중요한 승전 연회 날. 훨씬 중요한 일이 많을 텐데? 어쨌든 그렇게 황태자와 엘리제는 나란히 앉아서 입을 다물었다.

한편 사람들은 황태자가 엘리제 옆에 가만히 앉아 있는 모습을 보고는 그가 이곳에 온 진짜 이유를 알아차렸다. 바보가 아닌 한 모를 수가 없었다.

"크흠, 저는 이만 환자를 돌보러 나가야 할 것 같습니다."

"아, 선생님! 저도 같이 가요!"

한 명, 두 명 황태자의 눈치를 보며 자리에서 일어났다.

"그런가? 수고하게."

"네, 감사합니다! 좋은 시간 되십시오, 전하!"

그렇게 사람들은 마치 도망이라도 치듯 회의실에서 빠져나갔고, 황태자는 그들을 굳이 말리지 않았다. 엘리제도 급히 자리에서 일어났다.

"저도 환자를 살피러……."

황태자에게 인사를 하고 그녀는 등을 돌려 문으로 빠져나가려 했다. 마음이 불편해 빨리 나가고 싶었다. 하지만 차가운 감촉의 손이 그녀의 손을 잡았다.

"……!"

황태자였다! 다른 사람들은 나가든 말든 신경도 안 쓰던 그가 그녀에게 말했다.

"너는 남아 있어."

"어, 어째서요?"

엘리제가 당황해 물었다. 그에게 잡힌 손이 뜨거웠다. 분명 차가운 감촉이건만 왜 이런 느낌이 드는지 알 수가 없었다.

'어째서냐고?'

린덴은 그녀의 물음에 입을 다물었다. 늘 그렇듯 이유 따위는 없었다. 그저 자신이 그녀와 조금 더 같이 있고 싶을 뿐이다. 조금 더 얼굴을 보고, 이야기를 나누며, 그렇게 조금 더 같은 공간에서 함께 시간을 보내고 싶었다. 이왕이면 단둘이.

"그냥."

"……네?"

"중요한 환자라도 있는 건가? 네가 직접 가지 않으면 안 되는?"

"그건……."

그런 건 아니다. 지금 딱히 급한 환자는 없었다.

"아니면 그냥 있어. 명령이다."

엘리제는 곤란한 얼굴을 했다.

'차라리 환자라도 왔으면.'

그녀는 눈을 돌려 주변을 살폈다. 이 불편한 상황에서 자신을 구해 줄 이가 없나 하는 마음으로. 하지만 아까 전 벅적거리던 게 거짓말인 것처럼 회의실 안에는 아무도 없었다. 황태자가 그녀의 손을 잡는 순간, '어머나!' 하며 다 도망가 버린 것이다.

'그, 그사이에 다 어디 간 거야?'

엘리제는 울상을 지었다. 그런데 그 순간이었다. 그녀의 눈에 유일하게 회의실을 떠나지 않은 이가 들어왔다. 그레이엄이었다! 그는 아까 전 자세 그대로 벽에 기대 그녀와 황태자를 바라보고 있었다. 뭔가 불만이 가득 찬 눈으로.

"그대는?"

황태자도 유일하게 남아 있는 그레이엄을 보았다.

"그레이엄 드 팰론 남작이라 합니다, 전하."

"팰론?"

어디서 본 얼굴인데? 황태자는 미간을 좁혔다.

"네, 전하. 과거 첼트넘 지방을 봉토로 황가를 섬겼었습니다."

하지만 황태자는 팰론 남작가가 이전 첼트넘 지방의 영주였든, 아니든 전혀 관심이 없었다. 그의 관심사는 단 하나, 저 남자가 어째서 아직도 회의실에 남아 있느냐는 것이었다. 눈치도 없이.

"그대는 돌볼 환자가 없는가?"

눈치껏 빨리 나가란 뜻으로 그렇게 말했다. 하지만 그레이엄은 태연하게 말했다.

"네, 급한 환자는 없습니다."

그는 전혀 자리를 비킬 생각이 없는지, 가만히 서 있었다. 게다가 황태자의 매서운 시선에 아랑곳하지 않고 엘리제만을 바라보고 있었다.

'이놈…… 설마?'

황태자의 눈썹이 꿈틀거렸다. 그러고 보니 저놈을 어디서 봤는지 기억났다. 테레사병원에서 엘리제의 선생이라 했던가?

'감히……!'

갑자기 황태자는 참을 수 없는 분노가 치솟아 올랐다. 특별히 그가 무슨 잘못을 한 것도 아니고, 그저 그녀를 바라만 본 것이지만 속이 뒤집혔다. 저건 단순히 스승이 제자를 바라보는 시선이 아니었다. 근거를 댈 수는 없지만 자신이 그런 눈으로 엘리제를 바라보기에 느낄 수 있었다.

'감히 엘리제를 저런 눈으로 바라봐?!'

그녀를 저렇게 바라볼 수 있는 건 오직 자신뿐이다. 린덴은 당장에라도 권총을 꺼내고 싶은 마음을 억누르며 그가 할 수 있는 한 최대한 부드럽게 명했다.

"나가."

"……."

"귀가 안 좋은 건가? 지금 내 말 안 들리나? 당장 나가라고."

그레이엄은 입술을 깨물었다.

"알겠습니다, 전하. 그러면 이만."

그는 등을 돌려 회의실을 빠져나갔고, 린덴은 입술을 비틀며 그 모습을 바라봤다.

'어딜 감히.'

물론 그가 특별한 감정을 담고 그녀를 바라본 것인지 정확하진 않다. 하지만 마음 같아선 아무도 모르는 곳에 숨겨두고 혼자만 보고 싶은 소중한 사람이건만 감히 저런 눈빛이라니. 절대 용납할 수 없다. 보는 것만으로도 그녀가 닳을까 불쾌감이 들었다.

'정말 어딘가에 숨겨 놓고 싶군, 진심으로.'

그러면 얼마나 행복할까? 나만 그녀를 볼 수 있고, 그녀의 눈도 나에게만 향하고. 그렇게 그녀를 독점할 수 있다면, 상상하는 것만으로도 가슴이 찌릿했다.

'물론 불가능한 일이지. 아직 마음도 얻지 못했으면서.'

현실을 떠올린 린덴은 쓴웃음을 지었다. 그는 아직 그녀의 마음을 얻지 못했다. 마음을 얻기는커녕 그녀는 자신을 볼 때마다 항상 화들짝 놀라며 거부감을 보인다. 그래도 상관없다고, 아무리 거부해도 기필코 그녀의 마음을 얻겠다고 다짐했지만, 자신을 거부하는 그 눈을 볼 때마다 가슴이 아픈 것은 어쩔 수가 없었다. 그녀의 그 눈빛은 그를 너무 아프게 했다.

"저…… 전하, 손을 그만……."

"……!"

"조금 아파서……."

엘리제가 떠듬떠듬 말했다. 린덴은 놀라 잡고 있던 그녀의 손을 놓았다. 생각 없이 계속 잡고 있었다.

"미안하다. 많이 아픈가?"

"아, 아니요. 괜찮습니다."

엘리제는 고개를 저었다. 아프지만 그보다 더 이상하게 화끈거렸다. 그렇게 황태자와 엘리제는 단둘이 회의실에 남았다. 엘리제는 그의 바로 옆에 혼자 앉아 있으니 불편한 마음을 참을 수가 없었다. 그녀는 그 불편한 느낌을 조금이라도 털어버리고자 입을 열었다.

"저…… 전하."

"왜 그러지?"

"……어째서 저보고 남으라 하셨는지요? 혹시 하실 말씀이라도 있으신가요?"

황태자는 고개를 저었다. 할 말? 물론 많았다. 지금 이 순간 그의 가슴속에는 그녀에게 전하고 싶은 간절함으로 가득했지만 황태자는 그것을 표현할 방법을 몰랐다.

린덴은 무뚝뚝하게 말했다.

"특별히 할 말은 없다."

"그러면 어째서?"

거듭된 물음에 린덴은 살짝 미간을 좁혔다.

"특별한 이유가 있어야 하는 건가? 그냥 있으라 했다."

그저 너와 함께 있고 싶어서 그랬거늘! 린덴은 속으로만 말했다. 엘리제는 입을 다물었다.

'그냥 있으라 했다고? 왜?'

그의 대답을 들으니 가슴이 더욱 불편해졌다. 뭐가 뭔지 모르겠다. 이후 둘은 말없이 가만히 앉아 있었다. 엘리제는 너무도 혼란스러워 입을 다물었고, 린덴은 마음을 전달할 방법을 찾고자 고민했다.

'젠장, 어떻게 단둘이 남긴 남았는데 무슨 이야기를 해야 그녀가 좋아할까?'

그는 맥가일 원수가 했던 조언을 떠올렸다. 맥가일은 껄껄 웃으며 말했다.

'전하! 여자들은 유머 있는 남자를 좋아합니다!'

'……난 유머 같은 것 모른다.'

'어쨌든 말 없는 남자는 인기가 없습니다! 그러니 데임과 단둘이 있을 때 그 기회를 놓치지 마시고, 유창한 말주변으로 데임을 즐겁게 해주십시오!'

'젠장, 유머와 유창한 말주변이라니. 가능한 걸 조언하라고! 나한테 그런 게 가능할 리가 없잖아.'

황태자는 인상을 씨푸렸다. 조언을 듣고는 있지만 왠지 전혀 믿음이 가지 않는 맥가일 원수. 린덴은 여자에 대해 모른다. 사귀어본 적도 없고, 진지하게 고민해 본 적도 없다. 그저 정략혼의 대상으로만 여겼다. 그러니 여자를 어떻게 대해야 하는지, 어떻게 해야 마음을 얻을 수 있는지 알 리가 없다. 그러니 간절히 원하는 그녀를 코앞에 두고도 어찌해야 할지 몰라 끙끙댈 수밖에.

'빌어먹을. 셋째는 어떻게 그렇게 자연스럽게 영애들을 대하는 거지?'

그는 론도 최고의 바람둥이라 불리는 3황자 미하일을 떠올렸다. 목숨을 걸고 다투는 정적이지만 이 순간은 그의 말주변이 부러웠다.

'맥가일 원수가 알려준 유머라도 말해야 하나? 총을 쐈더니 새가 날아갔다는?'

하지만 그 유머를 말하는 순간, 둘 사이가 얼음처럼 싸늘해질 것 같은 본능적 위기감이 들어 입을 다물었다. 왠지 그건 아닌 것 같았다. 그가 고민에 빠져 있을 때였다.

똑. 똑.

회의실 문밖에서 노크 소리가 들렸다.

"누구지?"

황태자는 갑작스러운 불청객 때문에 인상을 찌푸렸고, 엘리제는 반색하며 자리에서 일어났다.

"네, 괜찮으니 들어오세요!"

끼익.

문이 열렸다. 그리고 문 너머로 나타난 얼굴을 보고 엘리제와 황태자는 눈을 크게 떴다. 전혀 생각지도 못 한 인물이었던 것이다!

"……전하?"

화사한 꽃 같은 미남의 얼굴이 보였다. 붉은 제복 밑으론 검술로 다져진 탄탄한 몸매가 눈길을 끌었다. 그는 엘리제를 반가운 눈길로

봤고, 곧 옆에 앉은 린덴을 발견하더니 살짝 놀란 표정을 지었다.
"어라? 형님도 여기 계셨네? 내가 방해한 건가?"
"……네가 여기는 웬일이냐, 미하일?"
린덴은 불편한 목소리로 말했다. 두 사람 사이의 정적을 깨뜨린 사람의 정체는 다름 아닌 3황자 검제 미하일이었다. 미하일은 형의 물음에 답하는 대신 엘리제를 바라봤다.
"잘 지냈어, 리제? 오랜만이네."
"네, 전하. 그동안 별일 없으셨어요?"
"응, 나는 늘 건강하지. 알잖아. 나 강한 거."
"그래도 꼭 조심하세요. 전장은 위험하니."
엘리제의 목소리에는 걱정과 반가움이 담겨 있었다. 자신을 대할 때와는 전혀 딴판인 모습을 보고 린덴의 눈썹이 꿈틀거렸다. 실제로 엘리제는 이전 삶의 유일한 친구였던 미하일에게 깊은 친근감을 느끼고 있었다.
마음이 불편해진 린덴은 퉁명스럽게 말했다.
"……무슨 일로 왔는지 물었다, 미하일."
"아아. 다른 건 아니고, 사실 리제에게 물어볼 게 있어서."
그 말에 엘리제는 의아한 표정을 지었다. 나한테? 검제 3황자 전하가?
"리제, 하나만 물어봐도 돼?"
"네, 전하. 무슨 일인데요?"
그의 입에서 나온 물음은 엘리제로선 생각지도 못 한 것이었다.
"나한테 수술법을 가르쳐 줄 수 있어?"
"……네?"

그녀는 자신이 잘못 들었나 싶었다. 갑자기 이게 무슨 질문이란 말인가? 난데없이 수술법이라니?

"그게 무슨 말이에요?"

"아, 환자가 한 명 있는데 네가 수술할 수는 없고, 내가 직접 해야 할 것 같아서."

더 알 수 없는 대답이었다. 환자가 있는데, 자신이 직접 수술해야 한다니?

그는 자신의 오른쪽 배를 가리켰다.

"여기에 뭐가 박혔는데 어떻게 수술해야 할까? 대충 다 잘라내고 꺼내면 되나?"

위치를 보니 간 하단, 부신과 콩팥이 있는 부위였다. 후복막강 장기로 저곳에 총탄이 박혔으면 부신과 콩팥 일부를 절제해야 한다. 어려운 수술로 이곳 의사들 중 그 수술을 할 수 있는 것은 그녀가 유일했다. 그 복잡한 수술 과정을 말로 설명할 수도 없었다.

"전하, 제가 수술할게요. 환자는 지금 어디 있나요? 혹시 적진 가까운 곳에 있어서 그런 거예요?"

"아니, 환자는 이곳 야전병원 근처에 대기하고 있어."

엘리제는 더욱 알 수 없다는 표정을 지었다. 근처에 있다면 빨리 병원으로 데려올 것이지, 왜?

"빨리 이곳으로 데려와 주세요. 콩팥이 있는 부위인데 시간이 지체되면 피가 많이 나 위험할 거예요."

"이곳으로는 데려올 수가 없어."

"네? 어째서요?"

"그게……."

미하일은 황태자를 보며 곤란한 표정을 지었다.

"어쨌든 안 돼. 사실 죽게 내버려 두는 게 맞는 것 같지만, 나름 친척이라 내버려 둘 수가 없네."

"친척…… 이요?"

"응. 밉상이지만 나쁜 놈은 아니어서."

그의 말에 그녀의 머릿속에 한 가지 생각이 스쳐 지나갔다.

'3황자 전하의 친척? 친가인 로마노프 황족은 아닐 거고, 3황자의 외가는 차일드 가문인데?'

거기까지 생각한 엘리제의 몸이 뻣뻣이 굳었다. 그러고 보니 한 명 있었다! 차일드 가문에서 참전한 공자가.

"……설마?"

"응, 알버트. 너도 지난번에 얼굴은 봤지? 그놈이야. 이대로 두면 곧 죽을 것 같아."

"……!"

엘리제는 손으로 입을 가렸다. 알버트 드 차일드! 차일드가의 차기 당주. 그가 죽을 부상을 입었다고? 그의 오만한 얼굴이 떠올랐다. 그리고 마지막 그가 했던 말도 떠올랐다.

"당신도 조심하십시오."

엘리제는 급히 말했다.

"그가 다쳤다고요? 왜 병원으로 데려오시지 않은 거예요? 지금 빨리 데려오세요! 저는 당장 수술 준비를 할 테니!"

그녀는 미하일이 가리킨 부위를 떠올렸다. 부신과 콩팥!

'쉽진 않겠지만 빨리 수술하면 살릴 수 있어.'

다른 의사는 안 된다. 하지만 자신이라면, 현대 지구의 수술 실력을 가지고 있는 자신이라면 살릴 수 있었다.

"빨리요. 한시가 급해요!"

그런데 미하일의 반응이 이상했다.

"이곳으로는 데려올 수가 없어."

"네, 그게 무슨?"

"말했잖아. 그냥 죽게 내버려 두는 게 사실 맞다고."

엘리제는 미하일이 도통 무슨 말을 하는지 알 수가 없었다. 죽게 놔두는 게 맞다니. 그런 말이 어디 있단 말인가. 살릴 수 있으면 무조건 살려야지.

"하아. 리제, 잠시 이쪽으로 와볼래? 형님, 미안. 리제 좀 잠시만 빌릴게."

"이곳에서 이야기해라."

"에이, 너무 그러지 마. 잠시만 빌릴게. 나가서 이야기해도 괜찮지, 리제?"

엘리제는 고개를 끄덕였다.

"네, 나가서 이야기해요."

그녀 본인이 나가서 이야기하겠다는데 말릴 방도도 없어 황태자는 인상을 찌푸리며 말했다.

"빨리 이야기하고 돌아와라."

그렇게 3황자는 황태자의 시선을 피해 엘리제를 회의실 밖으로 데려갔다. 회의실에서 충분히 거리가 떨어진 후 상황을 설명했다.

"이곳에 데려오면 모두가 위험해질 수 있어."

"……네?"

"그놈 몸 안에 박힌 게 총류탄용 소형 수류탄이거든."

엘리제는 잠시 그 말뜻을 이해하지 못했다.

"수, 수류탄이요?"

"응. 하필 공화국군이 쏜 총류탄에 맞았어. 아, 총류탄이 뭐냐면 수류탄을 발사하는 총이라 생각하면 되는데……."

총류탄(銃榴彈, Rifle Grenade).

현대 지구의 유탄 발사기의 초기 형태의 무기로써 총알 대신 소형 수류탄을 장착해 발사한다.

"여러 문제점 때문에 제국군은 거의 사용하지 않지만 공화국군은 바넬이란 화학자가 개발한 총류탄을 종종 사용하고 있거든. 수류탄을 날렵하게 소형화시켜서. 어쨌든."

"……."

"다행히 터지진 않고 불발되었는데, 배 안에 수류탄이 총알처럼 박혀 버렸어. 이걸 제거해야 하는데, 문제는 수류탄의 종류가 충격 신관으로 된 놈이라……."

미하일은 무거운 목소리로 말했다.

"수술 중 잘못 건드리면 터질 수도 있어. 그러면 다 죽어. 알버트도, 수술하는 사람도, 근처에 있는 사람은 모두."

"……!"

엘리제의 얼굴이 하얘졌다. 이건 보통 일이 아니었다. 한 명을 살리려다 수술하는 사람이 모조리 몰살할 수도 있는 것이다.

"물론 알아. 그냥 죽도록 내버려 두는 것이 맞는다는 것을. 하지만 그래도 정든 놈인데 도저히 그럴 수가 없어."

미하일은 고개를 저었다.

"그렇다고 너를 포함해 다른 사람을 위험하게 하고 싶지는 않아. 위험은 나만 감수할 거야. 그러니 너는 나한테 수술 방법만 알려줘. 수술은 내가 할 테니."

엘리제의 눈이 흔들렸다. 미하일, 그가 수술한다고?

'절대 안 돼. 불가능한 일이야.'

아무리 그가 최강의 오러 나이츠라도 가능한 것이 있고, 불가능한 것이 있다. 설명만 듣고 수술을 할 수 있다면 누가 의사를 못 하겠는가? 더구나 이곳 크림반도에서 그 수술을 할 수 있는 의사는 자신밖에 없다. 그만큼 세밀한 손놀림이 필요한 수술이다. 미하일이 만약 설명만 듣고 수술하면 100프로 실패해 수류탄을 건드릴 것이다. 그러면 수류탄이 그의 코앞에서 터지겠지.

'그러면, 그러면 그는? 아무리 오러 나이츠라도 괜찮을 리가 없잖아!'

아무리 검제라도 수류탄이 바로 앞에서 터지는데 무사할 리가 없다. 그녀는 그렇게 생각했다. 짧은 순간 생각을 마친 엘리제는 입술을 깨물었다.

"환자를 보여주세요."

"응?"

"알버트 공자께 저를 안내해 주세요."

"……리제!"

엘리제는 무거운 목소리로 말했다.

"그의 상태를 직접 보고 어떻게 할지 결정해야겠어요."

"크으으……."

알버트는 들것에 실린 채 인근 야산에 대기하고 있었다.

"……!"

그의 모습을 확인한 엘리제의 눈동자가 크게 흔들렸다. 상태가 생각했던 것보다 훨씬 심각했다.

"다리가……."

피로 물들어 있는 우측 복부는 물론이고, 왼쪽 발이 발목부터 형체를 찾을 수가 없었다.

"왼쪽 발목은 대포의 포탄에 휩쓸리며 떨어져 나갔어. 그나마 이건 응급처치를 잘해서 큰 문제는 없을 거야."

3황자 미하일은 씁쓸히 말했다.

"대포의 포탄에 휩쓸리고 총류탄에 맞았는데도 다행히 목숨은 건졌어. 운이 좋았지."

"……."

엘리제는 입술을 깨물었다. 운이 좋아? 이걸 운이 좋다고 할 수 있을까? 론도의 차일드 가문 앞에서 그를 처음 만난 날이 생각났다. 비 오는 날 유리엔을 에스코트하던 자신감 넘치는 남자는 본인에게 이런 불행이 닥칠 것이라 상상한 적이 있을까? 사이좋은 인연도 아니건만, 이 비참한 모습을 보니 가슴이 울컥했다.

"데임 클로랜스?"

한편, 이미 의식이 없는 알버트 곁에서 노심초사하고 있던 젊은 장교들이 그녀를 알아봤다. 엘리제도 그들을 알아봤다.

'카르만 경? 라오스 경도?'

귀족파 가문의 자제들로 모두 그녀를 고깝게 대하던 이들이었다. 그들은 생각지도 못 한 엘리제의 출현에 놀란 얼굴로 서로를 바라봤다.

엘리제는 곤란한 마음이 들었다. 저들은 그녀가 클로랜스 가문의 딸이란 이유만으로 시비를 종종 걸었었다. 그러든 말든 큰 신경은 쓰지 않았지만 지금은 환자의 상태가 급해 시비를 받아줄 상황이 아니었다.

"데임."

그런데 이어진 그들의 행동에 엘리제는 놀란 표정을 지었다.

"제발 알버트 공자를 구해 주십시오!"

"제발! 이렇게 간절히 부탁합니다!"

콧대 높은 귀족파의 자제들이 그녀에게 고개를 숙이며 간절히 매달린 것이다!

"이런 부탁 염치없는 것 압니다. 하지만 제발! 제발 부탁합니다! 데임 말고는 알버트 공자를 살릴 수 있는 사람이 없습니다! 제발……!"

그렇게 말한 그들은 하나둘 무릎을 꿇었다. 서로 사이는 좋지 않았지만 그녀의 실력만큼은 누구도 의심하지 않았다. 이곳에서 알버트를 살릴 능력을 가진 의사는 오로지 엘리제밖에 없었다. 예상치 못한 그들의 행동에 그녀는 당황해 고개를 저었다.

"이, 일어나세요."

"만약 알버트 공자를 살려주신다면 이 은혜를 절대 잊지 않겠습니다! 저 카르만 자작가의 이름을 걸고 맹세하겠습니다!"

"저도 마찬가지입니다! 라오스 가문의 이름을 걸겠습니다!"

엘리제의 눈동자가 다시 흔들렸다.

저런 부상이면 살아나도 정계에 복귀하기는 어려웠다. 그럼에도 이런 간절한 부탁이라니. 오만한 인상과 다르게 알버트는 주변인들에게 많은 인망을 쌓았던 것 같다.

그때 딱딱한 목소리가 그들을 찔렀다.

"일어나. 리제는 치료에 참여하지 않아."

"……!"

"치료는 내가 한다. 그러니 리제에게 괜히 부담 주지 말고 일어나."

3황자였다. 귀족파의 자제들은 말을 더듬었다.

"하, 하지만 전하! 알버트 공자를 치료하려면……!"

"그래서? 리제보고 알버트를 수술하라고? 수술하다 수류탄을 잘못 건들면 죽는데? 죽음의 위험을 무릅쓰라는 말이냐?"

"……."

그들은 대답하지 못했다.

"이놈은 밉상이긴 하지만 내 사촌이야. 그리고 난 최악의 상황이라도 오러로 내 몸을 지킬 수 있고. 그러니 위험은 내가 감수한다."

3황자는 그녀를 돌아보았다.

"리제, 나한테 어떻게 수술해야 하는지만 알려줘."

엘리제는 한숨을 내쉬었다.

"먼저 상처를 살필게요."

그녀는 알버트에게 다가가 상태를 살폈다.

'일단 다리는 괜찮아. 지혈도 완벽하고 처치가 잘됐어.'

상처에 비해 전체적인 몸의 상태는 나쁘지 않은 듯했다. 의식은 없었지만 맥을 짚어 보니 혈압도 잘 유지되고 있었고, 심장의 박동수도 지나치게 빠르진 않았다. 수술만 잘하면 살릴 수 있을 것 같았다. 문제는 역시 복부의 수류탄이었다.

'도대체 수류탄이 어떤 식으로, 어느 부위에 박혀 있는 거지?'

그녀는 조심히 복부의 상처를 손으로 열어 보았다. 울컥 피가 쏟아져 나오며 그녀의 하얀 손을 빨갛게 물들였다. 그리고 드러나는 환부의 상태를 굳은 눈으로 살폈다.

오른쪽 복부 깊숙이, 후복막강. 간의 밑 콩팥과 부신 사이에 날렵한 쇳덩이가 박혀 있었다.

'저게 수류탄?'

그녀가 매체에서 보던 수류탄과는 많이 다르게 생겼다. 동그랗기보단 길쭉하면서 뾰족한 게 마치 총의 탄알처럼 생겼다. 물론 일반적인 탄알보다 몇 배는 컸다.

"바넬이란 화학자가 개량한 수류탄이야. 총으로 쏘기 적합하게 일반 수류탄보다 작고 날렵하지. 디자인 자체는 혁신적이야. 치명적 문제가 있지만."

"무슨 문제요?"

"지나치게 둔감하거나 지나치게 예민해."

"……예?"

"이렇게 몸에 박힐 때까지 안 터지거나, 안 터지는가 싶어 안심하고 있으면 툭 건들기만 해도 터진다고. 한마디로 조절이 안 돼. 쏘기도 전에 총 안에서 터지는 일도 부지기수고."

한마디로 최악이었다. 수술 중에 툭하고 잘못 건드리면 터질 수도 있다는 것 아닌가? 물론 안 터질 수도 있겠지만.

"위험하네요."

"그래, 그러니 빨리 어떻게 하는지나 알려주고 병원으로 돌아가. 그 뒤는 내가 알아서 할 테니까."

그 말도 안 되는 말에 엘리제는 쿡 하고 웃음을 터뜨렸다. 웃을 상황이 아닌데 웃음이 나왔다.

"안 돼요."

"뭐?"

"절대 못 한다고요. 전하께서 수술을 어떻게 해요?"

"왜? 그냥 적당히 잘라내면 되는 것 아니야?"

엘리제는 고개를 저었다.

"먼저 간의 삼각 인대를 자르고, 간의 위치를 상방으로 올린 후, 부신 정맥, 부신 동맥을 지혈해야 해요. 또 주변의 연조직을 메스로 박리한 후, 부신을 콩팥에서 떼야 해요. 그리고 이후에는……."

그녀는 최대한 짧게 수술 과정을 그에게 설명했다. 그리고 물었다.

"지금 제가 이야기한 것 하나라도 제대로 할 수 있겠어요? 그것도 수류탄을 안 건드리면서?"

"……."

3황자는 입을 다물었다. 솔직히 그는 그녀가 이야기한 것을 10%도 알아듣지 못했다. 그녀는 한숨을 내쉬었다.

"수술은 그냥 잘라낸다고 끝이 아니에요. 모든 상황을 고려해야 한다고요. 무턱대고 들어갔다간 수류탄만 잘못 건드려 알버트 공자는 죽고 전하만 다치실 거예요."

"……그러면 방법이 없는 건가?"

3황자는 침울한 목소리로 물었다. 사실 그녀가 이야기하지 않아도 짐작은 하고 있었다. 그저 손 놓고 있을 수가 없어 그녀에게 수술법을 가르쳐 달란 말도 안 되는 부탁을 한 것이다.

"딱 하나 있어요. 알버트 공자도 살고, 아무도 다치지 않을 방법이. 물론 100프로는 아니지만."

3황자가 눈을 크게 떴다.

"어떤 방법이야?!"

엘리제는 바로 답하지 않았다. 대신 생각했다.

'이렇게 하는 게 맞는 걸까?'

솔직한 말로 다른 방법이 있으면 좋겠다. 하지만 없었다. 이 방법이 유일했다. 어쩔 수 없이 그녀는 짧게 답했다.

"제가 수술을 하는 거예요."

"……!"

"수류탄을 건드리지 않고 부신 절제술과 부분 콩팥 절제술을 한꺼번에 해내면 모두가 안 다치고 알버트 공자를 살릴 수 있어요."

부신 절제술과 부분 콩팥 절제술. 이 시대의 의학 수준에선 까마득히 어려운 수술이겠지만 그녀에게는 지구에서 늘 하던 일상적인 수술이었다.

'문제는 수류탄이지만, 안 건드리면 돼. 할 수 있어. 다른 사람은 모르겠지만 난 할 수 있어.'

그건 과신이 아니었다. 자신의 능력을 알고 하는 객관적인 판단이었다. 자신은, 외과의사 엘리제는 이 수술을 해낼 능력이 있었다. 하지만 3황자는 강하게 고개를 저었다.

"리제 네가 수술한다고? 절대로 안 돼!"

"전하."

"무조건 안 돼! 네가 그런 위험에 처할 바엔 차라리 치료를 포기하는 게 나아!"

엘리제는 달래듯 그에게 말했다.

"전하, 위험하지 않아요. 저에겐 그렇게 어려운 수술이 아니에요. 수류탄을 안 건드리고 주변을 다 절제한 후 한꺼번에 들어내면 돼요."

사실 그녀는 비슷한 수술 경험이 있었다.

'갈색세포종 수술과 비슷하다고 생각하면 돼.'

갈색세포종(Pheochromocytoma).

신경호르몬이 분비되는 종양으로, 수술 중 실수로 혹을 건드리면 교감신경을 자극하는 물질이 과다 분비되어 환자를 위험하게 할 수 있기 때문에 혹을 건드리지 않은 채 수술을 해야 한다. 고도의 집중력과 손기술이 필요한 수술. 하지만 그녀는 그 갈색세포종 수술을 몇 번이고 성공한 경험이 있었다. 바로 이 수류탄이 박혀 있는 부신 부위에.

'그 수술과 똑같다고 생각하면 돼. 충분히 승산이 있어.'

"전하, 만약 어려울 것 같으면 바로 중단하면 돼요. 그러면 위험하지 않아요. 하지만 시도해 보지도 않으면 알버트 경은 무조건 죽어요."

사실 솔직히 이야기해서 그녀도 수술하기 싫었다. 자신감이 있다 해서 두렵지 않은 것은 아니었으니까. 만약 실수라도 하면 목숨을 잃을 수도 있지 않은가? 하지만 이 수술을 할 수 있는 것은 자신밖에 없었다. 그리고 수술을 하지 않으면 알버트는 무조건 죽는다. 그러니 다른 대안이 없었다.

"……."

3황자는 주먹을 움켜쥐었다. 그녀의 말대로 수술하지 않으면 알버트는 죽는다. 하지만 수술을 하면 그녀가 위험해질 수도 있다. 그건 더 싫었다. 이 모순된 상황 속에서 그는 갈팡질팡하다 입을 열었다.

"좋아. 하지만 조건이 있어."

"무엇인데요?"

"그 수술에는 나도 같이 들어갈 거야. 너와 나, 둘이서 해."

그 말에 엘리제의 얼굴이 굳어졌다.

"전하."

"만약 안 듣는다면 수술은 절대 허락할 수 없어. 어차피 도와줄 사람 필요하잖아? 괜히 엄한 사람 끌어들이지 말고 나랑 해."

미하일은 강한 어조로 말했다.

"……알겠어요."

어쩔 수 없이 엘리제는 고개를 끄덕였다. 하긴 그의 말이 틀린 것은 아니었다. 누군가 최소한 한 명은 그녀를 도와줘야 하는데, 목숨이 위험할 수도 있는 일이니 그가 도와주는 게 나을 수도 있었다.

"리제, 만약 최악의 상황이 일어나 수류탄이 터지더라도 내가 넌 털끝 하나라도 상하지 않게 할 거야. 설사 내가 죽더라도 말이야. 내 몸으로 막아서라도 너를 지키겠어."

엘리제는 그 말에 웃음을 지었다.

"걱정하지 마세요. 그런 일은 일어나지 않을 거예요. 제가 잘할게요."

그녀는 그의 말을 대수롭지 않게 넘겼지만 미하일은 빈말로 뱉은 말이 아니었다. 진심이었다.

"카르만 경, 병원에 빨리 내려가 수술 준비를 해달라고 전해 주세요. 그리고 준비가 끝나면 건물 하나를 비워 달라고 전해 주세요."

혹시나 수술이 잘못되면 수류탄이 터질 수도 있다. 그러니 건물을 비워 달라는 것이다.

"알겠습니다, 데임!"

카르만이 내려간 후, 그녀는 3황자에게 말했다.

"우리도 알버트 공자를 데리고 빨리 내려가요."

"그래."

그런데 그때였다. 생각지도 못 한 소리가 그녀를 잡았다. 서늘한, 그러면서도 분노가 가득한 음성이었다.

"지금 이런 말도 안 되는 수술을 하겠다고?"

황태자 린덴 드 로마노프였다!

"전하, 여긴 어떻게?"

놀란 엘리제가 물었으나 린덴은 대답하지 않았다. 그는 그녀를 노려보았다. 얼마나 화가 났는지 목소리가 부들부들 떨렸다.

"엘리제 데임 클로랜스! 다시 한 번 묻겠다! 지금 이 말도 안 되는 수술을 하겠다고?! 목숨이 위험할 수도 있는?!"

"……!"

그의 눈빛에 담긴 아득한 분노에 엘리제는 자신도 모르게 몸을 떨었다. 왜? 왜 이렇게 화나신 거지? 엘리제는 떨림을 멈추기 위해 주먹을 움켜쥐었다.

"네, 전하. 알버트 공자는 지금 당장 수술을 받지 않으면 목숨을 잃을 것입니다. 이 수술을 할 수 있는 이는 병원에 저밖에 없으므로 제가 수술해야 합니다."

"……시끄러."

"전하?!"

"시끄럽다고!"

그 거친 말에 그녀의 눈이 커졌다. 하지만 린덴은 자신이 그녀에게 험한 말을 했다는 자각도 못 했다. 그만큼 분노했다.

"너는 도대체! 도대체! 왜 자신이 위험할 수 있단 것을 생각하지 않는 거야! 왜 네 몸은 신경 쓰지 않는 거냐고! 왜!"

그는 이를 바득 갈았다. 그녀가 참전하겠다는 말을 들었을 때 이후로 이렇게 화난 적은 처음이었다.

"저, 전하……."

엘리제는 침을 꿀꺽 삼켰다. 서, 설마…… 걱정하는 건가? 나를? 그녀는 고개를 저었다. 황태자가 자신을 걱정하다니. 그럴 리가 없다. 하지만 걱정하는 게 아니라면 저 말은 무엇이란 말인가? 그리고 저 분노는? 분노 뒤에 요동치는 저 눈빛은? 그녀의 머릿속이 혼란으로 뒤죽박죽 섞였다.

"위, 위험한 일은 일어나지 않을 것입니다."

"만약 잘못되면?"

린덴은 으르렁거렸다.

"만약 잘못돼서 네가 다치기라도 하면! 그러면 나는 어떻게 하라고?! 왜 너는 네 생각만 하는 거야?! 이 이기적인!"

그 말에 엘리제의 가슴이 덜컥 내려앉았다. 이, 이게 무슨 말이지……?

"저, 전하?"

"명령이다. 넌 이제부터 감금이다."

"……!"

"수술은 무슨! 지금 당장 병원, 아니, 숙소로 돌아가 다음 명령이 있을 때까지 나올 생각도 하지 마!"

그런데 그때였다.

"형님."

황태자의 등 뒤에서 미하일의 목소리가 들렸다. 황태자가 분노한 사이에 아무도 모르게 뒤로 가 있었던 것이다.

"미하일! 너도……!"

황태자가 고개를 돌리며 노호성을 토하는 순간이었다. 상상도 못 한 일이 일어났다.

"잠시 진정하세요."

파앗!

미하일의 손가락이 황태자의 뒷목을 강하게 누른 것이다!

"……너…… 너……?!"

아찔하게 머리가 울려 황태자는 주먹을 움켜쥐었다.

"이……! 미하일……!"

린덴의 동공이 선명한 금빛으로 물들었다. 그러자 그의 주위에서 종이가 찢어지는 듯한 소음과 함께 시야가 일그러지기 시작했다. 로마노프가의 혈통에게만 이어져 내려오는 초상 능력을 발현하려는 것이다.

하지만 3황자는 태연한 얼굴로 린덴의 뒷목을 손날로 다시 내려쳐 버렸다.

퍼억!

린덴은 머리가 울리는 충격에 비명도 못 지르고 기절해 버렸다.

"저, 전하!"

엘리제가 깜짝 놀라 비명을 질렀다.

"이게 갑자기 무슨 짓이에요!"

미하일은 머리를 긁적였다.

"아, 너무 흥분한 것 같아서. 뭐, 정신만 잃게 힘을 조절했으니 걱정은 안 해도 돼. 한 8시간 정도 푹 자고 일어날 거야."

그녀는 급히 황태자에게 다가가 상태를 살폈다. 동공을 확인하고 기초 반사를 확인했다. 다행히 미하일의 말대로 이상 소견은 보이지 않았다.

"그래도 이게 무슨?! 위험할 수도 있다고요! 특히 머리는!"

"미, 미안. 그나저나 형님을 때렸네. 이거 총사령관 폭행죄로 또 영창 가는 것 아닌지 모르겠네. 지난번 영창에서 며칠 지내보니 사람 살 만한 곳이 아니던데."

미하일은 걱정된다는 얼굴을 했다.

"어쨌든 일어나시면 내가 싹싹 빌 테니 넘어가자고. 지금은 더 급한 일이 있으니까."

"……하아."

엘리제는 한숨을 내쉬었다. 도대체 이 3황자는 지난 삶과 바뀐 게 없었다. 그런 그녀의 머리에 방금 황태자의 말이 떠올랐다.

"만약 잘못돼서 네가 다치기라도 하면! 그러면 나는 어떻게 하라고?!"

두근.

그녀의 마음이 자신도 모르게 흔들렸다. 이게 도대체 무슨 뜻일까? 그가 나를 걱정한다고? 저렇게 화낼 만큼? 엘리제는 입술을 깨물었다.

'일단 수술에만 집중하자.'

온 정신을 집중해도 모자란 수술이다. 잘못하면 목숨을 잃을 수도 있다.

'전하와의 일은 수술이 끝난 후, 그때 다시 생각하자.'

그렇게 그녀는 애써 황태자와의 일을 머리 구석으로 밀어 넣으려 했다. 하지만 생각이란 것이 억지로 밀어 넣는다고 밀어 넣어지는 것이 아니었다. 방금 황태자의 말들은 계속해서 그녀의 머릿속을 헝클어뜨렸다.

"괜찮겠어, 리제? 갑자기 얼굴이 안 좋은데? 무리일 것 같으면 그냥 수술하지 않는 것이……."

"아니에요."

엘리제는 굳게 고개를 저었다.

"별일 아니에요. 할 수 있어요."

늦은 밤, 알버트의 응급수술이 시작되었다. 불의의 사태에 대비하기 위해 병원 건물 하나를 통째로 비웠다. 아무리 소형이라도 수류탄의 위력은 끔찍했으니까.

"장갑 먼저 끼세요. 복강 안으로 균이 들어가면 안 되니까요."

엘리제는 3황자에게 소독 장갑을 건네주었다. 그리고 그녀는 소독약으로 알버트의 복부를 소독했다.

목숨이 위험할지도 모를 수술을 하기 전이건만 담담한 모습. 미하일은 묘한 눈으로 그녀를 바라봤다.

"리제."

"네?"

"두렵지 않아?"

"……."

엘리제는 잠시 생각하더니 답했다.

"당연히 두렵죠. 잘못하면 죽을 수도 있는데 두렵지 않을 리가 없잖아요?"

"그런데 어째서……?"

3황자는 의아한 표정을 지었다. 그녀가 이 수술을 하지 않는다 하더라도 아무도 비난할 사람은 없었다. 두려움을 느끼면서도 왜 수술을 시도한단 말인가?

"지금이라도 늦지 않았어. 만약 네가 수술을 포기해도 알버트, 이 놈은 천국에서 이해할 거야."

엘리제는 한숨을 내쉬었다.

"직업을 잘못 선택한 탓이에요."

"응?"

"전 의사니까요."

"……!"

그녀는 씁쓸히 웃었다.

"저도 이 수술하기 싫어요. 하지만 살릴 수 있는데, 어떻게 외면하겠어요? 나밖에 살릴 수 없는데."

그래, 그녀도 이 수술을 하고 싶지 않았다. 다른 방법이 있다면 그 쪽으로 미루고 싶었다.

'하지만 의사들은 어쩔 수 없이 위험을 감수해야 할 때가 있어.'

그녀는 지구에서의 일들을 떠올렸다. 이렇게 극단적인 상황은 아니지만 의사는 위험에 노출될 때가 종종 있었다. 전염병에 감염될 위험을 감수하고 환자를 치료하거나, 에이즈에 걸린 사람을 수술하거나, 악천후 속에서 추락 위험을 무릅쓰고 헬기로 환자를 이송하거나. 모두 크고 작은 위험을 감수하는 일이다. 이런 위험을 기꺼워하는 의사는 단 한 명도 없었다. 그 누가 좋아하겠는가?

하지만 그럼에도 불과하고 의사들이 크고 작은 위험을 무릅쓰고 환자를 치료하는 이유는 단 하나였다. 사람을 살리는 것이 그들의 일이었기 때문이다.

'그래도 이렇게 폭탄을 제거하는 수술을 하는 것은 많이 극단적인 상황이긴 하지만 어쩔 수 없지. 지구에서도 전쟁터에서 이런 일이 없는 것은 아니고.'

엘리제는 한숨을 내쉬었다.

"어쨌든 바로 시작할게요. 이미 시간이 많이 지체됐으니 빨리 진행해야겠어요. 전하께서는 꼭 제가 이야기한 대로 움직여 주셔야 해요."

"그래."

엘리제는 수술대 앞에 섰다. 그리고 메스를 든 순간, 그녀의 표정이 바뀌었다. 작고 부드러운 소녀에서, 철혈의 외과의사로. 머릿속을 흩뜨리던 황태자와의 일은 잊었다. 그저 그녀는 눈앞에 환자와 수술만 생각했다.

"……!"

3황자는 돌변한 그녀의 분위기에 눈을 크게 떴다.

"오픈하겠습니다."

오픈(Open).

수술 시작을 알리는 단어. 그녀는 곧바로 수술칼을 움직였다.

찌익.

아래 갈비뼈 바로 밑으로 기다란 핏길이 생겨나며 살이 벌어졌다. 부신에 접근하기 위한 늑골 밑 절개였다. 벌어진 살 사이로 울컥 피가 쏟아졌고 수류탄에 짓이겨진 장기가 드러났다. 어지간한 지옥도는 다 경험한 3황자도 눈살이 찌푸려지는 모습. 하지만 작은 소녀는 눈 하나 깜빡하지 않고 내부 장기를 살폈다.

3황자는 그런 엘리제를 말없이 바라봤다. 하얗고 여린 소녀가 철혈의 얼굴로 수술에 열중하는 모습은 모순적인 느낌을 주었다. 전혀 어울리지 않으면서 어울렸고, 여린 외모와 다르게 강인한 아름다움을 풍겼다. 마치 전장에 선 신화 속 여전사, 발키리처럼 말이다.

'형님께서 왜 그렇게 빠지셨는지 알겠군.'

그는 그녀가 수술하는 모습을 처음 봤다. 미하일은 엘리제를 그저 마음이 끌리는 소녀로만 여기고 있었다. 하지만 여린 외모와 전혀 어울리지 않는 이런 강인함이라니? 모순된 아름다움. 숱한 여인과 만나 본 그이지만 이런 매력은 처음이었다. 아찔할 정도로 강렬했다.

'이거 위험한데? 그렇지 않아도 끌렸는데 너무 욕심나잖아.'

그때였다.

"전하."

"응?"

"집중해 주세요. 전하가 실수하면 알버트 공자는 물론 저희도 죽어요."

따끔한 질책에 미하일은 머쓱한 표정을 지었다.

"응, 미안."

"여기 간을 잡아주세요."

미하일의 손에 간이 잡혔다. 단단하면서도 살짝 물컹한 게 좋은 느낌은 아니었다.

"조심히 위로 당겨주세요. 먼저 간을 고정하는 인대를 잘라낼 거예요."

첫 번째 단계. 삼각 인대를 제거해 간을 위로 젖혀 시야를 확보해야 한다. 평소라면 별로 어려울 것 없는 일이었지만 수류탄이 걸렸다.

'최대한 조심해서.'

그래도 탄이 간을 피해서 다행이었다. 만약 부신이 아니라 간에 박혀 있었다면 그녀는 수술을 시도도 못 했을 것이다. 아무리 그녀라도 수류탄을 건드리지 않으며 간을 절제하는 것은 불가능했으니까.

"전하, 그런데 이 수류탄은 어느 정도의 충격에 터지는 거예요?"

미하일은 고개를 저었다.

"정해진 건 없어. 사실 이 총류탄은 모두 엉망으로 만들어진 불량품에 가까운 놈들이라. 안 터지기도 하고, 그냥 툭 건드려서 터지기도 하고. 그래서 우리 제국군은 안 쓰는 물건인데, 이딴 거를 공화국 놈들은 왜 쓰는 건지."

"그러면 조금만 건드려도 터진다는 가정하에 수술해야겠네요."

이럴 땐 최악의 상황을 가정하고 수술해야 한다. 그녀는 수류탄에 어떤 충격도 가지 않게 심혈을 기울여 삼각 인대를 잘라냈다.

툭!

그런데 가위에 인대가 잘리는 순간이었다. 간과 인대에 연결된 장기가 움찔 흔들렸다!

"……!"

엘리제와 3황자는 침을 꿀꺽 삼키며 수류탄을 바라봤다. 다행히 수류탄은 미동도 없었다.

"하아, 이거 조마조마하고만."

미하일은 한숨을 내쉬었다. 엘리제는 그 말에 동의했다. 잘못 건드리면 죽을 수도 있으니 아무리 그녀라도 긴장되지 않을 수가 없었다.

'괜찮아. 침착하게 하면 돼. 갈색세포종도 수술해 봤잖아? 그 수술과 다를 것 없어.'

그녀는 그렇게 자신을 추스르며 수술을 진행했다.

'일단 출혈을 막기 위해 혈관 먼저.'

부신과 콩팥 일부를 절제하기 위해선 먼저 혈관을 모두 막아야 했다. 그녀는 한 손으로 철제 집게를 들었다. 그리고 조심히, 최대한 부드럽게 수류탄 바로 옆에 위치한 부신 동맥에 집게를 가져갔다.

달칵!

금속성을 내며 집게가 닫혔다. 이번에도 수류탄은 미동도 없었다.

'다음.'

엘리제는 다음 목표인 부신 정맥을 바라봤다. 이번엔 조금 더 깊어 철제 집게로는 어려울 것 같았다.

'타이, 실로 묶어야 해.'

타이(Tie).

수술용 실로 혈관을 묶어 결찰하는 방법이었다. 단 문제가 있다면 손가락을 직접 깊숙이 밀어 넣어야 하는데, 그 과정에서 수류탄을 건드릴 수도 있다는 점이다.

'괜찮아. 최대한 부드럽게, 조심스럽게.'

그녀는 수술용 실을 들었다.

“뭐 하려고, 리제?”

“이 실로 저 안에 있는 혈관을 묶을 거예요.”

“혈관을 묶는다고? 위험할 것 같은데?”

미하일이 놀라 물었다.

“부드럽게 하면 괜찮아요.”

그 대답에 미하일은 인상을 찌푸렸다. 하지만 말리진 않았다. 이미 그녀가 하는 걸 말릴 수 있는 상황이 아니었다. 대신 이렇게 했다.

“잠깐만.”

“……?”

탁.

그의 손이 그녀의 왼손을 움켜잡았다. 갑작스레 느껴지는 그의 딱딱한 감촉에 엘리제는 눈을 크게 떴다.

“전하?”

“그거 오른손으로만 하는 거지? 왼손은 내가 잠깐만 잡고 있을게.”

“어째서?”

“만약 문제가 생기면 내가 널 지켜주려고.”

엘리제는 그의 말을 이해하지 못했다. 어차피 수류탄이 터지면 다 끝인데, 무슨 지켜주고 말고 할 게 있는가? 하지만 미하일의 표정은 진지했다.

“괜찮아요.”

그녀는 왼손을 빼낸 후, 곧바로 타이를 했다. 그림 같은 원 핸디드 타이! 손가락들이 허공에서 수를 놓자 매듭이 생겨났고, 곧 기다란 검지가 일직선으로 파고들었다. 부신 동맥을 피해, 수류탄 옆에 위치한 부신 정맥으로!

질끈.

실이 묶이며 정맥이 결찰되었다. 이번에도 수류탄은 전혀 건드리지 않았다.

'됐어. 이제는 콩팥 위쪽으로 오는 혈관을 묶은 후, 부신을 복강에서 박리해내면 돼.'

콩팥의 혈관을 묶는 것은 어렵지 않았다. 수류탄이 박힌 부신과 비교적 거리가 있었기 때문이다. 문제는 수류탄이 박혀 있는 부신을 후복막에서 박리해 내는 일이었다.

'메스와 철제 도구로 떼어내야 하는데.'

엘리제는 입술을 깨물었다. 복막과 연조직에 쌓인 부신을 박리하는 것은 본드에 붙은 물건을 면도칼로 살살 긁어내 떼어내는 것과 비슷하다. 과정 자체가 어려울 것은 없지만, 역시 문제는 수류탄이었다.

'수류탄을 자극하지 않으면서 모든 과정을 마쳐야 해.'

생각만 해도 까마득한 일이긴 했다. 메스를 한 번 움직일 때마다 온 심혈을 기울여야 하니까. 그러다 한 번이라도 실수하면 모든 게 끝이었다.

'수류탄은 잊자. 긴장하면 더 안 돼.'

그녀는 메스를 움직이기 시작했다. 조심히, 부드럽게. 평소보다 훨씬 천천히.

그래도 지난 삶, 필사적으로 쌓아둔 노력 덕분일까? 다행히 수류탄을 전혀 건드리지 않고, 이분의 일 정도를 박리해 낼 수 있었다.

'대단하군.'

3황자는 그런 그녀를 경탄의 눈으로 바라봤다. 의술과 다른 길을 걷고 있지만 그래도 검술의 정점에 이른 그이기에 대충은 짐작할 수 있었다. 지금 그녀가 해내고 있는 일이 얼마나 섬세하고 어려운 손놀림을 요구하는 것인지.

'어떻게 이런 수술을 할 수 있는 거지?'

그는 많은 사람이 그랬듯 의문을 품을 수밖에 없었다. 그만큼 놀라웠다. 정말 이 소녀라면 아무 문제 없이 수류탄을 제거해 낼 수 있을 것 같았다.

하지만 그의 경탄과 다르게 엘리제는 한계에 봉착하고 있었다. 그녀 자신도 못 느끼는 사이에 일어난 일이었다.

타앗!

엘리제의 손이 일순 미끄러지며 메스를 놓쳤다!

"리제?!"

"아……?!"

3황자와 엘리제 모두 가슴이 덜컥하여 수류탄을 바라봤다. 천만다행으로 이번에도 수류탄은 조용했다. 분명 건드렸는데도 터지지 않은 것이다.

"괜찮아, 리제?!"

"아…… 죄송해요. 실수했어요."

그렇게 답하는 엘리제의 얼굴에는 땀이 흥건했다.

"리제…… 너?"

"괜찮아요. 정말로."

그러며 그녀는 입술을 깨물었다.

'실수했어.'

오랫동안 집중하는 것은 상관없었다. 지구에서도 10시간 이상 집중해 수술한 적이 많으니까. 하지만 고도의 긴장이 문제였다. 혹시라도 수류탄이 터질까 하는 두려움 때문에 필요 이상으로 긴장하게 되었다. 하얀 소독 장갑 안의 그녀의 손은 긴장으로 땀이 가득 찬 지 오래였다.

'지금이라도 그만둬야 할까?'

그녀는 고민했다. 하지만 곧 고개를 저었다.

'아니야. 할 수 있어. 긴장만 풀면 돼. 너 자신을 믿어, 엘리제.'

그녀는 크게 숨을 들이마셨다가 내쉬었다.

"이어 할게요."

그런 그녀를 미하일은 불안한 눈으로 바라봤다. 작은 소녀는 여전히 강인해 보였지만 불길한 느낌이 들었다.

'만약 문제가 생기면 그때는.'

미하일은 무거운 마음으로 생각했다. 자신의 부탁 때문에 위험을 감수한 소녀다. 절대 털끝 하나 다치게 하지 않을 것이다.

슥. 스윽.

고요한 수술방, 메스가 움직이는 소리만 들렸다. 그래도 마음을 다잡은 덕일까? 아무런 문제 없이 수술이 진행됐다. 이윽고 부신의 박리가 거의 마무리되었다!

'좋아. 이대로.'

그런데 그 순간이었다. 엘리제의 얼굴이 딱딱하게 굳었다.

'이건?'

박리가 끝난 후, 부신을 살짝 들어보니 수류탄의 날카로운 끝 부분이 부신을 뚫고 후복막에 아예 파묻혀 있었다.

'이러면 수류탄을 건드리지 않을 수가 없잖아?'

아니, 부신에 가려진 후복막을 살짝 도려내면 안 건드릴 수도 있겠지만 그건 그녀에게도 고난이도 테크닉이었다. 너무 위험했다. 엘리제는 고민했다.

'어떻게 하지?'

합리적으로 생각하면 포기하는 것이 맞았다. 너무 큰 위험을 감수하는 것이니까. 그 순간 그녀의 머리에 가족의 얼굴이 떠올랐다.

"엘리제, 꼭 무사해야 한다. 꼭."

자신을 떠나보내며 눈을 붉히던 근엄한 얼굴의 아버지, 그리고 끝없이 자신을 걱정하던 작은오라버니와 새어머니.

'어떻게 해야죠? 아버지, 오라버니, 어머니.'

그녀는 눈을 질끈 감았다. 짧은 시간 수많은 생각이 스쳐 지나갔고, 그녀는 떨리는 마음으로 생각했다.

'아무리 나라도 이건 아니야. 너무 위험해. 할 만큼 했잖아, 엘리제? 안 그래? 죽을 수도 있다고.'

두 번의 삶을 살았다고 죽음에 대한 공포가 없는 것이 아니었다. 첫 번째 삶, 단두대에 처형당하고 나서 지구에서 얼마나 많은 악몽을 꿨었는가? 오히려 두 번의 죽음을 생생하게 경험했기에 죽음이 더욱 두려웠다. 그녀의 손이 파르르 떨렸다.

'만약 내가 죽으면 날 기다리는 아버지는? 가족은?'

그래, 아무리 자신이라도 이건 너무 위험했다. 어쩔 수 없는 일이다. 이미 최선을 다했다. 하지만 그때였다!

"끄으으……."

마취 가스에 잠들어 있던 알버트가 신음을 흘렸다.

"……!"

엘리제의 눈이 다시 흔들렸다. 그녀가 포기하고 장갑을 벗는 순간 저 알버트는, 자신감 넘치던 오만한 사내는 목숨을 잃으리라.

"이 아이를 잘 봐줄 수 있겠나?"

갑자기 차일드 후작의 부탁이 떠올랐다. 자신을 간병하던 유리엔 공녀의 얼굴도. 그녀의 눈동자에 습기가 차올랐다.

'어떻게 해야지? 누가 알려주세요. 도저히 모르겠어요.'

그녀는 눈을 질끈 감았다. 두려웠다. 죽고 싶지 않았다. 도망가고 싶었다. 하지만 동시에 그를 살리고 싶었다. 죽게 하고 싶지 않았다. 그렇게 억겁 같은 몇 초가 흘렀다. 그리고 그녀는 결정을 내렸다.

'죄송해요, 아버지, 오라버니, 어머니.'

그녀는 론도에 있는 가족의 얼굴을 하나하나 떠올렸다.

'저 조금 위험한 짓을 하려고 해요. 정말 죄송해요. 저도 이게 아니란 것을 알지만 도저히 포기하지 못하겠어요. 만약…… 수술이 무사히 끝나면, 그래서 살아나면 꼭 효도할게요. 절대 다시는 이런 위험한 짓 하지 않을게요.'

그녀는 창밖의 밤하늘을 올려다보았다.

'그러니 제발 저를 지켜주세요. 아버지, 어머니, 오라버니, 주님.'

입술을 질끈 깨문 그녀는 다시 손을 움직였다. 메스의 칼날이 수류탄의 끝 부분이 박힌 후복막을 조금씩 도려내었다. 어려운 일이었다. 시야는 여러 장기에 가려 잘 보이지도 않았고, 손이 움직이는 각도도 여의치 않았다. 하지만 그녀는 최선을 다했다. 론도에 있는 가족을 떠올리며. 무사히 수술을 끝내겠다는 필사적인 일념으로. 이윽고 그 작업이 마무리되는 순간이었다.

덜컥!

절대, 절대로 들려선 안 되는 소리가 울렸다!

"……?!"

엘리제의 얼굴이 새파랗게 질렸고, 3황자가 비명을 질렀다.

"이런 제길!"

수류탄의 충격 신관을 자극한 것이다! 이제 곧 폭발한다!

'안 돼!'

엘리제의 머릿속이 백지장으로 변했다. 곧 닥칠 죽음의 공포에 몸이 뻣뻣이 굳었다.

'아버지, 오라버니, 어머니!'

찰나의 순간, 가족의 얼굴이 주마등처럼 스쳐 지나갔다. 그들에게 미안했다. 기껏 다시 살아났건만 그들을 행복하게 해주지도 못 하고 이렇게 죽다니.

'정말 죄송해요. 그리고 사랑해요.'

그런데 그 마지막 순간이었다. 가족과 함께 전혀 생각지도 못 한 얼굴이 그녀의 머릿속에 떠올랐다. 차가운 인상, 조각 같은 얼굴.

'론…… 님?'

론? 아니, 론이 아니었다. 하나의 얼굴에 두 명의 남자가 겹쳐 보였다. 론과 겹쳐 보이는 그는 다름 아닌 황태자였다!

'어째서?'

그녀가 멍하니 의문을 품는 순간이었다. 다급한 손길이 그녀의 어깨를 잡았다!

"리제!"

미하일이 와락 거칠게 그녀를 끌어안았다.

"전하?!"

그는 그대로 그녀를 땅바닥에 엎어뜨렸다.

"꺄악!"

그리고 자신의 온몸으로 그녀의 몸을 감쌌다.

'절대 다치게 하지 않아!'

미하일은 이를 악물며 대자연의 기운 기(氣), 서대륙에서 오러라 불리는 기운을 최대한 끌어 올렸다. 그리고 자신의 몸은 도외시하고 그 기운을 모조리 그녀 쪽으로 둘러 버렸다.

"조심해, 리제!"

미하일은 곧이어 닥칠 충격에 눈을 질끈 감았다.

탁!

수류탄이 곧 터질 거라는 공포가 엄습해 왔다.

"……."

"……."

아무 일도 일어나지 않았다.

미하일은 눈을 깜빡거렸다. 뭐지? 이미 죽어서 아무것도 못 느끼는 건가? 그의 몸에 안겨 있는 엘리제도 비슷한 심정이었다. 뭐가 어떻게 된 거지?

"리제?"
"……네, 전하."
"……너 살아 있는 거지?"
"……아마도요."
"그러면 나는?"
"……전하도 살아계신 것 같은데요?"
둘은 그렇게 멍하니 서로의 얼굴을 바라봤다. 분명 수류탄이 작동했는데 왜 안 터진 거지? 미하일은 곧 답을 깨달았다.
'이런 빌어먹을. 완전히 불량품이었구나.'
조금만 건드려도 터지는 예민한 탄이 아니라, 신관이 작동해도 아예 터지지 않는 불발탄이었던 것이다! 불발탄에 이렇게 마음 졸여 했다니, 미하일은 허무한 마음이 들었다. 어쨌든 천만다행이었다. 그때였다.
"흐윽. 흑."
그의 품 안에 안겨 있던 엘리제가 울음을 터뜨렸다.
"리, 리제?"
"죄, 죄송해요. 흐윽. 너무 놀라서."
그녀는 눈물 흘리는 게 부끄러운지 허겁지겁 손등으로 눈가를 비볐다. 하지만 워낙 놀란 탓인가? 울음은 쉬이 멈추지 않았다.
"리제."
미하일의 얼굴에 따듯한 미소가 감돌았다. 이렇게 우는 모습을 보니 아까 전 굳세게 수술하던 의사로는 전혀 보이지 않았다. 그냥 귀엽고 여린 또래 소녀처럼 느껴졌다.
"괜찮으니 조금 더 울어도 돼."

그는 부드럽게 그녀를 안아주었다. 엘리제의 얼굴에 탄탄한 그의 가슴이 와 닿았고, 그 따뜻한 손길에 그녀는 서러움에 복받쳐 울었다.

"흐윽. 크흑."

"그래, 그래. 많이 놀랐지? 진정하고."

"나. 나 죽고 싶지 않았어요. 정말로…… 흐윽."

"그래, 아무 일도 없었어. 놀라지 말고."

미하일은 아이를 달래듯 엘리제의 머리를 쓰다듬어 주었다. 그렇게 그녀는 잠시 시간이 지난 후에야 진정할 수 있었다.

"죄, 죄송합니다. 추태를 부려서."

엘리제는 그의 품에 안겨 눈물을 흘린 게 민망한지 시선을 피했다. 미하일은 싱긋 웃었다.

"뭘. 난 좋았는데? 얼마든지 울어도 좋다고."

엘리제의 얼굴이 일순 달아올랐다.

"저, 전하."

"왜?"

"그런데 이제 좀……."

"뭘?"

엘리제는 말을 꺼내지 못하고 더듬거렸다.

"그, 그게 이제 몸을 좀……."

그녀의 얼굴이 홍당무처럼 빨개졌다. 하지만 미하일은 알아들었으면서도 못 알아들은 것처럼 물었다.

"응? 뭘 말하는 거야?"

"그게……."

그녀는 고개를 돌려 그의 시선을 피했다. 눈과 눈의 거리가 너무

가까웠다. 가까운 것은 눈동자만이 아니었다. 폭발 순간 그가 그녀를 엎어뜨리고 몸 위에 밀착한 탓에 지금 그들은 한 몸으로 붙어 있었다. 더구나 그냥 붙어 있는 것도 아니었다. 그의 한쪽 손은 그녀의 머릿결에 있었고, 다른 손은 그녀의 허리를 감싸 안고 있었다. 참으로 야릇하기 그지없는 구도.

"그, 그…… 그러니까…… 모, 몸을 조금……."

엘리제는 민망함에 제대로 말도 못 하고 더듬었다. 미하일은 짓궂은 마음이 들었다. 이 소녀는 아까는 그렇게나 강인한 모습이었으면서 지금은 왜 이렇게 귀엽고 사랑스럽단 말인가?!

"뭘? 응?"

"그, 그러니까…… 비, 비켜 달라고요!"

결국, 엘리제는 빽 소리 질렀고 미하일은 쿡쿡 웃으며 자리에서 일어났다.

"뭘 그렇게 웃으세요?"

엘리제는 뾰로통하게 물었다.

"쿡쿡, 그냥 좋아서. 몸은 괜찮아? 넘어질 때 다친 데는 없지?"

"네."

엘리제는 몸에 묻은 먼지를 털고 그에게 새로운 소독 장갑을 건네었다.

"받아요. 바로 수술 진행할 거니까."

"네, 네."

금세 외과의사의 모습으로 돌아간 그녀를 보고 미하일은 속으로 휘파람을 불었다. 참 여러모로 대단했다.

"빨리 끝낼게요."

불발탄인 것을 몸으로 확인했으니 거칠 것이 없었다. 그녀는 쓱쓱 메스를 움직였다. 지금까지의 가슴 졸임을 복수라도 하듯 쾌도난마의 손짓이었다. 보기만 해도 가슴이 시원했다. 한결 여유가 생긴 분위기에 미하일은 장난삼아 물었다.

"리제."

"네?"

"우리 나중에 기회가 되면 여행이나 가지 않을래?"

"여행이요?"

엘리제는 황당한 표정을 지었다. 갑자기 웬 여행?

"그냥 너랑 가면 재미있을 것 같아서. 뭐, 테마는 의료봉사 여행 정도로 할까? 너는 사람들을 치료하고, 나는 네 호위 기사로 따라다니고. 재미있을 것 같지 않아?"

장난. 어디까지나 농담 같은 물음이었다. 그런데 그녀의 대답이 뜻밖이었다.

"그래요. 가요."

"……뭐?"

"재미있겠네요."

미하일은 눈을 동그랗게 떴다.

"진심이야?"

"네, 기회가 되면 가요. 기회가 올지는 모르겠지만."

3황자는 소리 내어 웃음을 터뜨렸다. 물론 그녀의 말대로 둘이 여행을 갈 기회가 올 리는 없지만 엘리제의 시원한 승낙에 기분이 좋아졌다.

"어디로 여행 가고 싶은데?"

"글쎄요. 전 론도 밖으로 나가본 적이 거의 없어 잘 몰라서…… 동방의 려(麗)는 가보고 싶긴 하네요. 어디가 좋아요?"

엘리제는 부신(좌우의 콩팥 위에 있는 내분비샘)을 철제 집게로 찌익 뜯어내며 물었다.

"검은 대륙은 아무래도 덥고. 난 동방의 청이 좋았어. 서대륙과는 문화가 완전히 다르거든."

"려는 안 가보셨어요?"

"거기까지는. 그래도 려도 매우 조용하고 예쁘다고 하던데? 한번 가볼래?"

"신대륙은요? 동부 해안가에 커다란 다섯 개의 호수와 폭포가 있다고 하던데. 거의 우리 브리티아 섬만 한."

"안 가봤어. 거기도 같이 가보자."

그렇게 둘은 두런두런 이야기를 나누며 수술을 마무리 지었다. 마지막으로 손상당한 콩팥 일부를 절제하기 직전이었다. 미하일이 말했다.

"리제."

"네?"

"나보고 전하가 아니라 밀이라 불러줄래?"

"……!"

그 말에 엘리제의 눈동자가 흔들렸다. 밀. 그녀에게는 깊은 의미가 있는 이름이었다. 첫 번째 삶, 유일한 친구였던 그를 부르던 애칭이었으니까.

"……네."

그녀의 승낙에 미하일은 기쁜 표정을 지었다.

"그러겠다 한 거지? 그러면 지금 바로 말해봐. 밀, 밀이라고."

"……밀."

"그래! 앞으론 그렇게 부르라고."

탁.

이윽고 그녀의 메스를 따라 손상당한 콩팥 일부가 떨어져 내렸다. 그렇게 이 끔찍한 수술이 대단원의 막을 내리게 되었다.

'하아, 끝났어. 아무도 안 죽고.'

알버트는 무사했다. 그뿐만 아니라 모두가 무사했다.

'다시는 이런 수술 안 해. 절대로.'

그녀는 이마의 땀을 닦았다. 수술 중 쌓인 긴장이 한 번에 풀리며 다리가 후들후들 떨렸다. 미하일도 기쁘긴 매한가지였다. 죽을 거로 생각했던 알버트가 살았다. 리제도 무사하고, 이제 자신을 밀이라 부를 것이다. 이것보다 더 좋을 수가 없었다.

"하하! 이런 수류탄 따위!"

그는 그녀가 수술 중 빼놓은 소형 수류탄을 집어 들었다. 마치 총알처럼 날렵하게 생긴 모습.

"밤하늘의 별이나 되어라!"

마치 포환던지기 선수처럼 수류탄을 창밖으로 멀리 집어 던졌다. 제국군 부대가 없는 야산 쪽으로. 서대륙 최강검답다고나 할까? 그들을 애먹였던 수류탄은 정말 별이라도 될 것처럼 쭉쭉 날아갔다. 그리고 한참을 날아간 뒤에야 야산에 떨어졌다. 그런데 그 순간.

콰아아앙!

어마어마한 굉음을 내며 터져 버렸다! 멀리 떨어져서 터졌음에도 굉음과 함께 건물에 진동이 느껴질 정도였다.

"……!"

3황자와 엘리제는 화들짝 놀랐다.

"뭐, 뭐야? 불발탄이 아니었어?"

"그, 그러게요?"

"그럼 아까 왜 안 터진 거지? 분명 신관이 작동했는데?"

그들은 서로 바라보며 고개를 갸웃했다.

"저 하늘 위에 계신 분이 도우신 건가?"

미하일의 얼빠진 물음에 엘리제는 쿡쿡 웃었다.

"그러게요. 그런가 봐요."

어쨌든 좋았다. 갑작스러운 굉음에 인근 부대가 난리가 나서 달려갔지만 사소한 일이었다. 그녀는 지혈을 마무리하고 굵은 실로 배를 봉합했다.

다 잘 끝났다.

"으아, 이제 들어가 봐야겠다. 진짜 힘드네."

수술실을 나서며 3황자는 기지개를 켰다.

"그러면 알버트, 저놈은 이제 어떻게 되는 거지?"

"일단 이곳에서 조금 더 치료한 후 본국으로 이송될 거예요. 더는 전투를 수행할 상태가 아니니까요."

다행히 생명은 건졌지만 부상이 나은 것은 아니었다. 아니, 알버트의 진짜 싸움은 이제야말로 시작이었다. 부상의 회복부터 재활까지.

'재활할 수 있을까?'

복부의 상처야 수술이 성공적이니 괜찮다. 부신과 콩팥은 몸에 2개씩 있어서 하나를 떼어내도 큰 문제 없으니까. 하지만 왼쪽 발목의 절단이 문제였다. 이제 그는 몸이 회복되어도 장애인으로 살아야 한다.

'차기 당주로 복귀하기는 어렵겠지?'

엘리제는 이전 삶처럼 유리엔이 차일드 가문의 차기 당주 후계자가 될 것으로 생각했다. 안타까운 마음이 들었지만 그녀가 어쩔 수 있는 일이 아니었다.

"어쨌든 리제 너도 가서 쉬어, 오늘 무리했으니까."

"네, 전하."

미하일이 고개를 저었다.

"밀. 밀이라 하기로 했잖아?"

"아……."

"밀이라 해봐."

"네, 밀."

미하일은 만족스러운 미소를 지었다.

"그래, 좋은 밤. 내 꿈꾸고."

"제가 왜 밀 꿈을 꿔요?"

"그냥. 그냥 내 꿈꿔."

그렇게 둘이 싱거운 대화를 나누고 있을 때였다.

저벅저벅.

군화 소리가 그들에게 다가왔다.

"누구지? 우리가 나갈 때까지 이 건물 비워 놓으라 했는데?"

미하일이 의아한 표정을 지었다. 그리고 곧 나타난 군인들의 명패를 본 순간, 얼굴이 굳어졌다.

MP(Military Police).

제국군 내의 경찰, 헌병대였다! 헌병대가 왜? 선두에 선 중년 남자가 앞으로 나서며 경례를 올렸다. 남자의 어깨에는 선명한 별 계급이 수놓아져 있었다.

"오랜만입니다, 미하일 각하."

"갈트 준장."

남자의 얼굴을 알아본 미하일이 주춤 뒤로 물러났다. 갈트 준장은 크림반도에 주둔하는 제국군 헌병대의 수장으로 예전에 미하일과 악연이 있었다.

"또 뵙는군요."

"무슨 일이지?"

"아시지 않습니까, 제가 각하를 뵈러 올 일은 단 하나란 것을."

말을 하고 그는 한숨을 내쉬었다.

"이렇게 뵙고 싶지 않았는데 안타깝습니다."

"안타까우면 그냥 못 본 걸로 하면 안 될까? 영창 또 가기 싫은데."

"그건 곤란합니다. 저도 받은 명이 있어서. 죄목은 아시죠?"

"설마 그거?"

"네, 맞습니다. 총사령관 폭행죄."

미하일은 뒷목을 부여잡았다. 설마 했더니 정말로?! 형제끼리 때릴 수도 있지! 이 소심한 형님 같으니라고! 미하일은 힐끗 옆을 바라봤다.

'3층 건물 창문. 이 정도면!'

하지만 그의 꿍꿍이는 시도하기도 전에 가로막혔다.

"애들아."

철컥. 철컥. 철컥. 철컥.

뒤에 병사들이 라이플을 3황자에게 겨누었다. 미하일은 어색하게 웃었다.

"이, 이봐. 나 이렇게 보여도 나름 황자라고. 계급은 검기사단의 단장으로 중장이고. 진짜 쏘려고?"

"총사령관께서는 여차하면 쏘라고 하시긴 했습니다만. 뭐, 그건 곤란하겠죠. 어쨌든 따라오십시오."

"영창 보낼 거지? 영창 싫은데!"

"당연하죠. 처음도 아니면서 뭘 그러십니까? 며칠 쉬다 나오십시오."

"바퀴벌레 나오잖아!"

"뭐, 어쩔 수 없죠. 몸에 해롭진 않으니 너무 무서워하지 마십시오."

그렇게 3황자는 헌병대의 병사에게 질질 끌려갔다. 이번엔 갈트 준장은 엘리제를 바라봤다.

"클로랜스 대령."

"아, 아. 네!"

"귀관도 우리와 같이 가줘야겠습니다."

"……!"

엘리제는 놀란 표정을 지었다. 어째서 자신이? 갈트 준장은 난처한 기색이 역력한 얼굴로 웃었다.

"죄목을 아십니까?"

"자, 잘……."

"상관에 대한 명령불복종 죄입니다."

엘리제의 눈이 화등잔만 하게 커졌다. 설마 이 수술을 한 것 때문에? 갈트는 한숨을 내쉬었다.

"데임."

"……네."

"저는 개인적으로 데임을 존경하고 있습니다. 여인의 몸으로 전장에 와서 저희를 위해 헌신하고 있으니까요. 그런데……."

그는 남들이 못 듣게 목소리를 낮춰 말했다.

"도대체 전하께 무슨 잘못을 하신 것입니까?"

"……!"

"황태자 전하를 옆에서 모신 지 꽤 되었는데, 이렇게나 분노하시는 것은 처음입니다. 도대체 데임과 무슨 일이 있었길래."

갈트는 혀를 찼다.

"뭐, 설마 데임께서 진짜 큰 잘못을 하진 않으셨겠지만 전하께서 워낙 분노하셔서 걱정이군요."

엘리제의 눈이 흔들렸다. 그가 그렇게 화내고 있다고? 자신이 수술한 것 때문에?

"어쨌든 저희와 같이 가주셔야겠습니다. 실례를 용서하시길."

그렇게 그녀는 헌병대에 끌려갔다.

16장

감금

크림반도의 수도 심페폴.

공화국군이 사령부로 사용하고 있는 시청에서 한 뚱뚱한 중년 남자가 땀을 뻘뻘 흘리고 있었다.

"저…… 이제 어떻게 해야 할는지요, 각하? 제국 놈들이 심페폴 코앞까지 치고 들어왔는데……."

지극히 조심스러운 말투. 중년 남자의 이름은 쥬페르 백작으로 이 크림반도를 실질적으로 다스리던 군주였다. 그 쥬페르 백작 앞에는 그림처럼 잘생긴 젊은 남자, 루이 니콜라스가 다리를 꼬고 앉아 있었다.

"물론 각하께서 복안을 가지고 계시겠지만 시민들이 너무 불안해하고 있어서……."

쥬페르 백작은 루이 니콜라스의 눈치를 보며 말했다. 루이 니콜라스는 장미처럼 붉은 입술을 비틀어 올렸다.

"시민? 시민이 아니라 백작 당신이 불안한 것 아닙니까? 겁이 너무 많은 것 같군요. 아니면 우리를 믿지 못하거나."

일국의 군주에게 하기에는 무례하기 그지없는 말투였다. 하지만 쥬페르 백작은 불쾌한 빛을 드러내지도 못 했다. 오히려 화들짝 놀라 이렇게 둘러댔다.

"아, 하하. 아닙니다. 제가 왜 불안해합니까? 각하께서 친히 대 공화국군을 이끌고 계시는데. 공제든 검제든 뇌제든 모두 각하의 상대가 아님을 알고 있습니다."

"그러면 나가십시오."

"네?"

"전쟁은 우리가 알아서 할 테니 겁먹은 꼬리 말고 이만 꺼지라고."

"……!"

그 모욕에 쥬페르 백작의 얼굴이 시뻘겋게 달아올랐다. 아래로 내린 손이 부들부들 떨렸으나 역시 화를 내지는 못 했다. 공화국군과 루이 니콜라스는 집 안에 들어온 호랑이였으니까. 호랑이를 자극하면 물려 죽는다.

"죄, 죄송합니다. 이만 물러가겠습니다."

그는 뒷걸음질로 방에서 물러났다. 방문이 닫히자 옆에서 기립해 있던 또 다른 젊은 청년이 조심스러운 목소리로 말했다.

"말씀이 너무 심하셨던 것 아닙니까?"

"뭘?"

"그래도 반도인들에게 영향력이 큰 자인데……."

루이 니콜라스는 코웃음을 쳤다.

"어차피 전쟁이 끝나면 치울 놈이야."

"……."

"제국군을 물리치면 이곳에 우리 공화국의 괴뢰정부를 세울 거니까."

그는 비릿하게 웃었다. 저 쥬페르 백작은 공화국이 군을 파견한 것이 제국을 크림반도에서 무찌르기 위해서라고 여기고 있지만 천만의 말씀이었다. 공화국의 진짜 목적은 이곳 크림반도를 자신들의 영토로 만드는 것이었다. 그래서 서대륙 북부의 로마노프령을 견제하고, 흑해의 제해권을 손에 쥐는 것. 그런 목적이 없었으면 아예 군을 파견하지도 않았을 것이다.

"그래, 그나저나 우리 모루 작전을 간파한 책략가가 등불을 든 여인이라고?"

"네, 그렇습니다."

루이 니콜라스의 눈썹이 꿈틀거렸다. 그러자 그의 그림 같은 이마 곁으로 난 깊은 상처가 같이 꿈틀했다. 이번 코프스크 회전의 패전 시 퇴각하며 입은 상처였다. 한 치만 깊었어도 두개골이 함몰돼 죽었을 것이다. 다행히 목숨은 건졌지만 흉측한 흉터로 남을 것이 분명해 보였다. 상처에서 느껴지는 쓰라린 통증에 그는 차갑게 중얼거렸다.

'엘리제 드 클로랜스.'

등불을 든 여인, 제국의 예비 황태자비, 그리고 그의 계책을 두 번이나 간파한 책략가.

"이 빚은 반드시 갚아주마."

개전 초기, 몽셀 왕국을 이용하려는 계책을 간파한 것도 그녀였다.

그녀 때문에 당시 공화국은 막심한 손해를 입었다. 몽셀 왕국을 뒤에서 지원하기 위해 막대한 자금을 쏟아부었는데, 무용지물이 된 것이다. 그뿐이 아니다. 이번 모루 작전 때 그녀 때문에 입은 피해는 말로 다할 수가 없었다.

"꼭 생포해야겠어. 반드시."

포로 교환? 그딴 건 필요 없다. 전리품으로 삼겠다. 그래서 처절히 농락해 망가뜨릴 것이다. 그 순백함이 더러움에 물들 때까지. 그러기 위해선 일단 제국군을 무너뜨려야 했다.

"파비앙."

"네, 각하."

"검은 대륙에서 '그 물건'은 어디쯤 도착하지?"

"아마 며칠 안에 도착할 것입니다."

"'제물'로 사용할 검기사단의 포로들은?"

"영관급 포로 대우를 하고 있습니다. 명령한 대로 무어인 시종들도 붙였습니다."

"그래, 그들이 이상한 점을 눈치채면 안 돼. 알겠나?"

"네, 주의하고 있습니다."

파비앙은 잠시 주저하며 루이 니콜라스를 바라봤다. 그 시선에 사막의 전갈은 인상을 찌푸렸다.

"무슨 할 말이 있나?"

"저…… 각하."

"왜?"

파비앙은 역정을 각오하며 말했다.

"……꼭 이 방법을 사용하셔야겠습니까?"

"……."

"너무 비인도적입니다. 이 사실이 외부에 알려지면 자국 내에서도 비난 여론이 클 것입니다."

비인도적? 루이는 자신의 부관이자 친우인 파비앙의 말을 부정하진 않았다. 틀린 말은 아니었으니까. 확실히 비인도적인 계책이긴 했다. 그러나 그는 조금 생각이 달랐다.

"어차피 전쟁. 결과적으로 이기기만 하면 된다. 이기기만 하면 무슨 수단을 썼든 모두 정당화돼."

"하지만…… 혹시라도 실패하면 어떻게 합니까? 그때는 여론을 감당하기 어려울지도 모릅니다."

계책이 성공하면, 그래서 대승을 거두면 승리로 잘못을 가릴 수 있었다. 하지만 비인도적인 방법을 썼는데, 심지어 실패했다? 그러면 변명의 여지가 없었다. 30년간 공화국을 독재한 니콜라스 가문의 반대파를 비롯한 공화국 내 여러 지식인이 벌 떼처럼 달려들 것이다. 그렇지 않아도 이번의 대패로 그에 대한 비난 여론이 있을 텐데, 그때는 감당이 안 될 수도 있었다. 하지만 루이는 고개를 저었다.

"이번 계책은 실패하지 않아. 그러니 그런 생각은 할 필요 없어."

"하지만 제국군에는 데임 클로랜스가……."

파비앙은 등불을 든 여인의 다른 별명을 떠올렸다. 그 데임 클로랜스라면, 어쩌면 자신들의 계책을 무산시킬지도 몰랐다. 하지만 루이는 불쾌한 얼굴로 고개를 저었다.

"그만. 더 이상의 이야기는 듣지 않겠다. 너는 계획이 차질이 없도록 검기사단의 포로들이나 보고 오도록."

"……알겠습니다."

헌병대에 끌려간 엘리제는 즉결 판결을 받았다. 그녀가 받은 판결은 다름 아닌 '자택 근신'. 명령이 있을 때까지 무기한 자택에서 대기해야 하는 벌이었다.

'그래도 큰 처벌은 아니구나.'

엘리제는 안도의 한숨을 내쉬었다. 명령불복종은 군대에서 다루기에 따라서 한없이 엄하게 처벌할 수 있는 죄였다. 물론 당시 그녀의 상황은 일반적인 명령불복종과는 거리가 있긴 했다. 그래도 황태자가 워낙 크게 분노했다기에 어떤 벌이 떨어질까 걱정했는데, 자택 근신이면 굉장히 약한 처벌이었다.

"그런데…… 저는 자택이 없는데 어디서 근신해야 하죠?"

엘리제는 헌병대의 갈트 준장에게 물었다. 그녀는 다른 고위 장교와 다르게 개별 숙소가 없었다. 낮이고, 밤이고 주구장창 야전병원에서 환자만 봤기 때문이다.

"평소처럼 병원에서 대기하면 될까요?"

하지만 갈트 준장은 고개를 저었다.

"숙소는 없지만 데임께서 머물 곳은 이미 준비되어 있습니다."

"네?"

"아직 정식으로 식을 올린 것은 아니라 예법상 사소한 문제가 있을 수 있겠지만…… 뭐, 명령이니 큰 문제는 없겠지요. 다른 방을 마련해 드리면 좋겠지만 사정상 어려워서 그런 것이니 이해해 주십시오."

"……예?"

엘리제는 그의 말을 이해하지 못해 아리송한 표정을 지었다. 이게 무슨 말이지? 어쨌든 따로 머물 곳이 있다는 건가?

"이쪽으로 오십시오."

갈트 준장을 따라간 엘리제는 자신이 머물 방을 보고 입을 벌렸다.

"이곳은?"

"네, 데임께서 근신하실 곳입니다. 추가적인 명령이 있을 때까지 이곳에서 대기하면 됩니다."

"하, 하지만……."

엘리제는 혼란스러운 표정을 지었다.

"무슨 문제라도?"

"……방이 너무 좋은 것 아닌가요?"

그렇다. 방은 근신 장소로 생각하기에는 너무나 깔끔하고 단정했다. 호화롭지는 않지만 론도나 파리스 시내의 호텔이라 해도 믿을 만한 수준이었다.

"총사령관의 명령입니다."

"네?"

"황태자 전하께서 직접 명령하셨습니다. 데임께서 이 방에서 근신할 수 있도록 하라고."

도대체 왜 그런 명령을? 다시금 머리가 혼란스러워지려 해 엘리제는 고개를 저었다.

"알겠어요. 그러면 이곳에서 대기하면 되는 거죠?"

"네, 식사는 병사들이 방으로 가져다드릴 것입니다. 방 안에 욕조와 화장실이 연결되어 있으니, 편하게 사용하시면 됩니다."

"……."

욕조와 화장실이 딸린 방이라니! 이 방은 정말 호텔이라도 된단 말인가?

"그럼 저는 이만."

"……네, 조심히 가세요."

"참, 데임."

갈트 준장은 나가기 전, 그녀를 돌아봤다.

"이런 속담 알고 있습니까?"

"……?"

"부부 싸움은 칼로 물 베기라고."

엘리제는 당황해 얼굴을 붉혔다.

"저, 저희는 아직 그런 관계가……."

하지만 갈트 준장은 듣지 않았다.

"무슨 일이 있었는지는 모르지만 모쪼록 잘 화해하시길 바랍니다. 뭐……."

그러곤 무뚝뚝한 얼굴로 말했다.

"황태자 전하께서도 알고 보면 나름 귀여운 분이니까 말이지요."

악어나 상어가 귀엽다면 모를까? 그 황태자가? 말도 안 된다는 표정에 갈트 준장이 슬쩍 미소를 지었다.

"아, 어렸을 적에 전하는 참 귀여우셨습니다."

"이전에 뵌 적이 있으신가요?"

"이전 황궁 근위대 출신이었습니다. 그 당시, 어린 시절의 전하를 자주 뵈었었는데, 정말 귀여우셨지요."

"……."

"정말입니다."

"……네."

그렇게 믿을 수 없는 이야기를 하고 갈트 준장은 사라졌다.

'하아, 뭐가 뭔지.'

엘리제는 고개를 저었다.

'왜 전하께서는 이런 호화로운 방에 나를 근신시킨 거지?'

벽에 걸려 있는 장을 열어보니 심지어 편하게 입을 수 있는 여성용 파자마도 걸려 있었다. 급하게 구한 것인지 사이즈는 훨씬 컸지만 방금 세탁한 듯 깨끗했다. 근신이 아니라 마치 휴가라도 온 느낌이었다.

'설마?'

문득 그녀의 머릿속에 얼마 전 황태자가 했던 말이 떠올랐다.

"도대체 그렇게 일해서 언제 쉬는 거지? 조금은 쉬어야 할 것 아닌가. 왜 본인의 몸은 생각하지 않는 거지?"

살짝 짜증이 섞였던 목소리.

"설마…… 나를 쉬게 하려고 일부러?"

아니다. 고작 설마 그런 이유로 그가 이런 일을 할 리가 없다. 하지만 자꾸만 의문이 들었다.

'왜 나를 걱정하는 거지?'

알버트를 수술하기 전의 황태자의 분노, 그건 분명 걱정이었다.

"하아."

목숨을 건 수술이 성공적으로 끝났건만 그녀의 머릿속은 온통 뒤죽박죽이었다. 아무리 고민해도 알 수가 없었다.

'모르겠어…… 정말로.'

그녀는 침대에 털썩 엎드렸다. 전장이라고는 상상할 수 없는 폭신한 감촉이 몸을 감쌌다.

'자고 일어나서 생각하자.'

피곤했다. 아니, 피곤하지 않아도 그냥 자고 싶었다. 그래서 잠에 빠져 이 혼란에서 벗어나고 싶었다. 엘리제는 눈을 감았다.

그렇게 그녀는 강제적 휴식을 취하게 되었다. 근신 생활은 불편하지 않았다. 아니, 갇혀 있을 뿐 너무나 편안했다. 전장에서 이런 편안함을 누려도 되나 싶을 정도로. 물론 호화로운 생활을 하는 것은 아니었다. 그저 먹고 씻고 자는 것에 불편함이 없는 정도였지만 그것만으로도 전장에서는 지나친 호사였다.

"맛있게 드십시오, 데임."

"감사해요. 매번 이렇게 가져다주셔서."

"아닙니다. 오히려 제가 영광입니다!"

병사는 영광이란 표정으로 경례했다. 엘리제는 민망한 얼굴로 음식을 내려다보았다. 그녀는 병사들이 매번 자신 때문에 음식을 가져나르는 게 미안했다.

'이런 건 내가 가져와도 되는데. 미안하게.'

하지만 엘리제가 모르는 것이 있었다. 그녀의 식사 당번을 하기 위해 병사들이 어마어마한 경쟁을 하고 있다는 것을. 자신들의 정신적 레이디이자 등불을 든 천사에게 식사를 가져다주는 영광을 누리는 일이다. 병사들은 식사 당번을 한 번이라도 해보기 위해 웃돈을 주고 거래하기까지 해 장교들이 단속에 나설 정도였다.

'오늘은 등심 스테이크. 또 고기구나.'

엘리제는 한숨을 내쉬었다. 휴식을 주는 것도 모자라, 자신을 사육하려는 것인지 나오는 음식마다 영양가 만점이었다. 한번은 남기려고 했으나, 식사 당번 병사가 깜짝 놀라며 했던 말이 떠올랐다.

"안 됩니다. 모두 드셔야 합니다."

"네?"

"전하의 명령입니다."

도대체 왜 그런 명령을? 엘리제는 한숨을 내쉬었다.

'그나저나 언제까지 있어야 하는 걸까? 너무 오래 쉬었는데. 병원은 잘 돌아가고 있을까?'

사실 그렇게 오래 쉬지 않았다. 지금까지 만으로 삼 일도 안 쉬었으니까. 여태껏 노동 강도를 생각해 보면 며칠은 더 쉬어야 몸의 피로가 씻길 것이다.

'하지만 마음이 불편한걸.'

지구에서도 자타공인 워커홀릭이었던 그녀는 이런 휴식이 불편했다. 빨리 병원으로 돌아가 일을 해야 할 것 같았다.

'알버트 공자는 잘 회복되고 있겠지?'

눈으로 본 것은 아니지만 순조롭게 회복 중인 것 같았다. 귀족파의 자제들이 몰래 와서 소식을 전해 준 것이다. 언제나 콧대 높던 그들은 그녀가 목숨을 걸고 알버트를 살려준 것에 크게 감동하여 진심으로 감사를 표했다.

'그나저나.'

엘리제는 시선을 돌려 벽장을 바라봤다.

'저기에 왜 남자 잠옷이 있는 걸까?'

자신의 펑퍼짐한 파자마가 걸려 있던 곳 옆에 남성용 잠옷이 같이 걸려 있었다.

'그냥 걸려 있는 것은 아닌 것 같은데.'

재질은 최고급 실크였다. 그것도 동방 청, 광주(廣州)에서 직수입한 것으로 추정되는. 엄청난 고가라 저 실크로 잠옷을 만들어 입는 것은 황족이나 론도의 고위 귀족들밖에 없다.

'도대체 누구 것이지?'

그녀는 고개를 갸웃했다.

그날 깊은 밤, 엘리제는 방에 연결된 욕조에서 미리 받아놓은 물로 몸을 씻었다. 아직 겨울인데 물이 차가웠지만 그래도 씻을 수 있는 게 어디인가? 그녀는 감사한 마음으로 하얀 살결을 물로 닦았다.

목욕을 마친 후, 목욕 타월로 몸을 감싼 그녀는 방 안에 들어가려고 문고리를 잡았다. 그런데 문을 열려던 순간이었다. 왠지 싸한 느낌이 들어 잠시 멈칫했다.

'뭐지?'

그녀는 고개를 갸웃했다. 특별한 일이 있는 것은 아니다. 그냥 느낌이 이상했다.

'별것 아니겠지?'

끼익.

그녀는 문을 열었다. 그리고 열린 문 사이로 방 안을 들여다본 순간, 그녀는 얼음처럼 얼어버렸다. 방 안에 한 남자가 서 있었던 것이다!

"꺄아악!"

"……?!"

"누, 누구세요?!"

그녀는 허겁지겁 몸을 가렸다. 목욕 타월로 감싸긴 했지만 가슴 위며 허벅지며 맨살이 드러난 곳이 많았다.

"나, 나다."

"……?!"

"진정해라. 나다."

깜짝 놀라 남자를 보니, 다름 아닌 황태자였다. 황태자도 엘리제가 목욕 타월만 감싸고 나온 것에 놀란 눈치였다. 평소와 전혀 다르게 시뻘게진 얼굴로 시선을 어디에 둘지 몰라 하고 있었다.

"미, 미안하다. 씻고 있는 줄 모르고."

"저, 전하가 여긴 어째서……?"

엘리제는 커튼 뒤로 몸을 숨기며 물었다.

"여기? 내 방이니까 들어왔지."

"……네?"

그녀는 자신도 모르게 반문했다. 지금 뭐라고?

"크흠, 크흠."

황태자는 헛기침을 몇 번 하더니 평소와 똑같은 얼굴로 돌아왔다.

"여긴 내 방이다."

"……!"

엘리제는 당황해 물었다.

"하, 하지만 저는 여기서 근신을 하라 들었는데……."

"알고 있다."

그 답에 그녀는 더욱 당황했다. 알고 있다고?

"내가 지시했다. 네가 내 방에서 근신하도록."

"……!"

그녀는 급히 파자마를 입었다. 제복을 입고 싶었지만 마침 세탁한 상태다.

'하루만 있다가 세탁할걸.'

엘리제는 울상을 지었다. 황태자 앞에서 파자마라니, 민망해 죽을 것 같았다. 게다가 파자마도 문제가 있었다. 사이즈가 너무 큰 탓에 푹 파인 옷 사이로 가슴골이 드러나 보였던 것이다.

"어, 어째서 제 근신을 전하의 방에서 하라고 하셨는지요?"

엘리제는 그와 멀찍이, 방의 끝에서 끝까지 떨어져 물었다. 황태자는 붉은 조끼를 벗으며 답했다. 하얀 셔츠 사이로 탄탄한 살결이 비쳐 그녀는 급히 시선을 돌렸다.

"방이 없어서."

"네?"

"네가 머물 방이 없었다. 그래도 레이디이고, 황실의 일원이 될 너인데 아무 데나 머물라고 할 수는 없으니까. 그렇다고 새로 방을 꾸며줄 수도 없고. 그래서 내 방에 근신하라 한 것이다. 어차피 난 전장 지휘로 방에 거의 들어오지 않으니까."

나름 납득이 가는 설명이었다.

'아니, 납득이 가는 설명이 맞나?'

엘리제는 혼란스러운 마음으로 생각했다. 이제 황태자와 관련해서는 뭐가 뭔지 하나도 모르겠다.

"어, 어쨌든 전하께서 오셨으니 전 나가 보겠습니다. 좋은 밤 되십시오."

그녀는 꾸벅 고개를 숙여 예를 표하고 방을 나가려 했다. 그런데 덥석 그가 그녀의 손목을 잡았다.

"……!"

그 차가운 감촉에, 그러면서도 뜨거운 느낌에 엘리제의 가슴이 덜컥 내려앉았다.

"왜 나가지?"

"그, 그야 전하께서 오셨으니까요."

"그냥 있어. 명령이다."

"……!"

엘리제의 심장이 미친 듯이 뛰기 시작했다.

'왜? 어째서?'

그녀는 자신의 바로 옆에 와 있는 린덴의 얼굴을 바라봤다. 냉막한 금색 눈동자. 하지만 그 차가움 속에 도사리고 있는 알 수 없는 갈망.

'혹시…… 전하께서 내 몸을 바라시고?'

그녀는 침을 꿀꺽 삼켰다. 젊은 남녀가 늦은 밤, 단둘이 한 방에 있으니 그런 걱정이 들 수밖에 없다.

'아, 아닐 거야. 전하는 그러실 분이 아니야.'

그녀는 이전 삶, 그와의 잠자리를 떠올렸다. 하지만 행복한 잠자리는 아니었다. 자신은 그를 사랑했으나, 그는 자신을 사랑하지 않았기 때문이다. 그는 자신과의 관계를 별로 원하지 않았다. 그저 황제의 의무로서 황후인 자신을 안았을 뿐이다. 의무에 의한 관계라니. 지금 와서 돌이켜보면 다시 경험하고 싶지 않은 슬픈 기억이었다.

'어쨌든 전하는 별로 그런 쪽의 욕망이 없으시니까 아닐 거야.'

한 가지 위로가 되었던 점은 그가 다른 여자를 찾지 않았다는 점이다. 그는 그런 어른의 욕망에 대해 큰 관심이 없었다. 그러니 오늘도 아닐 거다.

'그렇겠지?'

하지만 저 금색 눈동자에 깃든 알 수 없는 소용돌이를 본 그녀는 다시 머릿속이 엉클어졌다. 정말 아닌가?

'혹시 전장에 있다 보니 여자의 몸에 대한 마음이…….'

그럴 수도 있었다. 그녀는 그가 절대 그런 욕망에 휘둘리는 남자가 아니라 생각하지만 세상일은 모르는 것이었다. 더구나 이곳은 전장이니까. 온갖 감정이 극단적으로 터지는 곳이니 그가 그런 마음을 가진다 해서 이상할 것은 없었다.

'마, 만약 정말 내 몸을 바라는 거면 어떻게 하지?'

그녀는 입술을 깨물었다. 물론 결혼한 후에는 그의 요구에 응할 의무가 있겠지만 아직 그와 그녀는 결혼한 사이가 아니었다. 그런데 그때, 린덴이 말했다.

"뭘 그렇게 보는가? 안 쉬는가?"

"……."

"이곳이 쉬기에 가장 편할 것이다. 그간 계속 무리했으니 며칠이라도 푹 쉬어. 나는 신경 쓸 필요 없다."

엘리제는 의구심 어린 눈빛으로 그를 바라봤다.

"그, 그냥 쉬면 되나요?"

"그러면?"

"……아닙니다."

그녀의 손을 놓은 그의 눈빛은 어느새 평상시로 완전히 돌아가 있었다. 차갑고 감정 없는.

엘리제는 한숨을 내쉬었다.

'그러면 그렇지. 전하가 그런 욕망을 가지실 리가 없잖아.'

그녀는 그를 의심한 것에 미안한 마음이 들었다. 다른 건 몰라도 그는 남녀 간의 욕망에 대해선 깨끗하기 그지없는 남자였다. 한 방에서 자도 큰 문제없을, 어찌 보면 세상에서 가장 믿을 만한 남자인지도 몰랐다.

"그러면 편히 쉬십시오."

엘리제는 그에게서 벗어나 방구석으로 걸어가 앉았다. 린덴은 커튼을 치더니 갑갑한 제복 상의를 벗고 편한 내의로 갈아입었다.

'전하와 같은 방에서 밤을 보내게 되다니.'

엘리제는 기분이 복잡했다. 물론 낯 뜨거운 일이 일어나지야 않겠지만 말이다.

'그래도 다행히 많이 화나지는 않으신 것 같구나.'

갈트 준장이 워낙 겁을 줘 걱정했는데, 평소와 큰 차이는 없어 보여 다행이었다.

하지만 엘리제가 모르고 있는 것이 있었다. 린덴은 화가 안 난 것이 아니란 것을. 지금도 그는 그녀가 위험했던 사실만 떠올리면 속이 부글부글 끓었다. 그저 티를 안 내고 있을 뿐이다. 그가 3황자 미하일을 무리해서 영창에 처넣은 것은, 자신을 폭행했기 때문이 아니라 엘리제를 위험에 빠뜨린 원인을 제공한 것에 대한 복수였다.

한편 엘리제는 그런 그의 마음은 짐작도 못 하고 생각했다.
'그때는 도대체 왜 그렇게 화내셨던 걸까?'
황태자가 했던 말이 잊히지 않고 여전히 귓속에 쟁쟁 울리고 있었다.

"만약 잘못돼서 네가 다치기라도 하면! 그러면 나는 어떻게 하라고?!"

누가 들어도 이상하지 않은가?
'설마……?'
한 가지 가정이 떠오르려 했으나 애써 머리 구석으로 밀어 넣었다. 복잡한 기분이 더욱 복잡해졌다. 그런데 그때, 린덴이 물었다.
"왜 거기에 앉아 있는 거지?"
"아…… 여기서 쉬려고 합니다."
"불편하지 않은가?"
"괜찮습니다. 편합니다. 저는 신경 쓰지 않으셔도 되니 편히 쉬십시오, 전하."
제발 저한테 더 신경 쓰지 말아주세요. 저는 여기서 쥐 죽은 듯이 있을 테니. 엘리제는 속으로 그렇게 바랐다. 하지만 린덴이 그녀의 바람대로 따라줄 리가 없었다. 그는 마음에 안 든다는 듯 입꼬리를 비틀었다.
"편하다고?"
"……."
"내 곁에 있는 것이 그렇게 싫나?"
"아, 아닙니다!"

갑작스러운 물음에 엘리제는 화급히 고개를 저었으나, 사실은 정확한 지적이었다. 그의 옆에 있기 부담스러웠다. 그래서 방 가장 구석에 이렇게 쪼그려 앉아 있었던 것이다.

"그래?"

"네."

"그러면 이쪽으로 와라."

"어디로…… 말입니까?"

"여기."

그가 가리키는 곳을 본 그녀의 눈이 크게 흔들렸다. 바로 그의 침대 옆자리였다!

"어차피 너도 잠을 자야 하지 않은가? 맨바닥에서 잘 생각인가? 이쪽으로 와서 쉬어라."

"괘, 괜찮습니다."

"왜?"

"제가 옆에 있으면 전하께서 불편할 것 아닙니까? 그런 폐를 끼칠 수는 없습니다."

그렇게 엘리제는 강한 목소리로 둘러댔다. 황태자 옆에서 자라고? 별일이야 없겠지만 그래도 그건 아니었다. 그런데 황태자가 이렇게 말했다.

"안 불편하다."

"네?"

"네가 옆에 있는데 내가 왜 불편하지?"

그 말에 엘리제의 얼굴이 다시 한 번 붉어졌다. 이건 또 무슨 말이란 말인가?

"그, 그게 침대가 좁으니……."

"하나도 안 좁다."

하필 침대는 더블 퀸 이상의 사이즈였다. 둘은 물론 셋이 누워도 충분한 크기.

"저, 저는 침대보다 이곳이 훨씬 편합니다."

"침대보다 맨바닥이 편하다고?"

좌식 생활을 하는 한국이면 모를까, 입식 생활을 하는 브리티아인 중 맨바닥에서 자는 사람은 한 명도 없었다. 하지만 엘리제는 고개를 끄덕였다.

"그, 그게…… 네! 원래 바닥에서 자는 것을 좋아합니다."

황태자는 매우 못마땅한 얼굴로 그녀를 바라봤다.

"내가 허튼짓이라도 할까 그러는 건가?"

엘리제는 화들짝 손을 저었다.

"아, 아닙니다. 그런 건!"

그를 믿지 않는 것은 절대로 아니었다. 그녀는 남자로서 그를 믿었다. 그는 여자의 몸에 큰 관심이 없었다. 얼마나 관심이 없으면 황태자의 신분으로도 지난 삶, 자신과 결혼할 때까지 동정이었을까? 정확하진 않지만 이번 삶의 그도 지금까지 동정일 것이다. 아마도. 하지만 그렇게 믿는 것과 옆에서 잠을 청하는 것은 별개의 문제였다.

"날 뭐로 보는 건가? 물론 후에 식을 올리면 부부의 의무를 다해야겠지만, 그전에는 절대 손 하나 건들지 않을 테니 걱정하지 않아도 좋아."

"……."

린덴은 크게 한숨을 내쉬었다.

“도저히 안 되겠군.”

“……네?”

그는 자리에서 일어나더니 성큼성큼 그녀에게 다가왔다.

“저, 전하?”

“가만히 있어.”

그녀는 앉은 상태로 주춤주춤 뒤로 물러났다. 뭐, 뭐 하려고?

탁.

엘리제의 등에 딱딱한 벽이 부닥쳤다. 더는 물러갈 곳이 없어진 엘리제의 얼굴이 하얘졌다. 그녀는 고개를 들었다. 그가 무뚝뚝한 얼굴로 자신을 내려다보고 있었다.

“전…… 하?”

그 순간이었다! 그의 한쪽 손이 그녀의 무릎으로 파고들었다. 반대 손은 허리춤에!

“꺄악! 무, 무슨?!”

그는 그녀를 번쩍 안아 들었다. 그가 으르렁거리듯 말했다.

“가만히 있어. 손끝도 안 댈 테니.”

무릎 뒤로 느껴지는 그의 손에, 허리에 닿은 그의 감촉에, 얼굴에 맞닿은 그의 탄탄한 가슴에 그녀의 얼굴이 붉어졌다. 아니, 붉어진 것은 얼굴만이 아니었다.

‘소, 손을 이미 대고 있지 않은가?!’

두근.

가슴이 미친 듯이 요동치며, 목, 손, 다리 할 것 없이 전신이 타는 듯 달아올랐다. 그는 그녀를 안은 채 침대로 돌아갔다. 그리고 침대 한쪽에 그녀를 내려놓았다. 거칠게 들어 올렸을 때와 다르게 혹시라도 그녀가 다칠까 부드럽게.

"어차피 침대는 넓으니 여기서 자도 돼. 알았나?"

"……네."

그녀는 혼이 빠진 얼굴로 고개를 끄덕였다. 이건 아닌 것 같다는 생각이 마구마구 들었으나 더는 뭔가를 생각할 정신이 없었다. 그저 심장에 문제라도 생긴 것처럼 가슴이 미친 듯이 뛰었다.

"자라."

"……네."

황태자가 등불을 껐다. 어슴푸레한 달빛이 그들을 비췄다. 장담한 것처럼 그는 그녀에게 손끝 하나 대지 않았다. 그녀가 존재하지도 않는 것처럼 그저 자신의 자리에서 잠을 청할 뿐이었다. 다행스러운 일이었지만 그녀는 그걸 신경 쓸 정신이 없었다. 머리가 너무 복잡해 터질 것 같았다. 아니, 터질 것 같은 것은 가슴이었다. 머릿속이 복잡한데 왜 가슴이 터질 것 같은지 모르겠지만 하여튼 그랬다.

'왜? 어째서?'

최근 수도 없이 가졌던 의문이 다시 떠올랐다.

'설마……?'

머릿속에 한 가지 가정이 생각났다. 하지만 그녀는 질끈 눈을 감았다. 더 생각하면 이 터질듯 복잡한 가슴을 감당하지 못할 것 같아서.

'모르겠다. 자자, 자야 해.'

일단 이 순간을 벗어나야 했다. 자고 일어나면 그는 옆에 없을 것이다. 그렇게 그녀는 잠을 청했다. 도저히 잠을 잘 상태가 아니었지만 억지로 눈을 감았다. 마치 현실에서 도피하듯.

그렇게 그녀가 눈을 감았고 달빛 속 시간이 흘렀다.

얼마나 지났을까? 옆에 누워 있던 황태자가 조용히 입을 열었다.

"엘리제."

"……."

하지만 대답이 없었다.

"자나? 엘리제?"

그녀는 어느덧 잠든 건지 쌕쌕 고른 숨소리를 내고 있었다. 황태자는 한숨을 내쉬며 자리에서 일어나 그녀를 바라봤다.

"잘도 자는군. 난 남자로 보이지도 않는 건가."

본인이 손끝 하나 안 건드릴 테니 걱정하지 말라고 말한 주제에 린덴은 그렇게 투덜댔다.

'방금.'

그는 아까 있었던 일을 생각했다. 하필이면 그녀가 씻고 나올 때 방에 들어와 그녀의 몸을 봐 버렸다. 목욕 타월에 가려진 하얀 나신을 본 순간, 그의 머리는 하얗게 비어졌다.

얇은 다리, 타월에 드러난 허벅지, 그리고 작은 어깨에 도드라진 쇄골. 잠시였지만 그녀의 모습은 그의 뇌리에 선명하게 박혀 끝없이 떠오르며 그를 괴롭게 했다. 만지고 싶었다. 안고 싶었다. 소유하고 싶었다. 그래서 자신의 것이라 새겨두고 싶었다. 생전 처음 느끼는 타는 듯한 욕망이었다.

'내가 이런 생각을 하는지는 꿈에도 모르겠지.'

날 믿으니, 아니, 남자로 생각도 않으니 이렇게 옆에서 편하게 자는 것이겠지. 그는 이 순진한 소녀를 대상으로 그런 생각을 한다는 것에 죄책감을 느꼈다. 하지만 계속 떠오르는 것을 어쩌겠는가? 그도 너무 괴로웠다.

"엘리제, 넌 왜 이렇게 날 미치게 하는 거냐?"

이 소녀를 어떻게 하면 자신의 것으로 만들 수 있을까? 그녀가 자신을 바라만 봐준다면, 한 번만 진심으로 웃어준다면 그는 자신의 모든 것을 버릴 수 있을 것 같았다. 그만큼 그녀를 바랐다.

'내가 미쳤지.'

린덴은 본인의 생각에 쓴웃음을 지었다. 아무리 생각해 봐도 자신이 정상이 아닌 것 같았다.

'오늘도 그렇고.'

원래 그는 그녀가 머무는 동안 이 방에 올 생각이 없었다. 아무리 결혼을 약속한 사이라지만 그렇지 않은가? 하지만 도저히 충동을 참을 수 없었다. 그래서 얼굴만 보려고 왔다. 거짓말이 아니라 정말 얼굴만 보고 나갈 생각이었다.

'처음엔 그랬지.'

그러나 그녀의 얼굴을 본 순간 감정이 요동쳤다. 같이 있고 싶었다. 함께 더 있고 싶었다. 그녀가 자신의 옆에서 잠드는 모습을 보고 싶었다.

'그렇게 잠시라도 좋으니 조금이라도 더 있고 싶었다.'

그 때문에 방을 나가려는 그녀를 잡았다. 억지로 자신의 옆에 눕게 했다.

'많이 놀랐겠지?'

그는 방금 그녀를 번쩍 안아 들었던 행동을 떠올렸다. 그도 자신이 왜 그런 행동을 했는지 모르겠다. 계속 자신을 밀어내는 그녀를 보고 욱하는 충동이 들었고, 자신도 모르게 일을 저질러 버렸다. 미친 짓이었다.

'하아, 엘리제.'

그녀를 '내 엘리제'라 부를 수 있는 날이 올까? 온다면 그게 언제일까?

"하아."

그런데 그 한숨 소리가 큰 탓이었을까? 엘리제가 신음을 내며 뒤척였다.

"으음…… 으……."

"……!"

린덴은 혹시나 그녀가 깼을까 놀라 그녀를 바라봤다. 그래도 다행히 꿈을 꾸다 낸 소리일 뿐, 잠에서 일어난 것 같지는 않았다.

"음…… 으……."

린덴은 그녀의 신음에 인상을 찌푸렸다.

'뭐지? 또 악몽을 꾸는 건가?'

사실 부끄러운 이야기지만 그는 그녀가 잠든 모습을 처음 보는 것이 아니었다. 이전 그녀가 하버 공작 부인을 해했다는 누명을 쓰고 백원의 궁, 혈탑에 갇혔을 때 초상 능력을 이용해 여러 번 자는 모습을 보러 갔던 것이다.

"그때도 매번 이렇게 악몽을 꾸더니……."

무슨 꿈을 꾸는 건지, 그녀가 편히 자는 모습을 본 적이 없었다. 항상 괴로워하며 눈물을 흘렸다. 그래서 언젠가 지나가듯 물어본 적이 있었다. 잘 때 악몽을 꾸진 않느냐고. 소녀는 전혀 아니라고, 악몽을 없이 잘 잔다고 대답했었다.

"잘 자기는 무슨……."

어느덧 소녀의 눈에 눈물이 그렁그렁 맺혔다.

"죽지 마요. 제발…… 제발……."

그리고 늘 비슷한 잠꼬대.

"살려 주세요…… 제발…… 죽고 싶지 않아요……."

"……!"

도대체 이 어린 소녀는 늘 무슨 꿈을 꾸고 있단 말인가? 이런 잠꼬대라니. 얼굴도 너무나 괴로워 보였다.

"하아, 정말 마음에 안 들어."

이젠 하다못해 잠자는 모습까지 자신의 가슴을 미어지게 하는 소녀에게 한숨을 내쉬었다.

"그거 아느냐, 엘리제?"

그는 자신도 모르게 중얼거렸다.

"난 네가 마음에 안 든다. 정말로. 정말로 마음에 안 들어."

그는 머뭇거리며 손을 뻗었다. 그리고 괴로워하는 그녀의 어깨를 조심히 감쌌다.

"네가 정말 마음에 안 들지만…… 난 네가 아파하는 모습을 보고 싶지가 않아."

내가 아프니까. 네가 아픈 것보다 내 가슴이 훨씬 아프니까.

"그러니 꿈속에서라도 아프지 마라, 제발."

그녀의 몸이 그의 품에 안겨들었다. 린덴은 마치 깨지기라도 할까 조심히 그녀를 감싸 안았다. 그녀가 준 '징표'. 그의 옷 안에 걸린 진주 장식 십자가가 그녀의 등 뒤에 살포시 와 닿았다.

그렇게 밤이 깊어갔다.

잠든 엘리제는 모르고 있지만 이번 삶 그와 그녀의 첫 포옹이었다.

그리고 우연의 일치일까? 그의 품에 안긴 순간, 괴로움에 떨던 그녀의 얼굴이 편안해졌다. 마치 긴 악몽에서 벗어나기라도 한 것처럼.

심페폴 교외에 위치한 아담한 별장.

얼마 전까지만 해도 꽃이 만발했을 것이 분명한 아름다운 휴식처에 공화국군이 삼엄한 경비를 서고 있었다.

"그래, 이상은 없는가?"

"충성! 네, 이상 없습니다, 중령님!"

별장을 찾은 이는 파비앙 중령. 공화국군의 총사령관 루이 니콜라스의 친우이자 부관이었다.

"그래, 검기사단의 포로들은?"

"특별한 이상 동향은 없습니다."

"모두 오러 나이츠들인데 위험한 행동은 없나?"

"손을 구속해 두었습니다."

별장에 갇혀 있는 포로들은 다름 아닌 검제가 이끄는 검기사단의 오러 나이츠들이었다.

'오러 나이츠. 참 지긋지긋한 자들이지.'

파비앙은 고개를 절레절레했다.

'그들이 사용하는 오러의 정체는 사실 별것 아니지만.'

오러의 정체는 이미 규명됐다. 수력, 화력, 풍력 같은 대자연에 떠도는 기(氣). 그 줄 에너지(Joule energy)를 동방에서 전해진 특수한 단전호흡을 통해 움직이는 것이다.

'신비하기로 치자면 차라리 로마노프 황가의 초상 능력이 훨씬 신비하지. 뭐, 그것도 언젠가 과학적으로 규명될 날이 오긴 하겠지만.'

지금도 과학자들 사이에는 로마노프 황가의 초상 능력에 대한 가설이 여럿 있었다. 뇌와 혈액으로 전해지는 유전 물질로 인한 현상 등 말이다. 그들이 황족인 탓에 제대로 연구를 할 수가 없어서 그렇지, 만약 일반인이었다면 진작 낱낱이 해부되었을 것이다.

'어쨌든 오러든 초상 능력이든 지금 우리 계획과는 상관이 없는 일.'

그의 얼굴이 무겁게 변했다.

'정말 이 계획을 그대로 진행해도 되는 걸까?'

그는 이 계획이 두려웠다. 실패할까 두려운 게 아니었다. 성공할까 두려웠다.

'아무리 전쟁이라도 최소한의 선이 있는 법이거늘.'

물론 전쟁은 무조건 이기는 게 최선이란 루이 니콜라스의 말에 반대하는 것은 아니었다. 하지만 그래도 최소한의 선이 있는 법이다. 인간이기 때문에 결코 해서는 안 될 일도 있는 것이다.

"하아."

하지만 그는 선택권이 없었다. 자신은 그저 명을 수행하는 장기판의 말이었으니까.

"손이 묶여 있으니 누군가 도와줘야 할 텐데. 지금 수발은 누가 들고 있나?"

"명대로 무어인들이 도와주게 하고 있습니다. 며칠 전에는 수레에 새롭게 실려 온 무어인들로 바꾸었습니다."

"그래, 자네들은 새로운 무어인들과 접촉하진 않았지?"

"네, 당부하신 대로 일정 거리를 유지하고 있습니다."

"그래, 반드시 접촉하면 안 되네."

한 병사가 그 당부에 의아한 표정을 지었다.

"중령님, 왜 그 무어인들과 접촉하면 안 되는 것입니까? 멀리서 보니까 안색도 별로 좋지 않던데. 피를 흘리는 이도 있었고."

"그건 알 것 없네. 자네들의 임무는 이 별장에서 아무도 빠져나가지 못하게 감시하는 것. 괜히 쓸데없이 무어인이나 포로들과 가깝게 접촉할 필요 없어."

파비앙은 그렇게 둘러대었다.

"어차피 저들은 며칠 뒤 제국으로 돌려보낼 거니 그때까지만 수고해 주게."

병사들은 놀란 표정을 지었다.

"아니, 저들을 풀어준다는 말씀입니까? 검기사단인데?"

검제를 필두로 한 검기사단의 기사들은 공화국군에게 악몽 같은 존재였다. 그런 자들을 간신히 포로로 잡았다 들었는데, 이렇게 쉽게 풀어준다고? 풀어주면 자신들에게 곧바로 칼을 겨눌 게 분명한데?

"그쪽 포로와 맞바꾸기로 했네."

"……그렇군요."

정말 파비앙의 말대로 며칠 뒤 심페폴 북쪽 야산에서 포로 교환이 일어났다. 검기사단의 기사 2명과 공화국의 영관 장교 2명을 바꾸기로 한 것이다. 당시 이런 식의 포로 교환은 흔하게 일어났던 일이다. 그래서 제국군은 총사령관인 황태자에게 보고할 것도 없이 제의를 승낙했다. 별다른 의심은 전혀 하지 못했다.

"이봐, 맥, 잭! 칠칠치 못하게 포로로 잡히고 말이야!"

"전하! 저희를 위해 몸소!"

포로로 잡혔던 검기사단의 맥과 잭은 감동의 눈물을 흘렸다. 포로 교환을 위해 3황자가 직접 마중 나온 것이다.

"너희들 일인데 당연히 내가 나와야지. 안 그래?"

미하일은 시원하게 말했다. 사실 검기사단의 유래는 총기사단과 다르게 로열 나이츠가 아니었다. 그저 검제 미하일의 무명을 동경한 젊은 오러 나이츠들이 집결해 만든 기사단이었다. 따라서 단장인 미하일과 단원들 사이의 관계는 끈끈하기 그지없었다. 술에 진탕 취해 형, 동생 할 때도 많았다.

"얼굴이 많이 상했는데? 공화국 놈들이 괴롭혔어?"

"아닙니다. 시종까지 붙여 잘 대접받았습니다."

"시종?"

"네, 손을 묶어놓고 무어인을 붙여주더라고요. 그런데 전하야말로 얼굴이 상하신 것 같습니다."

미하일은 끔찍한 표정을 지었다.

"아, 소심한 어떤 분 때문에 고생을 좀 해서."

"혹시 영창에라도 가신 겁니까?"

"어떻게 알았어?"

"딱 표정이 그러셔서……."

"맞아. 으…… 그놈의 벌레들. 내가 다시는 영창에 가나 봐라. 영창 갈 바에는 차라리 탈영을 하지!"

맥과 잭은 3황자의 여전한 모습에 웃음을 터뜨렸다.

"하여튼 돌아가자!"

"네, 전하!"

그렇게 그들은 말을 타고 현재 검기사단이 주둔 중인 부대로 돌아갔다.

그런 그들의 모습을 멀리서 망원경으로 보며 미소 짓는 이가 있었다. 사막의 전갈, 루이 니콜라스였다.

"계획대로군."

"네, 각하."

"이왕이면 검제도 걸려들었으면 좋겠는데 말이야."

"……."

"지금 검기사단이 머물고 있는 곳이 어디지?"

"프라바입니다."

프라바는 심페폴을 가시권에 두고 있는 소도시로, 제국 중앙군의 새로운 주둔지였다. 코프스크의 승리로 전선이 남하함에 따라 주둔지의 위치가 바뀐 것이다. 아마 제국의 사령부도 조만간 프라바로 옮길 것이 분명했다.

"좋군. 아주 좋아."

루이 니콜라스는 그림 같은 얼굴로 비릿한 표정을 지었다.

"이제 우리는 와인이나 마시며 기다리자고."

그가 미소를 짓자 눈가에 난 상처가 흉측하게 꿈틀거렸다.

"제국군이 무너지기를 말이야."

그는 이 계책이 끝난 후 마주할 소녀를 떠올렸다. 엘리제 드 클로랜스.

'내 계책을 두 번이나 무산시켰지?'

그 순백의 아름다움을 지닌 소녀는 그를 끝없이 자극하고 하고 있었다.

'죽지 말라고. 곧 만나야 하니.'

먹칠 뒤, 엘리제는 야전병원으로 돌아왔다. 자택 근신이 해제된 것이다. 병원의 사람들은 그녀의 복귀를 반겼다.

"고생하셨어요, 병원장님!"

"아…… 네."

"많이 힘드셨죠?"

제이를 비롯한 사람들은 그녀가 벌을 받은 것이 위험한 수류탄 제거 수술을 강행해 황태자의 분노를 산 탓이라 생각했다. 물론 정확한 추측이다.

"그때 수술은 너무 무모하셨습니다, 데임."

그레이엄이 말했다. 원래도 딱딱한 말투지만 그날은 더 딱딱했다. 마치 화라도 난 듯. 엘리제는 곤란한 표정을 지었다. 자신이 생각해도 위험하긴 했다.

"죄송해요, 선생님."

"다음에는 수술하더라도 반드시 저에게 이야기해 주십시오. 왜 항상 혼자 위험을 감수하려 하십니까?"

당시 그녀는 그레이엄을 비롯한 의사들에게 수술 사실을 알리지 않았다. 그저 건물만 빨리 비워 달라 했다.

"네, 꼭 그럴게요."

"반드시입니다."

"네."

제이도 말했다.

"그러게요. 데임. 너무 위험했어요. 그때 전하께서 얼마나 많이 화내셨는데요."

"……그래요?"

"네, 데임께서 수술하고 있을 때 건물 밖에서 난리도 아니셨어요. 전 황태자 전하가 그렇게 무서운 분이신 걸 처음 알았어요."

당시를 회상하며 제이는 몸을 떨었다.

"그렇게 막 화를 내면서도 당장에라도 뛰쳐 들어가고 싶어 하셨어요. 하지만 그러면 혹시라도 수술 중인 데임께서 놀라 위험해지실까 또 전전긍긍하시고. 하여튼 그랬어요. 옆에서 보는 저희가 얼마나 조마조마했는데요."

"……!"

"어쨌든 데임께서도 고생하셨어요. 얼굴 안 좋은 것 봐요. 그래도 전하께서도 아무리 화가 나셔도 그렇지, 약혼녀를 감금시키면 어떻게 하시나. 치이."

제이는 엘리제의 어두운 표정을 살피며 속상한 얼굴을 지었다. 사실 엘리제의 얼굴은 전혀 나빠지지 않았다. 아니, 오히려 더 나아졌다. 근신 기간 동안 워낙 잘 쉬고 잘 먹었기 때문이다. 다만 마음속 근심과 혼란 때문에 표정이 안 좋았다.

'하아.'

그녀를 번뇌케 하는 것. 그것은 다름 아닌 황태자였다. 엘리제는 고개를 젓고는 말했다.

"환자를 봐야겠어요. 새로 들어온 환자들한테 안내해 주세요."

그녀는 일상으로 돌아왔다. 부상병의 상처를 치료했고, 등불을 들고 환자들과 함께했다. 언제나 한결같은 모습. 하지만 곁의 몇몇 의사는 그녀가 평소와 다르다는 점을 눈치챘다.

"데임."

"네, 제이?"

제이가 머뭇거리며 물었다.

"괜찮으세요?"

"뭐가요?"

"요즘 무리하는 것 같아서……."

그러며 제이는 고개를 저었다.

"아니, 물론 평소에도 항상 무리하긴 하시지만……."

엘리제는 부드럽게 웃었다.

"전 괜찮아요. 평소와 다른 것 전혀 없는걸요."

"하지만……."

제이는 말끝을 흐렸다. 물론 그들의 대화처럼 평소에도 무리는 했다. 아니, 워낙 환자가 많다 보니 엘리제가 무리하지 않는 날이 손에 꼽을 정도였다. 하지만 평소와 지금의 그녀는 뭔가 달랐다. 평소에는 진짜 환자를 위해 노력하는 느낌이라면, 지금의 그녀는 무언가에 쫓기듯 일하고 있는 듯했다. 마치 일부러 몸을 혹사시키는 듯한 느낌. 이상한 점은 그것뿐이 아니었다.

'계속 무슨 생각을 저리도 골똘하게 하시는 거지?'

환자를 보는 틈 사이, 엘리제는 그녀 자신도 모르게 멍한 표정을 지으며 깊은 생각에 빠져들곤 했다. 그러다 한참이 지나고 무언가에 깜짝 놀라 고개를 젓곤 했다. 그런 이상한 모습이 하루에 몇 번이고 목격되었다.

'도대체 왜 저러시지?'

그때, 한 간호사가 그들에게 다가왔다.

"클로랜스 병원장님."

군인들은 그녀를 데임이나 대령님으로 부르지만 의료진들은 주로 그녀를 야전병원의 원장으로 불렀다.

"네? 무슨 일이죠?"

간호사이 웃으며 말했다.

"황태자 전하께서 오셨어요."

"……!"

엘리제의 눈이 평소와 다르게 크게 흔들렸다.

"환자를 보러 오신 건가요?"

"네."

"그러면 그레이엄 선생님께 말씀드려 안내할 수 있도록 해주세요."

"데임?"

그 말에 간호사가 놀란 표정을 지었다.

"데임께서 안내하지 않으시고요?"

황태자는 주기적으로 야전병원에 방문했다. 표면적인 이유야 환자를 돌보기 위해서라지만 엘리제를 제외한 병원의 사람 중 그렇게 여기는 사람은 이제 아무도 없었다. 누가 봐도 그녀를 보러 온 건데, 그레이엄 보고 안내하라니? 하지만 엘리제는 고개를 강하게 저었다.

"저는 지금 환자를 봐야 해요."

"하지만……."

간호사은 그녀가 돌보는 환자를 살폈다. 상처가 크긴 했지만 활력 징후가 정상이고 출혈도 없어 별로 급한 상태는 아닌 것으로 보이는데?

"이 환자 말고도 처치해야 할 환자가 많아요."

"……."

"그리고 꼭 병원장이 총사령관을 마중해야 하는 것은 아니잖아요. 군법에 적혀 있는 것도 아니고요."

굳이 따지면 그건 그렇다. 결국, 간호사는 곤란한 얼굴로 그레이엄에게 갔고, 제이는 엘리제를 살폈다. 왜 그러냐고 물어볼 생각으로. 하지만 그녀의 얼굴을 본 제이는 입을 다물었다.

'데임……?'

환자를 살피는 엘리제는 입술을 지그시 깨물고 있었다. 빨간 입술이 하얘질 정도로 강하게. 뭐라 설명하기 어려운 복잡한 얼굴이었다.

"그렇게 웃으니 예쁘지 않으냐. 가끔 내 앞에서도 그렇게 웃도록 하여라."

"생일 축하한다. 제대로 못 챙겨서 미안하다."

"만약 잘못돼서 네가 다치기라도 하면! 그러면 나는 어떻게 하라고?!"

"왜 너는 네 생각만 하는 거야?! 이 이기적인!"

그에게 들었던 말들이 끝없이 머릿속에 떠올랐다. 아무리 환자에게 집중하려고 해도 어느 순간 다시 그 생각에 빠져 있었다. 그리고 그녀를 혼란스럽게 하는 것은 말뿐만이 아니었다.

'나를 뒤에서 안았어.'

그 밤, 린덴이 그녀를 처음으로 안은 그날. 그녀는 자고 있지 않았다. 아니, 처음엔 잠들어 있었지만 어느 사이엔가 잠에서 깨어났다. 다른 사람이, 그것도 다름 아닌 그가 뒤에서 자신을 안고 있는데 어떻게 계속 잠들어 있었겠는가?

'어째서? 왜?'

그녀는 혼란스럽게 생각했다. 이전 삶, 그는 관계를 가졌어도 그런 식으로 자신을 안은 적은 없었다. 그저 의무적으로 관계를 마친 후, 씻고 각자 잠을 잤을 뿐이다.

'그런데 왜? 왜 그렇게 따뜻하게……?'

그녀는 그때 등 뒤에 닿았던 그의 느낌을 떠올리고 입술을 강하게 깨물었다. 싫었나? 아니, 싫지는 않았다. 그게 문제였다.

'뿌리치지 못했어.'

아직 약혼도 하지 않은 남자가 자신을 등 뒤에서 안고 있었다. 손끝 하나 건들지 않겠단 약속을 어기고. 그러면 당연히 뿌리쳤어야 하는데, 그러지 못했다. 왜?

'싫지 않았으니까.'

그래, 싫지 않았다. 우습게도 그렇게 냉대에 지쳐 망가졌으면서도. 파국 끝에 단두대에 처형당했으면서도 싫지 않았다. 그게 가장 큰 문제였다.

"하아……."

그래, 잘 모르겠다. 그가 어째서 자신에게 그런 말들을 하는지, 그런 행동들을 보이는지 전혀 모르겠다.

'아니, 거짓말하지 마, 엘리제.'

그녀의 얼굴이 무거워졌다. 그가 그러는 이유, 짐작 가는 게 없는 것은 아니었다. 바보가 아니니까. 그저 외면하고 있을 뿐. 그래, 정확히 말하면 알고 싶지 않은 거다. 진실을 마주하면 판도라의 상자를 연 소녀처럼 그 진실을 감당하지 못할까 봐.

'하지만…….'

그녀는 다시 깊은 한숨을 내쉬었다. 한 가지 확실한 것은 있었다. 진실이 어떻듯 자신은 그에게 흔들리고 있었다. 지난 삶처럼.

그녀는 그게 너무도 두려웠다.

17장

전염병

다음 날, 야전병원으로 뜻밖의 손님이 찾아왔다.

"여, 리제! 잘 지내고 있었어? 형님이 괴롭히진 않았어?"

"전하?!"

싱그러운 웃음. 검제 3황자 미하일이었다. 엘리제는 미소를 지으며 그를 반겼다. 그녀에게 그는 항상 반가운 친구였다.

"밀."

"네?"

"전하 말고 밀이라 하라 했잖아."

"아, 미안해요. 밀."

엘리제는 웃으며 말을 바꿨고 미하일도 마주 웃었다.

"그런데 여기는 무슨 일이에요?"

"아…… 아파서."

"네?"

엘리제는 깜짝 놀라 그를 바라봤다. 아프다고? 최강의 오러 나이츠인 그가?

"아, 별건 아니고 감기에 걸린 것 같아서."

"감기요? 밀이요?"

"응, 으슬으슬 춥고 기침이 나오네."

엘리제는 이해가 안 간다는 표정을 지었다.

'오러 나이츠인 그가 감기에 걸렸다고?'

물론 걸릴 수 있다. 오러든 초상 능력이든 질병 면역력과는 아무런 관계가 없으니까. 하지만 오러 나이츠는 단순히 특수 호흡으로 자연의 줄 에너지만 이용하는 존재가 아니다. 그들도 일반 기사처럼, 아니, 그 이상으로 극한의 무술 단련을 한다. 그런 만큼 일반인들과는 비교도 안 되게 체력이 좋다. 즉 오러 나이츠들은 건강 체질 중의 건강 체질이라 할 수 있고, 3황자는 그런 오러 나이츠의 정점에 서 있다. 그런 3황자가 감기가 걸렸다니 이상한 일이었다.

"크림반도의 겨울이 길어서인 것 같아. 원래도 겨울이 길고, 봄 없이 바로 더운 여름이 오는 지역인데, 도대체 이번 겨울은 언제 끝나려는지 모르겠네."

미하일은 대수롭지 않게 말했다. 그의 말처럼 다른 서대륙은 슬슬 봄을 맞을 준비를 하고 있지만 크림반도는 여전히 추웠다. 마치 봄이 영원히 안 올 것처럼.

"그냥 안 오려다가 네 얼굴이나 볼까 하고 겸사겸사 왔어. 약이나 대충 지어줘."

하지만 엘리제는 고개를 저었다.

"제대로 진찰을 받아봐야 할 것 같아요."

"응? 그냥 감기라니까. 열이랑 기침 말고는 아무런 증상도 없어."

그녀도 그가 단순한 감기일 가능성이 가장 높다고 생각했다. 하지만 뭔가 느낌이 이상했다. 근거를 댈 수는 없지만 환자를 보며 쌓인 육감이었다.

"제이, 체온계를 가져오세요."

"네, 데임!"

곧바로 체온을 재본 엘리제는 깜짝 놀랐다. 39.3도! 엄청난 고열이었다!

"아니, 괜찮아요? 열이 엄청 높아요."

"어…… 괜찮은데? 39.3도라고? 잘못 잰 것 아니야?"

다른 부위에서도 재봤지만 이번엔 39.4도! 여전히 높았다. 그녀는 고민하다 말했다.

"안 되겠어요. 입원해야겠어요."

"엥? 무슨 감기 가지고 입원이야. 나, 이래 보여도 검제라고!"

그의 말이 옳았다. 고작 감기 가지고 입원이라니. 하지만 그녀는 고개를 저었다. 이상하게 느낌이 좋지 않았다. 그리고 이런 의사의 감은 기이하게 정확한 면이 있었다. 따르는 것이 좋았다.

"검제든, 서대륙 최강검이든, 동방 오존(五尊)이든 다 안 돼요. 뭔가 이상해요. 입원하세요."

"필요 없는데……."

미하일은 투덜거렸으나 그녀는 강제로 그를 입원시켜 버렸다. 다행히 당장 검기사단은 작전이 예정되어 있지 않아, 그는 입원할 수 있었다.

"오래 안 있으셔도 돼요. 열 떨어질 때까지만 있으세요."

"그래, 알았어. 그런데 리제."

"네?"

"이거 나 걱정해서 그러는 것 맞지?"

능글맞은 물음에 리제는 살짝 당황했다.

"그, 그건 아닌데……."

"아니야? 그러면 나 서운한데. 내가 이렇게 아픈데 걱정도 안 해주는 거야?"

"아, 아니, 걱정은 되는데……."

당황해 더듬거리는 그녀를 보며 미하일은 쿡쿡 웃었다. 이 소녀는 이런 농담에 무척 약했다. 그래서 더 놀리고 싶었다. 그런데 그때, 뒤에서 가만히 엘리제를 돕던 제이가 말했다.

"저…… 데임."

"네, 제이?"

"혹시…… 전하를 제가 진료해도 될까요?"

응? 놀라 제이를 보니, 어린 소녀는 앵두 같은 얼굴로 손을 저었다.

"아, 아니……! 데임께서는 항상 바쁘시니까. 감기 정도는 제가 보면 데임께 도움이 될 것 같아서요."

하지만 엘리제는 소녀의 속마음을 단번에 눈치챘다. 그럴 수밖에 없었다. 제이가 미하일을 보는 눈은 선망 그 자체였으니까.

'미하일 전하의 팬이었구나.'

엘리제는 떨떠름하게 생각했다. 3황자 미하일. 론도 최고의 바람둥이. 그리고 서대륙 최강의 무인. 3년간의 방랑 기간 동안 그가 청에서 벌인 모험은 전설과도 같은 것이었다. 어찌나 대단한 일들을 해냈는지, 콧대 높은 청 사람들이 양이(洋夷)인 그를 동방 오존 중 하나인 검제라 높여 불렀고, 청 황실에서 브리티아 황실에 감사의 선물을 보낼 정도였다. 그런 그의 모험은 여러 극작가에 의해 편집돼 현재까지 론도에서 인기리에 공연 중이었고, 젊은 영애들뿐 아니라 수많은 사람이 그의 팬이 되었다.

"네, 그러면 그렇게 하세요."

"감사합니다, 데임!"

제이는 크게 기뻐했다.

"대신 만약 무언가 변화가 있거나 이상이 있으면 저한테 곧바로 말해주셔야 해요. 알았죠?"

"네!"

그러며 엘리제는 3황자를 흘겨봤다.

'하여튼 지난 삶도 그랬지만 참 바람둥이라니까.'

그 뭔가 마음에 안 든다는 눈빛에 3황자가 항변했다.

"왜? 왜 그렇게 봐? 그 눈빛은 뭐야?"

"제이는 아직 어려요."

"그래서 뭐?!"

"그냥요. 어리다고요."

3황자에겐 퍽이나 억울한 말이었다.

3황자를 입원시킨 후 엘리제는 잠시 그를 잊고 있었다. 심페폴 인근 전선에서 다시 공방이 거세지며 부상자가 몰려들었던 것이다.

정신없이 환자를 처치하며 엘리제는 이마의 땀을 닦았다.

'힘들구나.'

몸도 힘들었고 다친 부상병들의 신음이 그녀를 가슴 아프게 했다. 그래도 정신없이 바쁘니 딱 하나 좋은 것이 있었다. 너무 바빠 딴생각을 전혀 할 수 없었던 것이다. 그건 좋았다. 그렇게 그녀는 모든 것을 잊고 환자 처치에 열중했다. 황태자도 잊고, 지난 삶도 잊었다. 그저 목각 인형처럼 기계적으로 반응하며 환자들을 돌보는 데 여념이 없었다. 그래서일까? 그녀는 이상 징후를 늦게 알아차렸다.

"제이?"

"네, 데임?"

"얼굴이? 괜찮아요?"

엘리제는 놀라 어린 소녀를 바라봤다. 주근깨가 있는 뺨이 빨갛게 달아올라 있었다. 이마를 만져 보니 열이 펄펄 끓고 있었다. 못해도 38.5도 이상의 고열이었다. 아니, 언제부터?

"오늘 아침부터 그랬어요. 기침 나오는 걸 봐서 감기인 것 같아요. 너무 신경 쓰지 마세요, 데임."

엘리제의 얼굴이 굳었다.

'아침부터 그랬다고? 고열에 기침?'

물론 감기일 가능성이 가장 높다. 발열, 기침을 나타내는 질환 중 가장 흔한 병이 감기니까. 하지만 왜일까? 불길한 예감이 들었다. 뭔가 중요한 것을 놓치고 있는 기분이었다. 병원에서의 경험상 이런 육감은 항상 부메랑으로 돌아왔다. 치명적 결과를 안고.

엘리제는 괜찮다는 제이를 끌고 가 방사선 촬영을 하였다. 야전병원은 그녀 덕분에 개선을 거듭해 단순히 깨끗해진 게 아니라, 이제

X-ray 기계와 간단한 피 검사도 가능한 수준까지 이르렀다. 이 정도면 론도의 병원들에 비해 그다지 처지지 않는 설비였다.

'폐 X-ray는 정상이야. 폐렴은 아닌데? 뭐지? 그냥 정말 감기인가?'

그녀는 고개를 갸웃했다.

'내가 너무 과민한 건가? 감기에 걸렸을 가능성이 가장 높긴 한데.'

하지만 계속 느낌이 안 좋았다. 마치 2차 론도 대역병 때처럼 불길한 기분이 등줄기를 찔렀다. 그리고 그날 저녁 엘리제는 그 불안감의 정체를 알 수 있었다.

"우웩!"

"제이!"

제이가 메스꺼운 표정을 짓더니 울컥 무언가를 토했다. 깜짝 놀라 그녀에게 달려간 엘리제의 얼굴이 굳었다. 피였다! 음식물을 토한 게 아니라 새빨간 피를 뿜은 것이다!

"제이?!"

"데, 데임? 이게……?"

제이도 자신이 피를 토한 게 믿어지지 않는 듯했다. 제이의 진료복이 흥건히 피로 물들었다. 엘리제는 급히 활력 징후를 체크하고, 응급처치를 했다.

"여기 누가 와서 도와주세요! 수액 좀 달아주세요! 위장 보호제도 같이 가져와 주시고요!"

곧 여러 의사가 달려들었다.

"제이, 괜찮지?"

"걱정하지 말고. 금방 좋아질 테니."

제이는 의료지원단의 가장 어린 소녀였다. 그런 만큼 모두의 아낌과 사랑을 받고 있었다. 엘리제뿐 아니라 여러 의사가 성심을 다해 치료했고 덕분에 제이의 상태는 금방 안정됐다.

한 남자 의사가 한숨을 내쉬었다.

"갑자기 왜 피를 토한 거야? 놀라게."

"죄송해요."

"최근 스트레스를 많이 받았니? 이런 건 대부분 위장관 궤양 출혈의 가능성이 높아."

위장관 궤양 출혈. 토혈(위나 식도 부위의 질환으로 피를 토함)의 가장 흔한 원인으로 의사들은 그녀가 과중한 업무로 스트레스를 받아 위에 궤양이 생겨 피를 토했다고 짐작했다. 하지만 그들과 달리 엘리제는 눈썹을 찌푸렸다.

'궤양 출혈? 갑자기? 아니야.'

그때 말없이 무언가를 생각하던 그레이엄이 입을 열었다.

"데임의 생각은 어떻습니까? 단순 위궤양 출혈인 것 같습니까?"

모두 엘리제를 바라보았다. 지난 몇 달간 그녀의 기적 같은 실력을 봐온 그들이다. 이제 그들은 론도의 최고 의학 석학보다 그녀의 말을 더 신뢰하게 되었다.

"아니요. 다른 원인을 생각해 봐야 해요."

"어째서입니까?"

"고열이요."

"……?"

"위궤양은 복막염으로 진행하지 않는 한 열이 나지 않으니까요."

의사들은 그 말에 흠칫 놀란 표정을 지었다. 그렇다. 놓치고 있었는데, 위궤양은 열이 나지 않는다. 위산이 과다 분비되어 위벽이 깎이는 질환이기 때문이다.

"위궤양에 감기가 동반되어 열이 날 가능성은 없습니까?"

"물론 그렇기도 하죠. 하지만 두 개의 병이 갑자기 오는 것은 너무 공교롭잖아요. 한번 다른 원인을 확인해 봐야 할 것 같아요."

"그러면 어떤 검사를?"

그녀는 짧게 답했다. 다행히 최근 로마노프령에 요청해 검사 기계를 들여왔었다.

"혈소판 수치요."

혈소판은 몸의 지혈 작용을 돕는 혈액 성분이었다.

"알겠습니다. 바로 검사해 보겠습니다."

곧 결과가 나왔다. 그리고 검사 결과를 확인한 엘리제는 자신의 눈을 의심했다.

"이게…… 맞는 건가요?"

"네, 저도 이상해 2번이나 검사했습니다."

종이에는 다음과 같은 숫자가 쓰여 있었다. 1.5만. 정상인 15만에 비해 10분의 1밖에 안 되는 수치였다. 일반적으로 절대 나올 수 없는 수치. 이 정도 수치면 가만히 있어도 출혈로 사망할 수 있었다.

'이게…… 무슨?'

그때였다!

"데임! 데임! 빨리 와주세요!"

한 간호사가 다급히 뛰어들어와 소리쳤다.

"급성 토혈 환자가 왔어요! 3명이나! 모두 상태가 안 좋아요."

"……!"

토혈 환자가 3명이나? 그녀의 등줄기에 한기가 돋았다. 그리고 떠오르는 한 가지 단어.

전염성 출혈열.

제국군에 원인 미상의 출혈열이 퍼지기 시작한 것이 분명했다. 그렇게 사막의 전갈이 뻗은 마수가 제국군의 진영에 죽음의 비를 내리기 시작했다.

❖

3명의 환자 모두 제이와 증상이 비슷했다. 감기와 유사한 고열, 그리고 갑자기 동반된 토혈.

'분명해. 이건 그냥 단순한 감기나 위장관 출혈이 아니야.'

환자를 살핀 엘리제는 입술을 깨물었다. 자세히 살피면 3명의 눈에는 결막하 출혈이 관찰되고 있었다. 급성 출혈 질환 환자에게 특징적으로 보이는 증상이었다.

'갑자기 왜?'

이런 출혈열은 절대 자연 발생하지 않는다. 분명 어디선가 매개체를 통해 바이러스가 들어온 것이다.

'크림반도에 이런 출혈열을 일으키는 풍토병(어떤 지역의 특수한 기후나 토질로 인하여 발생하는 병)이 있었나?'

엘리제는 고민했다.

'아니야. 없어.'

참전을 결정한 후, 크림반도 풍토병에 대해 자세히 공부했기 때문에 확실히 알고 있었다. 크림반도에 이런 출혈열은 없었다.

'그러면 도대체 어디서 전염된 것이지? 아니, 무슨 병인 것이지?'

출혈열! 이건 고열과 출혈을 동반하는 질환을 총칭하는 단어였다. 정확한 진단명이 아니다. 문제는 출혈열의 종류가 한두 개가 아니란 점이다.

'서울 바이러스도 출혈열이고, 황열도 출혈열이야. SFTS도. 마버그 병도 출혈열이고, 라싸 열도 마찬가지.'

당장 그녀의 머릿속에 비슷한 증상을 일으키는 병이 5개도 넘게 떠올랐다.

'현대 지구에서 아프리카를 공포에 내몰았던 에볼라도 고열과 출혈을 동반하는 출혈열의 일종이고. 도대체 그중 뭐지?'

엘리제는 책상을 두드리며 생각했다. 하지만 아무리 천하의 그녀라도 단서가 너무 적었다. 이래서야 병을 짐작할 수가 없었다.

'조금 더 단서를 모아야 해.'

하지만 그럴 여유가 없었다. 다음 날 새로운 3명의 환자 중 2명이 열이 악화되더니 갑작스레 폐에서 출혈을 일으켜 사망한 것이다!

그러나 악몽은 이제 시작일 뿐이었다. 곧바로 10명의 출혈 환자가 다시 몰려들었다. 그중 3명이 폐출혈이 발생해 죽었고 2명이 위독해졌다. 다음 날에는 다시 20명의 환자가 발생했다.

"이게 갑자기 무슨 전염병인 거지?"

"이거 이러다 다 죽는 것 아니야?"

제국군 진영에 갑작스러운 공포가 내려앉았다. 이 시대 사람들의 전염병에 대한 두려움은 상상을 초월했다. 병이 한번 돌 때마다 수십만의 단위가 툭하면 죽어 나갔으니까. 특히 군대에서 전염병의 위력은 말할 필요도 없었다. 밀집 생활을 하고 위생이 좋은 것도 아닌지라 아차 하면 순식간에 퍼져 나가기 일쑤였고, 어마어마한 인명 피해가 나곤 했다.

병사들은 서로 모이면 겁에 질려 떠들었다.

"우리 부대에서도 고열 환자가 발생했어."

"우리도 그래. 난 이렇게 죽고 싶지 않은데."

"벌써 50명이나 죽었데. 곧 죽을 사람도 많다고 하고."

"어떻게 하지? 이러다 다 죽는 것 아닐까?"

그때 한 병사가 분연히 말했다.

"뭘 그렇게 걱정하는 거야?! 우리에겐 데임 클로랜스가 있잖아!"

"……!"

"데임 클로랜스는 론도를 3일 만에 대역병에서 구한 영웅이라고. 이번에도 이 전염병을 물리쳐 주실 거야!"

그 말에 다른 병사들도 고개를 끄덕였다.

"맞아, 등불을 든 천사가 이번에도 우릴 살려줄 거야."

"그래, 조금만 기다리자. 예비 황태자비께서 분명 방책을 마련해 주실 거니까."

병사들은 북쪽으로 시선을 돌렸다. 엘리제가 있는 야전병원이 위치한 방향이었다. 그렇게 작은 소녀, 엘리제의 어깨에 제국군의 희망이 집중되었다.

하지만 그때, 엘리제는 그들의 희망과 다르게 난관에 봉착해 있었다.

'도저히 모르겠어. 이 병은 뭐지?'

처음엔 기침과 고열로 발병한다. 그러다 위장에서 출혈이 발생해 토혈하고, 상태가 악화되며 폐에서도 출혈이 발생해 호흡곤란으로 사망했다. 무시무시한 전염병이 아닐 수가 없다. 현재까지 치사율은 무려 50%.

'신증후군 출혈열? 아니야. 에볼라? 그것도 아니야.'

그녀는 자신이 알고 있는 전염성 출혈 질환들을 떠올렸다. 모두 아니었다. 출혈한다는 것은 동일하지만 양상이 맞지 않았다.

'새로운 병일까? 아니면 지구에서는 없어진 병?'

모든 전염병이 세기를 이어 내려오진 않는다. 몇십 년만 유행하고 사라지는 전염병도 많았다. 어쨌든 이 출혈열은 그녀가 모르는 병이었다.

'내가 지금 이 병을 진단 내리는 것은 불가능해. 현대 지구의 전자 현미경이라도 있으면 바이러스의 정체라도 확인했겠지만.'

그녀는 고뇌했다.

'어떻게 하지?'

최대한 빨리 해결책을 마련해야 한다. 지금 이 순간에도 환자가 기하급수적으로 늘고 있다.

'이미 많이 늦었어. 더 늦으면 안 돼. 조금이라도 지체하면 통제 불능이 될 거야.'

엘리제는 초조히 생각했다. 모든 이가 그녀만 목을 빼놓고 바라보는 상황이다. 그녀가 빠르게 해결책을 마련하지 못하면 수없이 많은 사망자가 나오며 제국군은 무너질지도 몰랐다. 고작 병 하나에 최강 제국군이 무너진다는 것이 이해가 안 갈 수도 있지만 고래로 전염병에 무너진 강군은 수도 없었다. 특히 이런 치사율이 높은 병은 치명적이었다.

'당장 정확한 진단을 찾는 것은 불가능해. 그렇다면.'

그녀의 눈이 깊어졌다. 수없이 많은 삶과 죽음 앞에서 결정을 거듭한 외과의사의 눈빛이었다.

'진단을 내리는 건 포기해. 어차피 지금 상황에서 중요하지 않아.'

그녀는 신이 아니다. 완벽하게 해결해 내면 좋겠지만 지금 상황에선 그럴 수가 없다. 우선순위를 결정해야 한다.

'안타깝지만 이런 상황에서 모두를 살릴 수는 없어. 추가적인 발병자와 사망자를 최대한 줄이는 것만 생각하자. 나머지 일들은 모두 뒤야. 그 방법을 쓰자.'

그렇게 생각한 그녀의 가슴이 시큰 아파져 왔다. 이 전염병 때문에 도대체 얼마나 많은 사람이 목숨을 잃을까? 그런데 그 순간, 한 가지 떠오른 이 있었다.

'이 전염병은 어디서 온 걸까? 정말 자연적으로 생긴 걸까?'

아무리 생각해도 이상했다. 크림반도의 풍토병이 아니니까. 왜 갑자기 이런 병이 유행한 걸까? 공교롭게, 그것도 제국군에서만.

'설마……?'

한 가지 소름 끼치는 가설이 스쳐 지나갔다. 하지만 곧 그녀는 고개를 저었다.

'아니야. 아무리 사막의 전갈이라도.'

그녀는 그 가설을 한구석으로 밀어 넣었다. 너무 지나친 비약이었다.

'어차피 그 방법으로 병을 해결하다 보면 원인은 자연스럽게 알 수 있을 테니까.'

그녀가 생각해 낸 '해결책'. 그건 기본적으로 지난번 론도 콜레라 사건 때와 동일한 원리였다. 다만 방법이 전혀 달랐다. 그리고 어느 정도의 불가피한 희생을 필요로 했다.

'아무도 위험하지 않으면 좋겠지만 불가능해. 어쩔 수 없어.'

그녀는 굳게 생각했다. 생각을 정리한 엘리제는 총사령관 린덴과의 면담을 요청했다. 지난밤 이후, 마음이 복잡해 최대한 그를 피해 왔지만 지금은 그런 개인적 감정을 개입시킬 때가 아니었다.

크림반도의 수도 심페폴.

며칠 전만 해도 포탄의 굉음이 도시 한가운데까지 울려 퍼졌지만 지금은 조용했다. 제국군이 갑자기 진군을 멈춘 탓이다.

"잘 진행되고 있는 것 같군."

루이 니콜라스는 흡족한 미소를 지었다.

"제국군의 피해는 어떤가?"

"현재까지 사망자 100명 정도입니다. 전염병에 감염된 것으로 추정되는 이는 300명 정도이고요."

파비앙이 답했다.

"그래? 생각보다 사망자가 적군. 검은 대륙에서는 사망률이 80%에 육박했는데."

"제국의 예비 황태자비 때문인 것 같습니다."

"흠?"

"여러 치료 방법을 동원해 최대한 사망자의 발생을 막고 있다고 합니다. 전혀 생각지도 못 한 기법이 많아, 내용을 전해 들은 우리 군의 수석 군의(軍醫)가 계속 감탄하고 있습니다. 의학계에 대신 발표하고 싶을 정도라고 하더군요."

"그런가? 등불을 든 여인은 쓸모없는 노력을 하고 있군."

루이 니콜라스는 비웃음을 지었다.

"어차피 전염병. 한두 명 치료하는 게 중요한 일이 아닌데 말이야."

"대책을 마련하지 않을까요?"

파비앙은 등불을 든 여인이 론도를 3일 만에 대역병에서 구해낸 사실을 알고 있었다. 그런 그녀가 이렇게 전염병이 대유행하는 것을 보고만 있을 것 같지는 않았다.

"파비앙."

"네, 각하."

"이 전염병은 론도 대역병과는 달라. 알지 않나?"

물론 안다. 검은 대륙에서 똑똑히 목격했으니까.

"등불을 든 여인이 밝혀낸 것처럼 론도 대역병은 물에 의해 전파되지, 사람 간의 전파는 안 일어났어. 하지만 이 전염병은 아니야. 사람 간에 전파가 일어나지. 그것도 체액으로 쉽게."

"……."

"이 전염병의 가장 무서운 점은 높은 사망률이 아니야. 바로 사람 간에 쉽게 전파된다는 점. 그게 제일 두려운 점이지."

사람 간의 전파. 그건 밀집한 생활을 하는 군대에 치명적 타격을 줄 수밖에 없다.

"어쨌든 두고 보자고, 등불을 든 여인이 어떤 대책을 마련하는지."

루이 니콜라스는 여유롭게 말했다.

그 시각, 엘리제는 총사령관 린덴과 만나고 있었다.

"오랜만이군. 잘 지냈나?"

린덴이 그녀의 안부를 물었다. 비교적 오랜만에 만나는 그들이었다. 그가 야전병원에 계속 방문했지만 그녀가 피했기 때문이다.

"그간 많이 바빴나 보군."

"……네."

엘리제는 일부러 짧게 끊어지듯 답했다. 중요한 일로 왔으니 사적인 감정을 나누고 싶지 않았다.

"어떻게 지냈지? 얼굴이 지난번보다 조금 상한 것 같은데."

"……."

"환자를 보는 것도 좋지만 자신의 몸도 챙기도록 해."

그녀는 대답하지 않았다. 대신 자신의 용무를 말했다.

"전하, 저는 군의 의무를 책임진 의무사령관으로서 군영에 유행 중인 전염병에 대해 논의하고자 왔습니다."

다른 이야기는 하고 싶지 않다는 그 단호한 목소리에 린덴은 잠시 그녀를 바라봤다. 엘리제도 그의 눈을 마주 봤다. 무뚝뚝한 금안의 깊은 곳. 너무나 아득히 깊어 눈치채기도 어려운 그곳에 선명한 갈망이 소용돌이치고 있었다. 차라리 못 봤으면 하는 그 감정에 그녀는 가슴이 울렁거렸지만 모르는 척했다.

"그래, 전염병 이야기를 하지. 먼저, 셋째의 상태는 괜찮나?"

일단 린덴은 전염병을 앓고 있는 3황자의 안부를 물었다.

"아직은 위험합니다."

3황자는 거의 최초의 감염자다. 그래서인지 상태가 좋지 않았다. 그의 혈소판 수치는 고작 8천! 정상 15만의 20분의 1도 안 되는 수치다. 열도 계속 39도를 넘나들고 있었다.

'만약 그가 신체를 극한까지 단련한 오러 나이츠가 아니었으면 이미 사망했을지도 몰라. 그런데 그는 어디서 감염된 거지?'

3황자는 발병 초기에 감염되었다. 어쩌면 그가 최초의 감염자일지도 몰랐다.

'조사해 봐야겠어. 어쩌면 감염 원인을 찾을 수 있을지도.'

그녀는 그렇게 생각했다. 린덴이 이어 물었다.

"너는 지금 전염병에 대해 어떻게 생각하고 있지? 사실 병사들의 동요를 고려해 말을 아끼고 있긴 하지만 우리 군은 굉장히 곤란한 상태다. 그래도 엘리제, 너라면 해결 방법이 있을 것 같은데, 어떤가?"

기대를 품은 물음이었다. 사실 지금 이 상황은 답이 안 나올 정도로 곤란했다. 사람들 간에 끝없이 전파되는 전염병을 인력으로 어떻게 해결하겠는가? 하지만 이 기적을 만들어내는 소녀라면 해결책이 있을지도 몰랐다. 역시 엘리제는 그의 기대를 저버리지 않았다.

"완전한 해결책은 없습니다."

"그러면?"

"대신 불완전한 해결책은 있습니다."

"무슨 말이지?"

"많은 사망자가 나올 것입니다. 하지만 최악의 상황은 면할 수 있습니다."

"……!"

많은 사망자? 그 말에 린덴의 얼굴이 굳어졌다.

"어느 정도의 사망자를 말하는 거지?"

"정확하진 않지만 1,000명, 아니, 500명은 생각해야 할 것 같습니다."

처음 1천 명을 언급한 그녀는 500명으로 말을 바꿨다. 500명도 너무 많았다. 어떻게든 이 이상은 죽지 않도록 해낼 것이다.

"500명이라."

황태자는 놀란 표정을 지었다. 그녀의 생각과 달리 사망자가 많이 나와서가 아니었다.

'이런 치명적 전염병을 500명의 사망으로 막아낼 수 있으면 그건 완벽한 거지.'

500명의 인명이 적은 것은 아니었다. 하지만 전염병 한 번에 수십만의 사람이 죽는 시대다. 그 정도의 숫자면 희생자가 거의 없다고 봐도 좋았다. 속상해하는 그녀의 생각과 다르게 말이다.

'최악의 경우 군의 전면적인 후퇴도 고려하고 있었는데, 정말 대단하군.'

그는 엘리제를 감탄의 눈빛으로 바라봤다. 다른 이도 아닌 그녀가 한 말이다. 그러니 린덴은 무조건 이뤄진다고 생각했다. 그만큼 그는 그녀를 절대적으로 신뢰했다.

"어떻게 하면 되지? 아니, 무엇이 필요하지?"

그는 전폭적 지원을 할 생각으로 말했다.

"이 전염병을 해결하는 데는 큰 도움 하나와 작은 희생이 하나 필요합니다."

아리송한 대답이었다. 큰 도움 하나와 작은 희생 하나?

"큰 도움은 뭔가?"

“저에게 계통에 상관없는 전군의 병력 통제권을 주십시오.”

뜻밖의 요구에 린덴은 놀란 표정을 지었다.

“전군의 통제권? 그게 무슨 의미를 뜻하는지 알고 있나?”

전군의 병력 통제권. 어떤 병력이든 움직일 권한을 달라는 것으로, 그녀는 지금 총사령관인 그의 권한을 요구하고 있는 것이다!

“무리한 부탁인 것은 알고 있습니다. 하지만 큰 희생을 막으려면 반드시 필요합니다.”

린덴은 잠시 입을 다물었다. 생각지도 못 한 요구였던 것이다. 하지만 고민은 잠시, 그는 금세 결정을 내렸다.

“좋다. 그렇게 하지. 너에게 내 권한을 위임해 주마.”

“……!”

그녀는 놀란 표정을 지었다. 일단 요구를 하긴 했지만 너무 큰 부탁이라 정말 들어줄 것인지는 의문이었는데, 이렇게 빠른 승낙이라니? 하지만 린덴은 늘 그렇듯 무덤덤하게 말했다.

“난 너를 믿으니까.”

믿는다. 그 말이 그녀의 가슴을 찔렀다.

“그래, 그런데 통제권을 가지고 뭘 할 거지?”

“격리 조치를 시행할 예정입니다.”

“격리?”

“네, 역학조사에 기반한 선제적 격리를 해야 합니다.”

“흠?”

엘리제는 자세히 설명했다.

“이 전염병은 처음에 감기 증상으로 나타납니다. 그러다 출혈이 진행해 사망하지요. 그 와중에 사람 간의 전염은 현재 환자의 분포 양상을 봤을 때 침이나 혈액 등 체액이 타인의 몸에 튀었을 때 일어나는 것으로 보입니다."

그녀는 자신의 추정을 말했다. 정확한 진단명은 모르지만 이 질환은 환자의 체액이 몸에 튀었을 때 일어나는 것으로 보였다. 그렇게 추정하는 이유는 간단했다. 공기나 비말(날아 흩어지거나 튀어 오르는 물방울)에 인한 전염보다는 전파 속도가 비교적 느렸기 때문이다. 다량의 환자가 나온 것은 밀집된 군대라는 특성 때문으로 판단되었다.

"이러한 사실을 기반으로 현재 출혈열이 발병한 환자 주변의 접촉자를 모두 조사할 것입니다. 조사 결과 초기 증상인 감기 증상이 있다면 잠재적 환자로 보고 격리 치료를, 없어도 접촉한 경험이 있으면 잠재적 감염자로 보고 모두 따로 격리할 예정입니다."

"……!"

린덴은 그녀가 왜 병력 통제권을 요구했는지 깨달았다. 이런 일을 해내려면 확실히 병력을 움직일 권한이 필요했다.

"굉장한 규모의 일이겠군."

"네, 하지만 필요합니다."

황태자는 속으로 감탄했다.

'효과는 확실하겠어.'

이렇게 하면 원천적으로 전파를 차단할 수 있다. 혹 추가적 감염이 일어나도 외부로는 퍼지지 않는 것이다.

'대단해. 정말로.'

그녀가 내세운 대책은 단순해 보이지만 보통 일이 아니었다. 질병의 양상에 대한 이해, 전염 경로 추정을 기반으로 기준을 세우고, 그 기준으로 역학조사를 해 대규모 격리를 시행하는 일이니까. 현대 지구야 선진국마다 이런 통제를 하는 전문 기관이 따로 있지만 이 시대는 아니다. 오로지 그녀이기에 가능한 일이었다.

"그래, 그렇게 해. 역학조사는 그대 혼자서는 무리일 테니 정보부의 요원들에게 협조토록 하지."

"네, 감사합니다."

"좋아. 그런데."

린덴은 다음 이야기로 넘어가기 전에 한 가지를 물었다.

"혹시 이 전염병이 공화국의 수작일 가능성은 없나?"

"……!"

그는 눈썹을 찌푸렸다.

"첩보원이 알아보길, 공화국군에는 전염병 피해자가 전혀 없다고 해서 말이야. 전장에 전염병이 돌면 보통 양군에 피해가 동시에 있게 마련인데, 이상해."

날카로운 의심이었다. 엘리제는 무겁게 대답했다.

"현재로서는 알 수 없습니다. 다만."

"다만?"

"역학조사를 하며 원인을 밝혀낼 생각입니다."

"좋아, 만약 미심쩍은 정황이 있으면 나에게 바로 이야기해 줘."

린덴은 차갑게 말을 이었다.

"정말로 공화국이 연관되어 있다면 절대로 그냥 넘어가지 않을 것이니."

아무리 전쟁이라도 지켜야 될 선이 있는 법. 정확히 밝혀내기만 할 수 있다면 공화국에 큰 정치적 타격을 입힐 수 있다. 무엇보다 린덴, 그가 그렇게 만들 것이다.

'가끔은 총보다 펜이 무서울 때가 있지.'

만약 정말로 공화국군이 이런 비인도적인 일을 획책했고 엘리제가 정확히 증거를 잡는다면, 그때는 공화국군은 크림반도에서 명분을 잃을 것이다. 국내외의 큰 비판에 휘말릴 것이다. 그러면 자연스레 전장의 분위기가 제국으로 넘어올 수밖에 없다.

'결국, 모든 일은 엘리제에게 달려 있군.'

제국군을 구하는 것도, 진정한 원인을 알아내는 것도 모두 이 작은 소녀의 어깨에 달려 있었다. 린덴은 그 사실이 마음에 들지 않았다. 또 그녀에게 의지하게 된다. 마음 같아서는 품 안에만 넣어두고 싶은데. 속으로 한숨을 내쉰 그는 입을 열었다.

"그런데 작은 희생 하나는 무엇이지?"

희생. 말을 꺼낸 황태자는 문득 그 말이 거슬렸다.

'혹시?'

역시나 예상은 빗나가지 않았다.

"작은 희생, 그건 의료진의 피해를 의미합니다. 이 병을 해결하는 데는 불가피하게 일부의 의료진들이 희생을 각오해야 합니다."

"……!"

"완벽한 격리가 이루어진 후, 그 격리된 공간으로 환자를 치료하기 위해 의료진도 함께 들어가야 하기 때문입니다."

그 말을 들은 황태자의 등줄기가 서늘해졌다.

"격리 장소로…… 의사가 들어가야 한다고? 너무 위험한 것 아닌가?"

그저 지금처럼 환자를 치료하는 것과 격리 장소에 들어가는 것은 전염의 위험도가 차원이 달랐다. 격리 장소는 전염병 환자만 우글거리는 곳이니까. 전염될 확률이 기하급수적으로 높을 수밖에 없었다.

"그렇긴 하지만 어쩔 수가 없습니다. 의사가 들어가 치료하지 않으면 그곳의 환자들은 모두 죽을 테니까요. 하지만 분명 위험한 일이기에 지원자에 한해서 들어가려고 합니다."

황태자는 주먹을 꽉 움켜쥐었다. 지원자? 그러면 엘리제 너는? 설마 너도 들어간다는 것은 아니겠지? 그는 물어보려 했으나, 당연히 정해진 답이 돌아올 것 같아 입을 열지 못했다. 이 이기적인 소녀가 자원을 안 할 리가 없었다.

'도대체…… 이…….'

얼마 전, 그녀가 수류탄 제거 수술을 할 때가 떠올라 그는 눈을 질끈 감았다. 갑자기 미칠 듯이 화가 났다. 이 여자는 왜 매번 이런 식이란 말인가? 그런 그의 마음도 모르고 엘리제는 말을 이었다.

"그래서 조금이라도 감염 위험을 낮추기 위해 보호구 제작을 도와주셨으면 합니다."

"보호구?"

"네, 체액성 전염을 막는 걸 도와주는 복장으로……."

그녀는 현대 지구의 기억을 더듬어 설명했다. 마치 우주복처럼 전신을 감싸는 보호구. 물론 이런다고 현대 지구처럼 완전히 차단되지는 않겠지만 그래도 감염 확률을 크게 낮출 수 있을 것이다. 그렇게 그녀가 열심히 설명하였지만 린덴은 제대로 듣지 않았다.

'보호구? 그딴 것 만들면 되지.'

중요한 것은 그게 아니었다. 그녀가 격리 공간으로 들어가느냐, 안 들어가느냐 그것이 중요했다. 그녀가 들어가 다시 위험에 노출되면 이번에야말로 자신은 견딜 수 없을 것이다. 그래서 단호히 말했다.

"그래, 네가 말하는 것들은 모두 들어주도록 하지."

"감사합니다, 전하."

"하지만 조건이 있다."

"무엇입니까?"

"네가 격리 공간에 들어가는 것은 허락지 않겠다. 절대로."

"……!"

"무슨 말을 해도 소용없어. 이건 총사령관이자 황태자로서의 명령이다."

엘리제의 얼굴이 굳어졌다.

"어째서입니까?"

어째서? 그걸 몰라서 물어보는 건가! 네가 그곳에 들어가 병에라도 걸리면, 그래서 잘못되기라도 하면 나는 어떻게 하라고?! 하지만 소녀는 그런 그의 마음도 모르고 딱딱하게 말했다.

"저는 이 전염병 대책의 책임자입니다. 그런 제가 격리 공간에 들어가지 않는다면 누가 들어가겠습니까?"

"그래도 안 돼."

"그리고 아시지 않습니까? 격리 대상자들을 정확히 분류하고 치료하려면 제가 필요하다는 것을."

"절대 안 된다고!"

"……!"

갑작스러운 고성! 린덴은 자신도 모르게 소리 질렀고, 엘리제는 흠칫 놀랐다. 황태자는 불길처럼 타오르는 금안으로 말했다.

"절대 안 돼. 네가 격리 공간에 들어간다고? 그 위험한 곳에? 웃기지 마!"

"……."

엘리제는 그 분노와 격정에 잠시 입을 다물었다.

'도대체 저한테 왜 이러시는 건가요?'

그래, 그가 왜 이러는지 안다. 어떻게 모르겠는가? 저렇게 선명한 감정을 내뱉고 있는데. 하지만 알고 싶지 않았다. 외면하고 싶었다. 그에게 다시 흔들리고 싶지 않았다.

"전하."

엘리제는 일부러 차갑게 말했다.

"전하께서 왜 그러시는지는 모르겠으나, 이건 공적인 일입니다."

"하, 공적인 일이라고?"

하지만 그녀의 말은 그를 더욱 자극할 뿐이었다. 린덴은 주먹을 부르르 움켜쥐었다.

"그리고 누군가는 위험을 감수해야 하는 일입니다."

"……싫다고."

"네?"

"정말 모르겠나? 싫다고! 네가 또 위험에 빠질 수도 있다는 게! 혹시라도 네가 잘못되면 나는 어떻게 하라고! 이 이기적인!"

울컥.

엘리제는 다시 가슴이 울렁거렸다. 그의 말을, 그 걱정을 듣기가 너무 힘들었다. 머리가 어지러우며 현기증이 났다. 그래서 그녀는 자신도 모르게 감정적으로 뱉었다.

"전하의 그런 공적이지 못한 말씀들, 이해하기 어렵습니다."

"뭐?"

"솔직히 조금…… 거북합니다."

"……!"

아, 그녀는 말을 내뱉은 순간, 실수했다는 것을 깨달았다. 린덴의 눈이 고통으로 물들었던 것이다. 도저히 외면하기 어려울 정도로 저리게.

엘리제는 입을 다물었다. 그가 아파하는 모습을 보는데, 이상하게 그녀도 아팠다.

"그렇군. 거북하군."

씁쓸한 목소리.

"미안하다."

"……!"

그녀는 뭐라 말하려 했으나 린덴은 고개를 저었다.

"네가 이야기한 것은 모두 그대로 이루어주겠다."

"전하……."

"그러면 이만 나가보도록. 오늘 수고했다."

엘리제는 입술을 깨물며 그를 바라봤다. 뭐라고 이야기를 해야 할 것 같았으나 무슨 이야기를 해야 할지 알 수 없었다. 그저 가슴만 울렁거렸다. 결국 엘리제가 아무 말도 못 하고 뒤돌아 나가려 할 때 그가 말했다.

"엘리제"

"……."

"하나만 약속해 주겠는가?"

엘리제는 그를 돌아봤다. 잔인한 말을 들은 그의 눈에는 여전히 아픔이 가득했다. 하지만 그럼에도 그는 이렇게 말했다.

"아프지 말아주겠는가? 제발, 부탁이야."

"……!"

엘리제는 대답하지 못했다. 뭐라 설명할 수 없는 감정이 가슴을 괴롭혔다. 손끝이 떨렸다.

"이만…… 가보겠습니다."

그날 밤, 사령관저로 돌아온 린덴은 술을 마셨다.

"……빌어먹을."

그는 평소 술을 즐기진 않는다. 특히 총사인 자신이 전장에서 술이라니? 상상할 수도 없는 일이다. 하지만 오늘은 도저히 참을 수가 없었다. 너무 아팠다.

"솔직히 조금…… 거북합니다."

거북하단다, 내가. 난 그녀를 이렇게나 바라는데.

"하아."

얼마나 더 이렇게 아파야 하는 걸까? 아니, 안 아플 날이 오기나 할까? 그녀가 날 보며 웃어주는 날이 오기는 하는 걸까?

"젠장."

더 빌어먹을 일은 이런 상황에서도 그녀가 떠오른다는 것이었다. 보고 싶었다. 하얀 얼굴이, 푸른 눈동자가. 웃는 얼굴도, 환자에 열중하는 얼굴도, 인상을 찌푸리는 얼굴도, 모두. 모두 보고 싶었다. 같이 있고 싶었다.

"하아."

그때였다.

똑. 똑.

“들어가도 되겠습니까, 전하?”

“들어오게.”

린덴은 술잔을 내려놓았다. 몇 잔 마시긴 했으나 원체 술이 강한 편이기에 흔들림은 전혀 없었다.

“충성! 보급처의 로든 중령입니다.”

“그래, 어서 오게. 지시 사항은 잘 전해 들었나?”

“네, 전하! 빠짐없이 면밀히 작성해 제작에 들어갔습니다.”

그건 엘리제가 부탁한 의료진을 보호할 보호구를 제작하는 일이었다.

“전하께서 지시한 보호구는 특별한 문제없이 곧바로 제작돼 보급될 것입니다. 그런데 어떤 일 때문에 저를……?”

로든 중령은 총사령관이 왜 따로 자신을 불렀는지 의아한 마음이 들었다. 무슨 문제라도 있는 건가?

“잘하라고.”

“네?”

“보호구 완벽하게 만들라고.”

“……!”

“그 어떤 의료진도 감염되지 않도록 제국군의 모든 기술력을 집약시켜 최선을 다해 만들어.”

그러며 린덴은 무겁게 말했다.

“만약 보호구에 문제가 있어, 그로 인해 한 명이라도 전염된다면 너에게 책임을 물겠다.”

로든 중령의 표정이 굳어졌다. 그는 총사령관의 말뜻을 단번에 알아들었다.

"알겠습니다. 최선을 다하겠습니다. 충성!"

로든 중령이 돌아가고 홀로 남은 린덴은 한숨을 내쉬었다. 그도 알고 있다. 이런 식으로 닦달한다고 해서 전염을 완전히 막을 수는 없다는 것을. 그저 불안하기에 그러는 것이다. 그녀가 혹시라도 병에 걸려 잘못되기라도 할까 봐.

'엘리제.'

그는 탁자에 내려놓은 진주 장식 십자가 목걸이를 내려다보았다. 그녀가 자신에게, 아니, '론'에게 준 징표.

'신이시여.'

린덴은 당시 대부분 브리티아 인들이 그렇듯, 신의 존재를 믿었지만 좋아하진 않았다. 아니, 좋아할 수가 없었다. '그날' 모든 것을 잃었던 자신이 어떻게 신을 좋아할 수가 있겠는가. 더구나 성서의 교리는 용서와 화해를 강조하고 있었다. 도저히 자신이 용납할 수 없는 사람들에게까지 용서와 화해를 하라 하니 그는 받아들일 수 없었다. 하지만 지금 이 순간, 그는 기도할 수밖에 없었다. 엘리제, 그녀가 제발 무사하기를. 이 전염병 속에서도 아무런 탈 없기를.

주여, 당신의 가호가 임하소서.

그는 목걸이 옆의 문구를 간절한 마음으로 읽었다.

엘리제는 전격적으로 조처에 나섰다. 일단 정보부의 요원들과 함께 접촉력을 조사했다. 서대륙을 통틀어 군대에서 처음으로 행해진 역학조사였다. 그리고 조사 결과에 따라 조금이라도 감염 가능성이 있는 이들은 모조리 따로 격리했다. 기준은 그녀가 정한 프로토콜에 따랐다.

대상자는 많았다. 일단 검기사단의 단원들 전부. 그리고 중앙군의 부대 다수가 산발적으로 포함되었다.

"이런 격리는 무리입니다."

"이렇게 많은 인원을 격리하면 적의 공격에 대비할 수가 없습니다."

몇몇 이가 반대를 표했다. 하지만 엘리제는 강력히 밀어붙였다. 이런 전염병 통제는 어설프게 하느니, 안 하느니만 못하다. 구멍이 나기 시작하면 마치 댐에 난 구멍처럼 순식간에 걷잡을 수 없어질 것이고 그건 아웃브레이크, 대유행으로 이어질 것이다. 그렇게 되면 끝이었다. 지금은 전쟁이 문제가 아니었다. 수만, 어쩌면 십만이 넘는 사람이 죽을 것이다.

"어쩔 수가 없어요. 지금은 일단 제 지시에 따라주세요."

"하지만……."

"그리고 지금은 공화국군도 함부로 움직이지 않을 것이에요."

그렇다고 엘리제가 앞뒤 사정 안 가리고 무작정 격리를 강행한 것은 아니었다.

'공화국군은 기다릴 거야. 우리 군이 스스로 무너질 때까지. 그 전에 괜히 대규모로 공격했다가 오히려 전염병만 옮으면 더 손해니까.'

그녀는 다른 측면도 생각했다.

‘차라리 군의 운영 측면에서도 잠재적으로 감염 가능성이 있는 자들은 빼는 것이 나아. 전염병의 불안에서 벗어날 수 있으니까.’

정확한 판단이었다. 상당한 병력을 격리를 위해 빼내야 했지만 잠재적으로 불안한 인원들을 제외하니 오히려 남은 병력의 운영이 자유로워졌다. 전염병의 위험에서 어느 정도 벗어난 탓이었다. 사령부의 많은 사람이 그런 엘리제의 전격적 조처에 감탄하고 환영했다.

“역시 데임 클로랜스. 론도 대역병을 3일 만에 해결한 영웅답군요.”

“과연 이렇게 하면 전염병을 확실히 차단할 수 있겠습니다.”

“저는 이대로 군이 괴멸하나 걱정했었는데, 데임 클로랜스 덕분에 한시름 놓았습니다.”

“이거 예비 황태자비가 아니셨으면 어쩔 뻔했소이까?”

“그러게 말입니다.”

그렇게 모두 엘리제를 감탄하며 바라봤다. 하지만 사람들의 감탄과 다르게 엘리제의 진정한 전쟁은 지금부터였다. 격리 공간에 환자들을 따로 분류한 후, 치료에 들어가기 시작한 것이다.

“지금까지 환자가 몇 명이죠?”

“총 750명입니다. 야전병원에서 치료 중입니다.”

“격리 인원은요?”

“일만 명에 가깝습니다. 따로 격리 공간을 마련해 관리 중이고, 만약 중간에 초기 증상인 감기가 생기면 곧바로 병원으로 옮기고 있습니다.”

엘리제는 공간을 두 개로 나누었다. 첫째는 실제 전염병 환자를 치료하는 야전병원. 이곳에는 엘리제를 비롯한 자원 의사들이 머물며 치료를 했다. 두 번째는 환자와 접촉한 인원을 격리하는 공간. 이곳에서 머물다 의심 증상이 생기면 곧바로 병원으로 옮겼다.

두 공간 모두 외부인의 출입을 엄격히 금했다. 전염병이 외부로 퍼지는 것을 방지하려는 조치다. 기존의 야전병원은 새로운 전선인 프라바 근처로 옮겼다. 전선이 심페폴 근처로 남하함에 따라 애초에 병원 이전을 고려하고 있었기 때문에 큰 문제는 없었다.

'이제 군 전체에 전염병이 퍼질 위험은 크게 줄었어.'

일단 엘리제는 안도의 한숨을 내쉬었다. 일단 군 전체에 전염병이 퍼지는 대재앙은 막았다. 위험 요소가 있는 인원을 모두 격리한 덕분이었다. 만약 조사에 구멍이 있어 산발적으로 환자가 생기면 지체 없이 격리 공간으로 이송하고 접촉자를 추가로 격리했다. 그녀의 이런 조치들 덕에 전염병은 더 이상 제국군 내부에서 퍼지지 않게 되었다.

'다행이야.'

사실 이것만으로도 대성공이었다. 최소 수만이 넘는 병력이 몰살당할 위기에서 구해낸 것이니까. 하지만 엘리제는 만족하지 않았다.

'앞으로 할 일은 이미 발생한 환자들을 치료하는 일이야.'

현재 전염병에 걸린 사람은 750명. 앞으로 잠복기가 지나 발병할 인원까지 고려하면 최소 1,000명 이상이 위험했다. 그들을 살려야 했다. 엘리제는 다른 자원 의사들과 함께 환자를 치료했다. 쉬운 일은 아니었다. 현대 지구에서도 출혈열은 무서운 병이다. 하물며 이 시대에는 출혈성 질환을 치료하기 위한 기술이 많이 부족했다. 그리고 무엇보다 위험한 일이었다. 체액이 튀면 의사들도 전염될 위험성이 있었으니까. 보호구를 입었다고 해도 전염을 100%로 막을 수 있는 것은 아니었다. 그래도 엘리제를 비롯한 여러 명의 자원 의사는 자신들이 전염될 것을 각오하고 최선을 다해 환자를 진료했다.

물론 두려움이 없는 것은 아니었다. 그들도 사람이니까. 당연히 두렵지 않을 리가 없었다. 하지만 그들이 묵묵히 환자를 위하는 이유는 단 하나. 자신들이 의사이기 때문이었다. 그래, 의사이니까. 환자의 생명을 살릴 권리와 책임이 있는 의사이니까 어쩔 수 없는 일이었다.

그래도 한 가지 고무적인 일이 있었다. 전염병 환자들의 사망률이 꺾이기 시작했다. 50%를 넘어 60~70%에 육박하던 사망률이 거의 10%대까지 떨어진 것이다! 이는 엘리제가 급하게 새로 도입한 치료 방법 덕분이었다.

"아무리 해도 살릴 수가 없습니다. 방법이 없어요."

당시 의사들은 치료하면서도 절망감에 한숨을 내쉬고 있었다.

"위장관의 출혈은 위험하지 않아요. 심하게 피가 나는 것도 아니고, 수액 치료를 하면 보통 좋아지니까요. 하지만 폐의 출혈이 문제입니다."

"그러게 말입니다. 모든 환자가 폐출혈로 사망하고 있어요."

폐출혈! 당시로는 의사의 능력이 닿지 않는 영역이었다. 몸 깊이 있는 폐에 접근할 수가 없었으니까.

"폐에서 나는 출혈을 도저히 지혈할 수가 없어요."

"이대로 손 놓고 지켜보기만 해야 하는지. 하아……."

그렇게 의사들은 무력감을 느꼈다. 그런데 그때, 고민하던 엘리제가 해결책을 내놓았다.

"출혈을 멈추게 할 필요는 없어요."

"그게 무슨 말씀입니까, 데임? 피가 나는데 지혈을 할 필요가 없다니?"

"지금 폐출혈로 사망하는 환자들의 경과를 자세히 보면 과다출혈로 죽는 것이 아니에요."

"그러면……?"

엘리제는 자신의 분석 결과를 말했다.

"폐출혈로 폐 안에 피가 나다 보니, 마치 물에 빠진 것처럼 산소 교환이 되지 않아 사망하고 있어요. 폐에 물이 차서 죽는 익사자처럼요."

그렇다. 출혈성 전염병이지만 사망에 이르는 원인은 과다 출혈이 아니었다. 바로 폐에 피가 차서, 즉 물이 찬 것처럼 산소 교환이 안 되어 저산소증으로 죽었던 것이다. 물에 빠진 익사자와 유사했다.

"그러면 해결책은?"

"산소 치료예요."

산소 치료(Oxygen therapy)!

인위적으로 고농도의 산소를 공급해 주는 것이다. 이러면 폐에 피가 찬 상태에서도 저산소증을 해결할 수 있다.

"하지만 데임, 산소를 어떻게 공급한단 말입니까?"

한 의사가 물었다. 산소 치료는 현대 지구에서는 굉장히 흔하게 사용하지만 이 시대에는 익숙지 않은 방법이었다. 하지만 그녀는 산소를 공급하는 방법을 알고 있었다.

'이동용 산소 방을 사용하면 돼.'

이동용 산소 방(챔버, Chamber)은 마차나 기차 등에 실어서 이동하는 산소 공급 방이었다. 휴대용 산소까지 개발된 현대 지구와 비교하면 조악하기 그지없는 산소 치료 시설. 하지만 이 당시에는 산소를 공급하는 유일한 방법이었다.

'내가 알기로 현재 서대륙에는 이동용 산소 챔버가 10개 정도 있어. 브리티아 섬에 있는 것을 가져오기에는 바다를 건너야 하니 시간이 너무 걸리고 근처에서 구해야 하는데.'

적국인 공화국에서 빌릴 수는 없었다. 가까우면서도 이동용 산소 챔버가 있는 국가.

'그나마 프러시엔 공국이 가장 가까워. 빌릴 수 있을까? 아니, 무조건 빌려야 해. 안 그러면 이 환자들은 다 죽어.'

엘리제는 어떻게 하면 프러시엔 공국의 챔버를 빌릴 수 있을까 고민했다. 하지만 그 문제는 의외로 쉽게 해결되었다.

데임 클로랜스에게 감사의 선물을.

이런 메시지와 함께 이동용 챔버가 화물 기차에 실려 전장에 도착한 것이다. 발신자는 놀랍게도 귀족파의 수장 차일드 가문이었다.

"……어떻게?"

놀란 엘리제가 물었다.

대리인이 공손히 답했다.

"알버트 공자를 구해 준 것에 대한 답례입니다, 데임. 지난번 위험을 무릅쓰고 공자를 구해 주신 일. 후작 각하를 비롯한 모든 이가 크게 감동하고 있습니다."

"……!"

"물론 고작 이런 걸로 은혜를 다 갚을 수는 없겠지만 그냥 사소한 선물이라 생각해 주십시오."

차일드 가문은 국제 은행 재벌계의 수장이었다. 프러시엔 중앙은행의 소유자인 마르크 백작이 이들의 방계였으므로, 이동용 산소 챔버를 구하는 일쯤이야 식은 죽 먹기였던 것이다.

"가, 감사합니다."

"별말씀을. 마음껏 쓰시고 편할 때 마르크 백작께 돌려주십시오. 아, 만약 원하시면 그냥 클로랜스 후작가로 가져가도 상관은 없습니다."

대리인은 빙긋 웃으며 말했다. 나름 농담이라고 한 말 같았다. 세계 최고의 재벌가다운 농담이었다. 어쨌든 덕분에 전염병 치료에 활력이 붙었다. 폐출혈로 인한 저산소증이 산소 치료를 통해 해결되었고, 기타 여러 문제는 엘리제를 비롯한 의사들이 최선을 다해 달려들었다.

그 결과가 사망률의 급감! 한때 70%에 육박했던 사망률이 10%대까지 떨어졌다. 거의 최초의 감염자, 검제 3황자도 좋아졌고, 제이도 병석에서 일어났다. 그렇게 제국군을 죽음의 마수로 몰아넣었던 정체불명의 전염병은 점차 해결 국면으로 접어들었다. 모두 엘리제와 죽음을 각오한 여러 의사의 노력 덕분이었다. 이들의 노력과 헌신은 브리티아 제국 전체로 널리 퍼졌다.

[예비 황태자비, 데임 클로랜스! 죽음의 전염병을 막아내!]

[죽음을 각오한 의사들, 제국군을 구해내다!]

원정군의 전염병 사건은 제국 본토에서도 초유의 관심사였다. 잘못하면 수십만에 달하는 젊은 장병이 목숨을 잃을 수도 있는 일이었기 때문이다. 모든 시민이 그들, 엘리제와 의사들을 칭송하며 환호했다.

"역시 우리의 황태자비!"

"데임 클로랜스와 고생한 의사들을 위해 건배!"

특히 엘리제는 벌써 몇 번째 혁혁한 공을 세웠는지 모를 지경이다. 코프스크 회전부터 이번 일까지. 그녀가 아니었다면 지금까지 제국군은 얼마나 큰 피해를 입었을지 모른다. 여린 소녀의 몸으로 참가해 그 어떤 장군들보다 큰 공을 세우고 있는 것이다.

"정말 대단하군, 대단해."

론도의 황실에서 황제 민체스터가 혀를 내둘렀다.

"이거 이러다 크림원정 1등 훈장을 자네 딸에게 주어야 할지도 모르겠군."

"과찬이십니다."

엘 후작이 고개를 저었다.

"과찬은. 클로랜스 영애가 아니었으면 우리 제국군이 어찌 되었을지, 생각만 해도 아찔해."

확실히 그랬다. 그녀가 아니었다면 제국군은 어마어마한 피해를 입었을 것이다. 어쩌면 패전으로까지 갔을지도 몰랐다.

'승전해도 상처가 컸겠지.'

하지만 딸이 큰 공을 세웠지만 엘 후작은 답답한 얼굴로 한숨을 내쉬었다.

'엘리제, 난 네가 공 같은 것은 하나도 안 세워도 좋으니 빨리 집으로 돌아왔으면 좋겠구나.'

후작은 날마다 그녀가 걱정돼 잠이 들 수가 없었다. 밥은 잘 먹는지, 작은 몸으로 아프진 않은지, 혹시나 다치진 않았는지 너무나 걱정돼 견딜 수가 없었다.

'내가 잘못했어. 아무리 고집을 피웠어도 무슨 수를 써서라도 보내지 않는 건데.'

제국 전역에서 존경받는 명재상이지만 그에겐 제국군이나 전쟁의 승패보다도 딸이 훨씬 더 소중했다. 비교도 되지 않을 정도로.

전염병은 그렇게 해결 단계로 넘어가고 있었다.

'이제 잠복기도 거의 끝나가니 더 큰 피해는 없겠구나.'

지금까지 총 사망자는 478명. 그녀가 황태자에게 공언한 대로 500명이 넘지 않았다. 물론 이것도 가슴 아픈 숫자였지만 질병의 전염력이나 치명도를 고려하면 대단한 결과였다.

엘리제가 고안한 보호구 덕분인지, 의료진의 피해도 거의 없었다. 황태자의 간절한 기도 덕분인지, 그녀도 아무 탈 없었다.

'하지만 아직 끝난 것이 아니야. 한 가지 해결해야 할 문제가 남아 있어.'

엘리제는 그렇게 생각했다. 남은 문제. 그것은 바로 전염병의 원인이었다!

'뭔가 이상해. 정말 자연적으로 유행한 전염병일까?'

처음에는 큰 의심을 하지 않았다. 설마 사막의 전갈이라도 이런 악독한 수를 쓰진 않았을 것으로 생각했기 때문이다. 하지만 치료를 거듭할수록, 역학조사를 할수록 이상한 점이 발견되었다. 그리고 의심을 하게 된 결정적인 이유, 그건 바로 병의 정체였다.

'이 병은 1년 전, 검은 대륙의 중북부에서 유행하던 전염병이야.'

치료 중 그녀는 론도의 황궁 어의 밴 자작에게 자문을 구해 병의 정체를 밝혀낼 수 있었다. 병의 진단명은 '전염성 폐 출혈열'! 1년 전, 검은 대륙 중북부를 휩쓸었던 전염병이었다.

'왜 검은 대륙에서 유행하던 전염병이 갑자기 크림반도에?'

아무리 생각해도 이상했다. 검은 대륙의 병이 하늘에서 뚝 떨어진 것처럼 크림반도에 나타날 리가 없지 않은가? 그것도 제국군에만.

'정말 설마……?'

그리고 그녀는 질병의 경로를 밝히는 역학조사를 하던 중, 섬뜩한 단서를 발견했다. 바로 공화국군에 포로로 잡혀 있던 검기사단의 단원, 맥과 잭이었다.

"포로로 있을 때, 검은 대륙에서 온 무어인의 시중을 받았다고요?"

"네, 데임."

맥과 잭은 병석에 누워 엘리제에게 답했다. 전염병을 심하게 앓은 그들은 다행히 목숨은 건졌지만 몸이 크게 쇠약해진 상태였다.

"그들의 증상이 우리 군에 돈 전염병과 유사했습니다. 계속 기침을 했었고, 한 여인은 종종 코피를 흘렸었어요."

"……!"

엘리제는 서늘한 느낌을 받았다.

"혹시 그들 말고 군 내에서 전염병 환자를 접촉한 적이 있나요?"

"아무도 없습니다. 오히려 저희가 아프기 시작한 후, 3황자께서도 발병하셨습니다. 그리고 다른 검기사단의 단원들도 저희와 접촉 후 전염병에 걸렸고요."

엘리제는 역학조사 결과를 다시 한 번 검토했다. 확실히 이들은 그 어떤 환자와도 접촉한 경험이 없다. 포로로 있을 때 시중을 받은 무어인을 제외하고는.

'역학조사 결과 이 전염병이 최초로 발생한 부대는 검기사단이야. 그렇다면 이들 맥과 잭 경이 최초 발병자일 가능성이 높다는 건데.'

한 가지 끔찍한 가설이 떠올랐다. 이들이 검은 대륙에 가서 병에 옮아 왔을 리는 당연히 없다. 그렇다면 그 무어인들이 이들에게 병을 옮긴 숙주 역할을 했다는 결론이 나온다.

'설마 일부러……?'

그녀의 몸에 소름이 돋았다.

'사막의 전갈!'

그녀는 이 사실을 곧바로 검기사단의 단장인 검제 미하일에게 알렸다. 그도 병을 심하게 앓았지만 서대륙 최강검답게 지금은 완전히 건강을 회복한 상태다.

"그게 정말이야, 리제?"

"확실하지는 않아요. 하지만 확인해 봐야 한다 생각해요."

미하일의 얼굴이 평소와 다르게 딱딱하게 굳었다. 이번 전염병으로 가장 큰 피해를 본 것은 검기사단이었다. 300명의 단원 중 100여 명이 감염되고, 30명이 넘게 사망했던 것이다. 오러 나이츠의 가치를 생각하면 어마어마한 피해가 아닐 수 없었다.

"……알겠어. 이 일은 내가 알아서 할게."

"밀."

"리제는 리제의 일을 해. 이건 내가 해결할 테니."

미하일은 차가운 얼굴로 자리에서 일어났다. 검기사단의 단원들은 모두 3황자 미하일의 친구이자 형제 같은 이들이었다. 그런 소중한 이들이 30명이 넘게 죽은 것이다.

"이 일이 정말 사막의 전갈 때문에 일어난 일이면."

그는 말했다.

"나, 검제의 이름으로 절대 그냥 넘어가지 않겠어!"

미하일이 먼저 향한 곳은 총사령관 린덴의 지휘실이었다. 업무를 보던 린덴이 힐끗 눈만 들어 그를 바라봤다.

"무슨 일이지?"

피를 나눈 형제건만 반가운 인사는 없었다. 그럴 사이가 아니었으니까. 지금은 전쟁 중이라 서로 발톱을 감추고 있을 뿐, 종전 후 론도로 돌아가면 그들은 서로의 목숨을 건 싸움을 시작할 것이다. 둘 중 하나가 죽어야 끝나는 황위를 향한 싸움을.

"사막의 전갈 때문에 왔어, 형님."

"그게 무슨 말이지?"

"이번 전염병."

짧은 말이었지만 린덴은 알아들었다. 그의 눈이 차갑게 빛났다.

"형도 의심은 하고 있었지? 사막의 전갈과 이번 전염병 말이야."

당연한 이야기였다. 이번 전염병은 여러모로 수상쩍은 면이 많았다. 적의 수작이 의심될 수밖에 없었다. 하지만 뚜렷한 근거가 없는 의심은 헛된 망상일 뿐이다. 근거가 필요했다.

"의심할 근거를 찾아냈나?"

"아아, 리제 덕분에 말이야."

그런데 그 와중에 린덴이 짧게 말을 끊었다.

"리제가 아니라 형수님이라고 불러라."

"뭐?"

"그녀는 네 친구가 아니다. 황태자비가 될 여인이니, 공손하게 대해."

그 말에 미하일은 입술을 비틀었다.

'이 와중에 진짜.'

3황자는 속으로 중얼거렸다.

'그리고 황태자비가 될지, 안 될지는 두고 봐야겠지? 게임이 끝나기 전에는 결과가 어떻게 될지는 아무도 모르는 거니까.'

어쨌든 그 속마음은 감추고 3황자는 말했다.

"리제가 이 전염병이 공화국 때문에 퍼진 거란 잠정적 근거를 찾았어."

그는 엘리제가 조사한 결과를 말해주었다.

"어때?"

"그렇군."

린덴은 고개를 끄덕이며 속으로 감탄했다.

'확실히 이 정도면 엮어 넣을 수는 있겠군.'

공화국군의 포로로 잡혀 있다가 병에 걸린 무어인의 시중을 받고 전염병에 걸렸다. 그리고 곧바로 포로 교환을 통해 제국군의 진영으로 보내졌다. 이 정도면 거의 확실했다. 적당히 언론사를 통해 꾸며

발표하면 국제적인 이슈로 만들 수 있을 것이다. 그러면 루이 니콜라스와 공화국은 국제적인 비난을 받고, 반도에서의 명분을 상당수 잃을 것이다.

'또 엘리제, 그녀의 도움을 받는군. 대단해.'

린덴은 그녀 생각을 하자 또 가슴이 시큰 아파왔다. 그날의 다툼 이후, 그녀를 만나지 못했다. 보고 싶었다.

"솔직히...... 조금 거북합니다."

그런 아픈 말을 들었음에도 말이다. 아무리 아파도 보고 싶었다. 빌어먹을 일이었다.

"하지만 조금 아쉽군. 조금만 더 명확한 근거가 있었으면 좋겠는데. 공화국 놈들이 그 무어인들이 병에 안 걸렸었다 둘러댈 수도 있으니 말이야."

엘리제가 찾아낸 근거도 훌륭하지만 좀 더 직접적인 증거가 있으면 확실할 것이다.

그래서 3황자가 말했다.

"그건 내가 해결하겠어."

"어떻게?"

"그 무어인들의 시신을 구해 오면 되겠지. 구해 와 부검을 하면 되잖아."

"......!"

린덴은 흠칫 놀라 미하일을 바라봤다. 그렇다. 시체를 구해 와 부검을 통해 질병에 걸려 있었단 사실을 확인해 내면 빼도 박도 못 하게 된다.
"공화국의 포로로 있었던 맥과 잭을 감시했던 공화국의 병사를 매수해 알아냈어. 당시 시중을 들었던 무어인들이 며칠 안 돼 모두 사망했다고. 루이 니콜라스가 시체를 건드리지 못하도록 명령해 교외의 별장에 그대로 버려져 있다고 해. 별장도 같이 버려진 채 방치된 상태고."
"그러면?"
"검기사단으로 그곳을 들이닥쳐 무어인들의 주검을 구해 오겠어."
린덴은 가만히 동생을 바라봤다.
"위험할 텐데?"
아무리 방치된 곳이라 해도 적의 근거지 인근이었다. 어떤 위험이 있을지 몰랐다. 하지만 미하일은 피식 웃었다.
"괜찮아. 알잖아? 나 검제야."
짧지만 강한 의미가 담긴 말. 그렇다. 그는 검제. 전장에서 그를 막을 수 있는 자는 아무도 없었다. 미하일은 어깨를 으쓱했다. 그리고 가만히 형의 눈을 바라보며 말했다.
"뭐, 개인적으로는 평화주의자라 '복수'는 좋아하지 않지만 말이야."
둘만이 알아들을 수 있는 뼈가 있는 말.
"그래도 사막의 전갈, 그놈은 얄밉네. 한 방 먹여줘야겠어."
"……."
"어쨌든 그거 말하러 왔어. 출정 전 총사인 형님한테 신고해야 하니까 말이야. 충성! 사령부 직속, 검기사단과 중장 미하일. 심페폴 인근의 교외로 작전 수행하러 떠나겠습니다. 이상 보고 끝."

미하일은 장난스럽게 보고를 하고, 등을 돌렸다.

"그러면 금방 다녀올게."

"……미하일."

"왜?"

린덴은 짧게 말했다.

"조심해라."

"……!"

그 말에 미하일의 표정이 잠시 사라졌다.

"그거 나한테 한 말 맞아?"

"그래."

"왜? 농담이면 별로 재미없는데."

미하일은 세상에서 가장 재미없는 농담을 들은 것 같은 표정을 지었다. 황태자는 한숨을 내쉬었다.

"미하일, 난 너를 싫어하지 않아."

"하지만 우린 적이지. 결코 같이 살아갈 수 없는. 누군가 죽어야 하는."

그건 조금 슬픈 말이었다.

"……."

"나도 형님을 싫어하지 않아. 아니, 좋아해. 형님이 어릴 적 얼마나 귀여웠는지도 똑똑히 기억하고 있고."

어린 시절, 큰형님인 지펠과 둘째인 린덴, 그리고 자신, 마지막으로 누이까지. 이 4명이 황궁 장미 정원에서 뛰놀던 시절을 미하일은 잊을 수가 없다. 아릿한 기억이었다. 물론 린덴은 큰형님인 지펠이 자꾸 괴롭혀 싫었을 수도 있었겠지만, 미하일에겐 참 그리운 추억이었다. 이제는 결코 돌아갈 수 없는.

"지금은 공화국을 앞두고 휴전 중이지만 우린 분명한 적이야. 물론 만약 내가 이길 경우, 난 형님을 죽일 생각은 없지만, 반대로 형님이 이길 경우, 형님은 날 죽이겠지. 안 그래?"

"난 널 죽이고 싶지 않다."

"그래서? 안 죽일 거야?"

린덴은 잠시 입을 다물었다 말했다.

"네가 '내가 하려는 일'을 막지 않는다면."

미하일은 피식 웃었다.

"그건 날 무조건 죽이겠다는 말이군."

미하일은 더 이상 이런 이야기를 할 필요가 없다고 생각했다. 서로 불필요한 시간만 소모할 뿐이다. 그런데 그때, 린덴이 의외의 이야기를 했다.

"미하일, 황위를 포기할 생각은 없느냐? 네가 이 정쟁에서 물러난다면 너에게 로마노프령을 주겠다. 그저 이름뿐인 공왕(公王)이 아닌, 너의 독립 왕국으로 주겠어. 너의 자손들은 서대륙 북단 로마노프령의 오롯한 왕이 될 것이다."

"……!"

엄청난 제안이었다. 동쪽으로는 얼음으로 덮인 극지에 둘러싸이긴 했지만, 로마노프령은 오히려 브리티아 섬 본토보다 넓고 알짜배기인 영토였다. 웬만한 나라들보다 로마노프령 자체의 저력이 더 클 정도.

'그런 곳을 독립국으로 주겠다고?'

하지만 미하일은 반문했다.

"내가 황위를 포기하면? 형님도 하려는 일 포기할 거야?"

린덴은 탄식했다.

"네가 내 입장이라면 너는 포기할 수 있겠느냐? 그날, 난 내가 가진 모든 것을 잃어버렸다……."

그 목소리에는 뼈저린 고통이 담겨 있어 미하일은 주먹을 움켜쥐었다. 그래, 미하일도 안다. 린덴이 결코 그 염원을 버릴 수 없다는 것을. 하지만 미하일도 포기할 수 없는 것은 마찬가지였다. 둘 모두 물러날 수 없었다. 그러니 이 싸움은 누구의 잘못도 아니었다. 모두가 옳았다. 아니, 모두가 잘못하고 있다고 해야 할까? 아니, 그런 것도 아니었다. 그저 각자의 입장에서 서로의 싸움을 할 뿐이다.

"마지막으로 하나만 물을게."

"뭐지?"

"2년 전, 큰형님 지펠. 형님이 죽인 거야?"

"지펠을 죽인 것은 사막의 전갈과 공화국군이다."

"그래서, 죽였어?"

린덴은 가만히 미하일을 바라보다 답했다.

"난 그가 죽는 것을 원하지 않았다."

"그래, 원하지 않았군. 무슨 말인지 알겠어. 이만 가볼게."

"그래."

그렇게 두 형제는 대화 후 헤어졌다. 길거리의 먼지보다도 가치 없는 대화였다.

미하일은 곧바로 검기사단을 움직였다. 추악한 계획에 동료를 잃은 기사단의 분노는 컸다. 마치 범이 토끼 무리를 덮치듯 몰아쳤다. 특히 무슨 일이 있었는지, 검제의 검은 공포 그 자체였다.

공화국군은, 그리고 검기사단의 기사들은 그가 왜 동방에서 오존, 검제란 존칭을 받았는지 다시 한 번 알 수 있었다. 그렇게 공화국군의 얄팍하게 쳐진 방어선을 뚫고 곧바로 별장에 도착한 그들은 문제의 무어인들의 시체를 수거했다. 물론 전염을 우려해 직접 손을 대지 않고 겹겹이 안전장치로 싸서 운반했다.

그들의 가공한 급습에 혼이 빠진 별장 근방의 공화국 수비대는 감히 뒤쫓을 생각도 못 했다. 어차피 말을 타고 쫓아가 봤자 잡을 수도 없었겠지만 말이다.

"이 무어인들에게서 전염병이 옮은 것이 분명합니다."

특별히 로마노프령에서 초빙받아 제국 군진에 머물고 있던 부검의는 무어인들의 주검을 보고 단번에 결론을 내렸다. 어려울 것도 없었다. 이미 부패가 시작된 지 한참 된 시신이지만 전신 여기저기에 출혈 자국이 흥건했으니까. 특히 부검 결과 폐에는 피가 가득 차 있었다.

"이런 추악한!"

"아무리 전쟁이라도 이런 짓을 하다니!"

제국군은 분노에 찬 고함을 질렀다. 아무리 전쟁이라도 지켜야 할 선이 있는 법이다. 현대로 갈수록 전쟁이 무자비해지긴 하지만 아직은 전장에서 여성과 민간인에 대한 존중과 기사도가 남아 있는 시대였다.

"공화국군을 무찔러라!"

"적들을 용서하지 마라!"

제국군 모두가 공화국군에 대한 적의로 불타올랐고 이는 사기 진작으로 이어졌다.

반대로 공화국군의 사기는 크게 떨어졌다. 공화국의 병사들은 여기저기서 목소리를 낮춰 수군거렸다.

"니콜라스 각하가 그런 비인도적인 계책을 썼다고? 아니야. 믿을 수 없어. 모두 제국군, 공제의 수작 아니야?"

"하지만 제국군에서 증거를 들이밀던데, 거짓말이 아닌 것 같아."

자유와 평등을 가치로 삼는 공화국이다. 공화국 사람들은 자신들이 자유와 평등이란 진보된 가치를 추구하는 것을 자랑스러워한다. 그리고 그 자유와 평등에는 인간에 대한 기본적 존중이 포함된다.

그런데 그 자유와 평등을 위해 싸우는 자신들의 군대가 아무리 적이라지만 전염병을 퍼뜨리는 추악한 짓을 하다니! 크게 사기가 떨어질 수밖에 없었다. 고대서부터 내려온 진리처럼 사기가 떨어진 군대는 전쟁에서 승리할 수 없다. 공화국군은 분노에 찬 제국군의 총검 돌격을 당해내지 못했고, 여기저기서 패배하기 시작했다.

'이걸로 만족할 생각은 없지.'

린덴은 차갑게 생각했다. 루이 니콜라스, 그놈 때문에 엘리제가 죽음을 무릅쓰고 전염병을 치료해야 했다. 다행히 아무런 일도 없었지만 그 시간 동안 그는 미칠 만큼 그녀를 걱정해야 했다. 그건 정말 끔찍한 고통이었다. 하루하루 그녀가 잘못될까 봐 타는 듯한 시간을 보내야 했으니까. 그는 자신에게 그런 끔찍한 고통을 안겨준 니콜라스를 그냥 내버려 둘 생각이 없었다.

'전쟁은 총으로만 하는 것이 아니란 걸 보여주마.'

확실히 그는 사막의 전갈보다는 기기묘묘한 책략에서는 뒤처졌다. 하지만 사막의 전갈이 전쟁만 아는 위인이라면 그는 황제의 권한을 위임받아 제국을 운영하는 거인(巨人)이었다. 그는 전장에서 전방위적으로 공화국군을 압박하면서 동시에 정략적으로 사막의 전갈을 흔들기 시작했다.

'첫 번째는 언론.'

제국의 황태자인 그가 움직일 수 있는 언론은 수없이 많았다. 브리티아 황실은 제국의 언론사들은 물론이고, 타국의 언론사에도 어느 정도 지분을 가지고 있는 경우가 많았으니까. 그리고 이런 비인도적인 핫이슈는 굳이 뒷공작을 할 필요도 없었다. 그냥 각국의 언론사에 객관적인 정보만 가져다줘도 신나서 기사를 써댔다.

[공화국의 사막의 전갈, 악마의 계책을 사용. 인간으로서의 선을 넘어.]

[앞에서는 정의를 수호하는 공화국, 뒤에서는 전염병을 제국군에 퍼뜨리는 만행을 저지르다.]

[자유와 평등은 과연 누구를 위한 가치인가? 과연 공화국군은 자유와 평등을 수호한다 말할 자격이 있는가?]

이런 유의 기사가 서대륙 전체에 퍼졌다. 특히 공화국의 언론은 벌집처럼 뒤집어졌다. 공화국의 수도, 파리스의 시민들은 신문 기사를 보며 믿을 수 없다는 듯 웅성거렸다.

"아니, 이게 정말이야? 우리 공화국군이 이랬다고?"

"거짓말 아니야?"

아무리 루이의 아버지, 시몬 니콜라스가 30년간 철혈의 독재를 펼치고 있다지만 프랑소엔은 기본적으로 '공화국'이다. 신분의 차별이 없고 만인이 평등한.

따라서 정치인부터 뜻있는 지식인, 자유를 추구하는 일반 시민들까지 니콜라스 가문의 독재를 못마땅하게 생각하고 있는 이는 수도 없이 많았고, 이들이 불처럼 일어났다. 더구나 이번 비인도적인 계책 말고도 최근 패전을 거듭하고 있는 사막의 전갈 아닌가?

"루이 니콜라스는 지금까지의 패전을 책임지고 물러나라!"

"국제 전쟁법을 위반한 루이 니콜라스는 당장 본국으로 돌아와 재판을 받아라!"

루이에 대한 반대 성명이 강하게 터졌다. 문제는 그것뿐이 아니었다. 애초에 공화국에는 이번 크림전쟁에 대해 회의적인 시각을 가지고 있는 이가 많았다. 크림반도 인근 흑해의 지정학적 중요성은 인정하지만, 제국군을 상대하기 위해 너무 큰 병력을 동원했기 때문이다. 40만, 아무리 공화국이라도 허리가 휘청할 병력이었다.

"정부는 크림반도에서 철수를 검토하라!"

"전쟁만 일삼는 니콜라스 일당은 물러나라!"

그렇게 비둘기파들도 거리로 나와 당국과 루이 니콜라스를 규탄했다. 원래 프랑소엔인은 기질이 불같은 면이 있었다. 한번 팔을 걷고 일어나자, 반대파의 기세가 봄날 들불처럼 번져 가며 매섭게 타올랐다.

모두 린덴이 의도한 대로였다. 그뿐 아니라 그는 비공식적 라인을 통해 공화국의 정치인들도 움직였다. 그들은 니콜라스 부자의 반대파로, 브리티아와는 정치적 목적에 따라 비밀 협력 관계를 맺고 있었다. 그들은 크림반도에서 연달아 실패하고 있는 루이 니콜라스를 경질시켜야 한다고 주장했다. 이러한 린덴의 공작들은 오래지 않아 루이 니콜라스에게 직격으로 내리꽂혔다.

"빌어먹을! 제기랄!"
와장창! 쨍그랑!
루이 니콜라스는 닥치는 대로 집무실의 도구를 집어 던졌다. 거울이 깨지고 유리잔이 박살 나며 와인 병이 붉은 액체를 터뜨렸다. 항상 여유가 있던 평소와는 전혀 딴판인 모습. 그런 그의 옆에는 갈가리 찢어진 신문들이 있었다.

[인간의 도리를 저버린 루이 니콜라스, 이번에도 또 패해.]
[하늘이 벌을 주는가? 연전연패의 수렁에 빠진 루이 니콜라스.]

제국은 물론, 어느 나라나 할 것 없이 이런 기사들이 도배되고 있었다. 공화국도 마찬가지다. 틀린 기사는 아니다. 전염병 계책이 실패한 후 공화국군은 연전연패 중이니까. 애초에 공화국군은 세계 최강인 제국군보다 병력의 질에서 다소 떨어졌다. 그런 판에 기세까지 밀리니, 열세를 뒤집을 수가 없었다.
"제기랄! 아무것도 모르는 것들이!"
루이 니콜라스는 분노에 시뻘게진 눈으로 외쳤다. 그런 그의 얼굴 한편에는 기다랗고 흉측한 흉터가 자리하고 있었다. 코프스프 회전 시 눈가에 입었던 상처가 그사이 곪아 농을 제거하는 수술을 받은 탓이었다.

"술을 많이 마셔 상처가 덧난 것 같습니다. 당분간 와인은 자제하는 것이 좋겠습니다."

공화국의 군의가 평소 시도 때도 없이 와인을 즐기는 그에게 충고했다. 그렇지 않아도 화나는데 분통을 터뜨리는 충고였고, 루이는 그 의사를 당장 군영에서 쫓아내 버렸다.

"빌어먹을. 빌어먹을! 제기랄!"

사막의 전갈은 갑자기 수술받은 부위가 아파서 손으로 얼굴을 감싸 쥐었다. 수술을 받았음에도 염증이 가라앉지 않아 그의 얼굴은 한편이 빨갛게 부어 있었다. 붓기와 상처 때문에 그의 얼굴에선 이전의 그림 같은 외모는 찾아볼 수가 없었다. 특히 커다란 수술 자국은 염증이 사라진 뒤에도 평생 흉측하게 남으리라.

'이게 다 클로랜스, 그년 때문이다.'

루이 니콜라스는 이를 갈았다. 그래, 모두 다 그년 때문이었다. 처음 몽쉘 왕국을 이용한 계략이 실패한 것도, 코프스크 대회전 때 대패를 한 것도, 전염병 계책이 아무런 효과를 못 본 것도, 그리고 오히려 계책이 발각돼 정치적 역공을 당한 것도, 그래서 이렇게 연전연패하고 있는 것도, 얼굴에 이렇게 큰 흉을 얻은 것도 모두 다 그년 때문이었다. 실제로 일부에선 그녀를 이렇게 부르는 이도 있었다.

전갈 사냥꾼!

그의 계책을 연달아 무산시켜 생긴 별명으로, 루이에겐 엄청난 치욕을 주는 별명이었다.

'절대 가만두지 않겠다. 절대로.'

처음의 호기심은 이미 사라졌다. 이제 그 소녀를 바라보는 감정은 단 하나, 복수심. 반드시 사로잡아 이 치욕을 갚아주리라. 차라리 죽여 달라 빌게 만들 것이다.

'머지않아, 곧.'

그런 그의 마음속에 또다시 악마의 계책이 피어올랐다. 사막의 전갈이 혹독한 마음으로 짜낸 계책. 이번이야말로 클로랜스 그 계집도 빠져나갈 수 없을 계책이었다. 그는 그렇게 굳게 믿었다.

18장

엇갈림

프라바 인근의 제국군 사령부.

전선이 남하함에 따라 제국군의 사령부는 코프스크에서 남쪽의 프라바로 이동했다. 그곳에서 린덴을 비롯한 장군들이 회의를 하고 있었다.

"분위기가 좋군요. 이대로라면 곧 심페폴을 탈환할 수 있을 것 같습니다."

"모두 황태자 전하와 예비 황태자비 덕분입니다."

"하하, 그러게 말입니다."

공화국과 다르게 회의 분위기는 좋았다. 연전연승 중이니 그럴 수밖에 없었다. 그때, 린덴이 차분히 물었다.

"사막의 전갈은 특별한 움직임은 없나?"

황태자의 물음에 부총사령관 맥가일 원수는 시원하게 답했다.

"네, 심페폴에 틀어박혀 꼼짝도 못 하고 있습니다. 아무리 전갈이라도 이런 상황에서 함부로 더 수작을 부리긴 어렵겠죠."

요즘은 기사가 랜스로 돌격하는 시대가 아니다. 서대륙의 서쪽 끝 스페냐 왕국에서 북쪽 끝 로마노프령까지 기차가 다니고, 전장의 참사가 곧바로 사진에 실려 본국에 기사로 발표되는 시대. 이런 시대에는 아무리 원정 나와 있는 군대의 총사령관이라도 자국의 여론을 신경 안 쓸 수가 없다. 잘못하면 본국에 보고돼 여론의 뭇매를 맞을 수 있으니까. 따라서 사막의 전갈의 움직임도 소심해질 수밖에 없다. 한 번이라도 더 실패하면 그때는 정말 경질될 테니까.

"이대로 여세를 몰아 심페폴을 함락시키면 될 것 같습니다."

"그러게 말입니다. 승전이 눈앞에 보이고 있습니다, 전하."

"모두 전하와 예비 황태지비님 덕분입니다."

맥가일 원수를 비롯한 장성들이 신이 나서 떠들었다. 하지만 좋은 분위기와 다르게 린덴은 무언가 석연치 않음을 느꼈다. 느낌이 좋지 않았다.

'이대로 사막의 전갈이 무너질까? 과연?'

물론 특별히 눈에 보이는 이상한 점은 없었다. 그냥 감이었다. 왠지 사막의 전갈이라면 또다시 기기묘묘한 계책을 내놓을 것 같았다.

'그래도 상관은 없다.'

린덴은 입꼬리를 틀어 올렸다.

'필승의 계책은 그놈만 세우고 있는 게 아니니까.'

그는 목소리를 낮춰 은밀히 맥가일 원수에게 말했다.

"맥가일 원수."

"네, 전하."

"그 계획은 잘 진행되고 있겠지?"

맥가일 원수가 그 말에 의미심장한 미소를 지었다.

"네, 그렇습니다. 차질 없이 시작했다고 연락을 받았습니다. 이제 이 전쟁도 끝입니다."

그렇다. 이 순간 린덴의 반격이 이미 시작되고 있었다. 아마 사막의 전갈은 무슨 일이 일어나고 있는지 짐작도 못 하고 있으리라.

'그래, 나는 전갈, 네놈에 비해 국지적 전술 능력은 떨어진다. 하지만 전쟁의 승패를 좌우하는 것은 '대국적 전략'이지, '국지적 전술'이 아니야.'

아마 그의 계획이 성공하면 전쟁은 그걸로 마무리되리라. 만약 그렇게 되면 당초 예상했던 것보다 빠른 승전이었다.

'모두 엘리제 덕분이지.'

린덴은 그렇게 생각했다. 그녀가 아니었다면 코프스크 대회전에서 패배했을 것이고, 엄청난 피해를 입은 채 지금도 반도 북쪽에서 피나는 접전을 벌이고 있었을 것이다. 아니면 지난번 전염병으로 병력이 궤멸했거나. 모두 그녀 덕분에 이 횡액들을 피할 수 있었고, 하나하나가 어마어마한 공이 아닐 수 없었다.

'엘리제.'

갑자기 린덴의 얼굴이 어두워졌다.

맥가일 원수는 황태자가 무거운 표정을 하자 걱정스레 물었다.

"왜 그러십니까, 전하?"

"아니, 별것 아니네."

린덴은 고개를 저었다. 그래, 별것 아닌 일이었다.

'아니, 별것 아닌 일이 아닌가?'

자신에게는 전쟁의 승패만큼이나 중요한 일이었다. 그의 얼굴이 어두워진 이유는 최근 계속 그녀를 만나지 못했기 때문이다.

'엘리제, 언제까지 나를 피할 생각인 거지?'

주기적으로 병원을 방문함에도 그녀를 만나지 못하는 이유는 단 하나. 그녀가 그를 피하고 있기 때문이었다.

"데임 클로랜스께서는 안 계십니다."

또 병원을 방문했으나 이번에도 허탕이었다. 린덴은 주먹을 움켜쥐었다. 그는 짓눌린 목소리로 물었다.

"어디에 있는 거지? 병원에 있는 거면 나오라고 해. 할 말이 있으니."

"병원에 안 계십니다."

"그러면?"

"전선에 순회 진료를 가셨습니다."

그 말에 린덴은 헛웃음을 터뜨렸다. 하! 순회 진료라고?

'빌어먹을. 순회 진료는 무슨 순회 진료.'

순회 진료는 전선에 나가 있어 병원에 오지 못하는 병사들을 위해 의사가 직접 부대에 방문해 진료하는 것을 뜻한다. 지금껏 어떤 의사도 하지 않았던 일이었는데, 최근 의무사령관 엘리제가 고안해 본인이 몸소 실천 중이었다. 병사들의 반응은 당연히 대감동! 제국에서 가장 고귀한 레이디가 될 여인이 연약한 몸을 이끌고 자신들을 위해 직접 부대까지 와서 치료해 주는데, 감동을 안 할 수가 없었다. 이 순회 진료 덕분에 등불을 든 여인, 엘리제의 이름은 다시 한 번 제국군 전체에 크게 울려 퍼졌다. 제국군 모두가 그녀의 헌신을 높이 칭송했다. 단 한 명만 제외하고 말이다.

'망할. 등불은 든 여인은 무슨. 제기랄.'

총사령관 린덴은 속으로 욕설을 내뱉었다.

'순회 진료 때문에 얼굴을 볼 수가 없잖아.'

순회 진료를 시행한 후 그는 그녀의 얼굴을 한 번도 보지 못했다. 병원을 방문할 때마다 부재중이었기 때문이다.

'이렇게까지 나를 피한단 말이지?'

린덴은 입술을 질근 깨물었다. 물론 그녀가 자신을 피하려고 순회 진료를 나간다는 근거는 없었다. 하지만 그는 그녀가 늘 병원을 비우고 일선 부대로 진료를 가는 이유가 자신 때문일 거라 짐작했다. 순회 진료를 가지 않을 때도 이런저런 핑계로 자신의 얼굴을 피했기 때문이다.

'엘리제, 내가 그렇게 싫단 말이냐?'

부글부글 화가 났다. 비참한 기분도 들었다. 또 가슴이 찢어지듯 아프기도 했다. 그러면서도 가장 최악의 사실은 이렇게 더러운 기분 속에서도 그녀가 보고 싶단 것이었다.

그때, 그의 앞에 서 있던 무뚝뚝한 인상의 남자 의사가 말했다.

"그러면 어떻게 하시겠습니까? 환자를 살피실 거면 제가 안내해 드리겠습니다."

린덴은 인상을 와락 찌푸렸다. 환자를 살핀다는 말은 그가 병원에 오기 위한 핑계일 뿐이었다. 그녀가 없는데 환자를 보고 싶을 리가 없었다.

"됐다."

"그러면 조심히 가십시오."

문득 황태자는 자신의 앞에 서 있는 남자 의사를 바라보았다. 무뚝뚝하니 잘생긴 얼굴. 그레이엄이라고 했던가?

'재수 없게 생겼군. 마음에 안 들어. 쫓아내 버릴까.'

심사가 꼬여서일까? 그냥 다 마음에 안 들었다. 특히 자신도 못 보는 그녀 옆에서 늘 같이 있을 거라 생각하니 열불이 확 뻗쳤다.

'젠장.'

린덴은 짓씹듯 말했다.

"클로랜스 대령에게 말을 전해라."

"어떤?"

"그렇게 도망 다녀도 소용없다고."

"그게…… 무슨 말씀입니까?"

"넌 그냥 그렇게만 전해."

황태자는 입술을 비틀었다. 그는 다음에는 억지로라도 그녀를 만나야겠다고 다짐했다. 그리고 담판을 지을 것이다.

'도망 다녀도 소용없다.'

자신은 절대 그녀를 포기할 생각이 없으니까.

'어디 계속 도망 다녀봐. 세상 끝까지라도 쫓아갈 테니. 네가 날 싫어해도 상관없어.'

그녀가 자신을 밀어낼 때마다 너무나 아프지만 그래도 자신은 그녀를 가질 것이다. 무슨 일이 있더라도. 만약 그녀가 새처럼 날아 도망가려 한다면 그는 그녀를 꽁꽁 묶어 새장에 가둬서라도 가질 것이다.

'이건 네 책임이야, 엘리제. 네가 날 이렇게 만들었어. 난 이제 네

가 없으면 안 되니까.'

그는 그렇게 생각했다.

한편 엘리제는 본인이 기안한 순회 진료를 열심히 다니고 있었다.

"감사합니다, 데임. 저희를 위해 이렇게나."

"이 먼 곳까지 직접 와주시다니."

한 병사가 감동해 말했다. 부상을 당했다고 모두 병원에 올 수 있는 것은 아니다. 전선의 여러 사정상 제대로 치료받지 못하고 방치되는 경우도 많았다. 이런 이들에게 엘리제는 천사나 다름없었다.

'저렇게 여린 몸으로 이 험한 곳까지 오다니. 우리를 위해.'

병사들은 감동한 눈으로 엘리제를 바라봤다. 저 작은 몸으로 이런 헌신이라니. 더구나 황태자비가 될 지고한 신분 아닌가? 그럼에도 흙먼지가 날리고, 피가 낭자한 전선에서 환자들을 돌보는데 거리낌이 없다. 병사들은 그녀, 등불을 든 여인에 대해서는 그 어떤 칭송도 모자란다고 생각했다. 하지만 엘리제 본인은 그런 감탄을 듣고는 씁쓸한 표정을 지었다.

'아니야. 난 이런 칭찬을 들을 자격이 없어. 그런 숭고한 뜻으로 하는 일이 아니니까.'

그녀가 이 순회 진료에 매진하는 이유는 린덴이 짐작한 대로 그를 피하기 위해서였다.

'하아, 이렇게 피한다고 해결될 일은 아닌데.'

그녀도 알고 있다. 그를 무작정 외면하는 게 답은 아니란 것을. 하지만 도저히 그의 얼굴을 볼 자신이 없었다.

'무서워.'

지난 삶, 그녀는 그를 사랑했다. 목숨보다도 더 깊이, 자기 자신을 유지할 수 없을 정도로. 하지만 고통스러운 사랑이었다. 아무리 그녀가 과거 천성이 악했다 하더라도 그에게 철저히 외면당하지 않았으면, 그래서 그 고통스러운 사랑을 겪지 않았다면 그렇게까지 망가졌을까? 단두대에 처형당할 정도로?

물론 안다. 이번 삶은 지난 삶과 다를 수도 있다는 것을. 하지만 두려웠다. 단두대에서 처형당했던 기억은 트라우마가 되어 내내 그녀를 괴롭혔다.

그녀가 환자 치료에 열중했던 것은 그 악몽에서 벗어나기 위한 점도 일부 있었다. 그래서 결심했다. 결국, 그와 결혼하게 되더라도 그를 사랑하지 않겠다고, 결단코 흔들리지 않겠다고. 하지만 지금 그녀는 그에게 흔들리고 있었다. 아니, 흔들리는 정도가 아니었다.

"솔직히 조금…… 거북합니다."

그 말을 했을 때, 그의 얼굴이 떠올랐다. 그 아파하는 눈을 떠올릴 때마다 그녀의 가슴이 아릿하게 저려왔다. 떠오르는 것은 그것뿐이 아니었다. 그가 무뚝뚝한 얼굴로 자신에게 생일 선물을 내밀던 일, 그날 밤 등 뒤에서 자신을 부드럽게 안았던 일 등 그와 얽인 상념들이 끝없이 머릿속으로 들어왔다. 아무리 몰아내려 해도 소용없었다.

"하아."

그녀는 크게 한숨을 내쉬었다. 이런 자신이 싫었다. 어떻게 해야 할지 도저히 알 수가 없었다.

그때였다. 무뚝뚝하고 퉁명스러운 목소리가 그녀를 불렀다.

“웬 한숨이냐?”

“큰오라버니?!”

한 자루의 보검처럼 차갑고 아름다운 외모. 렌 드 클로랜스 남작이었다.

“여기는 웬일이세요?”

“웬일은, 여기가 우리 부대잖아.”

그러고 보니 그녀가 지금 방문한 부대는 다름 아닌 렌이 부단장으로 있는 총기사단과 그 휘하 연대였다.

“네가 대령이라니, 말세군.”

렌은 혀를 차며 그녀의 계급장을 살폈다. 대나무 3개. 로열 나이츠의 부단장인 렌과 동일한 계급이었다. 그 심히 못마땅하다는 표정에 엘리제는 힘없이 웃었다.

“그러게요.”

그녀도 자신의 계급이 과하다고 생각했다.

‘그의 배려였지…….’

그때는 잘 몰랐지만 이건 그의 배려고 선물이었다. 군대는 여러 특성상 계급이 낮으면 일 처리가 굉장히 불편했다. 그녀가 지금까지 해온 파격적 처치들은 계급이 뒷받침되지 않았으면 진행이 굉장히 어려웠을 것이다.

“하아.”

또 그의 생각을 해버리고 말았다. 요즘 그녀의 머릿속에선 그가 떠나갈 때가 없었다. 그 사실이 참 답답하고 싫었다.

“뭘 그렇게 계속 한숨이야? 어린것이.”

렌이 마음에 안 든다는 듯 말했다. 엘리제는 고개를 저었다.

"아니에요. 그나저나 큰오라버니는 잘 지내셨어요? 한 번도 저 보러 안 오시고."

"내가 널 왜 보러 가? 무슨 볼일이 있다고. 싸우는 것도 바쁜데."

큰오빠의 퉁명스러운 대답에 엘리제는 배시시 웃었다. 황태자 때문에 마음은 답답했지만 큰오라버니를 오랜만에 보니 반가웠다.

"하나뿐인 여동생인데 좀 따뜻하게 말해주면 안 돼요? 그렇게 불친절하면 여자들 다 도망가요."

"여자 따위 관심 없다."

참고로 렌은 황태자와 더불어 론도의 천연기념물이었다. 연애는커녕 여자 손 한 번 잡아본 적 없는.

"그러지 말고. 아버지, 어머니가 큰오라버니 언제 결혼할지 걱정이 태산인데……."

그렇게 대화를 나누다 엘리제는 한숨을 내쉬었다.

"오라버니."

"왜?"

"오라버니는 고민이 있을 때 어떻게 하세요?"

"그게 무슨 말이냐?"

"그러니까 그럴 때가 있잖아요. 도저히 해결할 수 없는 문제를 만났을 때, 그럴 때 어떻게 하세요?"

답을 바라고 한 물음은 아니다. 그저 답답해서, 어떻게 해야 할지 알 수가 없어서 막막한 마음에 한 물음이었다. 그런데 큰 오라버니가 엉뚱한 답을 했다.

"총을 쏜다."

"……네?"

"권총 꺼내봐, 지금."

"네?"

엘리제는 황당한 표정을 지었다. 고민을 물었는데, 웬 총? 하지만 렌은 단호하게 재촉했다.

"빨리. 설마 안 가지고 다니는 것은 아니겠지?"

"그, 그건 아니에요."

권총을 어디 두었더라? 원체 신경을 안 써 잘 기억이 안 났다. 그녀는 왕진 가방 안을 한참 뒤지고 나서야 7연발 리볼버를 찾아냈다. 엘리제가 무기를 소홀이 여기는 것을 보고 렌은 눈썹을 찌푸렸다.

"내가 뭐라고 했어? 전장에서 총은 생명이라고. 만약 지금 갑자기 적이 나타났으면 넌 그냥 죽은 목숨이야."

맞는 말이어서 엘리제는 고개를 숙였다. 물론 속으로 입술을 살짝 내밀었다.

'오라버니는 고민 상담은 안 해주고, 웬 총이야?'

그런데 렌은 더욱 가관인 요구를 했다.

"쏴봐."

"네?"

"저기 나무 끝에 튀어나온 부분 있지? 맞춰봐."

"……농담이죠?"

갑자기 웬 총질을 하라고? 그러나 렌은 농담하는 것이 아니었다.

"빨리. 벌써 총 쏘는 법 잊어버린 것 아니겠지? 그렇게 가르쳤는데."

결국, 엘리제는 한숨을 내쉬고 총을 겨누었다.

'이게 뭐 하는 건지.'

타앙!

높은 굉음과 함께 그녀에게 강한 반동이 전해졌다. 엘리제는 렌에게 배운 대로 그 반동을 견디고 표적을 바라봤다.

명중! 총알은 표적을 정확히 꿰뚫었다. 렌이 입술을 비틀었다.

“더 쏴봐.”

“또요?”

“그래. 저기 저쪽에 튀어나와 있는 것들을 표적으로 하면 되겠다.”

엘리제는 그 말에 따랐다.

타앙! 타앙!

갑작스레 조용한 전장에 총소리가 울리고 총기사단의 병사들이 놀란 얼굴로 소녀를 바라봤다.

“예비 황태자비께서 총을?”

그냥 쏘는 것도 아니었다. 한 발 한 발 쏠 때마다 명중이었다. 엘리제는 모든 것을 잊고 표적만 바라봤다. 높은 고음이 울리며 총의 반동이 전해질 때마다 기묘한 느낌이 들었다. 그건 고도의 긴장과 묘한 시원함이었다. 마치 잡념을 총에 실어 쏘아 보내는 듯했다.

‘이래서 총을 쏴보라 한 건가?’

그렇게 7발의 탄을 다 쏜 후, 엘리제는 총을 쥔 손을 내리며 한숨을 내쉬었다.

“제법 나쁘진 않군.”

나쁘지 않은 정도가 아니다. 명중률이 극악한 권총으로 백발백중이라니. 이 정도면 권총의 명사수라 할 만했다. 엘리제는 오빠에게 칭찬받아 어깨를 으쓱했다.

“오라버니도 알겠지만 원래 제가 손재주가 있다고요.”

렌은 피식 웃었다.

"총을 쏠 때 명중시키려면 어떻게 해야 하지?"

"손이 흔들리지 않아야죠."

"아니, 그 전에 눈은?"

"표적을 주시해야 해요. 총을 쏘기 전부터 방아쇠를 당긴 후까지도."

사격의 요점은 여러 가지가 있지만 그중 가장 중요한 것은 표적을 응시하는 것이다. 방아쇠를 당기는 중 표적에서 눈을 돌리면 절대 맞지 않는다.

"그래, 정확하다."

그러며 렌은 동생을 바라봤다.

"난 고민도 그렇게 해결한다."

"……!"

"살다 보면 막막한 고민이 많지. 잘 해결 안 되는 일도 많고. 어떻게 해야 할지 모를 때도 있고. 그럴 때마다 난 그 일들에 정면으로 마주했다. 외면하고 도망가기만 해서는 절대 해결되지 않으니까."

엘리제의 마음이 무거워졌다. 외면하고 도망가는 것, 그건 그녀가 지금 하고 있는 일이었다.

"……그렇군요."

그 말을 끝으로 그녀는 입을 다물었다. 오라버니의 말을 들으니 마음이 더 복잡해졌다. 도망가지 말고 직시하라고? 나는 어떻게 해야지?

"하아."

렌은 깊은 한숨을 내쉬는 동생을 잠시 바라보다 자리에서 일어났다.

"난 이만 가보마. 무슨 일인지 모르지만 잘 해결하고."

"네, 꼭 몸조심하세요."

"너야말로. 총은 꼭 몸에 가지고 다니고. 이번처럼 가방 속에 아무렇게나 처박아두면 혼날 줄 알아라."

혀를 차며 하는 말에 그녀는 입술을 내밀었다.

"사령부 인근 야전병원에 있을 때는 안 가지고 있어도 되죠?"

"아니, 그때도 항상 가지고 있어."

"왜요? 어차피 거기까지 공화국군이 쳐들어올 일은 없잖아요."

렌은 눈썹을 찌푸렸다.

"그걸 어떻게 확신하지?"

"……."

"아무리 우리가 이기고 있다지만 전쟁에서는 무슨 일이 일어날지 모른다. 어느 순간, 어디서 적이 출현할지 모르는 게 전쟁이야. 그러니 항상 가지고 있어."

그러며 그는 덧붙였다.

"물론 나도 네가 그 권총을 사용할 일은 없기를 간절히 기원한다. 네가 그 권총을 사용한다는 것은 최악의 상황이 닥쳤다는 뜻이니까."

공화국군의 근거지, 반도의 수도 심페폴.

사령부로 사용하는 시청사에 칼날 같은 긴장이 감돌고 있었다.

"……꼭 이 작전을 사용해야겠습니까, 각하?"

파비앙이 무겁게 물었다. 그 반대 의사가 담긴 발언에 한쪽 얼굴에 기다란 수술 자국이 나 있는 루이 니콜라스가 인상을 찌푸렸다.

"왜? 무슨 문제라도 있나?"

"……."

"아니면? 파비앙, 네놈에게 더 좋은 방법이라도 있는 거냐? 빌어먹을 제국 놈들을 엿 먹일 수 있는 방법 말이야!"

버럭 화를 낸 그는 얼굴의 통증 때문에 신음을 흘렸다.

'빌어먹을. 이번 작전이 끝나기만 하면.'

루이는 자신에게 이런 상처를 안겨준 엘리제를 떠올렸다. 이 작전만 끝난다면 그녀는 드디어 자신의 손에 떨어지리라.

파비앙은 입을 다물었다.

'전술 자체는 좋아.'

이번에 루이 니콜라스가 고안한 전술은 훌륭했다. 아마 이번에야말로 제국군에게 한 방 먹일 수 있을 것이다. 하지만 문제는 적을 기만할 방법이었다.

'하아.'

파비앙은 한숨을 내쉬었으나 늘 그렇듯 그에겐 권한이 없었다. 그저 루이의 명을 수행할 뿐.

"빨리 미끼를 불러와."

"……알겠습니다."

그리고 곧 나타난 이는 이십 대 초반의 젊은 장교였다.

"충성! 피에르 중위입니다! 각하를 뵙습니다!"

피에르 중위의 얼굴은 하얗게 질려 있었다. 단순히 총사령관을 대면한다는 긴장감은 아니었다. 이번 작전에 그가 수행해야 할 임무에 대해 어렴풋이 들었던 탓이었다.

"그래, 피에르. 잘 왔어. 고생이 많군."

"아닙니다!"

"대충 이야기는 들었나?"

"그렇습니다, 각하!"

피에르 중위는 딱딱하게 굳어 답했다.

"그래, 나도 이런 명령을 내리게 되어 마음이 좋지 않군. 하지만 이해하고 있겠지? 자유와 평등을 이루려면 누군가의 희생이 필요하단 것을."

자신의 죽음을 언급하는 총사령관의 말에 피에르 중위의 손이 파르르 떨렸다.

"자유와 평등을 위해 죽어줄 수 있겠지, 중위?"

"……그렇습니다."

이번 대답은 조금 늦게 나왔다. 목소리도 조금 떨렸다.

'죽고 싶지 않아.'

피에르는 고국에서 자신을 기다리는 부모님을 떠올렸다. 결혼을 약속한 연인도 떠올랐다. 눈물이 핑 돌았지만 자신에게 선택 권한은 없었다. 따라야 한다.

'이 작전을 거부해도…… 죽겠지.'

그는 알고 있었다. 이 작전을 거부하면 자신은 쥐도 새도 모르게 죽을 것이다. 그리고 또 다른 제물을 찾겠지.

"이 작전이 성공하면, 그래서 제국군에게 승리하면 자네에게는 총통께서 직접 내리는 영광된 훈장이 수여될 거야."

"……감사합니다."

전혀 위안이 되지 않는 말이었다. 죽은 다음 받는 훈장이 무슨 소용이란 말인가? 하지만 루이는 그런 피에르 중위의 마음은 신경 쓰지도 않고 웃으며 말했다.

"그래, 그러면 자네가 이번 작전에서 해야 할 일을 알려주지."

루이로부터 설명을 들은 피에르 중위가 떨리는 다리를 부여잡고 사령관실에서 나갔다.

"파비앙."

"네, 각하."

"레오 장군에게는 이야기가 잘 전해졌지?"

"네, 이미 준비를 끝낸 상태입니다."

"좋아. 잊지 말라고. 우리의 진짜 목표는……."

루이의 눈이 전장 지도를 향했다.

"프라바니까."

그의 시선이 향한 곳은 다름 아닌, 심페폴 북단의 프라바. 사령부와 엘리제가 머무는 야전병원이 위치한 곳이었다.

다음 날, 어스름한 어둠이 내려앉는 저녁.

심페폴에서 출발한 전령이 말을 달렸다. 공화국의 동쪽 방면 2군단을 향해서였다.

'제발! 제발!'

전령, 피에르 중위는 이를 악물고 말에게 채찍질했다.

'죽고 싶지 않아!'

그는 자신의 임무를 떠올렸다. 그 임무를 달성하려면 자신이 죽어야 한다. 하지만 죽고 싶지 않았다. 살아서 가족에게 돌아가고 싶었다. 사랑하는 연인의 품에 안기고 싶었다.

'제발! 2군단에 무사히 도착할 수만 있으면!'

그가 2군단에 무사히 도착하면 '어쩔 수 없는' 작전 실패였다. 피에르는 제국군을 만나지 않고 이 위험지역을 돌파할 수 있기를 간절히 기원했다. 그러나 상대는 제국군이었다. 분명 제국군이 없을 것으로 생각한 지역으로 왔음에도 꼬리를 잡혀 버렸다. 목적지까지 절반도 가기 전의 일이었다.

"공화국의 전령이다! 잡아라!"

"거기 서라!"

그 목소리를 들은 피에르 중위는 아득한 마음이 들었다. 얼핏 뒤를 돌아보니 5명의 기병대가 자신을 쫓고 있었다.

'아아! 총기사단!'

그들의 어깨에 새겨진 총과 검이 교차하는 문장을 본 피에르는 아득한 절망감을 느꼈다. 검기사단과 더불어 제국 2대 기사단 중 하나인 총기사단이었다!

'안 돼! 도망가야 해!'

그는 발굽의 징으로 말을 박찼으나 상대는 총기사단이다. 검기사단이 오러 나이츠로 이뤄진 최강의 돌격 기병대라면, 총기사단은 전원이 명사수로 이루어진 최강의 총기병대.

"어딜 도망가려고!"

타앙!

찢어지는 굉음이 울리고 피에르 중위가 탄 말이 단번에 쓰러졌다. 다리에 정확히 저격당한 것이다!

"크악!"

바닥을 떨어진 피에르는 비명을 질렀다. 끔찍한 고통이 그를 덮쳤다.

'아아……! 엘르!'

그는 연인의 이름을 속으로 불렀다. 제국군에게 잡혔으니 이제 끝이었다. 남은 길은 단 하나, 작전을 수행하는 것이다.

"가서 잡아와!"

"옛썰!"

이미 다 잡았다 생각한 제국군은 느긋하게 피에르에게 다가오기 시작했다. 혹시나 마지막 발악을 하지 않을까 총을 겨누고 주의하며. 그런데 그 순간, 다 잡은 고기가 의외의 행동을 하였다. 가슴에 급하게 손을 집어넣더니, 무언가를 꺼내 입안에 집어넣고 삼킨 것이다!

"아니?!"

"편지잖아?! 말려!"

제국 군사들은 놀라 눈을 떴다. 그들은 피에르가 삼킨 게 무엇인지 똑똑히 보았다. 편지였다! 분명 작전 기밀이 적혀 있을! 화들짝 놀라 그에게 다가갔으나 이미 늦은 뒤였다.

"이런! 빌어먹을!"

더구나 그들이 자신에게 도착하기 직전, 피에르는 마지막 작전을 수행했다. 권총을 꺼내 들어 자신의 이마에 겨눈 것이다. 그것을 보고 제국 군사들 중 책임자가 급하게 외쳤다.

"안 돼! 잡아!"

편지까지 삼켰는데, 전령마저 자살하면 작전 기밀을 알아낼 방법이 없다! 하지만 손을 쓰기엔 이미 늦었다.

타앙!

관자놀이에서 피가 튀며, 피에르는 실 끊어진 인형처럼 쓰러졌다.

즉사였다.

"이런 제길!"

제국 군사들은 곤란한 표정을 지었다.

"어떻게 하죠, 소위님? 분명 중요한 정보를 가지고 있던 놈 같은데."

책임자인 소위도 그렇게 생각했다. 잡히자마자 편지를 삼키고 자살하는 전령이라니. 얼마나 중요한 정보를 가지고 있었기에? 더구나 제복을 살피니 계급도 중위였다. 초급이긴 하지만 당당한 장교 계급. 보통 중위는 중대장의 직책을 맡는다. 단순히 전령으로 쓰기에는 직위가 너무 높았다. 분명 중요한 정보를 가지고 있었을 것이다.

'어떻게 하지?'

그는 고민했다. 무슨 정보인지는 모르지만 어쩌면 전황에 크게 도움이 될지도 몰랐다.

"배를 가른다."

"네?"

"배를 갈라서 편지를 꺼낸다. 삼킨 지 얼마 안 됐으니 글씨가 그대로 남아 있을 거야."

"하지만……."

시신을 모독하는 것으로 생각했는지, 수하가 꺼림칙한 표정을 지었다. 하지만 소위는 단호히 명했다.

"어쩌면 우리 제국군을 위험하게 할지도 모를 정보야. 반대로 큰 도움이 될지도 모르는 정보기도 하고. 반드시 알아야 한다."

결국 그들은 피에르의 배를 갈라 식도에 남아 있는 편지를 꺼냈다. 소위의 말대로 배에 들어간 지 얼마 안 돼, 편지의 내용은 온전했다. 소위는 편지의 내용을 먼저 살폈다. 그리고 경악했다.

"이건……!"

편지에는 제국군의 우익을 뒤흔들 내용이 적혀 있었다!

"빨리 사령부에 전해야 해!"

편지의 내용에 따르면 시간이 얼마 없었다. 작전 감행일이 코앞이었던 것이다. 그렇게 문제의 편지는 제국 사령부에 전달되었다. 사령부가 발칵 뒤집어졌고, 곧바로 비상 회의가 소집되었다.

"이거 정말 엄청난 정보군요."

"그러게 말입니다. 모르고 있었으면 어쩔 뻔했습니까? 또 뒤통수를 맞을 뻔했어요."

"미리 알아 정말 다행입니다."

사령부의 장군들이 흥분하여 떠들었다. 서신의 내용은 그만큼 중요한 정보였다. 그들은 다시 한 번 서신의 내용을 살폈다.

친애하는 레오 장군에게.

제국의 3군단이 계획대로 보흐라드에 접어들었소이다. 예정대로 양면 합동 공격을 시행하겠소. 작전 시행일은…….

무시무시한 내용이었다. 모르고 있었으면 5만에 달하는 병력이 대패할 뻔했다.

"참 등골이 서늘하군요. 물론 우리 제국군 3군단이 일방적으로 당하진 않았겠지만 말입니다."

"그러게 말입니다."

적이 이번에 동원할 병력은 총 10만 명! 코프스크 이후 또 한 번의 대회전이 일어나려는 것이다. 그런데 그때, 한 참모가 의견을 제시했다.

"이 정보, 역으로 사용할 수 있지 않을까요?"

"어떻게 말인가?"

"이 서신을 보면 적들의 진군 방향을 예상할 수 있습니다. 그 방향에 맞춰 우리가 미리 매복했다가 역공을 가하는 것이지요. 그러면 공화국군에게 큰 피해를 줄 수 있을 겁니다."

장군들은 고개를 끄덕였다. 확실히 좋은 작전이었다.

"그렇게만 하면 분명 크게 이길 수 있겠소이다."

"전황을 아예 굳혀 버릴 수도 있겠습니다."

그렇지 않아도 좋은 분위기를 타고 있는 제국군이었다. 이 정보를 이용해 또다시 대승한다면 아예 승전을 굳힐 수 있을지도 몰랐다. 하지만 문제가 있었다.

"그런데 병력은 어디서 동원합니까? 서신에 적힌 작전 시행일을 보면 너무 시간이 촉박해 멀리 있는 부대를 동원하긴 어려울 것 같은데."

문제는 바로 시간. 작전 시행일까지 시간이 너무 촉박해 인근에 있는 부대 말고는 적에게 역습을 가할 수가 없었다. 그리고 지금 전투가 벌어지고 있는 곳은 수도인 심페폴만이 아니었다. 크림반도 서쪽 끝부터 동쪽 끝까지 기다란 전선을 형성해 동시다발적 전투를 벌이고 있었다. 따라서 급하게 병력을 투입할 수 있는 곳이 마땅치 않았다. 잠시 의견이 오간 후, 한 장군이 해결책을 내놓았다.

"여기 프라바, 사령부를 지키고 있는 수비병을 동원하면 되지 않겠습니까?"

"……!"

"지금 프라바에 주둔 중인 병력은 총 3만. 이 중 최소의 병력만 남기고 전부 동원하면 될 듯합니다."

"그러면 이곳 사령부의 수비는 어떻게 합니까?"

의견을 제시한 장군은 자신 있게 말했다.

"우리 3군단을 공격하기 위해 10만이나 되는 병력을 움직일 공화국군입니다. 이곳 사령부를 공격할 여력 따윈 없을 것입니다."

그 말이 옳았다. 그렇지 않아도 열세인 공화국군이다. 작전을 위해 10만이나 동원하는 판에 사령부까지 공격할 수는 없을 것이다.

"어떻게 생각하십니까, 전하?"

부총사령관 맥가일 원수가 황태자의 의견을 물었다. 총사령관인 린덴은 말없이 장군들의 토론을 듣고 있었다.

"제 생각에는 사령부의 병력을 동원해 적들에게 역습을 가하는 것이 맞는다고 생각되긴 합니다만."

"내 생각도 그렇긴 하다."

린덴은 고개를 끄덕였다. 뜻하지 않은 정보 획득으로 세우는 완벽한 작전이었다. 이 역습이 성공해 대승한다면 공화국군에게 치명적 타격을 입힐 수 있다. 어쩌면 전쟁을 끝낼 수 있을지도 모르는 타격을.

'그렇게만 되면 내 계획은 시행할 필요도 없겠군.'

욕심이 날 정도로 완벽한 상황. 하지만 그는 쉽게 작전을 승인하지 못했다. 뭔가 석연치 않은 느낌이 들어서였다.

'정말 그냥 이렇게 하면 되는 걸까?'

린덴은 인상을 찌푸렸다. 의심할 만한 근거는 없었다. 공화국 장교가 자살하면서까지 지키려던 작전 기밀을 운 좋게 얻은 것이니까. 아마 사막의 전갈도 전령이 편지를 삼키고 자살까지 했는데, 배를 갈라 정보를 가져갔으리라고는 생각지 못할 것이다.

'그래도 왠지 느낌이 안 좋아.'

그는 책상을 두드렸다.

'하지만 느낌이 안 좋다는 이유만으로 병력을 안 보낼 수는 없어. 너무나 좋은 기회이니까.'

고민하던 그는 잠시 결론을 보류했다.

'엘리제, 그녀와 상의해 봐야겠군.'

엘리제, 어쩌면 그 소녀라면 그들이 놓치고 있는 이 작전의 맹점을 알아낼 수 있을지도 몰랐다. 하지만 뭔가를 기대하고 찾아간 린덴은 또다시 씁쓸함을 맛봐야 했다.

"안 계십니다."

린덴을 맞은 건 황태자에겐 밉상인 그레이엄이었다.

"아직도? 아직도 안 돌아왔다고?"

"네, 전령을 통해 환자가 많아 조금 늦는다고 연락 왔습니다. 아마 내일 저녁이나 모레쯤 병원에 돌아올 것 같다고 합니다."

린덴은 와락 인상을 구겼다.

'이 여자가 정말.'

며칠 전, 그는 결심했었다. 그녀가 자신을 피하니 억지로라도 만나 담판을 짓자고. 그는 그녀에게 아무리 도망 다녀도 소용없으니 포기하라고 말할 작정이었다. 하지만 빌어먹을. 억지로 만나려 해도 일단 돌아와야 만날 것 아닌가?

'이틀 뒤에 온다고? 작전은 어떻게 하지?'

시간에 맞추려면 늦어도 내일은 병력을 이동해야 했다. 이틀 뒤면 너무 늦었다.

'생각을 들어보고 싶은데.'

감이 꺼림칙했다. 하지만 근거 없는 감만으로 작전을 결정할 수는 없었다. 그는 자신이 놓치고 있는 것이 무엇인지 그녀의 의견을 들어보고 싶었지만 아무래도 어려울 것 같았다.

'어쩔 수가 없군.'

결국, 그는 출정을 결정했다.

'이번 작전이 끝나면 순회 진료는 영원히 금지해야겠어. 반드시.'

그녀가 반발해도 이번만큼은 절대 안 들어줄 것이다. 순회 진료가 반드시 필요하면 다른 의사 보내라고, 그렇게 명할 것이다.

다음 날, 린덴이 이끄는 3만의 병력이 공화국군을 역습하기 위해 출발했다. 프라바 사령부에는 최소한의 병력인 2천의 수비병만 남겨두었다.

린덴이 떠난 날 늦은 밤, 엘리제가 프라바의 병원에 돌아왔다. 대규모 작전이 벌어졌다는 것을 아직 모르고 있는 그녀는 린덴을 생각했다.

'그래, 이렇게 도망 다니는 것은 답이 아니야. 어떻게든 답을 내야 해.'

그녀는 큰오라버니의 조언을 생각했다. 어떤 답을 내야 할지는 모르겠지만 도망은 답이 아니었다. 엘리제는 환자를 진료하며 고민을 거듭했다.

그리고 린덴과 엘리제가 엇갈린 그때. 사막의 전갈이 움직이기 시작했다. 사령부, 엘리제가 있는 프라바를 향하여.

프라바 인근의 야전병원은 항상 그렇듯 부상병들로 북적이고 있었다. 엘리제와 의료진들이 건물 안에서 환자를 치료하며 고군분투하고 있을 때, 하늘에서 눈이 내리기 시작했다. 엘리제를 보조하고 있던 제이가 창밖을 보고 놀라 말했다.

"어, 눈이 내려요. 데임."

"그러네요."

제이의 말에 엘리제는 창밖을 바라보았다. 정말로 함박눈이 펑펑 내리고 있었다.

'아직도 눈이라니. 다른 나라들은 이제 슬슬 봄기운이 올 때인데.'

반도에서 벌어지는 전쟁을 하늘이 슬퍼하는 탓일까? 봄이 올 기미가 보이질 않았다. 아직도 한겨울처럼 추웠다. 이러다 정말로 봄 없이 덥고 습한 여름이 곧바로 올지도 모르겠다.

'병사들이 고생하겠네.'

그녀는 사령부를 떠나 작전을 나간 병사들을 떠올렸다. 한창 진군 중에 눈이 오니 애로가 많을 것 같았다.

'그는…… 괜찮겠지?'

그녀는 또 자신도 모르게 그를 생각했다. 워낙 중요한 작전이기에 황태자인 그도 직접 친정하였다.

'이렇게 눈이 많이 오는데…… 괜찮겠지?'

그러다 그녀는 화들짝 고개를 저었다.

'또, 또 생각했어.'

요즘 그녀는 머리가 고장 난 것 같았다. 시도 때도 없이 그가 비집고 들어왔다.

"하아."

그녀는 한숨을 내쉬고 창밖을 바라봤다. 병원 근처에 쌓인 새하얀 눈은 밝고 아름답기 그지없었다. 곧 이곳에서 일어날 일은 상상도 못 하고 있는 것처럼.

한편 그때, 린덴도 눈을 맞고 있었다.

"눈이 오는군요."

"그렇군."

"길이 어려워지기 전에 조금 더 속력을 내야겠습니다."

린덴은 고개를 끄덕이며 생각했다.

'프라바도 눈이 오려나? 엘리제는 괜찮겠지? 따뜻하게 입어야 할 텐데.'

정신없이 환자를 볼 때 그녀는 아무렇게나 입고 진료를 한다. 부상자들이 끝없이 밀려드니, 옷을 신경 쓸 겨를이 없어서였다. 린덴은 그런 그녀가 얇게 옷을 입었다가 눈을 맞으며 감기라도 걸릴까 걱정이었다.

'마음에 안 들어. 몸은 왜 그렇게 약한지. 청에 나가 있는 영사에게 명해 보약이라도 구해야겠어.'

이왕이면 청의 황제가 먹는 최고급의 걸로 구해야겠다. 그녀에게 아무거나 먹일 수는 없으니까.

'려의 홍삼도 좋다고 하던데. 그것도 구해야겠군. 그런데 려에는 영사가 없는데 어떻게 구하지? 뭐, 어떻게든 구할 수 있겠지.'

어차피 구하는 거야 아랫것들이 할 일이니까.

'이번 전투만 끝나면 본국에 연락해 당장 구하라 해야겠어.'

그렇게 그는 그녀를 생각했다.

'그런데 이번 전투.'

그는 생각을 돌렸다.

'정말 이대로 가도 되는 걸까? 뭔가 잘못 판단하고 있는 것은 없을까?'

계속 꺼림칙한 느낌이 들었다. 근거도 없이 불안한 기분. 뭔가를 놓치고 있는 것 같다.

'정찰대를 먼저 보냈으니 곧 돌아오겠지.'

그는 계속 불안한 기분이 들어 정찰대를 작전 지역으로 먼저 보냈다. 뭔가 이상한 점은 없는지 확인하기 위해. 여러 필의 말을 번갈아가며 사력을 다해 달릴 그들은 곧 정확한 정보를 가지고 돌아올 것이다.

"전하! 각하!"

과연 얼마 지나지 않아 군영 멀리서 큰 목소리가 들렸다. 정찰대의 기병이었다! 기병은 죽을힘을 다해 작전 구역까지 달려왔는지, 전신이 땀에 젖고 핼쑥한 얼굴이었다.

린덴은 기병을 본 순간, 얼굴이 딱딱하게 굳었다. 기병의 표정이 굉장히 다급했던 것이다. 큰일이라도 일어난 것처럼. 린덴은 다급한 목소리로 물었다.

"정찰 결과는?"

"큰일 났습니다!"

"……!"

"지금 목적 지역과 적 진군 예정지를 정찰했는데……!"

정찰대의 보고를 들은 린덴과 맥가일 원수의 안색이 하얗게 질렸다.

완전히 당했다!

없었다. 적이 향할 것이라 예상했던 목적지에도, 그리고 예상 진군로에도. 아무런 흔적도 없었다. 적 장교가 자살까지 하며 지키려던 작전 기밀은 다름 아닌 사막의 전갈의 함정이었던 것이다!

'이런 제길! 멍청한!'

린덴은 불안한 감을 무시한 자신에게 욕설을 내뱉었다. 수하 장교를 자살시키면서까지 적을 속인 전갈의 비정함을 욕할 수도 있었지만 지금은 그럴 때가 아니었다. 큰 피해를 입기 전, 적의 진정한 목적을 파악해야 했다.

'3군단이 목적이 아니었어. 그러면 진짜 목적은?'

곧바로 답이 떠올랐다.

'사령부인 프라바!'

그들이 떠남으로써 비어버린 프라바가 분명했다. 바로 엘리제가 지금 있는!

'안 돼, 엘리제!'

지금 프라바에 있는 병력은 2,000명에 불과했다. 적들의 전면 공격을 받으면 순식간에 무너질 것이다.

"지금 당장 프라바로 회군한다. 빨리!"

"네, 전하!"

린덴은 회중시계를 바라봤다.

'아직 늦지 않았어. 아니, 늦지 않았어야 해.'

그는 초조하게 생각했다. 그래도 한 가지 다행인 점은 이 정보를 늦지 않게 얻었다는 점이다. 그가 무리해서 정찰대를 독촉한 덕분이었다. 만약 정찰대를 빨리 보내지 않았다면 아예 속수무책으로 당했을 것이다.

'다행히 멀리 나오진 않았어. 전속력으로 돌아가면 어쩌면 늦지 않을지도 몰라!'

그는 주먹을 움켜쥐었다.

'엘리제……! 꼭 무사해야 한다! 꼭!'

아득한 마음으로 기원했다. 그녀가 만약 잘못된다면 그는 미쳐 버릴지도 몰랐다.

'제발!'

무언가 잘못됐다는 점을 깨달은 것은 밤이 되기 전, 늦은 오후였다.

콰앙!

땅이 울리는 듯한 어마어마한 굉음. 야전병원의 모두가 흠칫 놀라 움직임을 멈추었다.

"이게 무슨 소리죠?"

"대포 소리 같은데? 왜 대포 소리가?"

한 남자 의사가 고개를 갸웃했다.

"사령부의 수비병들이 훈련을 하나?"

"그러겠죠? 혹시 들은 것 있으신가요, 데임?"

엘리제도 알고 있는 바가 있을 리 없었다. 그녀가 고개를 저으려는 순간!

콰앙!

다시 한 번 천지를 울리는 굉음이 터졌다! 이번엔 아까보다 더 가까웠다.

"꺄악!"

제이가 깜짝 놀라 손으로 얼굴을 감싸며 고개를 숙였다. 다른 의사들과 간호사들도 놀란 표정을 했다. 병원 사람들이 상황을 파악하기도 전에 요란한 총소리가 들리기 시작했다.

타당! 타앙!

"크악! 공화국군이다! 경보를 울려!"

"아악!"

갑작스러운 총소리와 비명! 엘리제의 안색이 하얘졌다. 갑자기 공화국군이라니? 이곳 프라바에? 그녀는 다급히 병원 3층의 창문으로 달려갔다. 그리고 밖을 내다보고 경악했다.

'어떻게?!'

눈에 닿는 모든 곳이 푸른 제복의 공화국군이었다. 특히 가슴에 판금 갑옷을 입은 흉갑기병대, 큐래시어(Cuirassier)가 제국군 군영에 돌격해 닥치는 대로 칼을 휘두르며 제국 병사를 도륙하고 있었다.

"크아악!"

"죽어라, 제국 놈들! 자유와 평등을 위하여!"

그리고 전면에서 그들을 지휘하는 한 남자가 보였다.

'사막의 전갈!'

부상을 당했는지 한쪽 얼굴에 흉측한 상처가 나 있었지만 그가 분명했다. 그는 악마 같은 눈으로 병사들을 휘몰아치고 있었다.

'속았구나!'

그녀는 상황을 직관적으로 파악했다. 정확한 정황은 회의에 참석하지 않아 알 수가 없지만 적에게 역습을 가하기 위해 떠난 린덴과 사령부가 저 사막의 전갈의 기만술에 속은 것이 분명했다.

'어떻게 하지?'

적이 코앞까지 닥치니 그녀의 손이 두려움에 파르르 떨렸다. 하지만 그녀는 주먹을 움켜쥐며 침착하려 애썼다.

'정신 차려, 엘리제. 너는 이 병원, 의무부대의 장이야. 전투가 벌어졌으니, 내가 이들을 챙겨야 해.'

제국군이 저들을 물리치면 좋겠지만 아무래도 가능할 것 같지가 않다. 일단 숫자 차이가 너무 많이 났다. 못해도 2만은 되어 보이는 병력이다. 특히 제국의 총기사단과 비견되는, 공화국의 최정예 흉갑기병대만 5,000명이 넘어 보였다.

'어떻게 하지? 침착히 생각해. 내가 이들을 살려야 해.'

그녀는 자신과 함께 일하는 사람들을 떠올렸다. 제이, 그레이엄 남작, 그리고 수많은 의사와 간호사들. 모두 자신을 돕기 위해 머나먼 브리티아에서 이곳까지 자원 온 이들이다. 최소 이들은 모두 무사히 살려야 했다.

'하지만 어떻게?'

그런데 그때였다.

벌컥!

그녀가 있는 방의 문이 거칠게 열렸다. 엘리제는 적인지 알고 깜짝 놀라 허리춤의 권총을 부여잡았다.

"데임!"

하지만 다행히 공화국군이 아니었다. 붉은 제복을 입고 있는 제국군 장교였다.

"공화국군입니다. 도망가야 합니다!"

총이라도 맞았는지 그 장교는 어깨 한편에 피를 흘리고 있었다. 다급한 얼굴. 엘리제는 두렵고 떨리는 마음을 간신히 참으며 최대한 침착한 목소리로 물었다.

"전황이 많이 안 좋나요?"

"네, 흉갑기병대의 돌격에 방어선 대부분이 무너졌습니다. 이곳 프라바는 이미 끝났습니다. 저희가 최선을 다해 버틸 테니 데임이라도 빨리 도망가십시오!"

엘리제는 입술을 깨물었다. 예상대로 최악의 상황이었다.

'어떻게 해야지?'

장교가 다시 재촉했다.

"시간이 없습니다. 빨리 도망가십시오!"

하지만 엘리제는 고개를 저었다.

"안 돼요. 도망은 못 가요. 저는 이 병원의 책임자예요."

"데임!"

이름 모를 장교는 버럭 소리를 높였다.

"물론 아랫사람과 환자를 생각하는 데임의 마음은 잘 알고 있습니다. 저도 데임의 그 숭고한 뜻에 여러 차례 감명받았고요!"

"……!"

"하지만 데임께서는 혼자만의 몸이 아닙니다! 이 제국의 황태자비가 되실, 그 누구보다도 지고한 몸이란 말입니다! 그러니 우리 모두가 죽는 것보다 데임이 무사히 탈출하는 것이 더 중요합니다! 그러니 빨리 도망가십시오!"

엘리제의 눈이 흔들렸다. 그녀도 안다. 자신은 단순한 귀족가의 영애가 아니다. 작게는 재상가의 딸이며, 크게는 황태자비가 될 여인이다. 또한 현(現) 제국군에서 가장 명망 높은 인사이며, 병사들에게 가장 많은 존경과 은애를 받는 여인이다. 그러니 이곳 프라바의 누구보다도 적에게 잡혀서는 안 되는 사람이다. 반드시 도망가야 한다.

하지만 그녀는 그 순간 갈등하지 않을 수 없었다.

'어차피 도망갈 수 없어.'

이건 쓸데없는 고집이 아니었다. 그녀는 냉정히 판단했다.

'내가 저 흉갑기병대를 따돌리고 탈출하는 것은 불가능해.'

승마를 배웠지만 권총 사격만큼 능숙해지진 못했다. 그저 남들만큼 달릴 수 있는 정도다. 반면 저들 흉갑기병대는 기마술의 최고 달인들이었다. 그리고 기마 사격에도 능숙했다. 저들을 뒤에 두고 도망쳐 봤자 1㎞도 못 가고 잡힐 것이다.

'어차피 잡힐 거면 지금 이 순간 내가 해야 할 일을 해야 해.'

그녀가 해야 할 일. 그건 바로 병원의 사람들을 책임지는 것이다.

그런데 그때, 또 다른 병사가 그녀의 방에 들어왔다!

"데임! 빨리 몸을 피하셔야 합니다! 적 사령관, 루이 니콜라스가 병사들을 이끌고 이곳 야전병원으로 오고 있습니다! 데임을 잡으러!"

엘리제의 눈이 커졌다. 나를 잡으러 오고 있다고? 그 사막의 전갈이?

'끝이구나.'

그가 직접 온다면 정말 벗어날 방법은 없다고 봐야 했다. 자신은 분명 포로로 공화국에 끌려갈 것이다. 어쩌면 그의 계책을 여러 번 방해한 괘씸죄로 고초를 당할지도 몰랐다.

'루이 니콜라스.'

그림 같은 외모에 독사 같은 속마음이 담긴 그의 얼굴을 떠올리니 그녀는 갑자기 욕지기가 치밀어 올랐다. 두려웠다. 그에게 잡혀가기 싫었다. 하지만 루이 니콜라스가 자신에게 온다는 이야기를 들은 순간 그녀는 한 가지 방법을 떠올렸다. 두려웠지만, 벌벌 떨며 책상 밑에라도 숨고 싶었지만 그녀에겐 이 순간 책임져야 할 이들이 있었으니까. 자신이 설사 포로로 끌려가더라도, 최소한 제이와 그레이엄을 비롯한 의료진들은 구해야 했다.

'나만이 할 수 있는 일이야.'

그녀는 떨리는 마음을 진정시키기 위해 주먹을 움켜쥐었다. 그리고 허리춤으로 손을 가져갔다. 그녀의 손가락에 차가운 금속의 느낌이 닿았다.

7연발 리볼버. 큰오라버니가 그녀에게 준 선물이었다. 드디어 이 선물을 사용할 순간이 다가왔다.

"사령부 점령했습니다!"

"적의 방어선이 모두 무너졌습니다!"

"주요 진지 모두 점령했습니다!"

공화국의 병사들이 속속 보고하였다. 사령부가 점령됐으니 프라바는 함락된 것이나 마찬가지이다. 하지만 지금 루이 니콜라스의 최고 관심사는 사령부의 점령이 아니었다. 그는 입을 열었다.

"등불을 든 여인은?"

"네?"

"등불을 든 여인은 어디에 있느냐고. 놓치면 안 된다. 반드시 잡아야 한다."

공화국 장교가 떠듬떠듬 답했다.

"충성! 아, 알겠습니다!"

곧 그녀의 위치가 파악되었다. 사령부 인근의 야전병원. 바로 그곳이었다.

'이곳 근처에 있군.'

루이 니콜라스는 이를 드러내며 웃었다. 드디어 만나게 된다. 자신에게 몇 번이고 치욕을 안겨주었던 그녀를!

'전갈 사냥꾼이라고?'

그는 최근 들어 그녀에게 붙은 별명을 떠올렸다. 그에게 끔찍한 치욕을 주는 별명. 이제 그 치욕을 갚아줄 때가 왔다.

"내가 직접 가겠다."

그는 비틀린 목소리로 말했다.

사막의 전갈을 만나기 전, 엘리제는 제복을 가다듬었다. 이곳의 책임자로 적 사령관을 만나기에 부족함이 없도록. 엘리제는 거울을 봤다. 붉은 제복 가슴 편에 그녀의 신분과 이름이 적혀 있었다.

제국군 의무사령관, 클로랜스 대령.

이 직위를 내려준 그가 떠올랐다.

'그는 괜찮겠지? 함정은 이쪽이었으니.'

아무리 전갈이어도 공화국군의 여력상 양쪽에 모두 함정을 파진 못했을 것이다. 그러니 그는 안전할 것이다.

'왜 나를 흔들어서.'

그녀는 씁쓸한 표정을 지었다.

"그렇게 웃으니 예쁘지 않으냐. 가끔 내 앞에서도 그렇게 웃도록 하여라."

"생일 축하한다. 제대로 못 챙겨서 미안하다."

"만약 잘못돼서 네가 다치기라도 하면! 그러면 나는 어떻게 하라고?!"

"왜 너는 네 생각만 하는 거야?! 이 이기적인!"

그가 했던 말들이 파노라마처럼 연달라 떠올랐다. 왜 이런 순간까지 생각나게 하는 걸까.

그녀는 한숨을 내쉬었다.

'어쩌면 이제 못 볼 수도 있겠지?'

이제 자신의 운명은 어떻게 될지 모른다. 전쟁에서 포로의 처우는 전적으로 포획자에게 달려 있다. 공손한 대접을 받으며 지내다 종전 후 포로 교환을 통해 본국으로 돌아올 수도 있겠지만, 그녀는 지금껏 전해 들은 사막의 전갈의 무자비한 성격상 그런 꿈같은 일이 일어날 가능성은 적다고 생각했다. 뛰어난 전술가적인 면모와 별개로 그의 추악한 성품은 유명했다. 론도 사교계에 있던 자신의 귀에도 몇 번이고 생생히 전달될 정도로.

'바보 같아.'

그녀는 자신의 감정을 바라보며 중얼거렸다. 지금껏 린덴에게서 도망 다녔다. 지금도 앞으로 그를 어떻게 대해야 할지 모르겠다. 자신은 그가 무서웠으니까. 이전 삶, 자신을 파국에 이르게 한 그에게 다시 빠지고 싶지 않으니까. 하지만 이제 앞으로 못 볼지도 모른다 생각하니, 그가 사무치게 보고 싶었다.

또르륵.

가슴이 울렁거리며 그녀의 눈에서 한 방울의 눈물이 흘러내렸다.

그녀는 다급히 그 눈물을 닦았다.

'약해지지 말자, 엘리제. 아직 중요한 일이 남아 있잖아.'

그녀는 고개를 저으며 마음을 다잡았다. 그리고 창밖을 통해 서쪽을 바라봤다. 브리티아 섬이 있는 방향이다.

'아버지, 오라버니, 어머니. 이렇게 되어서 정말 죄송해요.'

그녀는 가족에게 간절히 용서를 빌었다. 그리고 귀국하면 꼭 전하고 싶었던 말을 속으로 미리 말했다.

'사랑해요, 정말로.'

그렇게 마음속 인사를 한 그녀는 얼굴을 굳혔다. 이제 결전의 때였다. 엘리제는 방을 나서 2층으로 내려갔다. 2층에 위치한 병원 회의실에는 제이, 그레이엄을 비롯한 의료진들이 모여 있었다.

"어떻게 하죠, 데임?"

제이가 벌벌 떨며 물었다. 그녀뿐이 아니었다. 의료진들 모두가 자신들에게 어떤 운명이 닥칠지 불안해하고 있었다.

"저, 저 죽고 싶지 않아요. 흐윽, 흑."

어린 제이가 훌쩍훌쩍 눈물을 흘렸다. 엘리제는 본인도 불안하고 떨리긴 마찬가지였지만 속마음을 숨기며 미소를 지었다. 남을 안정시키기 위한 미소다.

"걱정하지 마요, 제이. 아무 일도 없을 거예요."

"그, 그럴까요?"

"네."

내가 그렇게 만들 거니까. 엘리제는 다른 의료진들을 돌아봤다.

"지금까지 너무나 감사했습니다."

"……!"

"선생님들 덕분에 환자들을 치료할 수 있었어요. 만약 선생님들이 아니었다면 전 버티지 못했을 거예요. 다시 한 번…… 감사의 인사를 드립니다."

작별 인사. 마지막 감사 인사였다. 이제 이들과는 이번이 마지막이리라. 그녀는 눈에서 눈물이 핑 돌았으나 참았다.

"선생님들께는 아무런 일도 일어나지 않을 거예요. 무엇보다 선생님들은 인도주의적인 치료를 위해 온 의료진이니까요."

제이가 훌쩍이며 물었다.

"데, 데임은요? 데임은 어떻게 하시게요?"

그들은 모두 알고 있었다. 적들이 엘리제를 가만히 내버려 둘 리가 없다는 사실을. 작은 소녀 엘리제는 처연한 미소를 지을 뿐 답하지 않았다. 그저 그레이엄을, 자신을 항상 기이한 눈으로 바라보는 까칠한 선생을 바라봤다.

"선생님, 지금까지 항상 감사했습니다. 처음에 테레사병원에서 정체를 숨겼던 것은 다시 한 번 죄송하고요."

"……데임."

그레이엄은 뭔가를 말하려는 듯 입을 열었다. 하지만 엘리제는 고개를 저었다. 지금은 그의 이야기를 들어줄 시간이 없었다. 작은 소녀는 그들을 바라봤다. 그리고 강한 어조로 명했다.

"의무사령관, 대령 클로랜스, 그리고 제국의 예비 황태자비로서 여러분께 명합니다."

"……!"

"지금 이 시각 부로 이곳 회의실을 벗어나지 마십시오. 아래에서 어떤 소란과 비명이 들리더라도."

모두의 눈이 커졌다. 지금 데임은 무슨 소리를 하고 있단 말인가?
“데임?”
“반론과 질문은 허용하지 않겠습니다. 반드시! 무슨 일이 일어나더라도 이 회의실에서 나오지 마십시오.”
“……!”
그러고 엘리제는 등을 돌려 회의실에서 나왔다. 뒤에서 사람들이 그녀를 불렀으나 외면했다. 이제 사막의 전갈을 맞을 차례다.
‘잘할 수 있을까?’
솔직히 자신은 없다. 벌써 이렇게 다리가 떨리는데, 그를 직접 만나면 얼마나 두려울까. 하지만 해내야 한다. 어차피 잡혀갈 거면 저들과 환자들의 안전이라도 얻어야겠다.
그녀는 1층에서 2층으로 올라가는 계단의 중간에서 멈추어 섰다. 계단 난간 너머로 병원의 중앙 복도와 입구가 보였다.
‘이제 곧.’
그녀는 사막의 전갈을 기다렸다.
끼익! 콰당!
잠시 후 병원의 정문이 거칠게 열리며 푸른 제복의 공화국군이 들이닥쳤다. 숫자는 대략 10여 명. 그중 가운데 서 있는 남자와 그녀의 시선이 똑바로 마주쳤다.
사막의 전갈, 루이 니콜라스였다! 얼굴이 퉁퉁 붓고, 기다란 흉이나 이전과 전혀 다른 인상이었지만 그가 분명했다.
두근두근.
엘리제의 가슴이 두려움과 긴장으로 미친 듯이 뛰었다. 그녀는 그 떨림을 멈추게 하려고 허리 뒤에 숨긴 차가운 리볼버를 움켜쥐었다.

"호오?"

한편, 사막의 전갈도 그녀를 알아보았다. 병원 건물의 끝과 끝이어서 거리가 상당했지만 워낙 조용한 공동이었던 탓에 목소리가 생생하게 전해졌다.

"이게 누구야?"

비릿한 미소.

"제국의 영웅, 엘리제 아닌가?"

사막의 전갈은 과장되게 손을 펼치더니 인사를 올렸다. 장난스럽게, 조롱하듯.

"보고 싶었소. 나를 몇 번이고 엿 먹인 제국의 여인이여."

"……!"

"얼마나 보고 싶었는지 꿈속에서도 엘리제, 그대를 만나게 되더군. 이제 드디어 만났으니 여한이 없군."

그 적의가 가득한 인사에 엘리제는 침을 꿀꺽 삼켰다.

"엘리제가 아닙니다."

"뭐?"

"저는 니콜라스, 당신에게 제 이름을 부르라 허락한 적이 없습니다. 저의 직책은 제국군 삼군사령부 휘하 의무사령부의 장. 클로랜스 대령이라 부르십시오."

"……."

루이 니콜라스는 그녀의 딱딱한 말에 어안이 벙벙한 표정을 지었다.

"엘리제? 아니, 클로랜스 대령? 지금 자신이 처한 상황이 이해가 되지 않나 보군, 쿡쿡."

"……."

"좋아. 좋아. 역시 이렇게 나와야지. 날 몇 번이고 엿 먹인 여인인데 말이야. 벌벌 떨며 장롱에 숨어 있기라도 했으면 크게 실망할 뻔했는데, 역시 기대대로야."

그는 뭐가 그렇게 유쾌한지 허리를 숙여가면서까지 과장된 웃음을 터뜨렸다. 실제로 그는 크게 기뻐하고 있었다. 어찌 안 기쁘겠는가? 크림에 와서 계속해서 패하다가 처음으로 제국군에게 제대로 한 방 먹였고, 더구나 이 '전갈 사냥꾼'이라 불리는 여인도 손에 넣게 되었는데.

"뭐, 자신의 처지는 심페폴에 끌려오면 알게 되겠지. 하나만 미리 알고 있으라고. 제국의 예비 퍼스트레이디라고, 공화국에서도 퍼스트레이디 대접을 해줄 거라 기대하면 안 된단 사실을."

루이는 빙글 웃었다.

"그나저나 클로랜스 대령, 그대는 여전히 아름답군."

"……!"

그는 제복을 입은 그녀의 몸을 위아래로 훑어보았다. 그 시선에 엘리제는 독사가 몸을 기는 듯한 느낌을 받았다.

"작년 제국의 탄신연회 때 드레스를 곱게 차려입었던 그대도 아름다웠지만, 지금 제복을 입은 그대는 뭐랄까, 강렬한 매력을 풍기는군. 남자의 마음을 끌어당기는 매력 말이야."

그는 아무렇지도 않게 민망한 말을 내뱉었다.

심페폴로 돌아가 저 아름다운 소녀를 농락할 생각을 하니 흥분이 가라앉지가 않았다. 자신에게 몇 번이고 패배를 안긴 저 소녀가 눈물 흘리는 모습은 얼마나 짜릿할까? 상상만 해도 흥분되었다.

'포로 교환? 웃기지 마. 저 소녀는 내 전리품이다. 영원히 누구에

게도 넘겨주지 않아.'

그렇게 생각하며 그는 한 걸음, 한 걸음 그녀에게 다가갔다. 10여 명의 공화국 병사가 그의 뒤를 따랐다. 이미 다 끝난 전투고, 연약한 여인을 잡는 일이라 그들의 태도는 느슨하기 그지없었다.

"그거 아나? 내가 대령, 그대를 얼마나 보고 싶어 했는지."

"……."

"이렇게 보게 되어 정말 기뻐."

그런데 엘리제의 반응이 이상했다. 그의 소름 끼치는 말들에 몸서리치지도, 뭐라고 대답하지도, 그렇다고 도망가지도 않았다. 그저 가만히 루이가 다가오는 것을 보고 있을 뿐이었다. 그 기이한 반응에 루이가 의아함을 품을 무렵, 엘리제가 입을 열었다. 그가 20m 거리까지 근접해 왔을 때였다.

"나, 제국군의 의무사령관 클로랜스 대령이 공화국의 니콜라스 원수에게 협상을 제안합니다."

"협상?"

루이는 황당한 표정을 지었다. 지금 이 상황에서?

"대령, 협상이란 단어의 뜻을 잘 모르나 보군. 협상은 서로 동등한 입장에 있는 사람들끼리 하는 거야. 아니면 서로 걸 조건이라도 있거나."

"걸 조건은 있습니다."

"호오?"

전갈은 재밌다는 얼굴을 했다.

"역시 등불을 든 여인. 마지막 순간까지 날 즐겁게 해주는군. 그래, 들어보기나 하지."

어차피 다 잡은 물고기. 루이는 너그럽게 말했다.

"제가 원하는 것은 이곳 병원의 의료진과 환자들의 생명을 보장해 주는 것입니다. 특히 병원의 의료진들은 포로로 잡지 말고, 곧바로 제국으로 보내주시기 바랍니다."

"그대가 걸 조건은?"

어려운 사항은 아니지만 굳이 들어줄 필요도 없는 부탁이다.

"제가 걸 조건은!"

그 순간 엘리제는 가만히 루이의 얼굴, 정확히는 그의 미간을 바라보았다. 떨리는 마음을 감추며, 진동하는 심장을 억누르며! 그 심상치 않은 눈빛에 루이가 흠칫하는 순간, 섬뜩한 소리가 울렸다.

철컥!

그 생각지도 못 한 소리에 공화국군 병사들의 눈이 찢어질 듯 커질 때 엘리제가 가만히 오른손을 들어 올렸다. 그녀의 손에는 차가운 리볼버가 들려 있었다.

"루이 니콜라스, 당신의 목숨입니다."

3권에서 계속…